Alka Joshi est née en Inde et vit aux États-Unis depuis l'âge de neuf ans. Titulaire d'une licence de l'université de Stanford et d'une maîtrise du California College of the Arts, elle gère une agence de publicité et de marketing. Elle a vécu en France et en Italie et réside actuellement à Pacific Grove, en Californie, avec son mari. Son premier roman, *La Tatoueuse de Jaipur*, a été lauréat du Grand Prix du roman historique 2022.

De la même autrice :
La Tatoueuse de Jaipur
(Grand Prix du roman historique 2022)
Le Secret de Jaipur

Alka Joshi

LE SECRET DE JAIPUR

Traduit de l'anglais (États-Unis) par Suzy Borello

Hauteville

Hauteville est un label des éditions Bragelonne

Titre original : *The Secret Keeper of Jaipur*

Ce livre est une œuvre de fiction. Les noms, personnages, lieux et incidents sont soit le fruit de l'imagination de l'auteur, soit utilisés de manière fictive. Toute ressemblance avec des personnes réelles, vivantes ou décédées, des établissements commerciaux, des événements ou des lieux est entièrement fortuite.

ISBN : 978-2-38122-469-5

Bragelonne – Hauteville
60-62, rue d'Hauteville – 75010 Paris

E-mail : info@editions-hauteville.fr
Site Internet : www.editions-hauteville.fr

À Bradley, qui m'a encouragée à écrire.

À mes lecteurs, qui sont tombés amoureux de Malik.

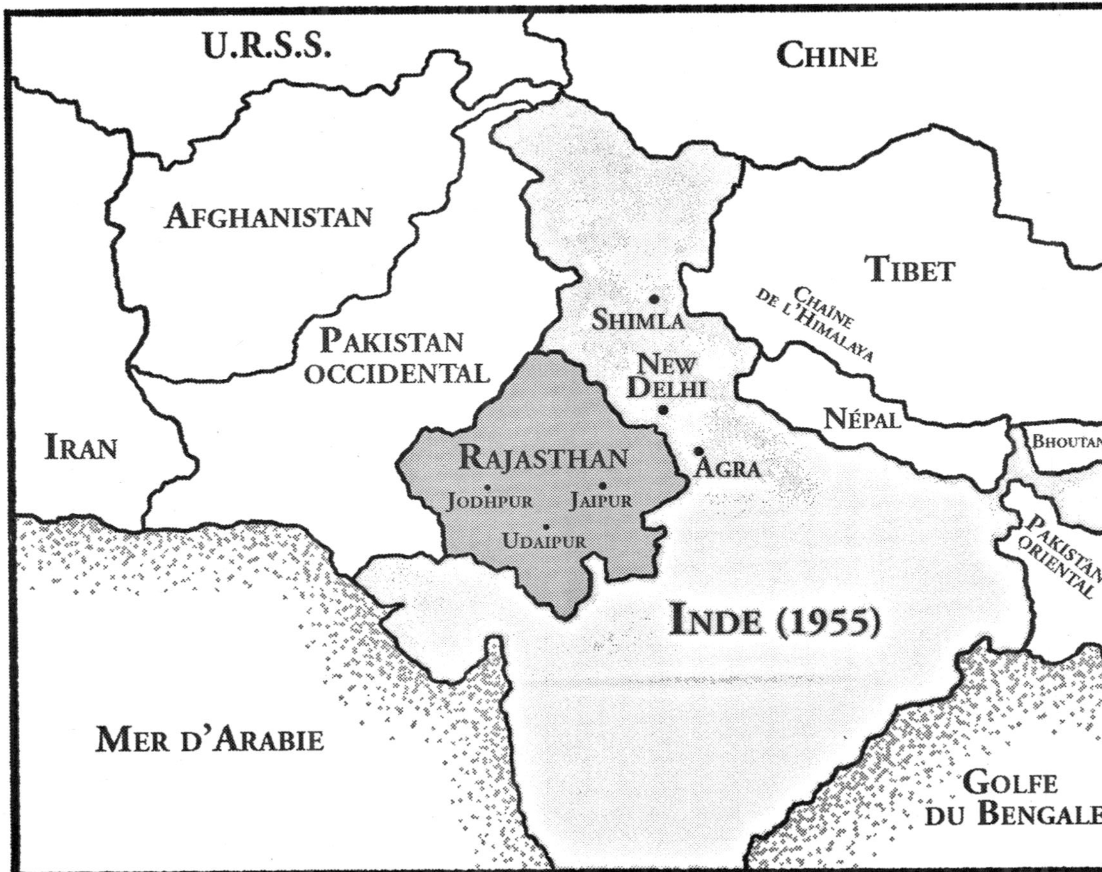
U.R.S.S.
Chine
Afghanistan
Tibet
Chaîne de l'Himalaya
Shimla
Pakistan occidental
New Delhi
Népal
Iran
Rajasthan
Agra
Bhoutan
Jodhpur
Jaipur
Udaipur
Pakistan oriental
Inde (1955)
Mer d'Arabie
Golfe du Bengale

« Ce que tu as mis des années à construire, quelqu'un pourrait le détruire en une nuit. Construis quand même. »

Mère Térésa

« Si tu veux la rose, tu dois supporter l'épine. »

Proverbe hindou

Personnages qui apparaissent dans le roman

Malik : jeune homme de vingt ans anciennement pupille de Lakshmi, diplômé de l'école pour garçons Bishop Cotton.
Nimmi : femme de vingt-trois ans appartenant à une tribu himalayenne, mère de Rekha (fille) et Chullu (garçon).
Lakshmi Kumar : ancienne tatoueuse âgée de quarante-deux ans, à présent directrice du jardin médicinal du Lady Bradley, épouse du docteur Jay Kumar.
Jay Kumar : médecin au Lady Bradley Hospital de Shimla, directeur du dispensaire, ancien camarade de classe de Samir Singh, mari de Lakshmi.
Radha : parfumeuse de vingt-cinq ans, jeune sœur de Lakshmi, vit à Paris avec son mari français architecte et leurs deux filles ; a eu un enfant hors mariage avec Ravi Singh douze ans plus tôt ; le bébé a été adopté par Kanta et Manu Agarwal.
Samir Singh : architecte de cinquante-deux ans et directeur général de Singh-Sharma Construction, issu d'une famille rajput de caste supérieure apparentée à la famille royale de Jaipur, mari de Parvati Singh et père de Ravi et Govind.
Parvati Singh : mondaine de quarante-sept ans, épouse de Samir Singh, mère de Ravi et Govind, cousine éloignée de la famille royale de Jaipur.

Ravi Singh : fils de vingt-neuf ans de Parvati et de Samir, architecte dans l'entreprise familiale Singh-Sharma Construction, époux de Sheela.
Sheela Singh : anciennement Sheela Sharma, épouse de vingt-sept ans de Ravi Singh, mère de deux petits enfants, Rita et Bébé.
Manu Agarwal : gestionnaire des installations pour le palais de Jaipur âgé de trente-huit ans, mari de Kanta.
Kanta Agarwal : épouse de Manu Agarwal âgée de trente-huit ans, originaire d'une famille de poètes et d'écrivains de Calcutta, mère de Niki, ou Nikhil, douze ans.
Nikhil Agarwal : garçon de douze ans, fils adoptif de Kanta et Manu ; la sœur de Lakshmi, Radha, est sa mère biologique.
Baju : vieux domestique de famille de Kanta et Manu Agarwal.
Saas : signifie « belle-mère » en hindi. Quand Kanta parle de sa *saas*, elle fait référence à la mère de Manu mais, si une femme s'adresse directement à sa belle-mère, elle l'appelle respectueusement « *Saasuji* ».
Les Sharma : parents de Sheela Singh, copropriétaires de l'entreprise Singh-Sharma. M. Sharma, quatre-vingts ans, est infirme. Son épouse sort rarement sans lui. Samir Singh dirige donc désormais toutes les opérations de la compagnie.
Moti-Lal : bijoutier de renom, propriétaire de la bijouterie à Jaipur.
Mohan : beau-fils de Moti-Lal et son assistant à la bijouterie *Moti-Lal*.
Hakeem : comptable au bureau des installations du palais de Jaipur.
M. Reddy : directeur du Royal Jewel Cinema.
Maharani Indira : reine douairière de soixante-quatorze ans, veuve sans enfant d'un ancien maharadjah de Jaipur, belle-mère de la maharani Latika, vit au palais des maharanis.

Maharani Latika : élégante veuve de quarante-trois ans du maharadjah récemment défunt de Jaipur et belle-fille de la maharani Indira, fondatrice de l'école pour filles de la maharani à Jaipur. Vit au palais des maharanis.
Madho Singh : perruche alexandre offerte à Malik par la maharani Indira.

Vous trouverez à la fin un glossaire de termes hindis.

Prologue

Malik

Mai 1969
Jaipur

C'est la soirée d'inauguration du Royal Jewel Cinema, qui brille aussi intensément qu'un joyau. Mille lumières scintillent au plafond de l'immense foyer des spectateurs. Les marches de marbre blanc qui mènent au balcon supérieur reflètent la lueur de cent appliques murales. Une épaisse moquette carmin étouffe le bruit de milliers de pas et, à l'intérieur, chacun des mille cent sièges en mohair est occupé. Ceux qui n'ont pas pu se trouver une place patientent debout le long des murs pour la première.

C'est un grand moment pour Ravi Singh, l'architecte en chef de ce prestigieux projet commandité par la maharani Latika de Jaipur. Le Royal Jewel Cinema est l'exemple même de ce que l'ingéniosité moderne et une éducation occidentale sont capables de créer. Ravi Singh s'est inspiré du Pantages Theatre de Hollywood, à plus de douze mille kilomètres de là. À l'occasion de cette soirée exceptionnelle, il s'est arrangé pour projeter *Le Voleur de bijoux*, film sorti en réalité deux ans auparavant. Ravi m'a expliqué il y a quelques semaines que son choix s'est porté sur cette œuvre populaire parce qu'elle fait écho au nom donné à l'édifice et qu'y figurent deux des acteurs indiens les plus célèbres de l'époque moderne. Il sait que le public indien, qui est féru de cinéma, a pour habitude de revoir le même film plusieurs fois ; la plupart des salles ne changent leurs affiches que tous les deux ou trois mois. Ainsi, même si les habitants de Jaipur ont déjà eu accès à cette œuvre il y a deux ans, ils reviendront la voir. Ravi s'est aussi arrangé pour faire venir les stars du film, Dev Anand et Vyjayanthimala, ainsi qu'une des jeunes actrices, Dipti Kapoor. La presse est également présente pour couvrir l'inauguration du Royal Jewel Cinema, passer au crible les riches parures de la haute société de Jaipur, et s'émerveiller du gratin de Bollywood.

Tout en m'imprégnant de l'architecture moderne, des somptueux rideaux de velours rouge qui camouflent l'écran et de l'impatience palpable qui flotte dans l'air, je suis impressionné par ce que Ravi a accompli – même s'il continue de me mettre mal à l'aise par certains aspects.

Mes hôtes, Manu et Kanta Agarwal, ont été invités à s'asseoir avec les Singh et les Sharma au balcon, les places les plus chères de tout l'établissement. Je suis installé aux côtés des Agarwal en tant que leur invité (sinon, j'aurais pris un des sièges meilleur marché tout en dessous, plus près de l'écran ; après tout, je ne suis qu'un petit apprenti au palais de Jaipur). Les enfants sont autorisés ici, sur le balcon, mais Kanta a laissé son fils, Niki, à la maison avec sa *saas*. Quand je suis arrivé en début de soirée chez les Agarwal pour les accompagner à l'inauguration, le garçon était très contrarié.

— C'est la soirée du siècle ! Pourquoi je n'ai pas le droit d'y aller ? Tous mes amis y seront.

Niki était rouge de colère. À douze ans, il est capable de charger ses paroles d'un fort sentiment d'injustice.

— L'événement du siècle, c'était l'indépendance de notre pays, Nikhil, a rectifié Manu, toujours aussi calme face aux personnalités explosives de son fils et de son épouse.

— Peut-être, mais je n'étais pas encore né, *Pitaji*. Je ne vois pas pourquoi je ne pourrais pas y aller.

Il s'est tourné vers sa mère pour qu'elle lui vienne en aide.

Kanta a croisé le regard de son époux comme pour le questionner : *Combien de temps encore allons-nous devoir tenir notre fils éloigné des soirées mondaines fréquentées par les Singh ?* Niki commence à être en âge de demander pourquoi il a le droit de se rendre à certains événements et pas à d'autres. Kanta m'a jeté un coup d'œil disant : *Malik, qu'en penses-tu ?*

Je suis flatté qu'ils se sentent assez à l'aise pour tenir ces conversations en ma présence. Nous ne sommes pas parents, mais mon ancienne tutrice, Lakshmi (ou, comme je l'appelle, Tatie-patronne), est une amie proche. Je connais les Agarwal depuis l'enfance, et suis donc au courant pour l'adoption de Niki, même si lui-même l'ignore. Et je sais que, dès l'instant où les Singh remarqueront ses yeux bleu-vert – si inhabituels en Inde –, ils se rappelleront les imprudences de leur propre fils. Radha, la sœur de Tatie-patronne, n'est pas la première fille que Ravi a engrossée avant d'épouser Sheela. Connaître les défauts de son fils est une chose, mais se retrouver face à leur preuve concrète risquerait d'ébranler Samir et Parvati Singh.

À la fin, les Agarwal n'ont pas eu besoin de moi pour prendre leur décision, ce qui a été un soulagement. La mère de Manu, affairée avec son chapelet en bois de santal, a mis fin à la dispute.

— Tous ces gens qu'on voit chanter et danser dans les films ne sont que des dépravés ! Allez, Niki, aide-moi à me lever. Allons au temple.

Nikhil a poussé un gémissement. Mais il reste un garçon poli, et un ordre proféré par sa grand-mère ne se discute pas.

À présent, au milieu des applaudissements assourdissants qui résonnent à l'intérieur du Royal Jewel Cinema, la maharani Latika – troisième et plus jeune épouse, désormais veuve, du maharadjah de Jaipur – monte sur le devant de la scène pour saluer les spectateurs. Il s'agit du premier projet d'ampleur qu'elle dirige depuis la mort de son mari. C'est elle, la patronne de Manu ; aucune des autres épouses du maharadjah n'a voulu gérer les finances. En tant que gestionnaire des installations au palais, Manu s'occupe de projets de construction comme celui-ci, et Tatie-patronne m'a envoyé auprès de lui pour que j'apprenne son métier.

— Ce soir, nous célébrons la plus grande salle de cinéma que le Rajasthan ait jamais connue : le Royal Jewel Cinema.

La maharani attend que les applaudissements s'éteignent avant de poursuivre. Ses boucles d'oreilles ornées de rubis et de diamants, ainsi que le *pallu* brodé d'or de son sari de Bénarès en soie rouge, projettent un millier de scintillements sur le public qu'elle parcourt du regard, le visage éclairé par un sourire épanoui.

— C'est une occasion historique pour Jaipur, foyer d'une architecture reconnue dans le monde entier, d'éblouissants textiles et bijoux et, bien sûr, du *dal batti* rajasthani !

La foule explose d'un rire joyeux à cette allusion à la célèbre spécialité locale.

Son Altesse précise que Manu a encadré le projet, complimente l'excellent travail des architectes de Singh-Sharma et termine son discours en invitant les acteurs du film à la rejoindre sur scène. Au milieu des sifflements et des *Waa! Waa!* Anand et Vyjayanthimala sont talonnés par une Kapoor aux yeux cernés de khôl et vêtue d'un sari pailleté. Le public leur offre une standing ovation en leur jetant roses, fleurs de frangipanier et *chemalis*. Dans notre enfance, Radha, la sœur de Tatie-patronne, était plus cinéphile que moi. Mais, ce soir, je me laisse griser par l'excitation fébrile, le tonnerre d'applaudissements et les sifflements des spectateurs.

Enfin, les rideaux s'écartent et le silence s'abat sur la foule alors que le certificat de production et le générique du film défilent à l'écran. Même les rickshaw-*wallas* et les tailleurs assis aux places bon marché du premier rang finissent par se taire.

Les films indiens sont longs, durant presque trois, voire quatre heures, avec un entracte. À la pause, nous sortons du bâtiment les uns derrière les autres avec la majeure partie du public. Les marchands de rue se tiennent prêts, disposés le long des deux trottoirs devant le cinéma. L'odeur des cacahuètes au piment, du *panipuri*, des *pakoras* aux oignons et des *samosas* à la pomme de terre est presque irrésistible. J'achète des petits verres de chaï pour tout le monde et je les fais passer. Samir nous commande une grande assiette de *kachori* et d'*aloo tikki*.

C'est le mois de mai à Jaipur, et l'air est déjà étouffant. Le cinéma est climatisé, mais l'extérieur reste plus frais que l'intérieur, où les effluves de mille corps pressés les uns contre les autres prennent à la gorge. L'épouse de Ravi, Sheela, refuse le chaï et la nourriture en prétextant la chaleur. Sa petite fille s'est endormie sur son épaule, et la chaleur de son petit corps semble l'incommoder. Sheela gonfle les joues et s'approche d'un étal vendant des éventails *khus-khus*. Une perle de sueur glisse le long de sa nuque pour disparaître dans le dos de son bustier. Je me force à détourner le regard.

Parvati exhibe fièrement Rita, sa petite-fille de quatre ans, aux dames de la haute société qui sont venues la saluer.

— *Tumara naam batao, bheti.*

Kanta bavarde gaiement avec des amies. Samir et Manu se font féliciter pour leur travail par l'élite de Jaipur venue au grand gala. Je cherche des yeux Ravi, qui était avec eux tout à l'heure, étonné qu'il manque cette occasion de briller. Cela ne lui ressemble pas.

Comme toujours, j'observe et j'écoute, ce que Tatie-patronne m'a si bien appris à faire. Dans la prochaine lettre que j'enverrai à Shimla, je serai en mesure de leur dire, à elle et à Nimmi, ce que les spectateurs ont pensé de la coiffure de l'actrice principale, ou de la couleur de son sari (je gagerais que Nimmi n'a jamais vu un seul film de toute sa vie !). Je pourrai également leur raconter que la plupart des dames de Jaipur meurent d'envie d'épouser le beau Dev Anand.

Je vois Sheela revenir vers notre groupe en agitant son éventail. Parvati lève une main pour écarter des boucles humides du front du bébé endormi. Sheela a le regard fixé au-delà de sa belle-mère. Soudain, ses traits se durcissent. Je me retourne pour voir ce qui a happé son attention. Là, à l'angle du cinéma, Ravi fait discrètement sortir la plus jeune des actrices par la porte latérale de l'édifice. Les yeux plissés, Sheela regarde son mari et la starlette se fondre dans l'obscurité, loin de la foule. Je sais qu'il s'y trouve un quai de chargement. C'est aussi par là que les chauffeurs attendent d'emmener la maharani et les acteurs. Peut-être la raccompagne-t-il simplement à sa voiture.

Nous entendons la sonnerie annoncer la fin de l'entracte. La deuxième moitié du film est sur le point de commencer. Je jette un coup d'œil à ma montre. Vingt et une heures trente. Les filles de Sheela devraient déjà être couchées, mais Ravi a insisté pour que la famille soit présente pour son heure de gloire. Je suis sûr que Sheela a protesté. Elle préfère laisser ses filles aux soins de l'*ayah*.

La foule regagne le hall et défile par les portes ouvertes du cinéma. Je tends les verres de thé vides aux chaï-*wallas* qui circulent. Des feuilles de bananier sur lesquelles était disposé du *chaat* jonchent le sol. Une odeur de nourriture – pas franchement désagréable – flotte dans l'air. Je soulève Rita, l'aînée de Ravi, dont les yeux commencent à se fermer, et la hisse sur mon épaule.

Je suis le reste du groupe dans le hall d'entrée.

Avant que nous ayons pu franchir les portes, un immense craquement se fait entendre, suivi d'un gémissement plaintif, puis du rugissement d'une tonne de ciment, de briques, de fers à béton et de plaques de plâtre s'écrasant au sol. Quelques secondes plus tard, dans le fracas assourdissant d'un bâtiment qui s'effondre, des cris et hurlements d'atroce douleur s'élèvent de l'intérieur du cinéma.

Deux mois avant l'effondrement

1

Nimmi

Mars 1969
Shimla, État de Himachal Pradesh, Inde

J'interromps ma marche pour contempler les montagnes qui émergent de leur sommeil. À Shimla, l'hiver touche à sa fin. Tandis que les hommes et les femmes s'enroulent dans deux, parfois trois, châles pashmina, les montagnes, elles, ôtent leurs manteaux. J'entends le « plac, plac, plac » de la neige fondue qui frappe la terre dure tout en m'acheminant lentement vers la maison de Lakshmi Kumar.

Hier, dans la vallée d'en dessous, j'ai vu les premières anémones roses dresser leur nez effronté pour défier l'air raréfié. Dans les lointaines montagnes au nord, j'imagine ma tribu rassembler ses chèvres et ses moutons pour leur faire traverser la vallée de Kangra jusqu'au village de Bharmour, dans le Grand Himalaya, comme je serais en train de le faire si mon époux, Dev, était encore vivant. J'ai du mal à croire qu'une année est passée depuis sa mort. Ma fille, Rekha, serait en train de courir à côté de son père en agitant ses petits bras pour tenter de l'aider à rassembler le bétail, tandis que je porterais notre bébé, Chullu, sur le dos. Nous serions accompagnés des autres familles de notre tribu qui ont passé l'hiver dans le Bas Himalaya afin de se procurer de la nourriture pour leurs troupeaux. Au début du printemps, dès la fonte des neiges, nous remontions toujours dans les montagnes pour cultiver nos champs avec le fumier de mouton, qui s'était changé en riche fertilisant au cours des mois d'hiver.

Je n'ai pas revu ma famille depuis que j'ai quitté ma tribu au printemps dernier après l'accident fatal de Dev. Elle ne descend jamais aussi loin que Shimla, mais pas une journée ne passe sans que je pense affectueusement à elle.

Quand nous marchions, le vieux Suresh avait pour habitude de nous raconter des blagues. « Vous connaissez celle de la chèvre qui a des gaz et du berger sans nez ? » « Non, raconte-la-nous », pouffions-nous.

Grand-mère Sushila, avec sa bouche édentée et ses poils gris qui dépassaient du tatouage triangulaire sur son menton, entamait un des contes populaires que lui racontait sa grand-mère. « Alors, le roi ordonna à la reine de lui tisser une couverture avec la plus belle des laines, sachant que cela lui prendrait près de dix années. » Nous connaissions tous l'histoire par cœur et finissions la dernière phrase à sa place, à la suite de quoi elle nous considérait d'un air renfrogné. « Ah, vous la connaissiez ? »

Ayant vendu la laine de nos moutons dans le Bas Himalaya, nous croulions sous nos nouvelles acquisitions : un pull bleu ciel fabriqué en usine, un transistor Philips, un poulet brailleur acheté sur le marché d'une ville de montagne. Quelques familles avaient peut-être récupéré une belle chèvre domestique tachetée ou un jeune taureau noir, que nous admirions. Ma belle-sœur exhibait un nouveau plateau de vannage ; mon frère aîné marchait fièrement à côté avec ses fils. Nous secouions la tête et convenions que le plateau séparerait les grains de riz de leurs enveloppes plus rapidement.

Je souris à présent en songeant à ces treks dans les montagnes himalayennes. Je me sens heureuse. Ou presque. Mon bonheur serait tout à fait complet si je recevais une lettre de Malik, même si je devrai la partager avec une autre, surtout si cette autre est Lakshmi. Si seulement j'avais été à l'école ! Je n'aurais pas à subir l'humiliation de devoir me faire lire mon courrier par *elle*.

Tandis que mes bottes en peau de chèvre font un agréable bruit de succion sur les graviers mêlés de neige fondue, je cherche le moyen d'éradiquer Lakshmi Kumar de mon existence.

Le jour où Lakshmi a fait irruption dans ma vie, je n'avais pas toute ma lucidité. Terrassée par la fièvre et le chagrin, je ne me suis même pas rendu compte que mon fils, Chullu, venait au monde, avec deux mois d'avance. Plus tôt dans la journée, mon mari Dev avait voulu traîner un jeune bouc, ivre de feuilles de rhododendron, jusqu'à l'étroit sentier de montagne. Nous étions en route pour nos quartiers d'été dans le Grand Himalaya. Dev avait perdu pied, et lui et le bouc avaient dévalé un ravin sur plusieurs centaines de mètres. Nous avions tous assisté à la scène, mais personne n'avait rien pu faire. Chacun sait que l'Himalaya est le foyer des dieux – Shiva, Ram et Kamla –, tous bien plus puissants que n'importe lequel d'entre nous. S'ils veulent nous prendre l'un de nous, c'est leur droit, leur privilège. Il n'empêche que je n'étais pas prête à laisser partir mon mari. En boucle, j'avais crié : « La chèvre que nous avons sacrifiée au début de notre voyage ne suffisait-elle pas à nous protéger ? Ou était-ce un *nazar* malfaisant ? » Nos moutons avaient produit beaucoup de laine l'hiver précédent, ce qui avait pu éveiller de la jalousie.

J'avais agrippé les épaules de ceux qui m'entouraient en rugissant dans leurs visages stupéfaits : « Dites-moi que vous n'avez pas donné le mauvais œil à Dev ! » J'avais hurlé contre Shiva.

J'avais tambouriné des poings sur mon ventre distendu en promettant de donner le bébé à Shivaji s'il me ramenait Dev. Mon beau-père et mon frère avaient dû m'écarter les bras pour m'empêcher de faire du mal à la vie que je portais en moi. Les femmes m'avaient frotté les tempes, les mains et les pieds avec de l'huile de moutarde jusqu'à ce que je sombre enfin dans un état de stupeur. Près d'une semaine plus tard, quand je me suis éveillée comme d'un long sommeil, j'ai vu le visage de la petite Rekha assombri par l'inquiétude au-dessus de mon lit et je l'ai appelée par son prénom. Elle n'avait que trois ans, et ne comprenait pas encore qu'elle ne reverrait plus jamais son père. C'est là que mon beau-père m'a parlé du docteur et de la *doctrini* qui étaient venus de Shimla pour s'occuper de moi ; mon corps avait nécessité des médecines plus puissantes que celles pratiquées par notre tribu. Le père de mon époux s'adressait à moi à travers un rideau que dressaient les femmes pour permettre aux mères allaitantes de s'isoler pendant les onze jours suivant la naissance d'un enfant. J'ai baissé les yeux et remarqué pour la première fois la présence d'un petit bébé endormi dans le creux de mon bras, d'une tête qui dodelinait près de mon sein qui coulait, d'une petite bouche couleur de rose dont s'échappait un filet de lait bleu pâle.

Comment avais-je pu vouloir que ce bébé disparaisse ? Shiva lui avait donné les fines narines de Dev et son large front, ses cheveux légèrement ondulés. J'ai demandé à Rekha de grimper sur la couverture avec nous et de dire bonjour à son frère Chullu.

Le jour où j'ai revu Lakshmi Kumar est aussi celui où j'ai rencontré Malik. C'était en juin dernier. Je vendais des fleurs dans la rue principale de Shimla. À trois ans, Rekha était une fille sérieuse, et je lui avais demandé de surveiller son petit frère de trois mois. Ce matin-là, dans les bois, j'avais cueilli des roses, des pâquerettes et des boutons d'or pour les touristes et visiteurs occasionnels. Et aussi, songeant aux acheteurs plus avisés, des pivoines, des achillées et des digitales. À force de vivre avec ma tribu, j'avais appris à connaître les fleurs à même de soigner les maux et les toux, de soulager les saignements mensuels, d'apaiser les corps agités.

À mon étal, j'ai retiré les fleurs du grand panier peu profond que j'avais tissé avec de l'herbe à fée et je les ai disposées sur une couverture en crin posée à même le sol. Quand Chullu a commencé à s'agiter, j'ai glissé une main sous mon chemisier et j'en ai sorti un petit chiffon imbibé du lait qui coulait de mes seins pour le lui donner. Il s'est mis à le sucer et s'est aussitôt calmé. Bientôt, il ne tarderait pas à faire ses dents, et je devrais cesser de l'allaiter, mais pour l'heure je savourais sa chaleur – la chaleur de Dev – contre mon corps.

Invariablement, la dernière chose que je déballais était la statue argentée de Shiva. Je l'ai posée sur le côté après lui avoir offert une prière silencieuse, afin de le remercier pour mon Chullu. Puis j'ai installé mes deux enfants dans le panier vide. Comme ma mère avant moi et sa mère avant elle, j'avais appris à attacher mes petits quand j'étais occupée à faire bouillir du lait de chèvre pour le fromage, à coudre un manteau ou à ramasser du crottin pour le feu. Chullu m'a regardée faire pendant que je lui nouais la corde en tissu autour du poignet. Lorsque je l'ai embrassé sur la joue, il s'est tortillé et a basculé la tête en arrière. Rekha jouait avec les cheveux de son petit frère. À peine avait-elle tressé ses boucles qu'il secouait la tête en gloussant, défaisant l'œuvre qu'elle venait d'accomplir.

Je savais que je ne ressemblais pas aux autres marchands de la rue, et j'y voyais un avantage, particulièrement avec les touristes – des Indiens en lune de miel, des aînés en retraite spirituelle, des Européens fascinés par nos manières tribales.

Comme les autres femmes de ma tribu, je portais ma jupe à fleurs en coton jaune vif par-dessus mon *salwar kameez* vert. Un médaillon argenté reposait sur mes cheveux, couronnant le *chunni* orange disposé autour de ma tête et de mes épaules. Une corde en laine de mouton, bouillie et teinte en noir, était enroulée vingt fois autour de ma taille. Puis il y avait les points révélateurs – dont trois avaient été tatoués en triangle sur mon menton à mes dix-huit ans –, qui attiraient toujours les regards ébahis des visiteurs de Shimla. J'avais cessé de porter l'anneau de nez élaboré, aussi large qu'un bracelet, qu'on m'avait offert à mon mariage ; je m'étais rendu compte qu'il faisait de moi non pas un objet de curiosité, mais presque une bête de foire. Les visiteurs me montraient du doigt. Ils se croyaient discrets, mais je trouvais leur fascination dérangeante.

Quand Dev est mort dans le défilé il y a un an, je me suis juré que mes enfants ne subiraient jamais le même sort : les migrations avec la tribu à travers les montagnes, les orteils emportés par les engelures, la menace de mort qui plane constamment. J'ai demandé à mon beau-père de me laisser rester à Shimla. Il aurait aimé que j'épouse un autre célibataire de notre tribu, mais lui aussi pleurait la mort de son fils, et il a fini par accepter à contrecœur, à condition que je me débrouille financièrement. En guise de cadeau d'adieu, il m'a offert une grande provision de viande séchée et tous les bijoux de ma dot. En tant que femme, je n'avais en principe rien le droit de posséder, pas même un mouton ou une chèvre, mais je savais que je pourrais vendre mes bijoux en cas de coup dur.

À gauche de mon étal sur Mall Road, un vendeur de ballons comprimait ses saucisses gonflées d'air pour leur donner une forme d'éléphants et de chameaux. Mes enfants le regardaient faire, captivés. Chullu a voulu en saisir un, mais Rekha lui a baissé le bras avec douceur. Sur ma droite se trouvait un stand de Coca-Cola dont le propriétaire n'était pas encore arrivé. Il était un peu tôt dans la journée pour avoir envie d'une boisson fraîche. L'après-midi, les visiteurs feraient la queue pour son goût exotique.

L'horloge de Christ Church a sonné huit fois. Les matins de printemps, les lève-tôt aiment prier aux temples de Jakhu Hill, Sankat Mochan ou Tara Devi. Les moins religieux font la grasse matinée ; inutile pour eux de se dépêcher.

J'ai repéré un jeune homme et une femme qui, au loin, se dirigeaient avec détermination dans ma direction. La femme portait un sari bordeaux et un manteau de laine assorti aux extrémités brodées de fleurs blanches. Elle marchait vite, à courtes enjambées. Ses cheveux étaient soigneusement ramassés sur le sommet de son crâne en un chignon serré. Le jeune homme était mince et faisait une tête de plus qu'elle, mais avançait avec plus de nonchalance, comme s'il avait tout le temps du monde. Malgré cela, il parvenait aisément à régler son pas sur celui de la femme. Lorsqu'ils se sont approchés, je me suis rendu compte qu'elle était en âge d'être sa mère. Des petites rides marquaient son front et les coins de sa bouche. L'homme, lui, ne devait pas avoir plus de vingt ans, peut-être quelques années de moins que moi. Il était vêtu d'une chemise blanche, d'un pull bleu et d'un pantalon gris foncé. La femme avait les yeux rivés à mes fleurs, mais ceux du jeune homme, pétillant d'amusement, étaient baissés sur mes enfants dans le panier.

La femme a tendu la main vers mes pivoines.

— Où les avez-vous trouvées ? a-t-elle demandé.

J'ai dû arracher mon regard à celui de son compagnon ; il me rappelait tellement mon défunt mari. Les yeux de Dev, à la fois doux et perçants, m'avaient courtisée, aimée, choyée.

Quand je me suis tournée vers la femme, j'ai été frappée par son regard, à elle aussi. Elle était déjà belle, mais ses prunelles bleues, de la couleur d'un ciel de montagne après une pluie nocturne, la rendaient magnifique.

—Dans un ravin à un kilomètre et demi d'ici, ai-je répondu. Au bord de la falaise. Il y en a toute une grappe au fond.

Je n'étais pas inquiète à l'idée de révéler mes sources. J'étais habituée à escalader les pentes escarpées, et j'étais sûre qu'une personne aussi raffinée qu'elle ne saurait m'y suivre. Quand les aînés de notre tribu se traitaient entre eux de « vieille chèvre », ils faisaient référence à l'aisance avec laquelle nous trottions sur les flancs des montagnes aux côtés de nos troupeaux.

Chullu a poussé un cri, et la femme a porté son attention sur lui, plissant les paupières et entrouvrant la bouche. J'ai frotté un doigt le long des gencives douloureuses de mon fils pour l'apaiser. Le visage de la femme s'est fendu d'un superbe sourire.

—Je vois qu'il a grandi.

La connaissais-je ? Si je l'avais déjà rencontrée, je ne m'en souvenais pas. Voyant ma confusion, elle a désigné Chullu du menton.

—Le docteur Kumar et moi vous avons aidée à accoucher il y a quelques mois de cela, a-t-elle expliqué en regardant vers le haut de la crête. Plusieurs kilomètres de l'autre côté de ce pic.

C'était donc elle, la fameuse *doctrini* qui s'était occupée de moi ! Elle avait sauvé mon Chullu ; je lui devais beaucoup. J'ai réuni mes paumes et je me suis inclinée pour lui toucher les pieds.

—Merci, docteur. Sans vous…

Elle s'est penchée pour m'arrêter, couvrant mes mains avec les siennes. J'ai alors remarqué les plus beaux tatouages au henné que j'avais jamais vus sur les mains d'une femme. On aurait dit l'élégant ouvrage de perles et de sequins sur le *chunni* d'une mariée. C'était presque comme si elle portait des gants de mousseline aux motifs complexes. Ce n'est qu'au prix d'un effort que j'ai pu m'en détourner. Elle avait recommencé à parler.

— C'est mon mari, le docteur Kumar, qu'il faut remercier, a-t-elle précisé. Là-haut, au Lady Bradley Hospital. Moi, je ne suis pas médecin. Je travaille avec lui pour aider à soulager les souffrances pendant et après la naissance. Je me réjouis de constater que le bébé et vous êtes en bonne santé.

J'ai remarqué qu'elle n'avait fait aucune allusion à mon mari, et je lui en étais reconnaissante. L'immense douleur que j'avais éprouvée sur le moment en perdant Dev n'était plus qu'un mince filet de souffrance, parfois même à peine perceptible – comme quand mon regard tombait sur l'amulette de Shivaji que Dev portait autour du cou et que j'avais à présent enroulée autour de la statue du dieu dans mon foyer.

Me détournant de la femme et de mes souvenirs de Dev, je me suis mise à emballer les pivoines dans du vieux papier journal. J'ai entendu le jeune homme demander à mes enfants quelle créature ils aimeraient que le marchand de ballons leur façonne. Je lui ai jeté un coup d'œil. Il était accroupi devant le panier des enfants, et Chullu le dévisageait, fasciné.

— Je vous en prie…, suis-je intervenue. Ce n'est pas nécessaire.

L'homme qui avait les yeux de mon mari s'est retourné vers moi.

— Non, ce n'est pas nécessaire, a-t-il approuvé.

Il a continué de me sourire jusqu'à ce que je me détourne, les joues en feu.

Je me suis affairée avec les fleurs. Quand la femme a voulu me payer, j'ai agité la main pour refuser.

— Je ne vous remercierai jamais assez, *Ji*.

Mais la femme a plaqué l'argent sur ma paume avec insistance.

— Si, vous me remercierez en les nourrissant bien, a-t-elle contré en montrant les enfants, qui jouaient à présent avec le ballon en forme d'éléphant acheté par le jeune homme. Vous voulez bien vous assurer d'avoir encore des pivoines pour moi demain ? a-t-elle ajouté. Et je vais vous prendre quelques achillées tant que j'y suis.

Alors que le couple s'apprêtait à repartir avec ses achats, j'ai lancé :

— MemSahib, puis-je savoir comment vous vous appelez ?

Tout en poursuivant sa marche, la femme aux yeux bleus a tourné la tête pour me sourire.

— Madame Kumar. Lakshmi Kumar. Et vous êtes ?

— Nimmi.

Elle a désigné le jeune homme, qui avait pivoté vers moi et qui marchait désormais à reculons pour rester à sa hauteur.

— Voici Malik, Abbas Malik, qui viendra récupérer une commande régulière de fleurs tous les deux ou trois jours.

Malik s'est arrêté pour m'adresser un *salaam* et, le sourire aux lèvres, s'est dépêché de la rattraper.

Le lendemain, j'ai mis plus de soin que d'habitude à me préparer, m'assurant que mes cheveux étaient bien tirés en arrière. J'ai mis mes lourdes boucles d'oreilles et mon collier d'argent, ceux de mon mariage. Je me suis dit que je m'habillais pour les touristes, mais en réalité j'attendais impatiemment la venue de Malik. Je n'étais pas sûre qu'il vienne, même si je le pressentais. Quand il est apparu, il a d'abord salué Chullu et Rekha. Chullu lui a souri en montrant ses gencives roses, mais Rekha l'a gravement étudié, comme elle le fait toujours. Puis Malik a sorti un petit bocal de son sac en toile et me l'a tendu.

Étonnée, je le lui ai pris des mains et j'ai contemplé son contenu dense et doré. Mes doigts tremblaient. Le dernier cadeau qu'on m'avait offert, c'étaient des liens ornés de petits miroirs que la sœur de Dev avait fabriqués à l'occasion de mon mariage pour nouer le bout de mes tresses.

— Pour quand il fait ses dents, a-t-il précisé.

J'ai dévissé le couvercle et j'ai fait tournoyer un peu de miel sur mon doigt avant de l'offrir à Chullu, qui a ouvert la bouche aussi sec. J'en ai frotté un peu sur ses gencives et il a passé sa petite langue sur ses lèvres. Rekha en a voulu elle aussi, alors je l'ai laissée lécher mon doigt. Je n'avais pas eu de quoi en acheter jusque-là et j'étais immensément reconnaissante qu'un cadeau si attentionné m'ait été dispensé par cet homme qui ne m'était pas apparenté.

— Merci, ai-je dit, sans quitter mes enfants des yeux.

— C'est moi qui vous suis reconnaissant pour les pivoines, a-t-il protesté. Autrement, Tatie-patronne m'aurait fait escalader la falaise pour les récupérer.

Il a éclaté d'un rire franc et sonore.

Je l'ai regardé.

— « Tatie-patronne » ?

— Mme Kumar, a-t-il spécifié. C'est ma patronne, même si elle prétend le contraire.

Il a souri.

— Comment avez-vous su pour le miel ? me suis-je enquise.

— Par les enfants de ma *omi* – les siens et ceux dont elle s'occupait dans mon quartier d'avant. Il y en avait toujours un qui faisait ses dents. Ma mère – bon, j'appelle Omi ma mère, mais elle m'a pris chez elle quand j'étais petit – leur frottait les gencives avec du miel.

Il a souri.

— Attendez de voir ce que je peux faire avec leurs cheveux. J'ai aidé à faire les tresses de toutes mes *sœurs-cousines*.

Avant que j'aie pu lui demander ce qui était arrivé à sa vraie mère ou qui était cette « Omi », Rekha s'est écriée :

— Coiffe-moi !

Elle n'avait pas perdu une miette de notre échange.

Après cet épisode, il est passé tous les jours avec un petit quelque chose pour les enfants : un nœud pour Rekha, un sachet de litchis sucrés, un grillon vert pour Chullu. Dès le début, je me suis sentie à l'aise avec lui. Je me suis mise à récolter les plantes les plus rares pour qu'il les rapporte à Mme Kumar. Des rhododendrons pour guérir les chevilles enflées. Des racines de framboises des montagnes pour arrêter les saignements quand le flux menstruel d'une femme devient trop abondant. Un jour, je lui ai même donné un bol de *sik*, fabriqué à partir du fruit séché du margousier, bruni dans le *ghee* avant d'y ajouter du sucre et de l'eau. C'était ce que j'avais mangé lors de mes deux grossesses, et toutes les femmes des montagnes en consomment pour garder la santé pendant et après l'accouchement.

Un beau matin d'août, alors que la brume avait quitté les montagnes et que je sentais le soleil me rougir les joues, Malik est arrivé avec un tiffin. Il a dit qu'il était rempli de *chapattis* au blé et au maïs, ainsi que d'un curry aux courges d'été et aux oignons doux.

— Aujourd'hui, on achète tout ce que vous avez et je vous emmène pique-niquer.

Rekha a souri, ce qui est rare chez elle. Puis elle a tapé dans ses mains et a bondi hors du panier. J'ai détaché les enfants et j'ai calé Chullu sur ma hanche.

— Qui ça, « on » ? Vous et votre ombre ? l'ai-je taquiné.

Il s'est mis à rassembler mes fleurs pour les disposer délicatement dans le panier à présent vide.

— Le Lady Bradley Hospital. Hier, la fille d'un financier a donné naissance à des jumeaux. J'avais laissé un peu de votre *sik* aux infirmières, qui lui en ont donné à leur tour. Elle a décrété qu'elle n'avait jamais rien goûté d'aussi bon et qu'elle se sentait mieux. L'instant d'après, son père donnait de l'argent pour la nouvelle aile de l'hôpital ! Vous imaginez un peu ?

Malik a tapoté de l'index le nez de Chullu, puis celui de Rekha, et ils ont gloussé.

J'ai recouvert le panier à l'aide de la couverture en crin et je l'ai pris sur mon dos. Puis j'ai hissé Chullu au-dessus de ma tête, avant de laisser pendre la sienne sur une de mes épaules pendant que j'attrapais sa cheville sur l'autre. J'ai montré à Malik comment porter Rekha de cette manière. C'est la façon dont notre tribu a toujours porté les petits enfants, pour leur confort autant que pour le nôtre.

Malik s'est exécuté. À croire qu'il avait fait cela toute sa vie.

Une chaude soirée d'été quelques semaines plus tard, il est venu dans le logement que je louais pour ma famille dans le bas de Shimla. La pièce embaumait le parfum des pommes de terre épicées que je préparais pour les enfants, et j'avais calé la porte pour laisser entrer la brise. Malik se tenait sur le seuil, son sourire désinvolte aux lèvres. L'espace d'un instant, je suis restée debout sans bouger, les yeux ronds, ma cuillère à la main. Puis je l'ai laissée tomber, je me suis avancée et je l'ai enlacé, sans même lui demander comment il avait su où j'habitais.

Mon logement n'est rien de plus qu'un espace couvert sous l'avancée d'une maison – de la terre tassée, des murs faits de planches en bois, une fenêtre masquée par un rideau. Je m'y sens chez moi, car il ressemble beaucoup à la cabane dans laquelle Dev et moi vivions l'été, tout en haut dans les montagnes. Là-bas, nous nous contentions de superposer de longues herbes par-dessus un encadrement en bois en guise de murs. Tous les membres de la tribu aidaient. Nos fenêtres n'avaient ni vitre ni revêtement, et nous dormions sur des paillasses fourrées d'herbe.

Mes propriétaires ici, à Shimla, les Arora, m'ont donné un réchaud à deux feux auquel j'ai dû m'habituer, car j'étais accoutumée à la cuisine sur feu ouvert. Le robinet et les latrines se trouvent à l'extérieur. Les Arora ont une soixantaine d'années et n'ont pas d'enfant. Le jour où ils m'ont vue pour la première fois avec mes deux petits, en train de lever le camp sur une colline surplombant leur maison, ils nous ont invités à prendre le petit déjeuner avec eux. Mme Arora m'a pris Chullu des bras et a humé ses cheveux, les yeux clos. Rekha s'est cachée dans mes jupes jusqu'à ce que M. Arora lui offre un caramel. Une fois au fait de ma situation, il a proposé de clôturer l'espace sous leur maison, directement sous le salon en porte-à-faux. Ils m'ont dit de ne pas m'inquiéter pour le loyer, mais je m'efforce de leur donner tout ce que je peux avec ce que je gagne en vendant mes fleurs. De son côté, le vieux couple est ravi de s'occuper de Chullu et Rekha le matin quand je parcours les bois.

Malik et moi nous sommes mis à partager le même lit peu après notre rencontre et, en sept mois, je n'ai vu Lakshmi qu'une poignée de fois. Elle a confié l'achat de ses herbes médicinales au jeune homme, l'accompagnant uniquement pour voir si j'avais récolté des nouvelles fleurs depuis sa visite précédente ou pour demander s'il existait une autre variété de racine de serpentine qui pourrait être plus efficace pour faire baisser la tension que celles que Malik avait achetées la dernière fois.

Il y a quelques mois, elle est venue avec lui à l'étal, et je me suis dit qu'elle devait chercher une herbe particulière. Je me suis levée pour les saluer tous les deux. Mais elle avait l'air distraite, promenant son regard sur mes fleurs et mes plantes pendant que Malik rassemblait les provisions dont il avait besoin. J'ai senti qu'elle m'étudiait quand je regardais ailleurs. Mes enfants ont réclamé que Malik joue avec eux. Rekha voulait qu'il s'amuse à lui taper dans les mains en chantonnant une comptine qu'il lui avait apprise, et Chullu tenait à faire un tour sur son dos. Malik leur a souri, mais m'a évitée du regard.

J'ai jeté un coup d'œil à Lakshmi, qui nous considérait à tour de rôle. J'ai senti mon cœur se serrer – comme quand je suis perturbée –, et j'ai perçu les prémices d'un malaise entre nous. À cet instant, j'ai compris que Lakshmi était au courant pour notre relation, et que Malik était mal à l'aise.

2

Lakshmi

Shimla

J'adore cette saison. L'air qui pique les narines, les cristaux de neige qui craquent sous les bottes, l'excitation du nouveau cycle qui arrive. Après avoir vécu la majeure partie de ma vie dans la chaleur sèche du Rajasthan et de l'Uttar Pradesh, je n'aurais jamais cru apprécier un jour la fraîcheur des contreforts de l'Himalaya.

Alors que je contourne la dernière colline dans ma marche matinale, je repère le toit et les pignons de mon pavillon victorien recouvert de la dernière neige, telle une pâtisserie élaborée ornée de crème. Sur le côté de la maison se dresse un cèdre de l'Himalaya, aux branches alourdies par la poudre blanche. Cette scène m'emplit toujours de joie, et je me demande – comme souvent – comment je pourrais capturer sa beauté délicate dans un tatouage.

Et puis je remarque la présence de Nimmi sur le pas de ma porte.

Depuis le sentier, j'hésite.

Dans ses atours tribaux, sa silhouette mince est saisissante. Sa peau est de la couleur d'une écorce mouillée, si mate que ses yeux – petits et enfoncés – brillent comme ceux d'un bulbul énergique, dont les prunelles noires et le nez crochu lui prêtent un air sévère. Je m'en veux de la juger ainsi. Ne m'efforcé-je pas de paraître toujours agréable, même quand la situation n'y invite pas ? C'est une compétence que j'ai maîtrisée au cours d'une décennie passée à satisfaire les caprices des dames de Jaipur dont je tatouais les mains au henné. Sans doute apprend-on aux femmes de la tribu de Nimmi à ne pas tempérer leurs vraies émotions ?

Je me surprends à froncer les sourcils. Sa présence me met-elle mal à l'aise parce qu'elle me tient pour responsable de l'absence de Malik ? C'est possible. Peut-être est-ce pour cela que je me plie en quatre pour me montrer polie et agréable avec elle. Je dois lui acheter la majeure partie de ses fleurs sur Mall Road. J'ai dit à Malik de payer plus que ce qu'elle demande parce que je sais que c'est une jeune veuve qui peine à joindre les deux bouts et à pourvoir aux besoins de ses enfants. Pourtant, je perçois chez elle une certaine hostilité à mon égard. Ou est-ce plutôt de la méfiance ? Comme si elle s'attendait à ce que je la réprouve, l'humilie ou la réprimande. Est-ce le cas ? Je me dois d'admettre qu'elle me rappelle les premières années avec ma jeune sœur, Radha, qui mettait un point d'honneur à faire la sourde oreille à tout ce que je pouvais bien lui dire.

Je me force à sourire tout en gravissant les marches de la véranda. Nimmi recule nerveusement d'un pas. Son regard avide demande : *Y a-t-il une lettre de Malik aujourd'hui ?*

Sa tête est couverte d'un *chunni*, et elle porte sur ses cheveux le médaillon argenté la désignant comme nomade. Elle ne semble pas ressentir le froid, contrairement à moi, qui suis emmitouflée dans un châle en laine par-dessus un pull en cachemire et un lourd sari. Malik me dit que le tissage et la trame de la laine artisanale de Nimmi leur permettent, à elle et à son peuple des montagnes, de rester plus au chaud et au sec que la laine avec laquelle je tricote des chandails pour Jay et moi.

Après lui avoir murmuré la bienvenue, je tourne la clé dans la serrure de la porte et lui fais signe d'entrer. Elle s'avance de quelques pas et s'immobilise. La pièce est éclairée par la lueur orangée du feu que Jay a préparé avant de partir travailler ce matin. Ses flammes projettent des ombres chinoises sur le plancher luisant. En face de la cheminée trônent un canapé et deux fauteuils couverts d'un coton crème.

J'essaie de voir la pièce à travers les yeux de Nimmi, qui semble si mal à l'aise. Pour elle, une femme des montagnes accoutumée à dormir au grand air sur des paillasses confectionnées à l'aide de bouts de vieilles couvertures, ces maisons de Shimla à deux niveaux construites par les Anglais doivent paraître d'un luxe obscène.

— « *Namaste !* Bonjour ! *Welcome !* » braille Madho Singh.

Nimmi sursaute, cherchant l'origine du bruit – tout comme Malik, il y a bien des années, lorsqu'il a vu l'oiseau parlant pour la première fois au palais des maharanis de Jaipur. La cage de Madho Singh se trouve près de la cheminée (il aime être au chaud ; c'est un oiseau des tropiques après tout, et Shimla est un peu venteux pour lui). Malik a dû le laisser ici en partant pour Jaipur (il était parvenu malgré tout à le conserver dans sa chambre du pensionnat de l'école Bishop Cotton). Je dois reconnaître que j'ai fini par m'habituer à cette perruche alexandre ; même, l'oiseau me manquerait, presque, s'il ne passait pas ses journées à ronchonner comme il le faisait autrefois avec la maharani Indira. Celle-ci avait été si charmée par Malik et sa fascination pour Madho Singh qu'elle lui avait offert la perruche à notre départ de Jaipur (même si je me demande aussi parfois si elle ne cherchait pas simplement à se débarrasser d'une vieille nuisance).

À présent, l'ombre d'un sourire flotte sur les lèvres de Nimmi ; l'oiseau l'amuse.

J'accroche mon châle à la patère à côté de la porte. Le gilet en laine vert de Jay, celui qu'il porte à la maison, y pend aussi, ainsi que nos chapeaux, parapluies et manteaux. Je vois Nimmi porter son regard sur la table du salon, où nous buvons notre thé du matin. À côté des tasses et soucoupes vides se trouve une enveloppe, soigneusement ouverte, près d'un coupe-papier argenté. Ses yeux se fixent dessus comme s'il s'agissait d'un précieux joyau.

— Vous voulez une tasse de thé ? lui proposé-je.

Elle fait « non » de la tête, polie mais impatiente. C'est à peine si elle parvient à se retenir de m'ordonner de la lui lire. Elle est venue pour cette unique raison. Sa tribu se déplace avec les saisons dans l'Himalaya, aussi la plupart de ses membres n'ont-ils jamais fréquenté l'école ni appris à lire. Malik m'a fait promettre de lui lire à haute voix les lettres qu'il lui écrirait.

— J'ai préparé quelque chose rien que pour vous. Je vais aller chercher ça.

Avant qu'elle ait pu objecter quoi que ce soit, j'entre dans la cuisine et lance le thé. Elle ne ressent peut-être pas le froid, mais mon corps, si. Alors que le lait et l'eau commencent à bouillir, j'y ajoute des graines de cardamome, un bâton de cannelle et des grains de poivre avant de verser quelques cuillerées de feuilles de thé. Les tranches de citron confit et les pétales de rose sucrés que j'ai préparés plus tôt reposent sur une assiette en acier inoxydable. Nimmi est abattue depuis que Malik est parti il y a un mois, et je sais que les essences de fruits et de fleurs sont un baume naturel pour la tristesse. Je le tiens de mon ancienne *saas*, et cette recette m'a permis de guérir plus d'une âme meurtrie.

Portant le plateau de thé et les fruits confits, je retourne dans le salon où Nimmi se réchauffe les mains devant la cheminée.

J'indique les fauteuils en face de l'âtre, et elle s'abaisse sur l'un d'eux en poussant sa lourde jupe sur le côté pour se jucher sur le rebord, petit oiseau nerveux prêt à s'envoler du nid. Je m'installe dans l'autre. Entre nous trône la table basse du salon. Je pousse l'assiette de friandises vers elle et verse le chaï dans nos tasses en porcelaine.

— Comment vont vos enfants ?

Elle ramasse une rondelle de citron et l'examine ; sans doute son peuple ne mange-t-il pas de fruits confits.

— Ils sont en bonne santé, répond-elle en hindi.

Sa langue natale est le pahari, et son dialecte est si différent de ce que je connais que je peine à en comprendre un traître mot.

— Tant mieux.

Mon mari, qui est médecin au dispensaire, m'a rapporté que le fils et la fille de la jeune femme souffraient tous deux d'une otite la dernière fois qu'il les avait vus en consultation.

Nimmi hoche la tête, distraitement, et mord dans le fruit confit. Elle écarquille les yeux. Le goût à la fois doux et amer la prend par surprise. Elle cache un petit sourire derrière sa tasse en buvant une gorgée.

Je baisse les yeux et sirote mon thé.

— Avant de lire la lettre de Malik, il y a certaines choses que j'aimerais dire.

Au prix d'un effort, elle me considère. Pas facile de deviner ce que recèle ce regard profond. Ses traits sont durs, anguleux, mais ils dégagent une réelle beauté. Son front est proéminent, comme ses pommettes. Les nombreuses années passées sous le soleil des montagnes, à sillonner l'Himalaya avec sa tribu lors de leurs migrations annuelles, lui ont tanné la peau. Je ne suis déjà pas très grande, pourtant je la dépasse de quelques centimètres.

—Nimmi, je sais que vous comptez pour Malik et qu'il vous aime beaucoup. Je ne vous veux aucun mal. Je ne souhaite que le meilleur pour lui.

—Vous n'êtes pas sa mère, lâche-t-elle vivement, sous le coup de la colère.

J'inspire un grand coup avant de répondre :

—Non, reconnais-je. On ne saura sans doute jamais qui était sa vraie mère, mais je veille sur lui depuis son enfance. Et je suis devenue sa tutrice légale quand nous avons emménagé ici, jusqu'à ses dix-huit ans.

Malik le lui a sûrement déjà dit, mais je tiens à ce qu'elle l'entende de ma propre bouche. Je lui raconte donc comment ce garçon crasseux et sans chaussures m'a suivie partout dans Jaipur et s'est attaché à moi à l'époque où j'y travaillais comme tatoueuse au henné. Malgré son port fier, son regard était affamé. Aussi lui ai-je confié des petites courses à faire en échange de quelques *paise*. Il faisait tout ce que je lui demandais, si bien et si vite qu'à force, j'ai fini par lui confier davantage de responsabilités – jusqu'à ce qu'il se mette à m'acheter des produits et à livrer mes huiles et crèmes aromatiques aux quatre coins de la ville. Il n'a pas tardé à faire partie de ma petite famille, aussi essentiel à mon existence que les mains avec lesquelles je tatouais le corps de mes clientes. Avec ma jeune sœur Radha – alors presque âgée de quatorze ans et également comme une sœur pour lui –, nous sommes venus tous les trois à Shimla il y a douze ans afin qu'ils puissent fréquenter de bonnes écoles pendant que je travaillais à l'hôpital.

—Nous avons eu la chance qu'un bienfaiteur de Jaipur finance l'éducation de Malik à l'école pour garçons Bishop Cotton. Quel soulagement, Nimmi. Je savais que cela lui ouvrirait toutes les portes qu'il souhaiterait…

—Vous pourriez me la lire, cette lettre, s'il vous plaît ?

Elle serre ses mains avec une telle ardeur que ses jointures sont toutes pâles.

Je les prends dans les miennes. Elle paraît surprise, mais se laisse faire. Malgré sa jeunesse, ce sont les mains d'une travailleuse. Rugueuses, marquées. Je frotte le pouce sur la preuve de sa brève mais laborieuse vie passée à sarcler, planter, tondre, traire. Je les retourne, cherche les points de pulsation entre le pouce et l'index, les presse doucement pour la détendre. Je lui laisse le temps d'étudier le henné sur mes mains, car j'ai remarqué sa curiosité à mon égard. Pour moi, le tatouage au henné permet à une femme de retrouver une part d'elle sans doute égarée.

À l'époque où j'étais tatoueuse à Jaipur pour gagner ma vie, il était si satisfaisant de constater le changement chez les femmes une fois que leur peau avait été huilée, massée, décorée à l'aide d'une pâte de henné rafraîchissante, qu'elles avaient trompé le temps en me racontant l'histoire de leur vie, vu la lueur rougeâtre d'un motif personnalisé dont le henné séchait et s'effritait. Elles repartaient plus calmes, plus sereines, plus heureuses.

Ces instants d'intimité avec mes clientes me manquent autant que la joie de leurs transformations. Je crois que c'est pour cela que je couvre désormais mes propres mains de henné. (À Jaipur, je ne me serais jamais permis d'éclipser le travail que j'effectuais sur mes dames ; je me contentais de m'enduire les mains d'huile et d'avoir les ongles propres et bien coupés.) Mais cette précieuse sérénité manque à la contenance attentive de Nimmi. C'est ce que j'aimerais lui offrir.

— En dehors de votre mariage, vous a-t-on déjà tatoué les mains au henné ?

Elle secoue la tête, à présent intéressée.

— Vous aimeriez que je le fasse ?

Je tourne le poignet pour consulter ma montre. J'ai du travail, mais ceci est plus important.

— Il me reste deux heures avant de commencer à la clinique. On a tout le temps.

Elle reporte son regard émerveillé sur mes mains, puis sur les siennes, dénuées de tout ornement.

— Je pourrais peut-être dessiner les fleurs sauvages que vous récoltez ? Ou quelque chose que vos enfants aiment particulièrement ? Le grillon que Malik leur a trouvé, par exemple ?

À l'évocation de Malik, Nimmi arrache ses mains aux miennes. Elle les frotte ensemble, comme si je l'avais ébouillantée.

Elle n'est pas prête pour ce genre de réconfort.

Je ramasse l'enveloppe, en ôte les pages en papier pelure pliées et les lisse sur mes genoux du plat de la main. J'aimerais tellement établir un lien avec elle. Je sais qu'elle a mené une vie difficile. Je sais qu'elle travaille dur, encore, pour nourrir ses enfants. Mais je songeais à l'avenir de Malik depuis bien avant qu'elle n'apparaisse. Je presse les lèvres, presque comme si j'essayais d'empêcher des mots trop durs de s'échapper.

— Je n'ai pas envoyé Malik à Jaipur pour l'éloigner de vous, Nimmi, assuré-je. Je voulais seulement l'empêcher de s'attirer des ennuis ici.

Je cherche les mots justes. Je n'aimerais pas qu'elle m'en veuille ; cela creuserait un fossé entre Malik et moi, ce qui me serait insupportable.

— C'est un jeune homme entreprenant, je suis sûre qu'il est conscient de l'argent à gagner de l'autre côté de la frontière népalaise. Votre tribu a bien dû constater cette activité lors de vos marches dans les montagnes. Les troubles le long des frontières au nord de l'Inde semblent avoir créé plus d'une affaire illégale – du trafic d'armes et de drogue, entre autres.

J'observe Nimmi pour m'assurer qu'elle comprend ce que je suis en train de lui dire. Je perçois son léger hochement de tête tandis qu'elle attrape une autre rondelle de citron.

— Évidemment, je ne veux pas dire par là que c'est ce que Malik fait. Je l'ai envoyé à Jaipur pour travailler avec un ami de la famille, Manu Agarwal, parce que c'est ce qui m'a paru le mieux pour le protéger et l'exposer au monde professionnel de là-bas. Manu est le gestionnaire des installations au palais de Jaipur. Il peut présenter Malik à beaucoup de gens, des gens en mesure de l'aider à façonner son avenir.

Même moi, j'ai l'impression de passer pour une mère surprotectrice. Est-ce ainsi que Nimmi me considère ? J'attrape ma tasse et finis mon chaï. Malik a vingt ans, c'est un homme adulte. Pourtant, en lui, je vois toujours le garçon empressé et entreprenant qu'il était avant. Il n'a pas perdu son goût du risque.

Je sais que Nimmi m'en veut de l'avoir envoyé à Jaipur, mais je dois agir dans l'intérêt de Malik. Je ramasse le plateau avec la théière et les tasses inutilisées et rapporte le tout à la cuisine. Depuis que j'ai travaillé au service de l'élite de Jaipur, je préfère ranger moi-même plutôt qu'embaucher un domestique. Une fois par semaine, une femme du coin – Moni – vient faire le ménage. Son mari dégage nos sentiers l'hiver.

Quand je regagne la pièce, Nimmi fixe le feu du regard. Ses mains sont jointes sous son menton, sous son tatouage tribal, et ses coudes reposent sur ses cuisses. Je me rassieds.

— Si travailler dans la construction et le bâtiment ne lui plaît pas, Malik reviendra, Nimmi. Mais je veux que, au moins, il essaie. Ici, à Shimla, il est désœuvré. Et je crains qu'il reste à cause de moi.

Cette phrase m'attire un coup d'œil acéré de sa part. *« Et de moi »*, l'entends-je presque penser. *« Je sais qu'il tient aussi à moi. »*

— Mes enfants se sont habitués à sa présence, se contente-t-elle de dire. Ils n'arrêtent pas de le réclamer.

Je perçois la tristesse dans sa voix. J'aimerais l'inciter à manger d'autres tranches de fruits confits. On ne saurait nier l'attachement de Malik à Nimmi et à ses enfants. J'ai vu les œillades qu'il adressait à la jeune femme, le sourire radieux qui l'illuminait quand il apercevait Rekha et Chullu. C'est une femme forte, et il a toujours été attiré par les femmes fortes. Je prends une grande inspiration, me rappelant quelle est ma tâche.

J'ouvre le tiroir de la console à côté de moi. Il contient mes lunettes de vue et un carnet. Avec mes lunettes sur le nez, je sais que j'ai l'air plus sévère, mais je n'y peux rien. Je feuillette le carnet et m'arrête à une page.

—« 8 mars, 140 roupies, Nimmi. 24 février, 80 roupies, Nimmi ».

Je retourne quelques pages en arrière.

—« 14 janvier, 90 roupies, Nimmi. 1er décembre, 75 roupies. »

Je lève les yeux. À présent, son regard étincelle.

—Qu'est-ce que c'est que ça ? questionne-t-elle en désignant le carnet dans ma main.

—Son livret de banque. Je lui ai ouvert un compte quand il a commencé l'école ici. Cela fait partie de ce que tout jeune homme intelligent doit apprendre à faire.

Je range le carnet dans le tiroir.

Ses narines se dilatent. Ses mâchoires se crispent.

—Malik a proposé de m'aider pendant les mois d'hiver, quand il n'y avait pas assez de fleurs à vendre et trop peu de touristes pour les acheter.

Elle ferme les yeux et joint les mains.

—Vous voulez bien vous contenter de lire la lettre, madame Kumar ?

Ravalant mon soupir, je ramasse les pages en papier pelure et commence ma lecture.

Ma chère Nimmi,

Jaipur est bien vide sans toi. Tonton Manu et Tatie Kanta ont fait preuve d'une grande bienveillance en m'accueillant à Jaipur. Leur fils, Nikhil, n'a que douze ans et est presque aussi grand que moi ! Ils doivent lui servir beaucoup de ghee !
Tonton Manu ne me laisse pas le temps de m'ennuyer. Les ingénieurs civils de son équipe m'apprennent toutes sortes de choses, comme la charge d'impact, la contrainte de cisaillement et les joints poutre-colonne, jusqu'à ce que j'en aie la tête qui tourne. Manu-ji m'emmène à des réunions importantes avec des bâtiment-wallas et sur des chantiers de construction (le palais a tellement de projets en cours !).
J'étudie la pierre et le marbre, quand recourir à l'acier et quand préférer le bois, et tout un tas de formules compliquées sur le poids qu'une colonne et un poteau peuvent supporter.
Plus récemment, il m'a affirmé que je pourrais me retrouver un jour à assister le comptable du palais, Hakeem Sahib. Je vais donc additionner énormément de chiffres. Bientôt, je pourrai partager des connaissances qui prouveront à quel point les hommes sont plus intelligents que les femmes ! (Ça c'était pour toi, Tatie-patronne, car je sais que tu lis ces lignes à Nimmi.)
Le mois de mars commence à se réchauffer. Ma chemise me colle au dos alors même que j'écris. Je ne suis à Jaipur que depuis un mois, et j'ai déjà oublié la fraîcheur de Shimla. La neige a-t-elle fondu, ou une dernière tempête a-t-elle frappé avant l'été ?
Merci de donner les petites barrettes à Rekha. Je me suis dit qu'elles seraient jolies dans ses cheveux. Pour Chullu, j'ai trouvé des superbes billes (que je vais garder pour le moment, il risquerait de les avaler). Je lui apprendrai à

maîtriser les meilleurs coups la prochaine fois que je le verrai. Tu imagines! Quand il aura deux ans, il sera capable de gérer sa propre entreprise de paris sur les billes (je blague, Tatie-patronne!).

Je dois me préparer pour dîner chez Samir Singh. (T'avais-je dit, Tatie-patronne, qu'il m'avait invité? Pas d'inquiétude; personne ne se souviendra du voyou de huit ans que j'étais autrefois, qui courait partout derrière toi dans les rues de Jaipur.) Manu-ji a demandé à Samir Sahib de bien veiller à me désigner sous le nom d'Abbas Malik. Et puis, je trompe tout le monde avec mon numéro de gentleman britannique!

Nimmi, tu adorerais la chambre dans laquelle j'écris cette lettre. C'est la petite dépendance du palais, que Tonton Manu a eu l'amabilité de me réserver. J'aime beaucoup ce minuscule pavillon parce qu'il comporte une petite bibliothèque. (Quelques étagères en réalité, mais on peut toujours rêver. Tatie-patronne, pourquoi n'avons-nous pas de bibliothèque dans notre maison de Shimla?)

Salue pour moi Madho Singh quand tu seras chez Tatie-patronne. Et amène les enfants aussi. Madho peut être très contrariant, mais il adore la compagnie même s'il prétend le contraire.

Tu me manques, Nimmi. Pas un seul jour ne passe sans que je songe à toi, à Rekha ou à Chullu. Je nous imagine escalader Jakhu Hill et regarder Chullu essayer d'attraper les singes ou flâner le long de Mall Road en dégustant des cacahuètes au piment.

À présent, je dois vraiment partir. Tonton et mon ventre m'appellent.

Bien à toi,
Malik

En entendant son propre nom, Madho Singh se met à faire les cent pas sur son perchoir.

— « Les tambours sonnent mieux de loin ! Criiiii ! »

Cet oiseau intelligent retient des proverbes que mon époux, Jay, et moi échangeons pour nous taquiner.

Je repose la lettre sur la table et retire mes lunettes.

Nimmi fronce les sourcils, comme si je ne lui avais pas tout dit.

— Comme vous le savez, mon mari est médecin au Lady Bradley Hospital, ici, à Shimla, lui murmuré-je doucement. Je suis sûre que Malik vous a déjà dit que, bien avant notre mariage, Jay – le docteur Kumar – m'a demandé de m'occuper du jardin d'herbes aromatiques de l'hôpital afin de pouvoir offrir des traitements naturels aux résidents locaux qui ne font pas confiance aux médicaments d'usine. Comme nous achetons depuis un moment les fleurs que vous récoltez, j'ai parlé de vous au docteur Kumar. Je lui ai dit à quel point vous connaissiez la flore et la faune des montagnes.

Je lui jette un coup d'œil pour m'assurer qu'elle écoute. Elle croise mon regard, visiblement perplexe.

— Il pense que ce serait une bonne idée que vous veniez m'assister au jardin médicinal. Pour voir s'il y a d'autres plantes que vous connaissez et que nous pourrions planter. Nimmi, vous auriez du travail tout au long de l'année. Pas seulement l'été.

Elle fronce les sourcils.

— Mais… mon étal sur Mall Road ?

— Vous pourriez toujours vous en occuper les mois d'été, comme vous le faites à présent. Nous pourrions aussi embaucher une femme du coin pour le gérer pendant que vous travailleriez dans le jardin. Le printemps sera la période la plus active de l'année pour planter dans le jardin médicinal.

— Vous seriez ma patronne ?

Je me racle la gorge.

— Vous travailleriez pour l'hôpital, Nimmi. Cela permettrait de nourrir vos enfants, de subvenir à leurs besoins, puisque vous n'êtes plus avec votre tribu.

En la voyant prendre une vive inspiration, je regrette de lui avoir rappelé l'étendue de sa solitude. J'ai envie de lui raconter comment je me suis forgé une vie indépendante à Jaipur grâce à mes tatouages au henné. C'était beaucoup de travail, mais cela m'a permis de comprendre que j'étais capable de me débrouiller toute seule, que j'étais assez forte, assez intelligente. Cela m'a fait un bien fou. Mais j'ai peur qu'elle n'y voie que de la vantardise de ma part.

— Un travail vous rendra plus autonome, me contenté-je donc d'affirmer.

— C'est-à-dire que Malik n'aura plus à dilapider son argent pour moi ?

Ses mots débordent, tel du lait chaud se déversant d'une casserole avant qu'on ait eu le temps de l'écarter de la flamme.

Je sais qu'elle est frustrée, mais j'insiste.

— C'est-à-dire que vous serez indépendante. Pour toujours, Nimmi.

Je me retiens d'ajouter que ses enfants grandissent ; qu'ils auront besoin de nouvelles bottes, de nouveaux habits et de nouveaux livres pour l'école. Tout cela, elle le sait. C'est leur mère, après tout. Malik m'a décrit son logement dépouillé. L'hiver passé a dû être rude à même le sol ; ces murs fins n'ont sûrement pas dû les garder bien au chaud. Si Nimmi pouvait se permettre un endroit plus confortable, les enfants auraient moins d'otites et de nez qui coulent.

— Je vous demande seulement d'y réfléchir, ajouté-je posément.

Avant qu'elle parte, je lui tends les barrettes que Malik a envoyées pour Rekha, puis j'emballe les citrons confits et les pétales de rose ainsi que quelques noix de mon garde-manger dans un sac en toile. Elle veut refuser, mais je presse sa main autour du sac, laissant ma paume sur la sienne jusqu'à ce qu'elle hoche la tête.

3

Malik

Jaipur, État du Rajasthan, Inde

Chez Samir Singh, je suis accueilli par un vieux gardien en uniforme kaki – je n'ai pas le souvenir qu'il y était autrefois –, qui me demande de patienter sous le manguier pendant qu'il annonce mon arrivée pour le dîner. Je le regarde tituber sur le gravier en direction de l'imposante demeure, faisant doucement rebondir son turban blanc sur sa tête. Je suis à Jaipur depuis un mois à présent. Je n'étais pas revenu dans la ville rose depuis mes huit ans. À l'époque, attendre devant des maisons comme celle-ci que Tatie-patronne ait fini de tatouer une de ses dames de la bonne société faisait partie intégrante de mon quotidien.

La propriété Singh est conforme à mes souvenirs : rosiers fraîchement arrosés, fleurs écarlates au parfum délicieux. La chaleur du désert n'a pas encore roussi les jardins de Jaipur ; elle aura tout le temps de le faire dans les mois à venir. Malgré cela, la demeure Singh – en pierre et en beau marbre, à l'ombre de grands margousiers – restera fraîche. Les frangipaniers qui ornent chaque terrasse de l'hôtel particulier à deux niveaux invitent les visiteurs à admirer leurs fleurs parfumées, dont le cœur jaune tourbillonne jusqu'à déployer un éventail de pétales blancs.

Le *chowkidar* revient et me propose de traverser la maison pour me rendre directement dans le jardin.

Alors que je m'approche de la véranda de devant, je remarque le domestique qui, sur le côté de la maison, lustre une berline Mercedes fraîchement lavée. La compagnie Singh-Sharma doit prospérer ; la dernière fois que j'ai vu Samir au volant d'une voiture, il conduisait une Hindustan Ambassador, clin d'œil à la politique du « fabriqué en Inde » de la post-indépendance censée promouvoir la fabrication de marchandises nationales, y compris les voitures.

Devant la véranda, un étalage de chaussures soigneusement rangées sur le côté de la porte d'entrée me rappelle que je dois retirer les miennes. Je quitte mes mocassins, cirés comme on m'a appris à le faire à Bishop Cotton. À l'instar de mes camarades de l'école privée, je ne porte jamais de chaussettes. Quand je franchis la large porte pour pénétrer dans l'entrée silencieuse, je m'immobilise le temps de contempler mes alentours. Je ne m'étais encore jamais retrouvé à l'intérieur d'une demeure aussi imposante que celle-ci, même si j'ai passé plus d'un après-midi devant des maisons que j'aurais sûrement trouvées tout aussi grandioses, si ce n'est plus, si on m'avait invité à y entrer. Mais, à cette époque-là, je n'étais que le garçon qui accompagnait Lakshmi ; l'assistant effronté, uniquement connu des gardiens, des jardiniers et des domestiques.

Sur le mur de droite pend une grande peau de tigre, dépouille rapportée d'une des parties de chasse de Samir en compagnie des maharadjas de Jaipur, de Jodhpur ou de Bikaner. Je me demande ce qu'en penserait Nimmi. Elle, qui a conduit des moutons et des chèvres à travers les gorges himalayennes en guettant les prédateurs tels que les tigres, les léopards et les éléphants sauvages, estimerait sûrement inutile, même cruel, de tuer ces animaux pour le sport.

Sur le mur d'en face, à côté du grand escalier en marbre rose de Salumbar, est accrochée une photographie de Nehru, le défunt Premier ministre, debout à côté de Samir, de Parvati et de quelques autres – hommes et femmes à l'allure officielle – devant un bâtiment gouvernemental. Tatie-patronne m'a confié que Parvati Singh était particulièrement fière d'avoir pu participer à l'effort de notre gouvernement pour renforcer les relations indo-soviétiques.

Aurais-je envie de vivre dans une telle demeure ? Le pavillon du docteur Jay et de Tatie-patronne à Shimla est aussi confortable qu'accueillant. Les murs et les sols sont en bois, pas en marbre. Il y a des petits recoins douillets où Lakshmi écrit ses lettres ou lit des livres empruntés à la bibliothèque de Shimla. Ma pensée suivante me surprend : où habiterions-nous, Nimmi, ses enfants et moi ?

Y avais-je même songé avant de venir à Jaipur ? Un mois de séparation et je pense déjà au mariage ? Je secoue la tête pour chasser ces pensées.

Je reprends ma traversée de l'entrée, en direction de la porte-fenêtre ouverte à l'arrière de la maison. Sur une vaste pelouse verte sont disposées, dans diverses configurations, de nombreuses tables et chaises en fer forgé d'un blanc éclatant. Toutes les chaises sont vides, sauf une. Un homme en chemise blanche est assis dos à moi. Ses cheveux clairsemés, à présent grisonnants, m'indiquent qu'il s'agit de Samir Singh. Il admire son domaine. Je l'appelle « Tonton », pas parce que nous sommes de la même famille, mais par coutume et respect. Le bras levé, il agite dans sa main un verre à moitié rempli de glaçons et d'une boisson ambrée.

— Bienvenue, lance-t-il.

Je m'affaisse sur la chaise à côté de la sienne et lui tends la main. Il l'agrippe fermement.

— Tonton, le salué-je.

J'ai toujours trouvé sa présence rassurante. Ce n'est pas un bel homme, il n'est pas particulièrement grand, mais il a le don de donner l'impression à ses interlocuteurs d'être pris en compte, protégés. Certes, je préférerais être à Shimla, près de Nimmi et de ses enfants, ou en train de lire près de la cheminée en compagnie de Tatie-patronne et du docteur Jay. Mais, quitte à être à Jaipur, autant que ce soit avec Samir.

Il paraît fatigué, les poches sous ses yeux sont plus marquées, les plis le long de sa bouche plus profonds qu'ils ne l'étaient une dizaine d'années plus tôt.

— J'espère que tu as fait bon voyage depuis Shimla, affirme-t-il en désignant son verre. Tu te joins à moi ?

Je souris.

— Bien sûr, pourquoi pas ?

Il hèle un domestique qui, en uniforme et turban blancs, arrose les pétunias et œillets le long du haut mur de pierres à l'arrière de la propriété. Les tessons de verre sur le dessus du mur scintillent comme des émeraudes à la lueur du soleil couchant. Le domestique lâche son tuyau et entre dans la maison.

Samir boit une gorgée et m'étudie de ses yeux striés de brun si semblables aux billes avec lesquelles nous jouions dans les rues.

— Cette école privée t'a-t-elle enfin transformé en *Pukkha Sahib* ?

C'est la raison pour laquelle j'ai accepté son invitation. Pendant douze ans, Samir Singh a payé mes frais de scolarité à l'école pour garçons Bishop Cotton. Ma chemise blanche fraîchement repassée, dont j'ai relevé les manches au-dessus de mes poignets, et mon pantalon près du corps retroussé aux chevilles sont la preuve de cette éducation. Contrairement aux chemises informes et aux pantalons trop larges que portent d'autres jeunes Indiens de mon âge, j'ai adopté l'allure soignée d'un élève d'école privée. J'arbore même une montre suisse plate, cadeau de la part d'un camarade fortuné en échange d'une bouteille de bourbon que j'ai pu lui procurer pour son anniversaire.

La réaction de Samir est similaire à celle qu'ont affichée Tata Kanta et son mari, Manu Agarwal, il y a un mois, à mon arrivée de Shimla. Quand je me suis présenté à leur pavillon – bien plus modeste que le domaine des Singh –, Tatie a écarquillé les yeux d'admiration. Elle s'est dépêchée de me faire entrer pour mieux m'inspecter. Manu, plus calme et réservé, a ri de la voir sans voix – ce qui lui arrive si rarement –, avant de s'avancer pour me serrer la main. Je ne les avais pas revus depuis que j'avais quitté Jaipur, douze ans auparavant. Kanta et Tatie-patronne s'envoient des photos et des lettres environ une semaine sur deux. Elles complotaient depuis longtemps de demander à Manu de me prendre comme apprenti, avant même de m'en informer. Lakshmi avait espéré que je resterais chez les Agarwal pendant mon séjour à Jaipur. Mais, après avoir été pensionnaire dans une école pour garçons où l'intimité n'était pas de mise, j'avais envie d'un endroit à moi. Aussi Tonton Manu a-t-il eu la gentillesse de s'arranger pour que je reste dans la plus petite des deux dépendances du *Rambagh Palace*, édifices séparés au sein du parc.

Assis sur la pelouse de Samir, je tire sur le pli prononcé le long d'une des jambes de mon pantalon et j'éclate de rire. L'herbe est fraîche sous mes pieds, cela fait du bien de m'étirer les orteils. Je remarque que Samir est pieds nus, lui aussi. Le domestique revient avec un petit plateau portant un verre droit en cristal taillé rempli de scotch et de glaçons.

—Vous croyez vraiment que je pourrais passer pour un *Angrezi* ? demandé-je en m'emparant du verre. Avec ceci ?

J'indique mon visage, dont la couleur évoquerait presque celle d'un *chapatti* trop cuit.

Samir s'esclaffe tandis que nous trinquons. Son teint couleur de blé pâle pourrait le faire passer pour un Britannique. Il boit une longue gorgée.

Mais il n'y a pas que la couleur de ma peau qui m'empêcherait de rejoindre les rangs des privilégiés. Habitué depuis longtemps à servir plutôt qu'à être servi, il y a dans mon port une déférence, une audace dont il m'est difficile de me départir. Je suppose que les classes supérieures finiraient par voir clair dans mon jeu, mais cela ne me préoccupe guère.

Samir baisse la voix de sorte que le domestique ne puisse pas nous entendre.

— On m'a donné l'ordre de t'appeler Abbas pendant ton séjour ici, à Jaipur.

Le souvenir d'une journée en particulier me fait sourire. Tatie-patronne était en train de remplir mon formulaire d'inscription à l'école peu après notre emménagement à Shimla. Elle avait marqué « huit » pour mon âge, celui que je préférais avoir, même si aucun de nous ne connaissait vraiment ma date de naissance. Elle m'a demandé mon nom de famille pour l'inscrire sur le formulaire.

— Malik, ai-je répondu.

— C'est ton prénom ou ton nom de famille ?

J'ai dû prendre le temps de la réflexion. S'il y avait eu une cérémonie de baptême en mon honneur quand j'étais bébé, je ne m'en souvenais pas. J'ai haussé les épaules.

— Je n'en ai pas d'autre.

Elle a baissé les coins de sa bouche, comme pour méditer.

— Alors, on va te trouver un prénom.

Elle s'est mise à dresser une liste impressionnante, débitant à toute allure la signification de noms tels qu'Aalim, Jawad et

Rashid. Je faisais mine d'être gêné, mais en mon for intérieur j'étais ravi ; personne n'avait jamais passé autant de temps à réfléchir à mon avenir. Notre choix a fini par se porter sur Abbas, qui veut dire « lion » en ourdou. J'aimais cette sonorité-là : *Abbas Malik*. Pendant les journées qui ont suivi, je me suis entraîné à écrire mon nouveau nom en boucle.

Tout comme moi, Samir porte une chemise en coton cintrée et un pantalon en soie grège. Il a desserré sa cravate – il doit revenir du travail –, et celle-ci repose mollement sur son torse telle la tige flétrie d'une plante.

— Manu Agarwal m'a dit que tu n'étais venu à Jaipur que sur la demande de Lakshmi, et je pense que c'est une sage décision. Cela dit, Lakshmi a toujours été sage.

Il s'exprime d'une voix mélancolique, et je me demande si elle lui manque. Elle ne m'a jamais parlé de leur relation, et je n'ai pas osé la questionner à ce sujet.

— La maharani Latika fait confiance à Manu Agarwal pour gérer le service des installations. La tâche est ardue, et il s'en occupe maintenant depuis quoi, quinze, seize ans ? Je lui suis évidemment reconnaissant de faire appel à mon entreprise pour concevoir et construire des projets d'ampleur.

Samir ne dit pas tout à fait la vérité ; grâce à ses liens de parenté avec la famille royale, travailler pour le palais était une évidence. Par chance, il a assez de talent pour justifier ce népotisme.

— Tu vas beaucoup en apprendre sur le métier du bâtiment auprès de Manu. Au bout d'un moment, tu pourras décider si, oui ou non, ce genre de travail te convient. C'est ce que je dis à mes fils. Leur carrière, leur choix.

Quand Tatie-patronne et moi avons quitté Jaipur en 1957, Samir venait tout juste de fusionner son cabinet d'architecte avec Sharma Construction, désormais connue sous le nom de

Singh-Sharma. Lakshmi avait organisé l'union entre Ravi, le fils de Samir, et Sheela, la fille de M. Sharma, rendant inévitable l'alliance des deux entreprises. Ravi Singh, après ses études à Oxford et à l'école d'architecture de Yale, travaille à présent aux côtés de son père en tant qu'architecte pour Singh-Sharma. Le benjamin de Samir, Govind, étudie le génie civil aux États-Unis. Manu m'a dit que Samir espérait que ses deux fils reprendraient un jour l'affaire familiale. La Singh-Sharma est aujourd'hui la plus grosse entreprise de conception-construction du Rajasthan, et élabore des projets dans toute l'Inde du Nord.

—J'ai entendu dire que M. Sharma avait été victime d'une crise cardiaque ?

Samir acquiesce.

—Il y a cinq ans. La bonne Mme Sharma veille sur lui.

Il agite son verre, et un domestique s'avance pour y verser une nouvelle dose de scotch.

—Aucun de ses fils ou de ses frères ne souhaite reprendre sa part de l'entreprise. Et puis, ils sont éparpillés un peu partout dans le monde.

—Donc, tout repose maintenant sur vos épaules ?

—Sur les miennes et celles de Ravi.

—Félicitations.

Je lève mon verre, et il choque le sien sur le mien.

Je me sens mieux depuis que Samir a dit que mon stage au palais n'était qu'une occasion pour moi de m'essayer au métier. Je me demandais justement si je ne devrais pas donner le meilleur de moi-même plutôt que de me contenter de faire plaisir à Tatie-patronne. Après tout, elle ne fait que penser à mon avenir.

Nimmi a eu du mal à comprendre pourquoi j'aurais envie de partir à plus de six cents kilomètres alors que nous commencions tout juste à tisser une relation intime. Je lui ai répondu :

« C'est grâce à Tatie-patronne si j'ai pu veiller sur Omi et ses enfants. Sans elle, que serais-je devenu ? Vendrais-je des cigarettes de contrebande à l'arrière d'un camion ? Ferais-je de la prison pour avoir revendu des films pornographiques ? » Je savais que Nimmi se sentait terriblement seule depuis la mort de son mari, et que j'avais comblé un vide dans sa vie. Aussi la nouvelle de mon stage à Jaipur lui a-t-elle fait l'effet d'une gifle, quel que soit le nombre de fois où je lui ai assuré que ce n'était que temporaire. Je crois que ce qui lui a fait le plus mal, c'était de voir à quel point j'étais loyal envers Lakshmi ; c'était de comprendre que Patronne était ma famille.

Était-ce trop d'espérer que Nimmi et Tatie-patronne deviendraient amies en mon absence ? Leur relation est importante pour moi, alors que ce n'était pas le cas avec les filles d'école privée que j'ai pu glisser dans mon lit. Tout d'abord, parce que Nimmi a deux ou trois ans de plus que moi. (Nous ne sommes pas certains de notre écart d'âge car elle non plus n'a jamais eu d'acte de naissance, mais nous l'avons évalué approximativement en nous basant sur ce dont elle se souvenait du temps où l'Inde a gagné son indépendance. Et la réponse était : « Rien du tout ! » Elle devait donc être encore un bébé à l'époque.)

De plus, en la présence de Nimmi, j'ai l'impression d'être un homme mûr – un adulte –, même si je ne saurais l'expliquer. Ce que je sais, c'est que j'ai envie de m'occuper d'elle, ainsi que de Rekha et de Chullu. Mais je n'ai que vingt ans. Je suis trop jeune pour m'occuper d'une famille. Ici, à Jaipur, je sais que nombre des *frères-cousins* avec lesquels j'ai grandi doivent déjà être pères ; je n'avais jamais imaginé qu'il s'agirait de mon destin.

Ces pensées sont interrompues par la réprimande d'une femme, qui nous prend tous deux par surprise.

— Ravi !

Nous nous retournons pour voir qui crie de la sorte.

Là, sur la véranda, se tient une jeune femme en sari de soie jaune, un bébé endormi sur l'épaule. Une fillette, qui doit avoir cinq ans, tente de se cacher derrière sa mère. La petite porte un tutu rose pâle; elle pleure. J'ai du mal à comprendre ce qu'elle dit. La chevelure noire et bouclée de la femme n'atteint que ses épaules, comme le veut la mode chez les Indiennes modernes. Ses joues sont rouges. En m'apercevant, elle bat des cils.

—Oh! Pardonnez-moi. Je vous ai pris pour mon mari.

Tonton Samir paraît amusé.

—Viens faire la connaissance de notre invité, il sera des nôtres au dîner.

La femme hésite, avant de soulever le bébé un peu plus haut sur son épaule et de descendre les marches. La fillette la suit.

—Voici Abbas Malik, me présente Samir. Il travaille avec Manu Agarwal au palais de Jaipur, et il va dîner avec nous.

À présent, il se tourne vers moi.

—Abbas, voici ma belle-fille, Sheela.

Au lieu de me saluer avec un *namaste* respectueux, celle-ci s'avance et me tend la main pour que je la serre. Ses doigts sont longs et parfaitement manucurés, ses ongles vernis accrochent la lumière du soleil. Elle porte une fine montre en or, des perles de culture autour du visage. Sa poignée de main est ferme, chaude.

—Comment allez-vous? dit-elle.

Bien sûr, elle n'a aucune raison de se souvenir de moi. Pour ma part, son souvenir est resté gravé dans ma mémoire. Pourtant, la dernière fois que je l'ai vue, elle avait quinze ans; vêtue d'une jolie robe en satin, elle décrétait à Tatie-patronne qu'elle ne voulait pas qu'un musulman décore son *mandala*.

La petite au tutu doit être sa fille. À présent, elle a cessé de pleurer et me dévisage. Sheela m'informe qu'elle s'appelle Rita.

—Pour l'instant, ajoute-t-elle en lui tapotant le derrière, le bébé s'appelle seulement « Bébé ».

Sheela se tourne vers Samir, me permettant de mieux voir le nourrisson sur son épaule. Ses yeux cerclés de khôl essaient de se focaliser sur moi.

—*Pitaji*, c'est honteux! se plaint la jeune femme. Je dois donc tout faire toute seule? La nounou et la femme de ménage n'auraient pas dû avoir le droit de prendre leur congé le même jour.

J'ignore si Sheela tape du pied mais, sous son sari, cela pourrait fort bien être le cas.

Tonton Samir la considère d'un air rieur.

—J'ai entendu dire que tu étais arrivée deuxième au tournoi de tennis du club aujourd'hui. *Shabash!*

Il lève son verre dans sa direction et sourit à la petite Rita, qui se hâte de se cacher derrière sa mère.

Sheela se radoucit légèrement.

—Je peux vous dire que la victoire n'était pas facile. Jodi Singh pense qu'elle n'est là que pour se tenir sur le court en jupette et sourire. Comme d'habitude, c'est moi qui ai dû faire tout le travail!

Je sais à présent que le rose aux joues de Sheela est le résultat d'efforts physiques. Elle dégage une énergie, une aura de vitalité qui est palpable. Elle me rappelle les jeunes chèvres partant à l'assaut des hauteurs himalayennes, leurs efforts produisant une chaleur fumante. L'image m'amuse.

—C'est vrai que Jodi a de jolies jambes, plaisante Tonton.

Sheela lui administre une petite tape taquine sur l'épaule.

—Vous devriez avoir honte! Bon, je vais mettre Bébé à la sieste. Et puis je vais donner à manger à Rita. Quand mon tire-au-flanc de mari finira par rentrer, dites-lui de venir m'aider.

Elle pivote vers moi et me sourit.

—Ravie de vous avoir rencontré, ajoute-t-elle.

Puis elle tourne les talons et regagne l'intérieur de la maison, suivie de sa fille, qui agrippe une poignée du sari de la mère.

— É-man-ci-pée, murmure Tonton Samir en me décochant un clin d'œil. La génération d'aujourd'hui.

— Depuis quand Sheela et Ravi sont-ils mariés ?

Samir pince les lèvres.

— Six ans. Les noces ont eu lieu quand Ravi a décroché son diplôme d'architecte.

Je hoche la tête. La semaine dernière, je me suis méfié quand Manu m'a annoncé que Samir Singh souhaitait m'inviter à dîner.

— Singh-Sharma est sur le point d'achever son travail sur le Royal Jewel Cinema, le dernier projet en date du palais, a précisé Manu. Il s'agit du premier édifice significatif dont Ravi s'est occupé tout seul. Il serait bon pour toi de te familiariser de nouveau avec les Singh. Si tu les croyais importants à l'époque où tu vivais ici, ils le sont devenus encore plus. Dix fois plus, même.

Certes, Lakshmi ne m'a jamais déconseillé de fréquenter les Singh, mais je doute qu'elle serait ravie d'apprendre que je passe la soirée avec eux. La dernière fois que je me souviens d'avoir vu Tatie-patronne en compagnie de Samir, à Jaipur, ils avaient paru tendus, mal à l'aise l'un avec l'autre. Je ne crois pas qu'ils se soient quittés en bons termes. Mais depuis, beaucoup d'eau a coulé sous les ponts, et, pour ma part, j'estime qu'il est bon d'oublier le passé, surtout dans le domaine des affaires. Ce qui a pu se passer entre ces deux-là n'a rien à voir avec moi aujourd'hui.

Et Tonton Manu est comme un membre de la famille. S'il me dit de faire une chose, je m'exécute.

Quand la bonne des Singh nous annonce que le dîner est prêt, Samir m'invite à rejoindre les autres dans la salle à manger pendant qu'il répond au téléphone.

Le dîner s'avère être un repas à sept plats qui dure deux heures. L'épouse de Samir, Parvati, préside. Elle réprimande les domestiques qui font le service.

—Vous appelez cela du *dal*? s'offusque-t-elle. Qui a jamais entendu parler de mettre des pommes de terre dans du *dal*?

Et, plus tard :

—Rapportez ces *paranthas*. Ils sont froids. On ne pourrait même pas y faire fondre du *ghee*.

Depuis la dernière fois que je l'ai vue, Parvati Singh a pris du poids, mais cela ne fait qu'ajouter à sa beauté. Ses joues sont rebondies, sa poitrine est plus plantureuse mais toujours ferme, ses lèvres pleines arborent un rouge à lèvres couleur mûre. Elle a des yeux sombres et pétillants, un rire éclatant. Elle est presque aussi grande que son mari.

Depuis sa place au bout de la longue table, elle supervise actuellement le service des *puris* chauds, tout juste sortis du four.

—Abbas, déclare-t-elle, vous êtes pour nous un grand mystère.

Elle porte ses doigts à ses pouces avant de rouvrir les mains, comme pour saupoudrer la table de sel.

—Samir m'a seulement dit qu'un brillant jeune homme venait dîner avec nous. Il n'a rien précisé d'autre.

—Oui, approuve Ravi, l'aîné des fils du couple. Nous nous demandions qui, au juste, était ce brillant jeune homme.

Il me gratifie d'un sourire engageant. Il est difficile de ne pas apprécier Ravi, que j'aurais déjà rencontré s'il n'avait pas été en déplacement pour affaires. À l'instar de son père, il semble aimer tout ce qu'il fait, ce qui, comme je l'ai appris au cours de la dernière demi-heure, inclut jouer au polo, manger et parler.

Sheela se mêle de la conversation.

—Satisfaites notre curiosité, supplie-t-elle. Nous voulons en savoir plus !

Je remarque qu'elle a mis un rouge à lèvres corail depuis notre poignée de main sur la pelouse. Cette couleur lui va bien.

Désormais, tous les regards convergent sur moi.

— « On ne pompe pas l'eau d'un puits sec », énoncé-je. Je ne suis ni mystérieux ni très brillant, comme vous n'allez pas tarder à l'apprendre.

Je souris.

— Mais c'est forcément faux, proteste Parvati. Samir dit que vous avez fréquenté une école privée dans le nord ? Évidemment, mes deux fils ont étudié au Mayo College, ajoute-t-elle en contemplant son aîné avec fierté. Ravi a poursuivi à Eton, et puis est entré à Oxford et Yale. Notre plus jeune, Govind, est désormais à New York, où il étudie à Columbia. Et vous-même ?

— Rien d'aussi grandiose, tempéré-je. Vos fils sont assurément plus intelligents. Pour ma part, j'ai été à Bishop Cotton.

Le visage de Parvati est figé, à mi-chemin entre le sourire et le renfrognement.

— Vous avez fréquenté l'école Bishop Cotton ? À Shimla ?

Elle marque une pause, comme pour fouiller les tréfonds de sa mémoire.

— Mais c'est là qu'est allé Samir ! s'exclame-t-elle. Il ne nous l'avait pas dit.

Affichant un air neutre, je me tourne vers Ravi.

— Les hivers anglais doivent être aussi froids que ceux de Shimla. *Brrr !*

J'enroule mes bras autour de moi et fais mine de frissonner pour distraire Mme Singh des pensées qui tourbillonnent dans son esprit.

— Sûr ! confirme Ravi. On avait pour habitude d'organiser des concours de crachats pour voir lesquels gelaient avant d'arriver par terre.

Il se tord de rire.

De l'autre côté de la table, Sheela lui adresse un regard sévère.

— Ravi ! le gronde-t-elle. Ne donne pas d'idées aux enfants !

Elle penche la tête en direction de la petite Rita qui, assise à côté d'elle, mange tranquillement son riz et son *dal*.

Sans tenir compte de son épouse, Ravi se retourne vers moi.

— Nous aurons sans doute bien des histoires à nous raconter – après le dîner, ajoute-t-il en haussant les sourcils et en remuant la tête avec amusement.

Samir arrive et s'assied en bout de table, en face de sa femme.

— Après le dîner ? s'étonne-t-il. Tu veux dire par là que vous avez commencé sans moi ?

Il secoue sa serviette pour l'ouvrir, la pose sur ses genoux et sourit. Autour de la table, tous semblent pousser un soupir de soulagement.

Quand, enfant, je travaillais avec Tatie-patronne, elle avait pour habitude de me sermonner au sujet de la discrétion.

— Nous savons des choses sur les gens, Malik, parce que nous nous rendons chez eux, où ils sont le plus vulnérables. Cela ne veut pas dire que nous pouvons divulguer ce que nous avons vu ou entendu. Il y a plus de pouvoir à garder un secret qu'à le trahir.

Je n'ai jamais pensé que Lakshmi signifiait par là que nous devions faire du chantage en recourant à ce que nous savions, seulement que nos clientes nous resteraient loyales si nous l'étions envers elles.

Je regarde autour de la table et songe à ce que je sais de cette famille – les Singh.

Je sais que Lakshmi a aidé à faire en sorte que les maîtresses de Samir restent sans enfant durant les dix années qu'elle a passées à Jaipur.

Et je sais qu'à une occasion, Tonton Samir a partagé son lit avec Tatie-patronne avant qu'elle n'épouse le docteur Jay.

Je sais aussi que la jeune sœur de Tatie-patronne, Radha, a eu un petit garçon, et que Ravi Singh en était le père. Aujourd'hui ce garçon a douze ans, et Ravi ne l'a jamais vu. C'est que Parvati Singh l'a aussitôt envoyé en Angleterre, où il a pu terminer ses études sans être effleuré par un scandale.

Je sais aussi que Sheela Sharma – alors une pulpeuse adolescente de quinze ans – ne voulait pas qu'un enfant des rues aussi crasseux que moi aide à fabriquer le *mandala* que Lakshmi dessinait pour sa *sangeet*.

Mais, depuis, je me suis un peu étoffé, et mes cheveux sont soigneusement coupés. Mon style d'habillement convient mieux à une personne de son rang ; il n'est pas étonnant qu'elle ne me reconnaisse pas, ou ne me remette pas, à présent que je suis assis en face d'elle à la table du dîner.

Comment imaginer le contraire ? À ses yeux, je n'étais rien qu'une imperfection lors d'un après-midi par ailleurs parfait qui a pris fin il y a de cela des années.

Mais je n'ai pas oublié le regard qu'elle a eu pour moi cet après-midi-là. Je n'avais pas besoin de savoir qui elle était, de connaître sa famille, ou d'imaginer ce qu'elle pouvait bien penser de moi – qu'elle m'estime digne, ou indigne d'elle. Il m'a suffi de voir l'expression sur son visage.

4

Nimmi

Shimla

Aujourd'hui, j'ai laissé les enfants chez les Arora pendant que je me rends au Lady Bradley Hospital. Les Arora, mes propriétaires, ne seraient que trop ravis de veiller sur Rekha et Chullu (et de les gâter !) chaque fois que je quitte la maison pour m'occuper de mon étal de fleurs. Mais je me languirais trop de mes enfants, et je préfère en général qu'ils restent avec moi. Tandis que je vaque à mes occupations, ma fille et mon fils apprennent les rites et les connaissances de notre tribu de la même manière que je les ai acquis en talonnant, et en observant, ma mère.

Quand je me suis levée ce matin à l'aube dans notre logement exigu, mes enfants étaient pressés contre moi sur notre petit lit de camp, un de chaque côté. J'ai lissé la lourde couverture crème qui recouvrait nos corps et que j'avais tissée avec la laine de nos moutons. Un bout de paille m'a piqué le doigt.

Rekha a donné un coup de pied en dehors de la couverture et Chullu a crispé son petit poing. Je me suis demandé à quoi ils rêvaient. À leur père ? Leur grand-père ? Aux chèvres que nous avions laissées, à l'odeur du maïs qu'on fait rôtir l'été ? Leur arrive-t-il de rêver de Malik ? De son rire gai, des cadeaux qu'il leur apporte ? J'ai laissé reposer mes mains sur la couverture pendant qu'ils continuaient de dormir, réconfortée par le doux mouvement de leur respiration.

J'ai songé à Lakshmi, qui m'avait invitée à l'aider à l'hôpital. Rekha a besoin de nouvelles chaussures ; déjà, ses pieds sont trop grands pour la paire que je lui ai confectionnée en peau de chèvre l'année dernière. Bientôt, elle sera en âge d'aller à l'école. (Imaginez un peu ! Moi, je n'ai jamais eu cette chance, mais ma fille va pouvoir s'y rendre !) Seulement, il va lui falloir des livres, des feuilles, des crayons et des gommes.

Chullu grandit, lui aussi. Il a besoin d'un nouveau pull, mais, sans nos moutons, je n'ai plus de laine pour lui en tricoter un. Mes enfants ont besoin de ces choses-là maintenant, et ils en auront de plus en plus besoin à mesure qu'ils grandiront. Pourtant, au lieu de chercher le moyen de les leur obtenir, mes pensées ne cessaient de se tourner vers Malik. Malik, toujours. Le contact de son corps, l'angle de sa mâchoire, sa manière de me rassurer en me certifiant que j'ai ma place ici, à Shimla. Puis j'ai repensé à Lakshmi, et j'ai senti mes dents se serrer. Je ne veux pas que Mme Kumar organise sa vie à sa place. Suis-je jalouse ? Jalouse d'elle ? Assurément, elle exerce plus d'emprise sur lui que moi. Sinon, pourquoi nous aurait-il abandonnés, moi et les enfants, sans même se retourner ? Nous estime-t-il donc si peu ? Il nous a assuré que ce ne serait pas long, mais, si Lakshmi lui demandait de rester à Jaipur pour toujours, le ferait-il ?

J'ai remis la jambe de Rekha sous la couverture. Me montrais-je injuste envers mes enfants, faisais-je passer mes besoins avant les leurs ? Était-ce la fierté ou l'égoïsme, ou les deux, qui m'incitaient à nourrir ces pensées ? Et Dev, qu'aurait-il voulu que je fasse ? J'ai soupiré. Mon mari aurait aimé que j'agisse au mieux pour ses enfants.

C'est donc ainsi que, plus tard dans la journée, j'ai demandé à Mme Arora de surveiller Rekha et Chullu avant de gravir péniblement la colline pour me rendre au Lady Bradley Hospital, où je savais que je trouverais Lakshmi Kumar.

Je me tiens à présent devant l'hôpital, qui se dresse sur trois niveaux. Plus d'une fois, alors que je travaillais à mon étal de fleurs sur Mall Road, Malik, craignant que mes enfants ne souffrent d'une otite, les a emmenés au dispensaire dirigé par l'époux de Mme Kumar. Je sais que c'est tout près de l'hôpital. C'est là que doit se trouver Lakshmi.

Un flot régulier de personnes entre et sort par les portes vitrées de l'entrée principale. Chaque fois qu'elles s'ouvrent, je vois s'affairer des infirmières vêtues de blanc et des nonnes en guimpe.

Je ne suis jamais entrée dans un hôpital, ne m'en suis jamais approchée à ce point. Même d'ici, à plus de cinq mètres, je décèle une forte odeur – qui m'est étrangère –, mais j'ignore d'où elle vient, ou de quoi il s'agit.

Une jeune infirmière qui vient tout juste de franchir les portes semble deviner que je suis perdue et me demande si j'ai besoin d'aide.

— Oui, merci. Savez-vous où travaille Mme Kumar ?

Elle m'explique qu'au coin du bâtiment, à gauche, je verrai une porte indiquant « Dispensaire ». Elle me montre le chemin du doigt. Elle suppose que je sais lire, et je lui en sais gré. Je la remercie pour son aide.

Il y a deux portes sur le côté gauche de l'édifice, mais seule l'une d'elles porte une écriture. Sans l'infirmière, je n'aurais pas pu savoir laquelle pousser.

Quand je franchis le seuil, je me retrouve dans une pièce dont les murs ont été peints de la couleur du lichen. Les quatre personnes assises sur des sièges poussés contre un mur arborent des gilets, des jupes et des coiffures couleur locale. Face à un bureau, une jolie femme en sari écrit sur une feuille de papier. Elle porte des lunettes noires et du rouge à lèvres rose. Ses cheveux sont ramassés en une longue tresse qui lui tombe dans le dos.

— Puis-je vous aider ? me demande-t-elle quand je m'avance.

Avant que j'aie pu répondre, Lakshmi Kumar franchit un rideau blanc masquant l'entrée vers une autre pièce.

— Nimmi ! me hèle-t-elle.

Une longue blouse blanche recouvre son sari. Je comprends à son sourire qu'elle est contente de me voir. Soudain, je me sens mal à l'aise. Avec mes plus beaux atours, mes bijoux en argent et mon médaillon sur le front, je fais tache. Les gens des montagnes, la réceptionniste et Lakshmi, eux, portent leurs habits de tous les jours. Mais Lakshmi m'adresse un sourire rassurant.

— Je suis ravie que vous ayez pu venir, lance-t-elle. Je n'en ai pas pour longtemps.

Elle garde le rideau ouvert pour permettre à une autre femme de quitter la pièce où elles se trouvaient. C'est une habitante des montagnes, et la fille qui lui tient la main a un nouveau pansement blanc autour du bras. La femme et l'enfant s'approchent de la réception, talonnées par Lakshmi.

— Veuillez lui dire d'appliquer la pommade sur la plaie seulement après s'être lavé les mains avec du savon et de l'eau chaude. Dites-lui que c'est important.

La réceptionniste répète ces instructions dans un autre dialecte, et la femme hoche la tête pour indiquer qu'elle a compris. Lakshmi sourit à l'enfant et va chercher derrière le bureau un ballon rouge façonné en singe. On dirait ceux en forme d'animaux que vend le marchand à côté de mon étal.

Ce doit être là qu'elle les achète. Je ne devrais pas être étonnée, mais c'est le cas.

Radieuse, Lakshmi se tourne vers moi.

— Dites-moi que vous acceptez ma proposition.

J'agite la tête, ce qui pourrait vouloir dire « oui », « non », ou « peut-être ».

Elle sourit jusqu'aux oreilles, comme si je venais d'accepter. Elle pivote vers la réceptionniste.

— Sarita, voici Nimmi. Vous allez la voir plus souvent.

Puis Lakshmi me prend par le bras.

— Venez. Je vais vous montrer le jardin. Mais je dois faire vite, car des patients nous attendent. Le docteur Kumar se trouve dans l'autre salle de consultation. Dès qu'il aura fini, je vous le présenterai.

Elle m'entraîne dans un long couloir. Quelques pas de plus et nous sortons à l'arrière du bâtiment, où j'aperçois un jardin soigné qui fait deux fois la superficie de l'hôpital, cerné d'une clôture en bois. Chaque rangée est minutieusement étiquetée sur un pieu portant, du moins je l'imagine, l'écriture de Lakshmi. Je remarque que la terre a été retournée récemment et que quelques rangées ont été labourées, mais pas encore plantées. D'un côté se dressent des arbres plus anciens, comme un *nag kesar*, dont notre tribu utilise les feuilles pour faire des cataplasmes guérissant les rhumes de cerveau. Je repère un arbre grêle, qui lutte pour survivre.

Mme Kumar suit mon regard et éclate de rire.

— Mon optimisme dans toute sa splendeur, reconnaît-elle. La poudre que je fabrique à partir du bois de santal aide à soulager les maux de tête, mais je n'ai pas encore trouvé le bon endroit pour le planter. Je poursuivrai mes efforts jusqu'à y parvenir.

Des buissons hauts d'un mètre sont plantés à côté des arbres. Je reconnais de la graine de lune, du brahmi et du séné sauvage.

— J'ai prévu quelques rangées pour faire pousser les fleurs dont vous aurez besoin pour les cataplasmes et les traitements.

Lakshmi s'exprime comme si j'avais déjà accepté sa proposition. Je hoche la tête, encore, et me rends compte que je n'ai pas prononcé un mot depuis que je suis entrée dans le dispensaire.

— À Jaipur, je me servais de plantes indigènes pour soigner les maux des femmes, m'explique-t-elle. J'agis de même à Shimla, en utilisant des plantes qui ne poussent qu'ici. Le climat n'a rien à voir avec celui de Jaipur. J'ai dû me renseigner sur les plantes et les fleurs qui s'épanouissent dans cette terre, dans les contreforts.

Elle s'interrompt pour m'observer. Peut-être craint-elle d'en avoir trop dévoilé ? Ou bien, attend-elle que je réagisse à ce qu'elle vient de me dire, que je la questionne ? Dans le doute, je garde le silence. Un instant plus tard, elle poursuit.

— Il y a encore tellement à apprendre. Vous vous rappelez ce *sik* que vous avez préparé avec des fruits du coin pour l'une de nos patientes ? Si vous êtes capable de cela, imaginez tout ce que vous pourriez accomplir avec les plantes médicinales qui poussent dans les hauteurs ! Vous pourriez aider beaucoup de patients du dispensaire, Nimmi. Essayons de faire pousser ces mêmes plantes dans le jardin médicinal et voyons ce qui se produit !

Ses yeux bleus pétillant d'enthousiasme, elle se penche pour attraper une poignée de terre.

— J'ai ajouté différents ingrédients au sol pour l'enrichir le plus possible – et aussi le rendre un peu moins acide.

Elle laisse glisser la terre – humide, noire, exempte de brindilles, de cailloux et de feuilles – entre ses doigts.

— J'ai surtout utilisé du calcaire broyé…

Elle s'interrompt, pivote vers moi et pouffe de rire.

— Quelle pipelette je fais, non ?

Elle se frotte les mains pour se débarrasser de la terre.

— Si nous allions faire un peu de paperasse pour nous assurer que vous serez payée à temps ?

Comme toujours, Lakshmi déborde d'assurance. Je me demande s'il lui est déjà arrivé d'échouer. Si, un jour, ses projets ne se sont pas déroulés tout à fait comme elle le souhaitait. Est-elle si confiante parce que tout se passe toujours comme elle le veut ? A-t-elle toujours su que Malik accepterait de se rendre à Jaipur pour y devenir apprenti ? A-t-elle l'intention qu'il y reste… pour toujours ?

— Une fois qu'on aura fini, je vous présenterai à l'équipe, poursuit-elle, déjà en route vers la porte arrière du dispensaire. On dressera une liste des plantes dont vous pensez avoir besoin pour notre jardin. Nos outils sont là-bas, dans la remise. J'utilise du fumier comme engrais – de vache, de mouton ou de chèvre, selon. *Bhagwan* sait qu'il y en a beaucoup par ici, même si certains membres du personnel se plaignent de l'odeur des excréments !

L'après-midi passe vite. Au vu de ma tenue et de mes bijoux, la plupart des gens auxquels on me présente me dévisageraient dans la rue en temps normal, mais ici ils se montrent polis à mon égard, et me murmurent des « bienvenue ». Je vois, à leur attitude, qu'ils respectent manifestement beaucoup Mme Kumar. Après que nous nous sommes lavé les mains – avec plus de savon que je n'en ai jamais utilisé de toute mon existence –, elle me présente à son mari. J'étais curieuse de rencontrer celui dont Malik m'avait tant parlé. Le docteur Jay, comme il l'appelle, est grand, plus grand que tous les hommes que j'ai pu croiser dans ma vie. Ses boucles poivre et sel pendent en désordre sur son front. Ses yeux gris et observateurs débordent de bonté. Quand il me voit pour la première fois, son regard glisse sur mon médaillon argenté, ma jupe, le ventilateur du plafond, et puis ses chaussures. Il est timide, comme ma Rekha. Son sourire révèle deux dents de devant qui se chevauchent. Je me surprends à lui sourire à mon tour.

— Voici donc la maman de la charmante Rekha et du petit Chullu ! Enchanté. Si la sœur ne me gardait pas à l'œil, Rekha parviendrait à m'extorquer le stock entier de ballons que garde Mme Kumar !

Quand il sourit, la peau autour de ses yeux se plisse.

Mme Kumar lui jette un regard affectueux.

— *Arré* ! Le marchand de ballons a pu restaurer sa maison entière grâce à ta générosité !

Je vois à présent que mes habits ne sont pas adaptés au jardinage. Les nonnes sont habillées de blanc. Le docteur Jay porte une blouse blanche par-dessus ses habits. Mme Kumar et la femme à la réception en ont par-dessus leurs saris. Devrais-je en réclamer une afin de ne pas salir ma plus belle tenue ? Et que faire de mes bijoux ?

Comme si Lakshmi Kumar m'avait entendue poser la question, elle dit à la nonne postée à la réception :

— Ma sœur, voulez-vous bien donner à Nimmi-*ji* un des tabliers de jardinage et une paire de gants ? Ah, et aussi ces documents que j'ai déjà remplis.

Je me redresse dans un soubresaut. Elle sait que je ne lis ni l'hindi ni l'anglais. Qu'en penseront les autres membres du personnel, eux qui sont capables de lire et d'écrire ? Lakshmi cherche-t-elle à m'humilier ?

La nonne tend les documents à Mme Kumar, qui les enroule et les cale dans la poche de son manteau. Elle me glisse un regard.

— Peut-être que, plus tard dans l'après-midi, vous et moi pourrions les regarder ensemble, *accha* ? Je dois rejoindre le docteur Kumar, à présent.

Elle m'adresse un sourire rassurant et entrouvre le rideau, sur le point de disparaître dans le coin où elle et le docteur auscultent des patients. Là où Malik a dû emmener Rekha et Chullu pour leurs otites.

— *Lakin*…

Mme Kumar tourne la tête vers moi, l'air interrogateur.

— C'est que… mon Chullu. Je dois l'allaiter.

Elle baisse les yeux sur mon bustier, stupéfaite, comme si elle venait de se rappeler que j'allaitais encore.

— Oh, Nimmi ! Pardonnez-moi. Évidemment. Pourquoi ne pas amener Chullu et Rekha au travail ? Nous pourrions peut-être demander à Rekha d'arroser les plantes.

Elle hausse les sourcils.

— Mais nous devons rester prudents au sein du dispensaire. La plupart de nos patients n'ont pas des maladies contagieuses, mais tâchons de veiller à ce que vos enfants restent en bonne santé, *hahn-nah* ?

Je regagne le dispensaire une heure plus tard, Chullu sur le dos et Rekha à mes côtés. Chez moi, j'ai troqué ma tenue contre une jupe de bure, ainsi qu'un bustier en tricot donné par ma belle-sœur, que j'ai serré à la taille à l'aide de la ceinture en laine dans laquelle je garde le poignard de mon mari. Je me suis couvert la tête avec un châle à motifs qui me permet de caler mes cheveux en arrière.

Lakshmi nous accompagne au jardin avec une écritoire à pince, et nous parlons des plantes médicinales que nous allons planter. Elle prend des notes en précisant que sinon, elle risque d'oublier. Tout en la regardant faire, je songe au marchand qui façonne des animaux avec des ballons. Les lettres des mots hindis y ressemblent un peu, sauf qu'au lieu d'animaux, elles forment des points et des volutes, des cercles et des traits inclinés.

L'écriture de Lakshmi est soignée et régulière, mais je suis surtout fascinée par la manière dont ses doigts tatoués bougent en rythme avec son stylo. La couleur cannelle du henné est plus riche aujourd'hui qu'elle ne l'était hier, offrant un contraste saisissant avec le blanc de la page.

Quand elle surprend mon regard, je me détourne. Du coin de l'œil, je la vois se tapoter les lèvres avec son stylo.

— Comme Rekha sera souvent ici, j'aimerais lui apprendre à lire. Si cela ne vous dérange pas, bien sûr. Elle a quatre ans maintenant, c'est bien cela ? C'est l'âge idéal. On s'entraînera pendant les pauses, vous pourrez même y assister si vous voulez.

Ma fille dessine des cercles avec ses doigts dans la terre glaiseuse. Je songe aux possibilités. Pourrait-elle devenir une *padha-likha*, ou même une *doctrini*, comme Mme Kumar ? Imaginez un peu ! Une fille des montagnes qui écrit sur du papier, tout comme Lakshmi !

— Un jour ou l'autre, vous devrez établir des listes de plantes et de fournitures. En attendant, vous n'aurez qu'à dessiner les feuilles des plantes.

En quelques coups de stylo, elle esquisse une feuille sur le bord de son écritoire.

— Comme ça.

— La graine de lune !

Je me fends d'un grand sourire.

— Tout à fait.

Elle me tend son stylo-plume.

Je n'en ai encore jamais tenu dans ma main. Il est lisse. Et doux. Je l'agrippe entre mes doigts, tâchant de le tenir comme elle. Je pousse fort. Une tache sombre apparaît sur la feuille, semblable à une goutte de sang. Je jette à Lakshmi le même regard que Rekha lorsqu'elle a commis une bêtise. Lakshmi pose sa main sur la mienne et soulève mes doigts avec douceur.

— Pas si fort, conseille-t-elle.

J'applique moins de pression. Je trace un trait. L'encre s'écoule de façon plus homogène. J'en trace un autre, et puis un autre.

— Brède mafane ? devine-t-elle.

Je fais « oui » de la tête.

— *Shabash* ! Vous allez vous en sortir à merveille, Nimmi !

Je n'ai pas l'habitude des compliments. Mes joues sont chaudes, par gêne ou par reconnaissance, je ne saurais le dire. Elle est si bienveillante. Je ne m'étais pas attendue à cela. Mes yeux se voilent.

Elle se détourne et sort le rouleau de documents de son manteau.

— Occupons-nous de ça, vous voulez bien ? Mais d'abord, j'aimerais jeter un coup d'œil au champignon sur cette feuille.

Lakshmi se lève pour se diriger vers le séné sauvage, me laissant le temps de m'éponger les yeux.

Un mois avant l'effondrement

5

Lakshmi

Shimla

Je coupe à l'aide de mon sécateur une feuille qui s'est asséchée sur la bardane et je l'inspecte. De tout petits trous en perforent le centre. Je la retourne. Elle est peut-être couverte d'œufs d'insectes, ou de larves, mais je ne les vois pas ; à quarante-deux ans, mon regard n'est pas aussi perçant qu'autrefois. Je vais devoir l'étudier, demain, sous microscope. Je la range dans mon panier et j'embrasse du regard le jardin médicinal du Lady Bradley, que j'ai commencé il y a plus de dix ans. C'est même pour cette raison précise que je suis venue à Shimla. M'y serais-je rendue si Jay ne m'avait pas tendu cette perche ? Après tout, un scandale avait mis un terme à mon activité de tatoueuse à Jaipur. Et, même si on m'avait accusée à tort d'avoir volé des bijoux, mes clientes, les dames les plus fortunées de la ville, n'étaient pas du genre à pardonner – ni à oublier – aisément. Au bout du compte, j'ai dû quitter Jaipur pour repartir de zéro.

Nimmi est en train de biner une autre rangée dans le jardin. Elle ne travaille avec moi que depuis deux semaines, mais elle m'a déjà beaucoup appris sur les plantes que cueille sa tribu dans les prairies himalayennes entre ici et le Cachemire. Avec l'aconit tue-loup, buisson d'un mètre de hauteur parsemé de fleurs bleues que nous sommes en train de planter aujourd'hui, nous récolterons les racines, les broierons et les mélangerons avec de l'huile de géranium afin de préparer une pommade odorante pour guérir furoncles, abcès et autres irritations de la peau. À force de côtoyer des gens des montagnes, je me suis rendu compte qu'ils ne faisaient pas confiance aux médicaments qui dégagent une odeur chimique ; ils n'acceptent que des remèdes sentant la terre, les arbres et les fleurs qu'ils connaissent. C'est l'une des raisons pour lesquelles notre petit dispensaire est devenu aussi populaire auprès d'eux. Les patients plus fortunés, ou venus d'ailleurs, préfèrent l'environnement plus aseptisé du Lady Bradley Hospital, auquel les membres de tribu comme Nimmi ne se fient pas.

Je la regarde à présent, creusant des sillons de la largeur nécessaire pour y déposer les graines de l'aconit tue-loup. Elle travaille vite et efficacement, sans perdre d'énergie à exécuter des mouvements qui ne l'aideront pas à accomplir sa tâche.

Elle doit sentir le poids de mon regard. Sans ralentir le rythme ni se tourner vers moi, elle lance :

— On sème un peu tard, mais ça prendra peut-être quand même.

Elle lève les yeux vers le ciel, puis reporte son attention sur moi.

— Enfin, si la météo est bonne. Mais ne soyez pas étonnée si cette plante ne pousse pas avant un an. Elle est capricieuse.

Je hoche la tête. Il m'arrive d'avoir l'impression qu'elle et moi avons fini par nous entendre – que nous sommes amies, d'une certaine façon. Mais parfois, sa voix est bourrue, comme si elle m'en voulait de l'avoir fait venir ici, au dispensaire. Elle gagne suffisamment pour pourvoir aux besoins de Rekha et Chullu – un salaire que Jay et moi lui versons nous-mêmes, ce qu'elle n'a pas besoin de savoir. Ses enseignements sont indéniablement précieux, mais, tant que nous ne pourrons pas montrer au conseil d'administration de l'hôpital les résultats de son travail, nous ne serons pas en mesure de puiser le montant de sa paie dans le budget de l'établissement. Les documents que je lui ai fait signer l'autre jour (après que je lui ai montré comment former ses initiales en hindi) étaient un contrat entre Nimmi et nous deux. À vrai dire, nous n'en avions pas besoin. Seulement, je ne voulais pas qu'elle croie que je lui faisais la charité – elle détesterait cela –, aussi lui ai-je assuré qu'il s'agissait d'un contrat avec le Lady Bradley Hospital.

Elle en est probablement encore à se demander quels sentiments je lui inspire au juste, si elle peut me caser entre le ressentiment et la reconnaissance. Je comprends. J'ai vécu la même chose à Jaipur, avec des dames privilégiées à qui je disais machinalement « oui, *Ji* » et « bien sûr, *Ji* », quelle que soit l'absurdité de leurs demandes, simplement parce qu'elles me payaient, me donnaient l'argent dont j'avais besoin pour bâtir ma maison. J'ai ravalé ma fierté jusqu'au jour où j'ai enfin dit « non, plus jamais » à Parvati Singh. Je ferme les yeux. Tout cela fait partie du passé maintenant. « À quoi bon pleurer quand les oiseaux ont mangé toute la récolte ? »

Malik manque à Nimmi. Il me manque, à moi aussi. Il a le don de faire en sorte que les gens se sentent à l'aise – en sécurité – en sa présence. Mais il est à des kilomètres d'ici, dans la chaleur du Rajasthan.

Je secoue la tête et note sur mon écritoire la quantité d'engrais que nous devons acheter.

— Tu as oublié ?

En entendant la voix de Jay, je me retourne.

Il se dirige vers moi depuis la porte arrière de l'hôpital. Ses cheveux bouclés, autrefois à peine grisonnants, sont désormais plus argentés que noirs. Il porte sa blouse blanche de médecin, dont un stéthoscope dépasse d'une des poches. Sa manière de me regarder me fait toujours sourire.

—Le dispensaire ouvre dans cinq minutes. Une tasse de thé ? propose-t-il en parvenant à ma hauteur.

Il retire de mes cheveux une feuille qui a dû s'accrocher à mon chignon.

Je regarde Nimmi.

—Nimmi ? Du thé ?

Elle se redresse et décoche à mon mari un de ses rares sourires. Lorsqu'elle se tourne vers moi, elle se renfrogne et secoue la tête.

—Je tiens à finir.

Jay me prend les gants que j'ai retirés et m'accompagne jusque dans la remise où nous entreposons nos outils et fournitures. Alors que j'accroche le sécateur à son clou, je sens ses doigts me frôler la nuque, de la naissance des cheveux jusqu'à la bordure festonnée de mon bustier. Je ferme les yeux, savoure ce délicieux frisson. Son parfum familier de santal et de citron vert est si réconfortant. Je pivote vers lui, approche les lèvres des siennes.

—Je pensais que tu voulais aller au dispensaire.

Il lâche un petit rire, me tapote le bout du nez avec son doigt.

—Ah oui, c'est vrai.

Le dispensaire battait de l'aile la première fois que j'ai franchi ses portes, il y a douze ans. C'est la période où ma sœur, Radha, a accouché au Lady Bradley Hospital, l'établissement attenant. Pendant que nous attendions qu'elle récupère, Jay – le docteur Kumar, comme je l'appelais alors – m'a suggéré de mobiliser mes connaissances en matière de plantes et de leurs propriétés médicinales afin de soigner les gens des montagnes. Privée de mon activité de tatoueuse, j'avais besoin de ce travail pour subvenir à mes besoins, à ceux de Radha et du jeune Malik.

Fidèle à sa parole, Jay a trouvé les fonds nécessaires pour lancer le jardin médicinal Lady Bradley. Il a trouvé une maison pour Radha, Malik et moi autour de l'enceinte de l'hôpital. Nous ne vivions pas dans le luxe, mais nous n'en avions pas l'habitude ; la maison que j'avais fait construire à Jaipur se réduisait à une pièce. En la revendant, j'ai eu de quoi acheter le petit cottage que nous a trouvé Jay.

Dès le début, Jay n'a fait preuve que de respect et de gentillesse ; il écoutait mes idées. Nous collaborions bien ensemble. Il m'aidait à décrypter les langues tribales des patients de sorte à me permettre d'administrer le cataplasme, la lotion ou l'aliment approprié. Nous avons pris l'habitude de partager un verre de scotch dans son bureau en fin de journée (j'avais commencé avec du chaï, pour finir par siroter son Laphroaig quand je me suis aperçue que j'appréciais sa saveur fumée). Nous nous sommes mis à assister ensemble à des pièces de théâtre au Gaiety Theater, à nous rendre à pied au temple Jakhu en compagnie de Radha et Malik, à jouer au *cribbage* (nous avons tous les quatre un fort esprit de compétition !) et à cuisiner ensemble. À l'époque, Malik était en pension à l'école pour garçons Bishop Cotton et Radha fréquentait l'école mixte d'Auckland, dont Samir Singh finançait les frais de scolarité pour racheter les imprudences de son fils.

Et puis, il y a six ans, un beau dimanche soir, Jay et moi revenions d'une longue marche. Radha avait déménagé en France l'année précédente avec son mari, Pierre, un architecte français qu'elle avait rencontré à dix-neuf ans alors qu'il était en vacances à Shimla. Malik, lui, jouait au cricket à Chandigarh, où il passait la nuit avec ses camarades.

Tout en marchant, Jay et moi avons échangé des proverbes – un de nos jeux préférés – en essayant de faire mieux que l'autre.

— « Donner des bijoux à un âne est aussi absurde que… »

— « … donner un eunuque à une femme », ai-je complété en riant.

Jay a haussé les sourcils d'étonnement avant de sourire, ravi.

— Hmm. Je songeais à « danser pour un aveugle », mais ta suggestion surpasse la mienne.

Nous nous tenions sur la véranda de sa maison, un pavillon petit mais confortable que son oncle et sa tante lui avaient laissé. Ceux-ci l'avaient élevé à Shimla après la mort de ses parents.

— Une partie de *cribbage* ? ai-je proposé.

Nous finissions souvent nos soirées par un jeu.

Au lieu de répondre, il m'a longuement contemplée. Je me suis sentie rougir. Puis il s'est retourné, a déverrouillé la porte d'entrée et l'a poussée pour l'ouvrir, reculant d'un pas – à peine – de sorte que je doive le frôler pour entrer. Quand je me suis avancée, j'ai senti ses doigts, aussi légers qu'un souffle, sur ma nuque. Je me suis figée. Un éclair de chaleur m'a traversé la colonne vertébrale, faisant frémir chaque tendon, chaque muscle de mon corps. La dernière fois que j'avais éprouvé une sensation aussi intense, c'était la nuit où j'avais succombé aux charmes de Samir Singh à Jaipur – une seule et unique fois –, plus de dix ans plus tôt. La même année où Samir m'avait présentée à Jay, presque par hasard. Aucun de nous n'aurait pu deviner la suite.

Jay a posé une main chaude sur ma hanche, sur la chair nue au-dessus de mon sari. Il m'a doucement attirée à lui, jusqu'à ce que je perçoive la chaleur de son torse contre mon dos. Sentant ses lèvres effleurer le nœud sensible au sommet de ma colonne vertébrale, j'ai lâché un petit gémissement. Je n'ai pas pu m'en empêcher – cela faisait si longtemps qu'on ne m'avait pas touchée ainsi ; si longtemps que je ne m'étais fiée à aucun homme. Ma sœur, Radha, me taquinait depuis des années : « Le docteur Jay est amoureux de toi ! » Mais je restais sur mes gardes.

Après avoir fui un mauvais mariage à dix-sept ans, et puis avoir compris que je n'étais rien qu'une distraction aux yeux de Samir Singh, je ne voulais pas redevenir vulnérable.

Jay m'a mordillé le lobe de l'oreille.

— Lakshmi, a-t-il murmuré. Pas de jeux. Pas ce soir.

Dès qu'il a refermé la porte derrière nous, j'ai pivoté vers lui et je l'ai embrassé à pleine bouche, ma langue cherchant la sienne, mon bassin douloureux basculant à sa rencontre. Les seins pressés contre son torse, j'ai agrippé ses fesses à travers son pantalon. J'étais stupéfaite de constater combien mon désir était fort, pressant. Il s'est emparé à tâtons des agrafes à l'arrière de mon bustier et a entrepris de les défaire.

Quand Jay s'est écarté pour me libérer de mon bustier, nos respirations étaient haletantes. Un sourire désinvolte flottait sur ses lèvres, comme pour me dire qu'il avait toujours espéré cet instant, qu'il avait toujours su qu'il surviendrait. Et, même s'il avait dû faire preuve de patience, cet instant avait fini par arriver. Enfin.

Enfin. Appelant une nouvelle fois ses lèvres sur les miennes, j'ai titillé ses tétons à travers l'étoffe de sa chemise.

— Des rumeurs courent sur nous depuis six ans, m'a-t-il soufflé à l'oreille. Tu ne crois pas qu'il est temps d'y mettre un terme ?

Avant la fin de la semaine, nous étions mariés, nous contentant d'une cérémonie toute simple au tribunal d'instance de Shimla. Radha et Pierre sont venus de France. Malik a mis son plus beau costume et ses richelieus pour l'occasion. (À Jaipur, il n'avait jamais possédé la moindre paire de chaussures fermées, mais l'école privée avait modifié ses goûts.)

Notre union n'a rien changé à notre relation de travail. Jay était toujours médecin au Lady Bradley Hospital, ainsi que directeur du dispensaire adjacent. J'étais responsable du jardin médicinal. Trois après-midi par semaine, je travaillais avec lui au dispensaire en compagnie d'une infirmière et de quelques nonnes, afin de l'aider avec ses patients. Nous avons fini par vendre nos pavillons respectifs pour acheter ensemble une plus grande maison, où Malik pouvait séjourner quand la Bishop Cotton fermait pour les vacances et où, après son diplôme, il pourrait vivre avec nous s'il le souhaitait.

Madho Singh, la perruche alexandre offerte à Malik par la maharani Indira de Jaipur, trônait en bonne place dans notre nouveau séjour et surveillait toutes les allées et venues. Je veillais toujours à l'informer des derniers agissements en date de Malik.

Nimmi ramasse des fleurs tôt le matin pour les vendre aussitôt après sur Mall Road. Puis elle vient au dispensaire avec Rekha et Chullu. Elle range son panier vide dans la remise, et, pendant qu'elle bine, qu'elle plante ou qu'elle arrose des semis, ses enfants jouent dans la clairière à côté de la remise. Ils sont habitués à rester tranquillement assis dans leur coin. Nimmi est une mère calme et patiente. Si Chullu essaie de manger la terre ou que Rekha commence à arracher des pousses, quelques paroles douces prononcées dans son dialecte suffisent à ce qu'ils obéissent. Lorsqu'il est temps d'allaiter Chullu et que Rekha et moi débutons notre leçon d'hindi, Nimmi s'installe près de nous de sorte à voir les pages de l'exemplaire du *Pachatantra*. Les récits sont courts et magnifiquement illustrés. Radha et moi avons grandi avec ces fables, et c'est à présent le cas aussi de Rekha et Chullu. (Si seulement Radha pouvait nous voir ! Tout comme moi, elle adorait enseigner aux petits enfants dans l'école de village de notre père, à Ajar.)

Notre première histoire est celle du singe et du crocodile, qui sont d'abord amis. Or, comme l'épouse du crocodile décide qu'elle veut manger le cœur du singe, le reptile invite son ami à dîner. Le singe saute volontiers sur son dos. Mais, une fois sur la rivière, le crocodile avoue qu'il a l'intention de le tuer, afin de permettre à sa femme de lui manger le cœur. Le singe explique qu'il le laisse toujours accroché à son arbre, et qu'ils vont devoir retourner le chercher. Évidemment, dès qu'ils retrouvent la terre ferme, le singe grimpe dans son arbre, garde la vie sauve, et le crocodile perd un ami.

À la fin de l'histoire, j'entends Nimmi tousser. Quand je lui glisse un regard, je m'aperçois qu'elle est en train de rire, les yeux plissés de joie ! À vrai dire, il s'agit plutôt d'un gloussement, mais peu importe. C'est la première fois que je l'entends rire, et je ne tarde pas à me joindre à elle. Elle s'approche de nous.

— Relisez-la, *Ji* ! supplie-t-elle.

Encore une première ! Jusque-là, elle ne m'avait jamais appelée « *Ji* », qui est une marque de respect. J'en éprouve un immense soulagement. Je suis ravie, je sais que Malik le sera aussi, et je lui souris pour le lui faire savoir. Mais elle ne me regarde pas. Chullu s'est endormi, et elle est occupée à fabriquer une écharpe de portage à l'aide de son *chunni*. Elle le hisse sur son dos.

Je recommence, retourne au début de l'histoire. Rekha apprend vite. Elle et moi articulons les mots ensemble et les suivons avec nos doigts. Nimmi reste en retrait, craignant de commettre une erreur, mais sa fille lui vient en aide, et elle finit par se joindre à nous.

Je songe déjà au prochain ouvrage que je vais emprunter à la bibliothèque de Shimla : un livre pour enfants sur les fleurs de l'Himalaya. Pavots bleus, nénuphars violets, iris jaunes. Les dessins sont grands et colorés, et Rekha et Nimmi sauront sûrement les reconnaître.

Alors que nous lisons à voix haute, Chullu continue de dormir sur le dos de Nimmi, bercé par les voix de sa mère et de sa sœur.

Maintenant, quand Nimmi vient chez moi pour que je lui lise les lettres de Malik, elle amène les enfants. Elle mange même les friandises que je lui prépare. Je constate que mes fruits confits lui donnent du baume au cœur. Sa solitude la quitte, petit à petit. Parfois, il lui arrive d'apporter des douceurs : un panier de baies d'argousier, une poignée de figues de Barbarie ou des pommes himalayennes qu'elle a cueillies en chemin.

Quand je me mets à lire la dernière lettre de Malik, Rekha s'assied à côté de moi pour mieux voir. Je crois qu'elle fait semblant de lire en même temps que moi.

Chères Nimmi et Tatie-patronne,

On aura tout vu ! Manu a demandé à Ravi Singh de me montrer le Royal Jewel Cinema, le gros projet sur lequel travaille Singh-Sharma pour le palais. D'après Ravi, c'est le plus grandiose de tout le Rajasthan. Il s'agit d'un bâtiment de deux niveaux qui occupe tout un pâté de maisons entre deux des rues les plus fréquentées de Jaipur. Il m'a dit qu'il aurait aimé s'inspirer du Old Vic à Bristol (comme si je l'avais vu !), mais la maharani Latika revient tout juste d'Amérique et souhaiterait une conception plus Art déco, comme celle du Pantages Theater (j'espère que je l'ai écrit comme il faut) à Los Angeles (c'est en Californie). Visiblement, l'architecture américaine des années 1930 fait encore office de nouveauté en Inde. (Patronne, n'es-tu pas fière de voir ce que j'ai retenu de mes cours d'histoire de l'art à la Bishop Cotton ?)
Voici ce qui se passait le jour où nous avons visité le cinéma : deux hommes installaient le nom au-dessus de l'entrée dans des lettres en or d'un mètre de haut ; d'autres peignaient

les murs extérieurs en rose, de la couleur de la vieille ville. Et puis, des maçons créaient le mandala en pierre sur le devant du bâtiment avec un paon bleu et vert en son centre – loin d'être aussi beau, bien sûr, que la mosaïque que tu as conçue sur le sol de ta maison à Jaipur, Tatie-patronne.

Quand nous sommes entrés dans le foyer… Waa! Waa! Pour commencer, il est interminable. Et puis, le sol est recouvert d'une magnifique moquette de soie et de laine rouge. Je parie que Chullu adorerait baver dessus (ha ha). Au plafond pendent des lustres immenses (qui diffèrent encore de ceux qu'on a pu voir au palais des maharanis) depuis de grands cercles concaves, où brillent des millions de petites ampoules scintillantes. J'avais l'impression de contempler un ciel étincelant d'étoiles, de planètes et de galaxies!

Ensuite, nous sommes entrés dans la salle principale, où se trouvent les sièges. C'est du tonnerre! Ravi est très fier d'avoir réussi à y caser mille cent places – c'est immense! Il a conçu le cinéma de sorte que les sièges soient disposés en gradins et qu'ils s'élèvent à mesure qu'on s'éloigne de l'écran, comme ces amphithéâtres grecs qu'on a aussi étudiés en cours d'histoire de l'art (et toi qui croyais que je n'y avais rien appris, Patronne!).

Il y a un balcon (pour les riches) qui surplombe la scène et les sièges du dessous. L'écran est presque aussi haut que le palais des vents à Jaipur! Et aviez-vous entendu parler du son multicanal? Le Royal Jewel Cinema en est équipé. Apparemment, c'est une toute nouvelle invention venue d'Amérique. Dans cette salle de cinéma, tout le monde pourra entendre et sera bien assis.

Je nous y imaginais tous ensemble. Vous seriez en train de vous extasier, toutes les deux! (Chullu, lui, admirerait la moquette.) Rangée après rangée de voûtes en pierre taillées

dans les murs du théâtre et sculptées de fleurs et de feuilles (ne me demandez pas quelles fleurs et quelles feuilles, ça c'est votre créneau).
Je dois y aller ! Mon autre patron m'appelle. Passez le bonjour au docteur Jay !

À bientôt,
Malik

6

Malik

Jaipur

Dans le cadre de ma formation, Manu a demandé à certains des gros entrepreneurs en bâtiment de la ville de me faire visiter leurs chantiers. Aujourd'hui, c'est au tour de Singh-Sharma. Sur la requête de son père, Ravi Singh me montre le Royal Jewel Cinema.

L'édifice est splendide, effectivement un projet hors normes, et j'en fais part à Ravi. Des rideaux de la couleur de l'hibiscus rouge que Nimmi affectionne tant sont hissés de part et d'autre de l'écran. Des ouvriers boulonnent des sièges en mohair rouge au sol de la dernière rangée. Des électriciens vérifient les lumières encastrées le long du périmètre, qui baignent alternativement les murs d'une lueur jaune, puis verte, puis orange.

J'émets un sifflement.

— Combien de temps a-t-il fallu pour construire tout ça ?

— Pas autant que tu pourrais le croire. Imagine un peu : ce qui était censé durer cinq ans n'en a pris que trois !

— Comment est-ce possible ?

Il me sourit.

— Ça, mon vieux, c'est l'avantage qu'a Singh-Sharma Construction sur les autres entrepreneurs. C'est pour ça que Manu continue de faire appel à nous pour ces projets d'ampleur.

Il se tapote le côté du nez avec l'index, comme pour dire : *C'est un secret.*

Lorsqu'il prend congé pour s'entretenir avec le chef de chantier, je regagne le foyer, imaginant Nimmi et ses deux enfants à mes côtés, s'émerveillant du nombre de personnes nécessaires pour bâtir un lieu aussi monumental.

Nous partons ensuite déjeuner dans un restaurant voisin, où Ravi commande des assiettes d'agneau parfumé et de poulet au curry, du riz *basmati* fumant parsemé de noix de cajou, un bol de *matar paneer*, et une pile d'*aloo paranthas* chauds avec une bonne cuillerée de *ghee*. Dans ce restaurant, tout le monde semble connaître Ravi. Le propriétaire nous salue à l'entrée, déplie nos serviettes et les dispose sur nos genoux. Deux serveurs nous aident à approcher nos chaises de la table et un troisième remplit nos verres d'eau. Une jolie serveuse vêtue d'un chemisier blanc et d'une jupe noire moulante apporte des grandes chopes de Kingfisher. Le propriétaire décoche un coup d'œil à Ravi pour jauger sa réaction. Celui-ci observe la jeune femme avec un sourire en coin, tout en caressant sa silhouette du regard. Le propriétaire s'incline avant de s'éloigner discrètement.

— Alors, que penses-tu de ma maison, celle que mon père a conçue ? lance Ravi.

Après le dîner chez les Singh, le premier soir où je me suis rendu chez eux, Samir m'a emmené au coin de sa propriété afin de me montrer la maison qu'il avait construite pour Ravi et Sheela, sa belle-fille, en guise de cadeau de mariage. Il y a treize ans, quand Tatie-patronne a proposé de contracter une union entre les Singh et les Sharma, Sheela a accepté à la seule condition de ne pas avoir à vivre dans une résidence familiale commune, où le fils aîné et son épouse devaient cohabiter avec les parents du mari. Aussi Lakshmi avait-elle suggéré que Samir bâtisse une maison séparée pour Ravi et Sheela sur la vaste propriété des Singh. Sheela n'a pas eu tout à fait ce qu'elle souhaitait, mais l'idée lumineuse de Patronne a permis de conclure l'accord malgré tout.

J'attrape un *parantha*.

— Impressionnant, commenté-je. L'intérieur est très moderne. Et toute cette lumière !

Elle me rappelle la maison de Kanta et Manu. Élevée dans une famille occidentalisée du Bengale, Kanta préfère les aménagements modernes : des lignes épurées, des grandes baies vitrées et une décoration minimaliste.

— Qu'en pense Sheela ?

Ravi lâche un petit rire.

— Sa Majesté n'a daigné admettre que notre demeure lui plaisait qu'après s'être assurée qu'elle était plus grande que celles de ses amies.

Je souris, me rappelant combien Sheela pouvait être difficile quand elle était jeune.

— C'est vrai que *Pitagi* a fait du bon travail sur la maison, poursuit Ravi. Mais, au cabinet, on pourrait en faire tellement plus. Regarde ce qu'a accompli Le Corbusier à Chandigarh.

Brusquement exalté, il me fixe de ses yeux sombres.

— Chandigarh m'a beaucoup inspiré. Je voulais que le Royal Jewel Cinema se démarque, qu'il diffère des autres bâtiments de Jaipur. C'est ainsi que je compte laisser ma trace, en m'en servant de tremplin pour viser plus haut, plus grand.

Je bois une gorgée de ma bière.

— Plus haut ?

Je me sers un autre morceau d'agneau, si tendre qu'il glisse de l'os. J'en suce la moelle – ce qu'il y a de meilleur.

Le sourire de Ravi est carnassier.

— Mieux que tout ce dont *Pitaji* a jamais pu rêver.

Il verse une cuillerée de poulet au curry dans son assiette.

— Mon père estime qu'il faut continuer de faire les choses comme elles ont toujours été faites. Mais, aujourd'hui, il existe des techniques nouvelles, meilleures, des matériaux et des processus plus avancés.

Il hausse un sourcil.

— Enfin, en attendant, « ce qui ne peut être guéri doit être enduré ».

J'éclate de rire.

— Ton père n'est pas d'accord ? Avec tes idées modernes ?

Le visage de Ravi s'assombrit l'espace d'une seconde.

— J'essaie encore de le convaincre. On ne s'entend pas sur tout.

La jolie serveuse s'approche avec une panière de pain et des pinces.

— D'autres *paranthas*, Sahib ?

Ravi pivote vers elle et laisse s'attarder son regard. Lorsqu'elle rougit et lui sourit, il hoche la tête. Il la regarde faire jusqu'à ce qu'elle ait fini de nous servir. Quand elle s'éloigne, il continue de l'observer, admirant le balancement de sa croupe.

Puis il se retourne vers moi, son regard de nouveau intense.

— Tu es plutôt batteur ou lanceur ?

Le changement de sujet est si abrupt que je décolle les yeux de mon agneau pour le dévisager. J'ai toujours adoré le cricket. À l'époque où je vivais dans les entrailles de la ville rose, je passais mon temps à organiser des matchs avec les garçons du quartier, et nous disputions d'âpres parties. À la Bishop Cotton, où nous jouions avec des battes officielles et portions des uniformes immaculés, j'ai appris une version plus formelle et raffinée de ce jeu.

Brusquement, je suis sur mes gardes, même si je ne saurais dire pourquoi.

— L'un ou l'autre. Selon.

— Selon quoi ?

— Selon les besoins.

Ravi me gratifie d'un sourire généreux, et la fossette dans son menton se creuse. Il ramasse sa chope et la choque sur la mienne.

— Abbas Malik, permets-moi de t'accueillir dans l'All-Rounders Club. J'ai la ferme intention de te faire jouer avec nous un de ces quatre.

Tandis que les aides-serveurs débarrassent la table, Ravi s'excuse, se lève et gagne l'autre bout de la pièce, où la jeune serveuse essuie des verres à vin à l'aide d'un torchon blanc. Il se penche pour lui chuchoter à l'oreille. Elle glousse et hausse les épaules. Ravi revient vers nous et tapote la surface de la table avec deux doigts.

— Écoute voir, mon vieux, j'ai une course à faire. Mon chauffeur te ramènera à ton bureau.

Il me décoche un de ses sourires éclatants, avant de plonger la main dans un bol posé sur la table afin d'attraper quelques graines de fenouil confites. Il les mâche pour adoucir son haleine, me fait un clin d'œil et retourne voir la serveuse.

Jusqu'à présent, Manu m'a fait découvrir les services d'ingénierie, de conception et de construction. À présent, il m'oriente vers la comptabilité, de sorte que je puisse me familiariser avec l'aspect financier de l'affaire.

Hakeem est le comptable du service d'installations du palais. Son domaine se résume à un bureau sans fenêtre qui sent le renfermé dans un coin de l'étage. Tout au bout se trouvent les bureaux de Manu et de l'ingénieur en chef, ainsi qu'une salle de réunion vitrée. Entre les deux sont installés les secrétaires, les évaluateurs, les dessinateurs et les ingénieurs subalternes.

J'aurais pu dessiner Hakeem avant même de le rencontrer : un homme rondelet assis à son bureau, vêtu d'une calotte noire, d'un *kurta* blanc et d'un gilet noir. Ses lunettes sont dotées d'une épaisse monture noire. Je devine qu'il passe un doigt sous sa moustache bien taillée quand il est agité, ce qu'il fait dès que j'entre dans son bureau.

— Sahib, le salué-je, je suis Abbas Malik. M. Manu m'a demandé de me soumettre à votre excellent enseignement, ajouté-je avec un humble sourire. Je vous remercie de bien vouloir m'accepter.

Hakeem est assis, tel un petit Bouddha, dans le cercle de lumière projeté par sa lampe de bureau. Il m'étudie à travers ses verres épais, ses yeux ronds comme ceux d'un hibou, et se caresse la moustache. Je cherche un siège, mais il n'y en a qu'un seul – celui de Hakeem –, et il est assis dessus. Les étagères qui longent les murs sont garnies de grands registres couverts de tissu et soigneusement étiquetés sur la tranche. Ces rayons occupent presque tout l'espace et emplissent la pièce d'une odeur de poussière, d'étoffe moisie et de vieille colle. L'un des ouvrages indique « 1924 », ce qui, au vu de l'âge de Hakeem – il doit avoir la soixantaine –, doit correspondre à l'année où il a commencé à travailler ici. Le comptable émet un grognement évasif et ajuste ses lunettes sur son nez.

— Vous ne mangerez pas ici. Oui ?

Je me retiens de sourire.

— Bien sûr, Sahib.

— Vous ne boirez pas non plus. Oui ?

Finir chacune de ses phrases par « oui » est-il un autre de ses tics ? Je décide de l'imiter.

— Oui.

— Ces livres sont importants. Ils doivent rester impeccables. Oui ?

— Oui.

Il fait glisser son siège sur le côté de sorte à rendre visibles les registres dans la bibliothèque derrière lui.

— Ceux-ci sont les plus importants de tous. Oui ? Dans celui-ci, enchaîne-t-il en le désignant du doigt, nous consignons les fournitures que nous achetons pour restaurer ou construire un nouveau projet. Et dans celui-ci, ajoute-t-il en montrant l'ouvrage d'à côté, nous notons toutes les sommes que nous devons aux fournisseurs et aux entrepreneurs. Toutes les créances. Celui d'après détaille ce que nous devons au palais. Par exemple, le remboursement de matériaux renvoyés. Ou la location d'installations du palais par d'autres. Ce sont les comptes débiteurs. Le quatrième concerne les sommes déjà versées pour le projet. Il y a quatre registres par année.

— Oui, acquiescé-je sans pouvoir m'en empêcher.

Il baisse le menton pour me jeter un regard par-dessus ses lunettes et se caresse la moustache.

— Oui, dit-il enfin.

Hakeem doit se lever pour sortir un épais volume d'une des étagères, qu'il ouvre et retourne pour me permettre d'en lire les inscriptions. Il montre une colonne de texte écrit en hindi, et une autre qui ne contient que des lettres de l'alphabet anglais.

— Vous voyez ceci ? « W-T S-N-D », ajoute-t-il en indiquant la colonne en anglais. C'est une abréviation pour « *white sand* », sable blanc en anglais. Oui ? Ça fait gagner du temps. C'est moi qui ai créé ces abréviations. Si j'avais dû écrire entièrement le nom de chaque livraison commandée ou reçue, je n'aurais jamais rien pu faire d'autre, or j'ai de nombreuses autres responsabilités. Oui ?

Une fois de plus, il ajuste ses lunettes et me considère comme si j'allais le défier.

Je fais « oui » de la tête. Voici un homme qui s'enorgueillit de son travail. J'essaie de paraître impressionné – à vrai dire, je le suis – et je décide, pour l'instant, qu'il vaut mieux garder le silence.

Hakeem me conseille de passer l'après-midi à apprendre les abréviations par cœur, car j'en aurai besoin pour consigner les achats.

Chaque fois que je vais dîner chez Kanta et Manu, je peine à croire que le garçon de douze ans qui se penche pour m'effleurer les pieds est le même Nikhil que je portais dans mes bras et dont je chatouillais le ventre quand il n'était qu'un bébé, à l'époque où je vivais encore à Jaipur. Lorsqu'il se redresse, je suis surpris de constater que Niki ne fait désormais que quelques centimètres de moins que moi, et qu'il dépassera bientôt ses parents, qui se tiennent derrière lui sur le seuil de leur maison. Kanta passe un bras autour de son fils et, le sourire fier, m'accueille à dîner une nouvelle fois au sein de leur foyer avant de discuter gaiement du dernier examen que Niki a réussi. Tonton Manu se montre plus réservé. Il attend que son épouse ait fini de parler pour me rendre mon *namaste*. Par respect pour eux et comme ils font quasiment partie de la famille de Tatie-patronne, je les appelle « Tatie » et « Tonton ».

Leur vieux domestique Baju apporte le plateau à thé. Nous échangeons un regard ; je sais que le vieux Baju, à qui rien n'échappe, se souvient de l'époque où je n'étais que le petit assistant de Lakshmi, qui n'aurait jamais pu espérer s'asscoir à la table familiale. Ce serait d'ailleurs toujours le cas aujourd'hui sans mon éducation à Bishop Cotton.

Baju est talonné par la mère de Tonton Manu, qui se dandine dans son sari blanc amidonné de veuve, avec ses perles de santal au poignet. Elle me considère d'un air renfrogné ; elle doit sûrement se demander pourquoi Tatie et Tonton semblent si heureux de me voir alors qu'elle n'a aucun souvenir de moi. Pas étonnant. Rares sont ceux qui savent reconnaître le garçon dépenaillé sous mon allure soignée.

En présence de la belle-mère de Kanta, nous nous en tenons à des sujets sûrs, bavardons du temps qu'il fait à Shimla, de l'air frais qu'on y respire, plus frais qu'ici. La *saas* de Kanta décrète qu'elle regrette ne pas pouvoir se rendre aussi souvent qu'elle l'aimerait dans les contreforts de l'Himalaya. J'échange un regard avec Kanta. Je connais la raison pour laquelle elle et Manu ne sont pas retournés à Shimla depuis des années : l'enfant mort-né dont elle a accouché au Lady Bradley Hospital. Pas même l'adoption du bébé de Radha, qu'ils ont appelé Nikhil, n'a su effacer ce douloureux souvenir.

Kanta parle de connaissances que nous avons en commun à Shimla – comme les éternels marchands de *roti tandoori* dans la rue piétonne –, et d'un des lieux préférés de Radha et de Patronne, la bibliothèque de Shimla, que Rudyard Kipling avait pour habitude de fréquenter.

Plus tard, après que la mère de Manu est partie pour son *puja* du soir, Kanta et moi nous tenons sur la véranda de devant. Niki s'entraîne dans le jardin pour son prochain match de cricket. Manu lui donne des conseils.

— Il est parfait, pas vrai ? lâche Tatie Kanta.

Niki nous jette un coup d'œil pour s'assurer que nous l'observons. J'agite la main et je souris. Je fais partie des rares personnes qui savent qu'un jour après sa naissance, Kanta et Manu l'ont adopté en secret. Même la *saas* de Kanta n'est pas au courant. Elle croit que Niki est le fils dont sa belle-fille a accouché il y a douze ans à Shimla.

— Oui, réponds-je. C'est vrai.

— Est-ce qu'il arrive à Radha de regarder les photos de Niki que j'envoie à Lakshmi ? demande Kanta après un silence.

Je marque une hésitation.

— Tatie-patronne transfère tes lettres à Radha, en France.

C'est la vérité, sauf que Radha n'a jamais mentionné avoir reçu les clichés de Niki ni les lettres l'informant des agissements du garçon, de ses réussites au cricket ou à l'école. Même avant son départ pour la France, Radha n'étudiait pas les photos de Niki que Lakshmi laissait traîner sur la table du séjour. Elle m'a confié que son bébé avait cessé d'exister pour elle le jour où elle avait décidé de l'abandonner aux soins de Kanta. Cet épisode a été traumatisant pour elle ; elle ne voulait pas qu'on le lui rappelle. Je me demande souvent si le fait d'avoir épousé Pierre et d'être partie s'installer en France n'était pas une façon pour elle d'instaurer une distance supplémentaire avec son fils et son ancienne amie Kanta. Si c'est le cas, je comprends parfaitement. Radha avait quatorze ans quand elle avait donné naissance à Niki – elle n'était pas mariée, et s'apprêtait à devenir une femme. Se séparer de son bébé avait été la plus grande épreuve de toute sa vie. Elle avait également dû quitter Ravi, qu'elle avait aimé mais qui l'avait profondément blessée.

Kanta décide de ne pas insister.

— Lakshmi me manque, Malik. J'aimerais tellement qu'elle vive ici. Je lui parle tout le temps dans ma tête, mais, bien sûr, ce n'est pas pareil.

Elle me glisse un regard, et ses yeux se plissent.

— Même si ce n'est que dans ma tête, je veille à mener une vraie conversation. Elle est toujours d'excellent conseil ! s'esclaffe-t-elle.

Lakshmi n'en parle pas souvent, mais je sais qu'à elle aussi, Kanta lui manque. Elles étaient très amies ; je n'ai pas vu Lakshmi entretenir ce genre de relation avec d'autres femmes à Shimla.

Nous regardons Niki prendre son élan puis lancer la balle à son père. Je crois qu'il est évident qu'il vaut mieux pour tout le monde que les Agarwal et Lakshmi ne se croisent pas. Il suffirait de voir Niki aux côtés de Lakshmi ou de Radha pour soupçonner aussitôt que le jeune garçon et les deux sœurs sont apparentés. Avec sa peau claire et ses yeux bleu paon très semblables à ceux de Radha, il ne ressemble en rien à ses parents adoptifs.

Par chance, il s'est approprié les manières de la mère et du père qui l'ont élevé. Il agite les épaules de haut en bas quand il rit, tout comme Kanta. Lorsqu'il écoute attentivement, il penche la tête sur le côté, les mains dans le dos, en une parfaite imitation de Manu.

Je le regarde lancer la balle, avec tant de grâce pour un garçon si jeune. C'est un athlète-né, comme son père biologique. Je me demande souvent si Ravi Singh sait que le fils qu'il a eu avec Radha n'habite qu'à quelques kilomètres de chez lui. Aimerait-il le savoir ? Quand ses parents ont eu vent de la grossesse de Radha, ils se sont dépêchés d'expédier Ravi en Angleterre, où ils l'ont laissé jusqu'à la fin de ses études. Il n'avait alors que dix-sept ans.

Kanta se tourne vers moi.

— Je l'ai vu le regarder.

— Qui donc ?

— Samir Singh.

— Samir regarde qui ?

— Niki.

Oui, évidemment. Samir a forcément eu l'occasion de croiser Niki. Aux *sangeets* chez des amis communs, à des festivals locaux… À moins que Kanta et Manu n'aient soigneusement évité de telles occasions. Car ils se sentiraient très mal à l'aise de devoir répondre à toutes ces questions. Aux accusations silencieuses. Tout à coup, je prends conscience du fardeau que porte cette famille pour que Niki reste caché. Celui-ci se rend-il compte des mesures que ses parents ont prises pour tenir éloignés les colporteurs de ragots ? Mais ont-ils le choix ? *Bâtard. Illégitime.* Ils ne souhaitent pas que son existence soit ternie par ces étiquettes-là. Une vague de tristesse me submerge.

Kanta surprend mon regard.

— Ce que je veux dire, c'est que…

À cet instant, Niki me hèle.

— Tonton, regarde !

Je me tourne pour le voir réussir un superbe lancer de balle. Manu donne un coup de batte et manque son coup.

Kanta applaudit, et Niki lève les deux bras en signe de victoire.

— À toi, Tonton Abbas ! me lance-t-il.

Je regarde Kanta. Elle pince les lèvres et hoche la tête.

— Vas-y, m'incite-t-elle. On parlera plus tard.

Je traverse la pelouse parfaitement entretenue pour prendre la balle des mains de Manu. Au cours de l'heure qui suit, Niki, Manu et moi improvisons une partie. Évidemment, c'est Niki qui gagne.

Au dîner, j'interroge le garçon sur son école et ses cours. Il affirme que l'anglais et l'histoire sont ses matières préférées, et je réprime un sourire. Je revois une jeune Radha assise à table avec nous, à nous parler de son amour pour Shakespeare et de sa fascination pour l'Empire moghol.

Notre discussion finit par porter sur la construction du Royal Jewel Cinema.

— Sais-tu que la maharani Latika est la force motrice derrière ce projet ? avance Manu.

— Oui, réponds-je, un morceau de *chapatti* et de *subji* à l'aubergine à la main. Je crois que Tonton Samir me l'a dit.

Manu sourit.

— Son Altesse tenait à terminer les projets de construction que le maharadjah avait entamés avant sa mort. Nous venions tout juste d'achever la rénovation de son hôtel et de poser la première pierre de la salle de cinéma lorsqu'il s'est éteint.

Manu boit une gorgée d'eau.

— Jusqu'ici, tout se déroule sans accroc. Qu'as-tu pensé du Royal Jewel Cinema ?

— Splendide ! Très impressionnant, Tonton.

L'air content de lui, Manu se sert une nouvelle part de *subji*.

— Achevé en un temps record.

Je bois une gorgée de l'excellent *moong dal* de Baju.

— Qu'est-ce que ça fait de travailler pour elle, la maharani ?

— « La plus belle femme du monde », cite Niki avec un petit rire.

Ces mots sont apparus sur la dernière couverture de la revue *Vogue*, au-dessus d'un cliché de l'élégante reine de Jaipur.

Kanta lui donne une claque sur le bras, mais elle a le sourire aux lèvres.

Manu s'égaie à son tour.

— Elle est remarquable, admet-il. Elle comprend vite, a toujours les yeux grands ouverts. Rien ne lui échappe. Et n'oublie pas qu'elle a fondé sa propre école pour filles…, ajoute-t-il en penchant la tête sur le côté. Mais bien sûr, tu es au courant de tout cela, Malik. Lakshmi a aidé Son Altesse dans cette période difficile, *hahn-nah* ?

J'acquiesce. C'était il y a douze ans. La maharani Latika avait sombré dans la dépression après que son mari avait envoyé leur fils aîné – qui était également leur fils unique – en pension en Angleterre dès son plus jeune âge. Tout cela parce que l'astrologue du maharadjah avait averti Son Altesse de ne pas se fier à son héritier naturel. Aussi le maharadjah a-t-il adopté le fils d'une autre famille rajput afin de le sacrer prince héritier.

Je me souviens de Lakshmi cajolant la jeune reine pour l'extirper progressivement de son chagrin, à l'aide d'applications quotidiennes de henné, ainsi que de friandises sucrées et salées qu'elle parsemait de plantes médicinales. Quand, quelques mois plus tard, Son Altesse a fini par surmonter sa dépression pour reprendre ses fonctions officielles, la maharani Latika était si reconnaissante envers Lakshmi qu'elle a proposé à Radha une bourse d'études dans son école prestigieuse. Et l'affaire de Lakshmi s'est mise à exploser. Quelle période grisante ! L'essor s'est poursuivi jusqu'au jour où tout s'est brutalement effondré.

— Où se trouve actuellement le fil de Son Altesse ? demandé-je.

Manu se racle la gorge.

— Il se tient à l'écart de Jaipur. J'imagine qu'il n'aimerait pas se retrouver face à son remplaçant, même si le prince héritier n'atteindra pas la majorité avant quelques années.

Manu boit une gorgée de son babeurre.

— Aux dernières nouvelles, le fils de la maharani Latika vivait à Paris. Dans l'appartement qu'y a conservé la maharani douairière.

La maharani douairière Indira ! Quand j'avais huit ans, j'étais moins impressionné par elle que par sa perruche parlante. À l'instant même, Madho Singh est sûrement en train de marmonner au sujet d'un grief ou d'un autre depuis son perchoir à Shimla. Ou de répéter un proverbe échangé par le docteur Jay et Tatie-patronne. « Nous sommes reines toutes les deux, alors qui va étendre le linge ? »

Après le dîner, quand je dis au revoir, Kanta me prend le bras pour me raccompagner jusqu'au portail.

— Quand Niki aura fini son match, nous irons à un étal près du champ de cricket et nous commanderons du *chaat*.

Elle se met à chuchoter, comme pour comploter.

— *Saasuji* lui interdit toute friture, alors Niki et moi en mangeons en douce.

Un sourire malicieux flotte sur ses lèvres.

— Il préfère le *sev puri*. Moi aussi.

Nous rions ensemble.

Nous parvenons au bout de la longue allée.

Kanta prend une grande inspiration.

— Quand Niki s'entraîne au cricket, il m'est arrivé d'apercevoir Samir Singh dans une Jeep garée en face du terrain.

— Tu es sûre que c'est Samir ?

Elle fait la grimace.

— Pas à cent pour cent. Les voitures sont à l'ombre des arbres *peepal* qui bordent la rue. Et il y a toujours du monde. Des voitures qui vont et viennent.

— Mais si c'était bien lui ?

Elle lâche un soupir. Le crépuscule s'est abattu, et la moitié de son visage est plongée dans l'ombre. Malgré cela, je vois à son expression et à ses sourcils froncés qu'elle est sérieuse.

— Je n'en ai pas soufflé mot à Manu, précise-t-elle, mais j'y pense tout le temps. Parfois, la pression de devoir écarter Niki de… toute cette vigilance… pèse trop lourd.

Sa voix est cassée. Si elle pleure, je ne puis voir ses larmes car elle s'est détournée.

— Je fais des insomnies à l'idée que Samir nous enlève un jour Nikhil, chuchote-t-elle.

Un signal d'alarme retentit dans ma tête. Dois-je en parler à Patronne ? Si ce qu'elle dit est vrai, Lakshmi voudrait sûrement le savoir. Pour l'heure, je dois rassurer Kanta. Niki est tout au monde pour elle et Tonton. Depuis qu'elle a accouché d'un fils mort-né, il y a douze ans, Kanta ne peut plus avoir d'enfants.

— Écoute-moi, Tatie. Toi et Manu êtes les parents adoptifs légaux de Niki. Samir Sahib ne peut rien contre vous.

— Mais il pourrait approcher Niki et lui dire qu'il a été adopté. Se présenter comme son grand-père. Que faire dans ce cas-là ?

Elle entortille le bout de son sari en crêpe georgette tout en parlant à voix basse.

— Bientôt, Niki sera assez grand pour que vous puissiez le lui dire vous-mêmes, si c'est ce que toi et Manu choisissez de faire, insisté-je. Mais je doute que Samir s'entretienne avec Niki sans votre consentement.

Je m'exprime avec une assurance que je n'éprouve pas tout à fait.

Kanta se mord la lèvre.

— Tu ne crois pas que Samir Sahib saisirait l'occasion de démarrer une conversation avec son petit-fils sur le terrain de cricket ?

Je me demande quelle serait la réponse de Tatie-patronne à cette question.

— C'est pour cela que je me rends à chaque match, précise-t-elle. Pour garder Niki à l'œil. Et, quand je ne peux pas y être, Baju sait qu'il doit raccompagner notre fils à la maison dès l'entraînement fini.

Elle renifle, presse son sari contre son nez.

— Écoute-moi, Tatie. Tout d'abord, les Singh auraient gros à perdre s'il se savait que Ravi est le père. Tout le monde apprendrait que Radha n'était pas encore majeure lorsqu'il l'a engrossée. Et puis, ils n'ont assumé aucune responsabilité, et ont tu l'affaire en envoyant Ravi à des milliers de kilomètres. Ce serait un scandale pour eux. Je doute que les Singh soient prêts à courir ce risque.

Assailli par une autre pensée, je tapote le bras de Tatie.

— Au fait, Samir conduit une Mercedes, pas une Jeep.

Elle me fouille du regard avant de lâcher un rire gêné.

— Tu as raison ! Le problème n'est peut-être pas Samir – c'est plutôt mon imagination !

Une nouvelle pensée, plus troublante, me traverse l'esprit.

— Niki t'a-t-il déjà questionnée à ce sujet ? Certains de ses camarades à l'école ont-ils laissé entendre qu'il serait adopté ?

J'ai toujours trouvé absurde le fait que, alors que les adoptions royales sont publiques, les adoptions privées soient considérées comme honteuses. Aucun couple n'aimerait admettre qu'il est stérile ; c'est vu comme un échec personnel, un problème qu'il vaut mieux résoudre à coup de bijoux magiques, d'amulettes et d'offrandes à Ganesh.

L'inquiétude gagne de nouveau la voix de Kanta.

— Pas à ma connaissance. Niki n'a jamais posé la question. Nous tâchons de faire en sorte que la situation reste le plus normale possible.

Son regard erre derrière nous, vers la maison.

— Je n'ai constaté aucun changement chez lui, précise-t-elle avant d'ouvrir la grille. Merci, Malik. Je me sens mieux. Tu es sûr de ne pas vouloir que Baju te ramène ? ajoute-t-elle en refermant derrière moi.

La dépendance où je loge n'est qu'à vingt minutes à pied. Je secoue la tête et lui affirme que j'ai besoin de marcher pour mieux digérer ce superbe repas. Je la remercie pour cette agréable soirée et lui demande de remercier Manu aussi. Puis je prends le chemin du retour, désormais en proie à l'inquiétude en songeant au garçon que ses parents tiennent à protéger des griffes des Singh.

7

Nimmi

Shimla

Le soir, une fois que Rekha et Chullu se sont endormis de part et d'autre de moi, je feuillette les livres d'images que Lakshmi nous a prêtés. Ce sont des ouvrages d'enfant, m'a-t-elle dit, qu'elle emprunte à la bibliothèque de Shimla. J'ignorais qu'il existait un endroit où l'on pouvait consulter des livres, et surtout qu'on pouvait les emprunter, avant de les rapporter une fois qu'on a fini de les regarder. Imaginez un peu ! Des objets aussi précieux ! Cela équivaudrait à emprunter des bijoux pour son mariage avant de les restituer le lendemain. Aucune personne saine d'esprit ne prêterait de telles possessions en s'attendant à ce qu'on les lui rende !

Je porte le livre à mon nez et j'inspire, tâchant de discerner les odeurs de toutes les mains qui ont parcouru ces pages. Mais je ne sens rien d'autre que l'*atta* qui me permet de faire des *chapattis*. Je tourne les pages avec soin. Les aînés de notre tribu ne savent sans doute pas lire, mais ils vénèrent ceux qui en sont capables. « Les livres contiennent de la magie », disent-ils. S'il nous arrivait par malheur de piétiner un ouvrage ou une feuille de papier, nous étions punis. Je trace les lettres avec mon doigt, j'articule en silence les mots présents sur la page, comme Lakshmi nous a appris à le faire. Elle passe une heure à lire avec Rekha et moi chaque après-midi. Parfois, elle nous montre comment écrire le nom des aliments que nous mangeons. Je sais désormais que le mot « *chapatti* » commence par un « c ».

Je suis impatiente de montrer à Malik que je suis à présent capable d'écrire mon nom ! Rekha aussi. Dev serait si fier d'elle ! Elle apprend tellement vite, ça lui vient si naturellement. À quatre ans, elle assimile ce que je n'apprends qu'à vingt-deux ou vingt-trois ans (je crois que c'est l'un ou l'autre) ! Je suis toujours parvenue à effectuer des calculs simples dans ma tête, mais maintenant je tire une grande fierté à écrire le *nom* des chiffres de un à dix (*ake, dho, theen, chaar!*), que je suis désormais capable de reconnaître.

Lakshmi nous a distribué à chacune un cahier d'exercices de sorte à pouvoir nous entraîner. Parfois, quand je suis dans le jardin, je recopie le nom des plantes qui est inscrit sur des étiquettes à chaque rangée. Même si j'ignore ce qu'elles disent, j'ai envie de le savoir, plus tard, et de m'en souvenir.

Chaque fois que je forme la lettre « M », je pense à Malik, et je me demande si je pourrai, un jour, lire le courrier qu'il m'envoie. Quand Lakshmi me lit ses mots et ses pensées, j'éprouve de la gêne, et même de la honte. Ces messages devraient être privés, ne concerner que Malik et moi ; j'aimerais lire mes parties préférées toute seule, ou rapporter ses lettres en rentrant le soir. Je me plais à imaginer ses doigts plantés sur le coin de la mince page, qu'il immobilise le temps d'écrire mon nom. Il m'arrive de me demander ce que ça me ferait s'il traçait « Nimmi » sur ma paume, mon dos, ma cuisse !

J'ai enfin permis à Lakshmi de nous tatouer les mains au henné, les miennes et celles de Rekha. Elle en a tellement l'habitude qu'il ne lui a fallu que quelques minutes pour créer un nouveau motif pour la fillette. Celle-ci s'est montrée très sage ;

elle n'a pas bougé d'un pouce, jusqu'à ce que la pâte de henné soit suffisamment sèche pour qu'on puisse la retirer.

Sur les paumes de ma fille, Lakshmi a dessiné un éléphant dont la trompe s'étire d'une paume à l'autre. Lorsque Rekha joint les mains, l'éléphant est complet, et elle pousse un cri de joie. Elle agite les mains, faisant semblant que l'éléphant lève la trompe et la secoue.

Quand Lakshmi a tenté d'apposer des points sur les paumes de Chullu, il a voulu lécher le henné, ce qui nous a fait beaucoup rire !

La première fois que Lakshmi m'a demandé quel motif me plairait, je n'en avais pas la moindre idée. Alors, elle a dessiné des pivoines sur une paume et des roses sur l'autre. Quand je les joins, j'ai un bouquet que je peux porter à mon nez afin de humer l'odeur propre et terreuse du henné. Cela me rappelle le jour de mon mariage, l'unique autre fois où mes bras, mes mains et mes pieds ont été décorés.

Chullu s'agite, et je lui frotte le dos jusqu'à ce qu'il se rendorme. Un an déjà ! Il marche et commence à parler. D'ici quelques années, Rekha pourra lui apprendre à lire et à écrire son nom. Cela n'aurait jamais été possible si Dev n'était pas mort, si nous n'avions pas quitté les montagnes, et mon peuple, pour venir vivre en ville. J'aimerais tant que Dev soit avec nous en ce moment. Qu'il voie à quel point ses enfants sont épanouis. Qu'il me voie, moi, en train d'accomplir ce que je n'aurais jamais cru possible : apprendre à vivre sans notre tribu, sans *lui*. Tout à coup, mes yeux s'emplissent de larmes. Que j'aimais les petits plis aux coins de sa bouche, ses paumes rugueuses, durcies par les années passées à manier son bâton de berger, à escalader des arbres afin d'en couper les feuilles et les branches pour nourrir les chèvres. Qu'il les aimait, ces chèvres ! Je l'entends presque dire : « N'approche jamais une chèvre de front, un cheval de l'arrière, ou un imbécile de côté!» Ensuite, il riait. Il riait si fort, comme si c'était la première fois qu'il faisait cette plaisanterie!

Je passe le doigt sur les sourcils de Chullu. Dev ne fait plus partie de ma vie, et je dois montrer à mes enfants qu'eux aussi peuvent survivre sans lui. Je cligne des yeux pour refouler mes larmes, puis je jette un regard au livre d'images de fleurs sauvages. J'essaie de prononcer les mots sous la photo. Mais je ne reconnais que la première lettre. Je referme le livre. Serai-je un jour capable d'écrire une lettre à Malik? Si oui, que lui dirai-je?

Mon amour,

Après la mort de Dev, je ne savais pas si je pourrais aimer un autre homme. Et puis, je t'ai rencontré. Tu lui ressembles, mais tu es aussi différent. Et tu me manques tellement!
Laisse-moi te dire une chose qui va te faire plaisir. J'aime travailler pour ta Tatie-patronne. Surtout parce qu'elle me laisse tranquille. C'est moi qui décide quoi planter, si j'utilise des graines ou des semis, quand mettre de l'engrais et quand faire la récolte.
Elle a commis quelques erreurs, je te le dis. Elle essaie de faire pousser un arbre de santal, mais ça ne prendra jamais. Je n'ai jamais vu d'arbre de la sorte pousser dans le coin. Mais ta Tatie-patronne n'abandonne jamais, pas vrai? Elle essaie toujours des nouvelles choses, ajoute de nouveaux éléments à la terre, déplace ce jeune arbre de santal dans divers coins du jardin.
Je lui ai dit par quoi elle devrait remplacer les plantes rajasthanis dont elle se sert pour ses pommades. J'espère avoir raison. Je ne suis jamais allée au sud de Shimla, et j'ignore

à quoi ressemblent le Rajasthan et les plantes qui y poussent. Ta Tatie-patronne dit qu'il y fait tellement sec que la terre s'y change en poussière et s'envole. Je n'arrive pas à me l'imaginer ! Elle laisse mes enfants m'accompagner au travail, et ils adorent passer du temps dehors, près du jardin. Avant, je craignais qu'en laissant Rekha et Chullu chez les Arora, qui sont aussi vieux que l'Himalaya, les enfants ne fassent jamais d'exercice. Maintenant, ils respirent l'air frais tous les jours.

J'écarte une mèche de cheveux du visage de Rekha. Elle dort si paisiblement.

Qu'écrirais-je d'autre ?

Mall Road est devenue très animée, avec des touristes de partout. Mais ce n'est pas pareil quand tu n'es pas là pour surprendre les enfants avec tes petits cadeaux. Ils sont agités, espèrent toujours te voir apparaître. Rekha dit qu'elle t'en veut de ne pas venir nous voir. Elle aimerait que tu sois là pour lui acheter des ballons d'animaux au marchand d'à côté. Chullu, lui, a les dents qui poussent et mordille tout ce qui est à portée, y compris les ballons, alors la plupart d'entre eux ont disparu. (Rekha les a enveloppés dans des bandes de tissu données par Mme Arora et leur a offert des funérailles). Je rappelle à Rekha que Lakshmi-ji et le docteur Jay lui donnent toujours un ballon lorsqu'elle en réclame un, mais elle affirme que ce n'est pas pareil qu'avec toi, parce qu'elle aime t'entendre faire les différents bruits des animaux. Tu l'as pourrie gâtée !

Rekha a relâché le grillon que tu lui as offert quelque part dans notre chambre. Son chant nous réveille tôt le matin. Elle essaie de l'attraper, mais le grillon est plus rapide. Elle refuse d'abandonner la partie.

Chullu a une nouvelle dent qui pousse ! Il est grognon parce qu'il a mal, mais je lui frotte les gencives avec le miel que tu nous as donné, et ça lui fait beaucoup, beaucoup de bien. Ils seraient tous les deux plus heureux si tu étais là. Ils veulent savoir quand tu reviendras.
Alors, Malik, quand reviendras-tu ?

Ta Nimmi

Deux jours avant l'effondrement

8

Lakshmi

Shimla

C'est la fin de l'après-midi. Je suis au dispensaire, où je me lave les mains au lavabo pendant que ma patiente reboutonne son chemisier. Jay se trouve dans l'hôpital voisin, il s'occupe d'un accouchement d'urgence. Il est parti il y a une heure.

Comme bien des gens du coin, ma patiente parle un mélange d'hindi, de punjabi, d'urdu et de son dialecte local, mais je n'ai pas eu besoin de comprendre ce qu'elle disait pour connaître la raison de sa venue. Des années passées à transporter du bois de chauffage depuis l'orée de la forêt jusqu'à son âtre ont laissé des séquelles sur son épaule droite.

Même assise sur la table d'auscultation, elle penche sur le côté, comme pour faire contrepoids à sa charge invisible.

La nonne qui me prête assistance aujourd'hui appose des compresses d'eau chaude sur l'épaule endolorie afin de détendre les muscles avant que je passe sur la peau abîmée un mélange de poudre de curcuma et d'huile de noix de coco. Voilà qui devrait réduire l'inflammation. Je dis à ma patiente de retirer la pommade une fois qu'elle sera sèche, d'ici une demi-heure, puis de renouveler la compresse chaude et d'appliquer un peu plus de lotion, que je lui donne à rapporter chez elle. J'aimerais pouvoir lui ordonner de cesser de porter du bois de chauffage jusqu'à ce que son épaule se remette, mais elle est veuve, et ses enfants sont trop petits pour l'aider à accomplir cette tâche.

Je me sèche les mains et les hydrate à l'aide d'huile de lavande afin de me préparer pour mon patient suivant ; le parfum détend ceux qui pourraient être nerveux à l'idée de venir au dispensaire. Et puis, il me détend aussi. Je l'inspire à pleins poumons.

— Attendez ! entends-je la réceptionniste s'emporter dans la pièce extérieure. Vous ne pouvez pas aller par là !

Un garçon et une fille d'une dizaine d'années font irruption en franchissant le rideau qui sépare le coin de consultation de la salle d'attente du dispensaire. Ils portent une brebis ; le garçon tient la tête, la fille l'arrière. La réceptionniste les suit en se répandant en excuses.

— *Theek hai*, lui assuré-je.

Ce n'est pas grave.

Elle paraît soulagée et regagne son bureau.

La brebis en sang porte ce qui ressemble à une vilaine plaie sur son flanc droit. Je ne comprends pas ce que me dit la fille, alors je me tourne vers la nonne et attends qu'elle traduise. Les contreforts de l'Himalaya abritent de nombreuses tribus indigènes, et entre moi et le personnel, nous parvenons généralement à déchiffrer ce que nous racontent les malades qui viennent nous voir.

Ma patiente à l'épaule enflée, désormais vêtue, quitte d'un bond la table d'auscultation. Elle montre la brebis du doigt et prononce des paroles qui me sont incompréhensibles. De toute évidence, elle a peur.

Je cherche de l'aide auprès de la nonne, qui secoue la tête : elle ne comprend pas mieux que moi le discours rapide dont nous mitraille la femme. La fille et le garçon la dévisagent, bouche bée. La brebis bêle.

Ma patiente attrape le flacon de pommade au curcuma que je lui ai préparé et fuit la pièce comme si celle-ci était en feu.

Aurait-elle peur d'une brebis blessée ?

J'inspecte la plaie tandis que l'animal cherche à échapper aux griffes des enfants, mais ils tiennent bon, et je parviens à inspecter la zone. La toison semble avoir été incisée proprement, comme une poche passepoilée sur un manteau. La plaie se trouve sous la fourrure. Comment est-ce possible ?

Là, je remarque un fil qui dépasse de la toison. Des points irréguliers sur les bords de la fente. On dirait une poche qu'on aurait recousue. Délicatement, à l'aide d'une paire de ciseaux, je fends les points grossiers pour écarter la fourrure. Et je comprends d'où vient le problème. Sous la laine, la peau est couverte de plaies ; du pus et du sang suintent d'une blessure ouverte.

Je me demande qui tondrait ainsi une toison de mouton avant de la recoudre sur la peau. Pourquoi ne pas soigner la blessure ? Pour quelle raison un berger chercherait-il à cacher ces plaies ? Les gens des montagnes tiennent autant à leurs moutons que mes anciennes clientes fortunées à leur or. Aucun berger ne laisserait seul un mouton blessé, sans parler de l'abandonner.

Si seulement Jay était là ! Mis à part sa période à Oxford, il a toujours vécu à Shimla et parle nombre des dialectes locaux. Il pourrait savoir si le mouton appartient aux enfants, et, si oui, ce qu'il a pu advenir du reste du troupeau. Où est le berger ? Ou alors, si l'animal n'est pas le leur, où l'ont-ils trouvé ?

Il me vient soudain à l'esprit que Nimmi pourrait me venir en aide. Peut-être parle-t-elle leur langue, ou la comprend-elle suffisamment pour éclaircir ce qui s'est passé. Elle a grandi au milieu des chèvres et des moutons, et aurait sans doute une idée de la raison pour laquelle les blessures de cet animal sont si singulières.

Je fais signe aux enfants de rester là où ils sont.

Dans le jardin médicinal, je trouve Nimmi accroupie, en train de tapoter la terre où elle vient sans doute de planter des graines.

— J'ai besoin de votre aide, lui annoncé-je. Au dispensaire.

Elle fronce les sourcils, et je lis l'étonnement sur son visage : *Vous avez besoin de moi au dispensaire ?*

— Un mouton blessé, expliqué-je. Il a été amené par deux enfants.

Nimmi se lève. Elle a encore l'air perplexe, mais je n'ai pas le temps de lui expliquer. Je lui prends sa bêche et sa binette et les range dans la remise tandis qu'elle s'époussette et qu'elle va se laver les mains au robinet extérieur.

Dans la salle, la nonne de garde dispose un drap propre sur la table d'auscultation. Puis elle aide le garçon et la fille à hisser doucement l'animal sur la table.

Dès que Nimmi aperçoit les plaies sur la peau tondue, elle a un mouvement de recul, horrifiée. Son regard passe de moi aux enfants. Elle leur parle dans leur dialecte.

Le garçon se contente de la dévisager, mais la fille répond et esquisse un geste du bras.

— Je leur ai demandé si cette brebis était à eux, m'explique Nimmi en hindi. La fille dit que non. Ils l'auraient trouvée sur le sentier pendant qu'ils ramassaient du bois dans la montagne.

— Sans berger ?

Après avoir vécu à Shimla une dizaine d'années, je sais qu'une tribu nomade ne laisserait jamais un animal mourir seul ; ce serait trop cruel – et le remplacer, trop cher.

Nimmi se tourne vers la fille. Elles communiquent toutes les deux avec des paroles accompagnées de gestes. La plupart des tribus, qu'elles viennent de la frontière népalaise ou cachemirienne, ont quelques mots communs en urdu, hindi et népalais. Comme beaucoup d'Indiens du nord, je parle principalement l'hindi et un peu d'urdu – mais les dialectes des montagnes emploient des termes que je n'ai jamais entendus, et les structures des phrases sont très différentes.

— Ils n'ont vu que cette brebis, poursuit Nimmi. Ils ont bien entendu d'autres moutons dans les hauteurs, mais ont tenu à aider celle-ci parce qu'elle était blessée.

— Savez-vous ce qui a pu causer cette blessure ? demandé-je à Nimmi. L'aurait-on infligée intentionnellement ?

La jeune femme s'approche de l'animal qui, encore couché sur le flanc, respire bruyamment. Elle se penche en avant et, le coude sur la table, se sert de son avant-bras pour lui maintenir le cou et la tête tandis qu'elle écarte la toison au maximum. Elle tripote la plaie du bout des doigts. La brebis tressaille.

— Ces blessures ne résultent pas d'une maladie, en conclut-elle. Ce sont des écorchures. Quelque chose lui irritait la peau, alors elle s'est frottée contre un tronc d'arbre ou un rocher, enfin, une surface dure, pour se gratter… ou se soulager… ou alors…

Quand Nimmi relâche la brebis pour inspecter une de ses oreilles, elle recule brusquement et étouffe un cri.

Je sens les poils se dresser sur mes bras.

Soudain, l'air dans la pièce devient suffocant.

Les enfants le sentent aussi. Ils me regardent, puis se tournent vers Nimmi.

— Qu'est-ce qu'il y a ? demandé-je.

Elle fronce les sourcils, les yeux rivés à l'animal, les lèvres pincées. Il y a quelque chose qu'elle ne veut pas dire. De quoi s'agit-il ?

Enfin, Nimmi prend une inspiration et soupire. Elle dit quelque chose à la fille, la main sur son épaule. Là encore, elles recourent à des mots et des gestes pour communiquer, et quand la fillette répond, Nimmi hoche la tête.

Puis la petite se tourne vers le garçon, le prend par le bras, et l'entraîne hors de la pièce.

Nimmi pivote vers moi.

— Je leur ai dit que nous allions aider l'animal. Qu'ils ne devaient pas s'inquiéter.

Je ne sais toujours pas ce qui se passe, mais sa bouche crispée me dit qu'elle ne me révélera pas la nature de ses pensées. Une bulle de rancœur me monte dans la poitrine. Je suis accoutumée à diriger ma salle d'auscultation, mes patients, le jardin médicinal. Mais, à présent, la nonne elle-même attend des instructions de Nimmi. Au cours du dernier quart d'heure, c'est elle qui semble avoir pris les rênes. C'est pourtant pour *nous* qu'elle travaille. Elle n'a aucune raison – aucun droit – de nous cacher des informations. Je suis vexée, c'est plus fort que moi.

Je montre la brebis du menton. Les mots qui franchissent la barrière de mes lèvres sont aussi acérés que les aiguilles que Jay manipule à l'hôpital.

— Demandez à la sœur de vous procurer ce dont vous aurez besoin pour effectuer le pansement. Elle vous aidera.

Avant que Nimmi ait eu l'occasion de répondre, d'objecter ou de me rappeler que son travail se borne à s'occuper du jardin, je me dirige vers le lavabo, j'ouvre le robinet et je me lave vivement les mains.

Elle en sait plus sur ce qui s'est passé. J'en parlerai à Jay quand je le verrai ce soir.

Mon mari rentre plus tard que d'habitude ; la naissance des jumeaux s'est avérée compliquée. Ses journées sont plus longues à présent qu'il est chargé de toutes ces tâches administratives, ces événements caritatifs et ces réunions du conseil d'administration. Lorsqu'il rentre de l'hôpital, il aime que nous nous délassions une heure avant le dîner. Il s'installe dans son fauteuil préféré avec le *Times of India* et un verre de Laphroaig. Je jette un coup d'œil au dîner – du *malasa lauki* et du *dal*, qui cuit sur feu doux –, et je me joins à lui. Il me tend mon verre de whisky ainsi qu'une section du journal.

Mais je n'arrive pas à me concentrer sur l'article détaillant la bataille entre l'Inde et le Pakistan pour la région du Jammu-et-Cachemire. Nous habitons à plus de cent cinquante kilomètres de là. Et, mis à part les soldats indiens qui se rendent à Shimla pour prendre des provisions ou qui ne font que passer pour gagner les provinces du nord-est, nous n'avons pas grand-chose à voir avec la guerre. Pour le bien de Malik, je prie pour qu'il continue d'en être ainsi. Fournir des provisions en échange d'argent est une de ses spécialités.

Je plie le journal et le pose sur le côté. Je bois une gorgée de mon scotch.

Jay baisse un coin de son journal pour me jeter un coup d'œil.

— Qu'y a-t-il ?

Je souris. Mon mari me perce si aisément à jour.

— Une brebis. Aujourd'hui, au dispensaire. Deux enfants de tribu l'ont apportée.

— Ils ont apporté une brebis ?

— Elle était blessée.

Avec un petit rire, il pose le journal sur la table à côté de lui.

— Ah, voilà qui explique tout.

Il boit à son verre en cristal, le regard pétillant.

Je me lève du canapé pour m'asseoir sur l'accoudoir de son fauteuil. J'adore les boucles poivre et sel qui se déversent sur son front ; elles poussent trop vite, et je passe mon temps à les écarter, comme je le fais à cet instant.

— J'ai appelé Nimmi à l'aide. Je pensais qu'elle communiquerait mieux avec le garçon et la fille.

— Et ?

Je cale une boucle derrière son oreille ; elle en ressort aussitôt.

— Jay, pour quelle raison tondrait-on une brebis – à moitié – avant de recoudre la fourrure comme si de rien n'était ?

Il hausse les sourcils.

— Les plaies se trouvaient sous la laine tondue, précisé-je. Comme si l'animal avait frotté sa peau à vif contre une surface abrasive. Mais comment aurait-elle pu faire cela alors que la toison était encore plus ou moins attachée ?

— Attachée ?

— Exactement. Comme une poche qu'on aurait essayé de recoudre. Le fil s'était défait, et la toison pendouillait.

J'indique les dimensions de la blessure – environ dix centimètres sur douze – avec mes mains.

— À peu près grande comme ça.

Jay pose une main sur mon bras.

— Qui a amené la brebis au dispensaire ?

Il s'exprime d'une voix calme, mais son ton m'inquiète.

— Deux enfants. Ils l'ont trouvée sur un sentier de montagne pendant qu'ils ramassaient du bois.

— Où est la brebis actuellement ?

Un frisson me parcourt l'échine. Je sais pertinemment quand il s'efforce de ne rien laisser paraître, comme lorsqu'il doit annoncer à un patient qu'il a le cancer.

— Au dispensaire. J'ai demandé à Nimmi de s'en occuper.

— Et où se trouve Nimmi ?

Je sens sa main se crisper sur mon bras. À présent, je suis tout à fait effrayée. Jay sait quelque chose que j'ignore, et je devine qu'il va m'apprendre que j'ai exposé Nimmi à un grave danger.

— Chez elle, j'imagine, avec ses enfants. Et la brebis, ajouté-je lentement.

Jay cligne des yeux.

— Tu dis que la plaie n'était que sur un flanc de l'animal. As-tu vérifié l'autre ?

Je secoue la tête.

Il se couvre la bouche avec la main. Son regard me donne la chair de poule.

— Pourquoi ? insisté-je. Qu'y a-t-il ?

Quand nous atteignons l'appentis au pied de la colline, j'aperçois la lueur d'une lampe à pétrole à travers la fenêtre. Ne souhaitant pas réveiller les propriétaires à l'étage, je toque doucement à la porte. Nimmi l'ouvre un instant plus tard, visiblement étonnée de nous voir.

Elle porte Chullu dans une écharpe faite maison attachée dans son dos. Derrière elle, Rekha est assise sur un des nombreux traversins qui longent les murs de la pièce. Elle mange un *chapatti*. La petite me sourit, comme si elle espérait que je lui apporte un nouveau livre. Je lui rends son sourire.

Puis j'entends bêler. Je ne m'étais pas rendu compte que la brebis aussi se trouvait dans la pièce, assise sur un autre traversin fourré d'herbe, en train de mâcher des feuilles de chardon.

Nimmi se trouve toujours à la porte. Son regard passe de moi à Jay. Le petit Chullu nous observe par-dessus l'épaule de sa mère.

— Nimmi, commencé-je. Le docteur Kumar pense que nous devons emmener la brebis.

— Pourquoi ? proteste-t-elle, agacée. Elle va mieux, maintenant. Elle a besoin de manger et de se reposer.

Jay s'avance.

— Nimmi, lance-t-il, le propriétaire risque de la chercher. Puis-je vérifier…

La jeune femme lui bloque le passage.

— Je ne lui ferai pas de mal, Nimmi. Je veux seulement voir si…

— Je l'ai déjà fait, l'interrompt-elle à voix basse, les yeux rivés à ses pieds.

— Fait quoi ?

Elle lève les yeux vers Jay. Silence.

— J'ai vérifié l'autre flanc.

Jay recule et hoche la tête.

— Et ?

Nimmi se retire enfin sur le côté pour nous laisser entrer, puis referme la porte.

— Il est toujours là, répond-elle en nous faisant face. L'or.

Elle soupire.

Jay acquiesce, pivote vers moi. Il m'a tout expliqué plus tôt, avant que nous ne quittions la maison pour aller voir Nimmi. Il m'a montré l'article dans le journal ; de plus en plus d'or passe clandestinement dans les montagnes.

Nimmi passe un bras derrière elle pour tapoter Chullu, presque plus pour la réconforter elle que lui.

— L'or se déplace sur le même sentier que notre tribu. Il y a deux ans, un homme – un trafiquant – a dit à Dev qu'il pouvait se faire beaucoup d'argent s'il acceptait d'aider les contrebandiers, mais Dev a refusé.

Elle me glisse un regard.

— Ce matin, en voyant que la brebis n'avait pas été tondue, j'ai su. Vous comprenez, nous les tondons toujours dès que nous arrivons ici, dans les contreforts, pour l'hiver. Cela nous permet de vendre la laine avant de remonter dans les montagnes au printemps. À cette époque, les tribus ont déjà tondu leurs moutons et sont reparties depuis des semaines pour ramener leurs troupeaux au nord pour l'été.

Mon mari fronce les sourcils.

— Nimmi, c'est risqué pour vous de la garder ici. Quelqu'un va finir par venir la chercher.

Il se mord la lèvre et me jette un regard, avant de reporter son attention sur la jeune femme.

— Les contrebandiers ne s'arrêteront qu'en retrouvant ce qui leur appartient.

— Vous croyez que je ne le sais pas ?

Nimmi se détourne pour s'accroupir devant la couverture en laine sur laquelle elle a rassemblé ses rares possessions familiales.

— Avant, ils les glissaient dans leurs chaussures, la doublure de leurs manteaux – des lingots gros comme vos rondelles de citron confit, précise-t-elle en me décochant un autre regard. Mais, maintenant, ils se servent de nos moutons. Ils les cachent sous leur toison. Et, pour ça, ils ont besoin d'un berger.

Elle noue les bouts du chiffon ensemble et dépose le ballot sur un édredon matelassé étalé au sol. Puis elle se redresse et se retourne vers nous.

— Je dois y aller. Je dois retrouver le troupeau – et le retrouver, lui. Ils tueront sa famille si l'or n'est pas livré.

Je pose une main sur le bras de Nimmi.

— Retrouver qui ? De qui la famille est-elle en danger ?

Elle se détourne, les épaules crispées. Sa peur est telle que j'arrive presque à la sentir. Elle baisse les yeux sur l'édredon.

— Mon frère. Vinay.

Elle regarde la brebis qui mâchouille tranquillement dans le coin de la pièce.

— Les marques à son oreille. C'est le troupeau de mon frère.

Lorsqu'elle se retourne vers nous, je lis le désespoir dans ses yeux.

— Je dois le retrouver. Si un de ses moutons cavale sans contrôle, c'est que lui aussi est grièvement blessé. Au point de ne pas pouvoir bouger. Ou qu'il est… (Elle s'interrompt en clignant des yeux.) Son troupeau doit être là-haut, sans berger. Avec tout l'or.

Jay passe une main dans ses boucles.

— Quelqu'un d'autre aurait-il pu prendre le troupeau de Vinay ? risque-t-il.

Je reste bouche bée. Je n'avais pas envisagé la possibilité que des bandits aient pu s'emparer du troupeau.

Nimmi crispe les mâchoires.

— Vous croyez que je n'y ai pas pensé ? Mon frère a une épouse et deux fils. Si les trafiquants estiment que l'or a été volé, s'il n'est pas livré aux gens qui l'attendent, ils tueront chaque membre de la famille de Vinay. Ils décimeraient notre tribu tout entière s'ils pensaient que l'un de nous sait où se trouve l'or.

Elle se penche et tire sur le nœud de son ballot.

Percevant le malaise de sa mère, le petit Chullu se met à s'agiter. Elle tend un bras par-dessus son épaule pour lui caresser le cou. Il se calme.

J'observe Rekha. Elle a arrêté de manger. Elle regarde sa mère, puis nous deux. Elle sent que quelque chose ne va pas, mais j'ignore ce qu'elle comprend au juste.

Si j'ai envoyé Malik à Jaipur, c'était surtout pour lui éviter de fréquenter des trafiquants. Transporter des marchandises illégales est très tentant pour ceux qui ont entendu dire qu'il y avait beaucoup d'argent à se faire par ce biais. J'ai peur que Malik s'essaie à trafiquer des armes, compte tenu de la guerre qui fait rage au nord. Avec ses instincts d'entrepreneur, il aurait pu se croire trop futé pour se faire attraper malgré les risques. Mais la contrebande d'or ne m'était même pas venue à l'esprit.

En silence, je remercie Manu et Kanta d'avoir bien voulu accueillir Malik, loin de toutes ces tentations.

Je m'accroupis à côté de Nimmi.

— Comment ces contrebandiers feraient-ils pour trouver la maison de votre frère ? Votre tribu est toujours en déplacement.

— C'est vrai, jusqu'à ce que nous atteignions notre destination d'été. Toutes les familles ont des huttes là-haut. Celle que je partageais avec Dev se trouve à côté de celle de Vinay, même si je ne serais pas étonnée d'apprendre qu'une autre famille s'y est installée depuis.

Elle tend encore le bras pour caresser le cou de Chullu. Elle est sûrement en proie aux souvenirs de son mari et de la vie qu'ils menaient ensemble avec leur tribu.

Avec une ferveur renouvelée, Nimmi se met à enrouler le ballot au sol.

— Vous tenez vraiment à partir ce soir ? Avec la brebis ?

Nimmi ne répond pas.

Je regarde Rekha, ses grands yeux qui ne clignent pas.

— Et les enfants ?

Nimmi hausse un sourcil.

— Nous avons toujours voyagé dans les montagnes avec nos enfants.

— Et Malik ?

Je songe aux lettres que je vais recevoir de sa part et qui seront adressées à Nimmi. À tout ce qu'il a envie de lui dire. À tout ce qu'il ne lui dit pas, parce qu'il sait que c'est moi qui lui lis ces missives.

Ses mains se figent un instant au-dessus de l'édredon.

— Il n'est pas là, tranche-t-elle.

Puis elle attache le tapis de couchage à l'aide d'une bande de jute.

Je jette un regard de désespoir à Jay, qui semble aussi perdu que moi. Je sais que Nimmi ne devrait pas y aller seule, avec ses enfants et la brebis, pour chercher son frère. C'est trop dangereux. Si l'un d'eux tombe malade, se blesse ou croise des bandits, personne ne sera là pour les aider.

Jay s'accroupit à côté de nous.

—Attendez jusqu'au matin, Nimmi. Je vous en supplie. Laissez-nous y réfléchir, trouver ensemble quoi faire.

Un éclair de colère passe dans le regard sombre de Nimmi.

—Vous n'irez pas voir la police?

Il secoue la tête. Lui et moi en avons déjà parlé. Les policiers auraient tendance à punir et à emprisonner un pauvre berger qui ne sert que de passeur. Ou ils voudraient garder le métal précieux pour eux-mêmes, et décideraient que Nimmi en sait plus qu'elle ne le dit. Auquel cas, ils pourraient s'en prendre à elle. En ce qui concerne la contrebande de marchandises, il est difficile de savoir à qui se fier – même au sein de la police, pourtant censée contrôler les trafiquants.

Nimmi regarde sa fille, qui s'est approchée de la brebis pour la caresser. Sans croiser notre regard, la jeune femme fait « oui » de la tête.

Mon mari et moi poussons un soupir en chœur.

Jay se lève et s'approche de la brebis. Il sourit à Rekha.

—Je peux la caresser, moi aussi? demande-t-il.

Elle chuchote comme le font les petits enfants – assez fort pour qu'on puisse tous l'entendre.

—Elle s'appelle Neela.

Doucement, Jay soulève le pan de fourrure et inspecte la plaie.

—Bonjour, Neela, dit-il avant de tourner la tête vers Nimmi. Vous avez fait du bon travail. La blessure va guérir et elle va s'en sortir. Je me dis qu'on aurait peut-être besoin d'un vétérinaire à Shimla.

La perplexité qu'affiche Nimmi le fait sourire.

— Un docteur pour les animaux, précise-t-il. Il nous en faut un.

Mais le lendemain matin, Nimmi ne vient pas travailler. Je me rends tout droit à son logement. Il n'y a personne. Les enfants, la brebis, le traversin et la paillasse – tout s'est volatilisé.

9

Malik

Jaipur

Assis à ma table devant la porte du bureau de Hakeem, j'admire la nouvelle Ford Maverick rouge dans le dernier numéro de la revue *LIFE* (« La première voiture des années 1970 au prix des années 1960 ! ») lorsqu'un registre atterrit soudain devant moi, manquant de justesse mon verre de chaï.

— *Arré !* hurlé-je.

Je lève les yeux. Debout en face de moi, Hakeem me fixe d'un regard noir.

Il tape plusieurs fois son index boudiné sur le registre.

— Vous avez commis une faute, triomphe-t-il. Oui !

Je retourne le livre de sorte à pouvoir lire ce qui est marqué sur la tranche : « Achats 1969 ».

Hakeem caresse les deux côtés de sa moustache.

— Dites-moi, Abbas. Que signifient les initiales « C-M-T. » ?

— Ciment.

— Et « B-R-K » ?

— Briques.

Hakeem se racle la gorge.

— Exact. Alors, pourquoi avoir interverti les deux montants dans le registre ?

Je digère encore son accusation lorsqu'il ouvre le volume, avant de revenir quelques pages en arrière.

—Vous voyez, ici ? « C-M-T » ? Et ici ? « B-R-K » ? Oui ?

J'acquiesce.

—La somme pour les briques et celle pour le ciment utilisés au Royal Jewel Cinema sont l'inverse de ce qu'elles devraient être. Vous les avez interchangées.

Je me repenche sur les colonnes.

—Mais, Hakeem Sahib, j'ai pourtant revérifié en comparant les factures et le registre !

Il donne une chiquenaude dans sa moustache.

—Revérifiez encore. Aucun relâchement ne sera toléré ici, en comptabilité.

—Oui, renvoyé-je en tâchant de garder mon sérieux, ce qui me vaut un nouveau regard glacial de sa part.

Lorsqu'il regagne son bureau, j'étudie les chiffres dans le registre. Je vois où il veut en venir. Beaucoup de ciment et très peu de briques auraient dû être employés dans un projet de cette ampleur. C'est ce que j'ai appris à force de côtoyer les ingénieurs qui travaillent pour Manu. Manu lui-même m'a emmené sur différents chantiers (sans tenir compte des airs désapprobateurs de Hakeem) afin de m'initier aux matériaux et aux méthodes employés pour les différentes parties d'un bâtiment.

Je sais pertinemment que ma présence dans son petit royaume irrite Hakeem. Il pense sans doute que j'ai été recruté pour prendre sa place. Malgré cela, je doute qu'il s'abaisse à falsifier les chiffres dans le seul but de m'attirer des ennuis.

Je tourne lentement les pages afin de voir ce qui a été dépensé pour le projet de cinéma depuis le début de l'année. J'additionne les totaux ; le résultat me surprend. La somme déboursée en ciment par la Singh-Sharma Construction est trois fois plus élevée que celle versée pour les briques. Alors, pourquoi les dernières factures en date refléteraient-elles le contraire ?

Je suis en train de me creuser la tête quand Hakeem sort de son bureau, ferme à clé derrière lui et part déjeuner, son tiffin dans une main, un roman d'Agatha Christie dans l'autre. Les romans policiers sont son péché mignon.

Je n'ai pas besoin de consulter ma montre pour savoir qu'il est 13 heures. Comme toujours, il se rend au Central Park de Jaipur pour s'installer sur son banc préféré (*Bhagwan* empêche que quelqu'un d'autre vienne l'occuper avant Hakeem !).

Il sera de retour à 14 heures. Pas une minute plus tôt, pas une minute plus tard.

Le bureau de Hakeem se résume à une pièce minuscule et sans fenêtre dans un coin isolé de cet étage, mais des années de loyaux services lui ont permis de décrocher ce petit privilège.

De là où je suis assis, je vois les tables des chefs de projet, dessinateurs et contremaîtres et, plus près de moi, les secrétaires qui tapent des lettres. Or, à la pause-déjeuner, les employés quittent leur bureau ou restent tranquillement assis à leur table, à manger, à lire le journal ou à faire la sieste.

Je laisse passer quelques minutes avant de m'approcher de la porte du bureau de Hakeem. J'ai grandi dans les rues de Jaipur, livré à moi-même alors que je n'avais que deux ou trois ans. C'est à ce moment-là qu'Omi m'a offert un foyer, même si elle avait déjà trois enfants à nourrir. Son mari s'absentait pendant de longues périodes, aussi l'aidais-je du mieux que je le pouvais. Je jouais aux petits chevaux contre de la nourriture, aux billes contre de l'argent, j'ai appris à bien tricher aux cartes, à marchander pour obtenir ce dont les enfants de Omi avaient besoin.

Et je suis passé maître dans l'art de crocheter les serrures.

Trois secondes plus tard, je me trouve dans le bureau de Hakeem.

Le meuble affichant « Justificatifs » contient les factures d'origine émises par les fournisseurs. À la fin de chaque journée, quand j'ai fini d'inscrire les montants facturés dans le registre, Hakeem s'empare des factures rangées dans la boîte sur mon bureau, vérifie mon travail puis les entrepose dans ce tiroir.

Je sors les documents du mois d'avril, cherchant les factures de Chandirargh Ironworks indiquant « Réglé ». J'en trouve deux : une pour le ciment, une pour les briques. L'une et l'autre sommes correspondent à ce que j'ai consigné dans le registre. Les briques auraient-elles été achetées pour un autre projet, puis assignées par mégarde au projet de cinéma ? Je glisse les deux reçus dans ma poche et je vérifie l'heure. La pause-déjeuner n'étant pas terminée, personne ne répondra si j'essaie d'appeler le bureau du fournisseur.

De retour à ma table de travail, je chasse une mouche de mon thé, qui a refroidi. Au-dessus de ma tête, le ventilateur de plafond peine à rafraîchir la pièce. Je ferais bien de me prendre un *parantha* et un *lassi* à la mangue avant de me diriger vers les bureaux de Singh-Sharma, qui n'est qu'à quelques rues d'ici. Je vais bavarder un peu avec Ravi Singh.

— Alors, où est le problème ?

Ravi me dévisage de l'autre côté de son immense bureau à Singh-Sharma Construction. Je me tiens debout face à lui, les deux reçus en main.

— Les montants sont l'inverse de ce qu'ils devraient être.

— Et ?

Il paraît impatient, pressé que je m'en aille pour qu'il puisse continuer d'inspecter les plans devant lui. Les manches de sa chemise blanche sont retroussées. Son élégante veste en lin est accrochée à un portemanteau en bois.

— Les factures proviennent de fournisseurs de la Singh-Sharma. Ont-ils commis une erreur ? Dois-je les appeler, ou préfères-tu le faire toi-même ?

Ravi plisse les yeux. Il sort une cigarette du paquet posé sur sa table et m'en propose une. Il se tâte les poches pour chercher son briquet en or, qui est une réplique de celui de Samir. Il fronce les sourcils, penche la tête sur le côté. Puis son visage s'éclaire et un sourire flotte sur ses lèvres.

Je me retiens de lever les yeux au ciel. Aurait-il oublié son briquet sur la table de chevet de sa dernière conquête ? Je ramasse la boîte d'allumettes sur son bureau et en approche une d'abord de sa cigarette, puis de la mienne, avant de la secouer pour l'éteindre.

Ravi tire une bouffée.

— Montre-moi.

Je pose les reçus sur la table.

Il recrache la fumée par ses narines tout en les examinant. Puis il dévisse le bouchon de son stylo-plume, barre le total en bas de la première facture pour y écrire la somme de la deuxième, et fait de même pour l'autre avant de me les tendre toutes les deux avec un sourire.

— Voilà. Rien de bien sorcier, non ?

L'espace d'un instant, je reste muet. Quelle étrange sorte de comptabilité est-ce là ?

Ravi hausse les épaules.

— Écoute, inutile de compliquer les choses. Hakeem a besoin que les chiffres correspondent. Maintenant, c'est le cas. Fin de l'histoire. Qu'est-ce que tu fais ce soir ?

Sa manie de passer du coq à l'âne a le don de me déstabiliser. J'essaie encore de comprendre ce qu'il vient d'infliger aux factures.

— Pourquoi ne pas sortir avec nous ? Sheela et moi laissons les enfants à la maison. On va dîner au *Rambagh Palace*. Le *rogan josh* y est sublime.

Il faut reconnaître qu'il ne se vante jamais des liens des Singh avec la famille royale de Jaipur. Il n'en a pas besoin. Il est bien connu que son père a toujours été l'un des favoris de la Cour.

Avant que j'aie eu l'occasion de répliquer, Ravi tend le bras vers son téléphone.

— Je dis à Sheela que tu te joins à nous.

À l'époque où je vivais dans cette ville, le *Rambagh Palace* était la résidence personnelle des maharadjahs. Après l'indépendance, quand les bourses des maharadjahs d'Inde ont commencé à se vider, Son Altesse de Jaipur a eu la brillante idée de transformer le *Rambagh* en hôtel afin de renflouer ses caisses. Cela a fonctionné. Têtes couronnées du monde entier, hommes d'affaires prospères et globe-trotteurs fortunés, tous fréquentent le *Rambagh*.

Il m'a rarement été donné d'admirer autant de splendeur. Les serveurs, coiffés de turbans orange, sont vêtus de vestes de maharadjah bordeaux et de larges ceintures orange. Des lustres à plusieurs étages pendent du plafond, leur lumière reflétée par les bijoux aux doigts, aux poignets, aux cous et aux oreilles des dîneurs. Je tâche d'inscrire chaque détail dans ma mémoire de sorte à les décrire à Nimmi dans ma prochaine lettre.

Au dîner, Ravi s'avère un hôte attentif. Il commande à notre place, veille à ce que nos verres à vin soient remplis, nous régale d'anecdotes amusantes. Il raconte les derniers ragots sur le club de polo (« Son Altesse va faire venir l'équipe de polo de Bombay pour un match à dos *d'éléphant* – voilà qui sera charmant ! »), fait l'éloge des progrès de Sheela au tennis (« Moi, je te le dis, elle sera championne régionale d'ici à l'année prochaine ! ») et de l'équipe indienne de cricket (« En novembre, on va montrer aux Australiens de quel bois on se chauffe ! »). Sheela a la forme elle aussi, éblouissante dans une robe fourreau en mousseline de soie vert émeraude aux fines bretelles, riant des blagues de son mari, le taquinant sur son obsession pour le cricket et bavardant gaiement au sujet de leurs amis du Jaipur Club. J'essaie de visualiser Nimmi et sa peau sombre comme le granit, nue, luisante, sous une robe comme celle de Sheela, et je me sens rougir jusqu'aux oreilles.

Après le dîner, alors que Sheela monte dans leur voiture, Ravi lui annonce qu'il a promis de boire un verre en fin de soirée avec un client potentiel. Le chauffeur ramènera Sheela, puis moi. Ravi, lui, va prendre un taxi pour se rendre à son rendez-vous.

Sheela se décompose.

— Mais il est presque minuit !

— L'heure à laquelle on conclut des affaires à Jaipur.

— De quelle affaire s'agit-il ?

La voix de la jeune femme est stridente.

Assis sur le siège passager, à côté du conducteur, je vois Sheela et Ravi dans le rétroviseur latéral.

— J'avais besoin qu'un dernier élément se mette en place pour l'inauguration du Royal Jewel Cinema. C'est justement le type que je vais retrouver.

Voyant que Sheela commence à faire la moue, son époux se penche vers elle pour glisser un doigt sous une de ses bretelles et le faire monter et descendre le long du tissu délicat, lui frôlant la peau au passage.

— C'est celui qui passe son temps à te reluquer. Pas question que tu viennes.

Ce geste est si intime que j'en rougis. Se comportent-ils toujours ainsi ? Je détourne le regard du rétroviseur, tout en me demandant ce qu'en pense leur chauffeur, l'impassible Mathur.

Sheela jette un regard en coin à son mari. Et sourit.

Après une pause, elle lève la main pour rajuster la cravate de Ravi.

—Abbas boira un verre avec moi, pas vrai Abbas ? Mathur le ramènera chez lui après.

Je me retourne pour objecter. J'ai beaucoup de travail à faire pour Hakeem demain, et l'un des ingénieurs de Manu doit me donner une formation. Il est tard, et je préférerais me coucher.

Le visage de Ravi s'est assombri. Il considère Sheela avec insistance. Elle lui rend son regard, glaciale.

Il fait la moue, comme pour y réfléchir.

—L'hospitalité à la Sheela. Excellente idée.

Il se redresse et me tapote l'épaule comme si l'affaire était réglée.

Il semblerait que mon consentement ne soit ni attendu ni nécessaire.

Une fois arrivé, le chauffeur se gare, puis saute hors de la voiture pour ouvrir la portière de Sheela. Je reste où je suis, dans l'espoir que l'invitation à boire un verre n'était qu'un stratagème visant à provoquer la jalousie de Ravi.

—Ça ne te dérange pas, Abbas ? De passer un peu de temps avec moi ?

Je laisse échapper un petit soupir. Après tout, ce soir, je suis son invité. Je la suis dans la maison, où elle tend à Anu, sa bonne, son sac à main et son châle. Puis, elle m'entraîne dans le séjour – une pièce spacieuse et haute de plafond dotée d'immenses portes-fenêtres qui occupent tout un pan de mur. J'imagine que cet endroit est encore plus spectaculaire à la lumière du jour. Tout est si calme à cette heure-ci que j'entends même le bourdonnement du climatiseur.

Deux canapés en soie damassée jaune se font face. Ils sont séparés par une table basse – longue, rectangulaire – en bois de bouleau pâle magnifiquement fini. La pièce est somptueusement décorée, tout en restant épurée. Aucun désordre. Rien qui dépasse. Je dirais que rien que le mobilier, dans cette unique pièce, coûte plus que ce que le docteur Jay gagne en une année.

Sheela ouvre le tiroir d'une desserte assortie et en retire un paquet de Dunhill.

— Ravi croit que je ne sais pas où il cache son stock, s'esclaffe-t-elle.

Lorsqu'elle se retourne vers moi, elle tient une cigarette entre ses doigts parés de bijoux.

Je cherche des allumettes dans mes poches, regrettant de ne pas pouvoir lui tendre, moi aussi, un briquet en or. La boîte d'allumettes que j'en sors est celle que j'ai prise un peu plus tôt dans le bureau de Ravi.

Je me penche pour lui allumer sa cigarette. De près, je sens son parfum à l'orchidée, le vin blanc qu'elle a bu au dîner, l'odeur du tabac sur son haleine. Je distingue le petit grain de beauté noir, niché dans les petits plis au coin de son œil droit. Est-ce que je la trouve séduisante ? Oui. Elle est sûre d'elle, sans complexe. Parfaitement consciente de son sex-appeal. Je dois me rappeler que Sheela Singh était autrefois une fille qui refusait d'accorder le moindre regard au petit garçon débraillé de huit ans que j'étais alors, quand elle était âgée de quinze ans. A-t-elle changé ? Et moi, ai-je changé ? Ou suis-je simplement tenté par la possibilité d'un interdit ?

Elle me tend le paquet. Je me sers. Puis elle s'installe sur un des divans et tire une bouffée lente et profonde. Elle renverse la tête en arrière pour envoyer des ronds de fumée vers le plafond, embrassant l'air à pleine bouche.

— Une cigarette après le dîner est essentielle, décrète-t-elle. Après deux enfants, une simple séance de tennis ne suffit pas à ce que j'enfile ça.

Elle montre sa robe. Le corsage en mousseline de soie masque à peine sa poitrine nue. Ses seins sont ronds et fermes. Les femmes de la tribu de Nimmi ne portent pas de soutien-gorge non plus. Nimmi a des vergetures sur la poitrine, le ventre. (Je serais étonné d'apprendre que Sheela a allaité.) J'aime que Nimmi soit à l'aise avec son corps. Malgré cela, cette robe au décolleté plongeant donne à Sheela des airs indécents.

Je ne peux pas m'empêcher de la dévorer du regard, ce qui est précisément ce que cette robe me demande de faire. Je remarque que ma cigarette n'est toujours pas allumée et m'applique à le faire. Je me force à songer à Nimmi – à son sourire timide, à ses lèvres cannelle, qui m'attirent à elle. Quand je la déshabille, Nimmi compte chaque agrafe à haute voix, doucement, alors que je défais son bustier.

— Ravi garde son bon scotch dans la bibliothèque. N'hésite pas à te servir.

Sheela esquisse un geste nonchalant avec sa cigarette en direction du couloir.

— Moi, je n'ai jamais aimé ça.

Je m'installe sur le canapé en face de Sheela.

— Ça ira. Merci.

Lorsqu'elle se penche pour tapoter sa cigarette au-dessus du cendrier en céramique posé sur la table basse, elle veille à ce que je voie son décolleté. Le triangle sombre entre ses seins est parsemé de poudre d'or. Malgré moi, je me sens durcir. Je me détourne, gêné, et remue sur mon siège.

Nimmi, qui se trouve à plus de six cents kilomètres d'ici, n'aurait jamais l'idée de saupoudrer de la poudre d'or entre ses seins.

— Voilà déjà deux mois que tu es ici, Abbas. Et nous ne connaissons toujours rien de toi.

— Tu supposes qu'il y a quelque chose à savoir.

— J'imagine que tu as une famille.

J'ignore comment répondre à cela sans impliquer Tatie-patronne. Or, mieux vaut ne pas citer le nom de Lakshmi dans cette demeure. Je ne peux pas non plus parler d'Omi, ni de mes débuts sans chaussures ni chemise dans la ville rose. Je fais tomber la cendre de ma propre cigarette dans le bol en céramique.

— Un peu.

— Hmm.

Un sourire se dessine sur le visage de Sheela. Son rouge à lèvres brillant accroche la lumière, rivalisant avec le chatoiement de l'or entre ses seins.

— Tu ne m'as jamais dit comment tu avais fait la connaissance de mon beau-père.

Sheela doit ignorer que Ravi a eu un fils avec la jeune sœur de Tatie-patronne, Radha. Ou que Samir a cherché à rattraper l'imprudence de Ravi en payant les frais de scolarité de Radha. Pourquoi il s'est également chargé des miens, ça, c'est un mystère.

Je lâche une volute de fumée.

— Je connais Samir comme beaucoup de gens le connaissent.

— C'est-à-dire ?

Sans tenir compte de sa question, je montre du doigt le grand portrait au cadre argenté qui est accroché au mur – un portrait de famille présentant deux générations des Singh.

— Belle photo, commenté-je.

Le cliché d'origine a été pris en noir et blanc, mais on l'a coloré à la main de sorte que les lèvres et les joues de chacun soient roses, même ceux de Ravi. On y voit la petite Rita qui n'est encore qu'un nourrisson, les yeux cernés de *kajal* pour lui porter chance. Elle regarde sur le côté en se mordillant le poing. À l'époque où cette photo a été prise, Bébé n'était même pas encore né.

Sheela jette un coup d'œil au portrait, mais ne dit rien. Elle ajuste à son doigt sa grosse bague sertie d'une perle et d'une émeraude.

— La société affirme que Ravi a tout à fait le droit d'avoir ses *femmes* – et j'emploie ce terme au sens large, ajoute-t-elle en haussant un sourcil bien dessiné. Mais si j'agis de même, on crie au scandale.

Elle tapote sa cigarette au-dessus du bol tout en se penchant encore en avant, comme pour happer mon attention.

Je m'efforce de la regarder dans les yeux.

— Ce n'est pas comme si je n'avais eu aucune proposition, déclare-t-elle. Ses clients. Nos amis. Des hommes que je connais depuis des lustres. Certains m'auraient volontiers épousée à l'époque où mes parents recueillaient les demandes. Aujourd'hui, ces mêmes hommes me voient comme une conquête potentielle.

Elle tire une autre longue bouffée de sa cigarette et relâche la fumée, lentement. Elle fait la moue et hausse un sourcil.

— Pourquoi, à ton avis ? insiste-t-elle, ses yeux sombres rivés aux miens.

Sa crinière brille sous l'effet de shampoings onéreux, et l'arête de son omoplate reflète l'éclat de la lampe ; charmante lueur. Je prends mon temps, l'observant, lui laissant voir ce que je vois en elle.

— Je crois que tu le sais, lancé-je.

Elle a l'élégance de rougir.

Je me penche pour écraser ma cigarette dans le bol et je me lève. Je lui adresse un sourire contrit.

— J'ai beaucoup de travail demain, expliqué-je, sur le point de quitter la pièce.

— Avant de partir…

Je me retourne.

Elle tend la main. L'espace d'un instant, je crois qu'elle me demande de la tenir. Et puis, je comprends.

Je sors la boîte d'allumettes de ma poche et la dépose dans sa paume ouverte.

Un quart d'heure plus tard, j'atteins la dépendance du palais et je me rends tout droit dans ma chambre. J'enlève mes vêtements, que je lâche au sol tout en me dirigeant vers la douche. Je fais couler l'eau, le plus chaud possible, et je laisse son flot m'apaiser. Mais je ne peux pas m'empêcher de visualiser les seins nus de Sheela, de me remémorer l'odeur de son parfum. Ses yeux sombres, qui m'aguichent, ou m'invitent. Je m'occupe de mon érection, me sentant honteux et coupable, comme si j'avais effectivement trompé Nimmi. Mais maintenant, je suis rentré, en sécurité. Une fois au lit, je m'endors aussitôt.

10

Nimmi

Contreforts de l'Himalaya, au nord-ouest de Shimla

Chullu s'est endormi sur mon dos, bercé par le rythme de mes pas. À l'aide du bâton de berger de mon mari, je gravis le sentier qui s'enfonce dans les hauteurs des montagnes. Quand je retrouverai les autres moutons du troupeau de Vinay, je me servirai du crochet pour les rassembler, ce qui est sa finalité. Le poids de mon bébé, le tapis de lit et nos quelques affaires me stabilisent.

J'ai façonné un bâton plus petit pour Rekha en taillant une branche de peuplier, et elle s'efforce de me suivre. De temps en temps, je marque une pause pour lui permettre de nous rattraper sur le sentier. Une fois qu'elle est parvenue à notre hauteur, je la fais boire à ma gourde en peau de chèvre.

Nous marchons depuis une heure, en grimpant progressivement à travers prés et buissons. Nous sommes partis dès la première lueur du jour, alors qu'une fine couche de givre recouvrait encore le sol. Les vieilles coutumes ont la vie dure : notre tribu part toujours tôt le matin, quand il fait plus frais, de sorte à couvrir de plus longues distances sans se fatiguer. À présent que nous sommes dans la forêt, je ne vois plus la ville de Shimla. Sans les enfants et Neela la brebis, qui s'arrête constamment pour manger en chemin, ma progression serait plus régulière. Mais l'animal est plus vif, et se porte bien mieux depuis que nous lui avons nettoyé ses plaies.

Depuis Shimla, j'ai viré vers le nord-ouest, dans la direction que les enfants à la clinique m'avaient dit de prendre. C'est le même parcours que suit notre tribu pour se rendre dans la vallée de Kangra, et il paraît logique que mon frère ait choisi ce chemin-là. Quand j'atteins l'endroit où les enfants m'ont dit avoir trouvé la brebis, je m'arrête. Je repère le petit temple de pierre dont ils m'ont parlé ; il est grand comme une armoire. Les hindous ont érigé de nombreux temples miniatures de la sorte un peu partout dans l'Himalaya. Le sentier que j'ai suivi et celui qui s'étire devant moi sont assez larges pour permettre à dix chèvres ou moutons de passer. Mais en face du temple, sur ma gauche, se trouve une gorge séparant deux pentes escarpées. Là, par une petite brèche, je remarque un sentier plus étroit et accidenté, bordé de pierres et de rochers. Mon instinct me dicte que, pour ses fins, mon frère aurait préféré ce sentier plus discret au chemin plus large et exposé. Je cherche des crottes de mouton, et quand je les trouve, j'y enfonce le bout de ma canne. Elles sont molles, ce qui veut dire que les moutons sont passés par là il n'y a pas longtemps. Celles sur le chemin sont déjà sèches.

Neela bêle. Elle doit appeler les autres moutons dans les alentours. Mais aucun ne répond. Elle s'élance vers la brèche. Je m'apprête à la suivre quand, soudain, je détecte le faible battement de sabots. Les bruits sont amplifiés dans ces montagnes, et le cavalier est peut-être encore à des kilomètres d'ici. Il n'empêche que je suis une femme seule avec mes enfants sur un chemin désert, situation à laquelle je ne suis pas habituée. Je sais que je cours plus de danger ici que lorsque je voyageais avec ma tribu. Je pousse doucement Rekha à travers la brèche, avant de l'inciter à hâter le pas dès que nous foulons le sentier étroit. Chullu se réveille, et je sors un chiffon imbibé de mon lait pour le calmer ; je n'ai pas le temps de l'allaiter.

Une fois que nous avons dépassé les premiers rochers, je regarde par-dessus mon épaule. Ici, nous sommes un peu cachés, et je me sens plus en sécurité. Rekha est partie devant pour ne pas perdre Neela. Nous cheminons ainsi un moment, jusqu'à ce que je voie Rekha se figer devant moi. Ses épaules se crispent. A-t-elle vu un serpent ?

Je me dépêche de la rattraper.

— Rekha !

J'aperçois alors ce qui ressemble à un grand sac de tissu. J'attrape ma fille par l'épaule, la fais pivoter et lui ordonne de rester sans bouger. Je m'approche prudemment du ballot. Neela me suit, bêlant désormais avec plus d'insistance.

Ce n'est pas un ballot. C'est un corps, allongé face contre terre. Un berger, vêtu comme la plupart des bergers : veste et pantalon de laine, la tête enveloppée dans une longue étoffe. Sa jambe gauche est tordue bizarrement et son pantalon est déchiré. Un de ses pieds est nu, les os aplatis, comme écrasés par un gros rocher. Tout à coup, je suis prise de sueurs froides.

Je m'accroupis, tâte son cou pour trouver le pouls. Il est faible, mais présent.

Je récite une prière. *Faites que ce ne soit pas Vinay.*

Puis je le retourne, doucement, pour voir son visage. Son nez est cassé, couvert de sang séché ; une entaille profonde lui barre le front. Ses yeux enflés sont fermés, sa bouche est molle.

C'est lui.

Pour m'empêcher de hurler, je plaque mes deux mains sur ma bouche. Je ne peux pas parler, mais les pensées tourbillonnent dans ma tête : *Vinay ! Je refusais de croire que c'était toi qui transportais l'or ! Pourquoi ? C'est justement ce qu'on nous a appris à ne* pas *faire : si tu en fais passer en contrebande, ta famille en paiera le prix. Qu'adviendra-t-il d'Arjun, de Sai ? Qui veillera sur eux à présent ?*

Vinay a toujours été le rêveur de la famille, celui qui estimait que l'existence qu'il avait reçue à la naissance n'était pas celle qu'il méritait. Il a toujours voulu plus que ce qu'on lui a donné. À la mort de mon père, étant le cadet de deux frères, il a reçu moins d'animaux que mon frère aîné, Mahesh. Et uniquement des moutons ; les chèvres, plus onéreuses, revenaient à Mahesh. Vinay a également perçu moins d'objets en argent.

Pas étonnant qu'il ait toujours trouvé la vie injuste. Quand Dev est décédé, et que j'ai dit à mon beau-père que j'allais rester à Shimla au lieu de me joindre à la tribu pour sa migration vers le nord, Vinay a marmonné quelque chose dans sa barbe. J'ai fait semblant de ne pas entendre, mais voilà que ses paroles reviennent me hanter, claires et tranchantes : *« Toi, au moins, tu as pu t'échapper, pas vrai ? »*

Est-ce mon départ qui l'a incité à renoncer à ses obligations envers notre tribu ? À transporter de l'or pour des malfaiteurs, de sorte à pouvoir mener une vie qu'il estimait supérieure à celle que notre tribu était en mesure de lui offrir ?

J'ai collé ma bouche à son oreille.

— *Bhai*, tu m'entends ?

Ses lèvres remuent. Je me dépêche de dénouer l'écharpe retenant Chullu et j'allonge mon fils à côté de moi. Je retire la gourde en peau de chèvre remplie d'eau de ma ceinture et, d'une main, la porte aux lèvres desséchées de Vinay. De l'autre, je soulève doucement sa tête pour lui permettre de boire. Il avale goulûment, mais une bonne quantité d'eau lui dégouline sur les joues. Je l'essuie avec mes mains.

— Explique-moi ce qui s'est passé.

Aucune réponse.

Depuis combien de temps gît-il là ? Je me demande si je serais capable de le déplacer, de le ramener à Shimla et au Lady Bradley Hospital.

Il se remet à parler.

— Po…, articule-t-il.

Je me penche, suffisamment près pour percevoir l'odeur de sa mauvaise haleine.

— Il faut que je t'amène au dispensaire. Le docteur Kumar s'occupera de toi.

Vinay essaie de secouer la tête, mais c'est trop douloureux. Il fait une grimace.

— Po… po…

Je m'efforce d'avoir les idées claires, mais mes pensées sont trop confuses. Si son dos est brisé, je ne pourrai pas le porter ; il est beaucoup trop lourd. Avec les enfants, il me faudrait des heures pour rallier Shimla à pied. Je ne peux pas non plus m'y rendre seule en les laissant avec Vinay. Que faire ?

— Poche, lâche-t-il, avec plus de force cette fois.

Les mains tremblantes, je farfouille dans ses poches. Il porte sa blague à tabac, ainsi que quelques brindilles taillées pour se curer les dents. Le souffle court, je tâche de ne pas pleurer.

— *Bhai*, qu'est-ce que je dois chercher ?

Il veut montrer du doigt, mais parvient à peine à remuer le bras.

— Dedans, parvient-il à émettre.

Je cherche jusqu'à sentir le bord d'un objet solide dans la poche intérieure gauche. Je la retourne complètement et aperçois une petite pochette cousue à la main. Je tire dessus et l'arrache à l'aide des ongles, pour trouver une boîte d'allumettes. Jaune vif, avec une image de Ganesh imprimée dessus. Je la retourne. Je reconnais les lettres anglaises écrites au dos, mais je n'arrive pas à les déchiffrer.

— C'est des allumettes que tu veux ? questionné-je, incrédule.

Avant de parler, il passe la langue le long de sa lèvre inférieure gercée.

— L'o... L'or.

— Vinay, il faut que j'aille chercher le médecin !

— Mou... tons.

Je regarde à la ronde, mais je ne vois que Neela dans la clairière.

— Je ne les vois pas, Vinay. Où sont les moutons ?

— Veille..., articule-t-il, puisant dans le peu d'énergie qu'il lui reste pour parler. Mes fils...

Ses lèvres bougent, mais il n'émet aucun son. Son corps frémit une fois, puis deux, avant que sa bouche ne s'ouvre en grand pour laisser échapper son souffle.

Je presse l'oreille contre le nez de Vinay, mais il ne respire plus. Malgré tout, l'air est alourdi par son esprit. Mes enfants le sentent. Chullu commence à s'agiter. Rekha tire sur mon pull.

— *Maa* ?

Je prends Chullu dans mes bras et me lève, réconfortée par la proximité de son corps, par sa chaleur. Je pose une main sur la nuque de Rekha, et elle se serre contre moi. Inutile de protéger l'enfant de la mort ; dans ma tribu, nous n'agissons pas ainsi. Nous tenons à ce que nos plus jeunes comprennent que la mort est aussi naturelle que la vie, pour les hommes comme pour les animaux. Plus vite ils en prennent conscience, mieux cela vaut pour eux.

— Tu te souviens de ton oncle, *bheti* ?

Elle acquiesce.

— Il n'est plus.

Rekha lève les yeux vers moi, puis reporte son regard sur le corps de son oncle. Elle glisse son pouce dans sa bouche, ce qu'elle a pourtant cessé de faire il y a un an.

Chullu se blottit contre mes seins. Je devrais l'allaiter, mais j'ai d'abord à m'occuper d'autre chose. Une fois de plus, j'imbibe le chiffon de Chullu de mon lait, et il le prend dans sa bouche pour le suçoter. Je le pose par terre sur l'écharpe et je demande à Rekha de le surveiller. Puis je m'assieds à côté de Vinay, je prends sa main poussiéreuse dans la mienne. Je murmure des incantations apprises dans le ventre de ma mère, bien avant que je n'entre dans ce monde. Je demande à nos dieux de veiller sur mon frère au royaume des esprits, de lui donner la nouvelle vie qu'il mérite, d'aider son âme à rester en harmonie avec ceux qui sont partis avant lui et ceux qui le suivront. Je répète ces mots en boucle jusqu'à ce qu'ils ne fassent plus qu'un avec l'air que nous respirons.

Les enfants me regardent faire sans rien dire. Ils ont l'air fascinés par ce rituel, comme je l'étais autrefois. J'ignore combien de temps nous restons ainsi, tous les trois.

Le bruit de sabots de cheval, plus fort cette fois, plus proche. Puis un hennissement.

Je me tourne pour voir la tête lustrée d'un cheval alezan immobilisé par son cavalier à l'entrée de la gorge. Je m'empare de Chullu, attrape la main de Rekha et nous entraîne à l'abri d'un rocher voisin.

— Nimmi !

Mon nom résonne à travers le ravin.

Prudemment, je regagne la clairière. En face de moi, Neela mâche de l'herbe. Elle s'arrête et regarde autour d'elle pour voir d'où vient le bruit.

C'est Lakshmi. Le petit cheval de montagne qu'elle chevauche a la couleur du blé. Alors qu'elle s'approche, sa monture aperçoit le corps abîmé de Vinay et recule, prenant sa cavalière par surprise. Elle se penche pour lui tapoter l'encolure et met pied à terre, tout en tenant fermement les rênes. Elle jette un coup d'œil au corps, puis à moi, haussant les sourcils d'un air interrogateur.

Je cligne des yeux.

— C'est Vinay, l'informé-je.

Elle s'approche de moi.

— Je suis navrée, Nimmi, me dit-elle doucement.

Rekha contemple, bouche bée, Lakshmi. Celle-ci porte un pantalon d'homme en laine, dont elle a coincé les jambes dans une paire de bottines. Son manteau marron foncé est trop grand pour elle ; c'est sûrement celui de son mari. Elle s'est enroulé un châle en laine autour de la tête et des épaules. Je ne l'ai jamais vue qu'en sari, je ne savais même pas qu'elle était capable de monter à cheval. Puis je me souviens du jour où Dev est mort et où Chullu est venu au monde. Pour nous rejoindre dans les montagnes, le docteur Jay et elle avaient dû venir à dos de cheval.

Le visage de Lakshmi est rouge. Elle a dû chevaucher vite. Elle adresse un sourire rassurant à ma fille, puis à mon fils, qui a cessé de s'agiter le temps de la dévisager. Je sais que si elle tourne vers moi son regard réconfortant, je vais me mettre à pleurer. Comme si elle le devinait, elle guide son cheval vers l'autre bout de la clairière et l'attache à un arbre décharné. Puis elle me contourne pour s'approcher du corps de mon frère. Une fois accroupie, elle étudie les plaies de Vinay – comme j'ai vu son époux, le docteur Kumar, le faire.

À présent, je remarque que les doigts de Vinay ont été mordillés, sûrement par un animal, alors qu'il agonisait. Ses oreilles portent des marques de morsure. Les orteils de son pied dénudé ont été grignotés.

Rien que d'y penser, j'en frissonne. Combien de temps a-t-il souffert ? Qu'il a dû se sentir seul dans sa douleur !

Lakshmi lève la tête pour contempler les pentes escarpées de part et d'autre. Je suis son regard.

— À votre avis, comment cela est-il arrivé ? me demande-t-elle.

J'ai la gorge sèche. Je réfléchis un moment, les yeux rivés à la scène.

— Il a pu trébucher – ou, plutôt, tomber – et se cogner la tête. Ce sentier est si rocailleux. Sa jambe a l'air cassée, et je crois que sa hanche l'est aussi. Quand je l'ai trouvé, il ne pouvait pas bouger. Je dirais que ça fait au moins un ou deux jours qu'il est ici. Il se peut que son dos soit cassé aussi.

C'est une chose de former ces pensées, c'en est une autre de les formuler à voix haute.

Je passe une main sur ma bouche.

— Des bandits auraient-ils pu le mettre dans cet état ? s'enquiert Lakshmi.

Ceux d'entre nous qui ont grandi dans l'Himalaya savent depuis longtemps qu'on y transporte de l'or. Nos aînés nous ont toujours dit que l'or était l'élixir de vie de bien des gens, et qu'il n'y en avait pas assez pour tout le monde. Notre pays en a si peu qu'il faut en importer d'ailleurs – légalement ou non. Les bandits et les autorités sont toujours en quête d'un berger solitaire à même de transporter le précieux métal à l'aide de ses chèvres ou de ses moutons. Notre peuple le sait. Mon frère Vinay devait être conscient des risques, ce qui expliquerait pourquoi il a emprunté ce sentier à l'écart du chemin principal.

— Par ici, les crottes de mouton sont encore fraîches, souligné-je en montrant le sol de l'autre côté du corps de mon frère sans le regarder directement.

Puis, à l'autre bout de la clairière, j'aperçois Neela qui grignote le feuillage sec poussant entre les rochers.

— Elle connaît cet endroit. Elle est déjà venue.

Je lève encore les yeux vers la crête, tâchant d'imaginer comment l'accident a pu survenir.

— Vous voyez ce tas de pierres qui atteint le sommet de la crête ? On dirait un sentier accidenté. Vinay était peut-être en train de faire descendre son troupeau de là-haut. Ou alors… Neela a pu trébucher, chuter sur le flanc et déraper jusqu'en bas. Les lingots d'or ont des rebords tranchants, ce qui lui aurait percé la peau. L'entaille était profonde.

Un souvenir me revient en mémoire, malgré moi. Dev qui glisse dans le ravin. Je ravale des larmes.

— Vinay a pu dévaler la pente pour l'atteindre. Sauf que, après sa chute, elle était sûrement effrayée et a pu lui décocher une ruade. Il aurait perdu l'équilibre, serait tombé et se serait cassé le nez dans la foulée. Ce ne serait pas la première fois qu'un incident de ce genre surviendrait.

Lakshmi sait sûrement que je parle de Dev. Je viens de décrire comment mon mari est mort l'année dernière, en essayant d'empêcher une chèvre de tomber du haut de la montagne. J'évite son regard, encore, pour ne pas lui montrer à quel point ce souvenir me contrarie. Je prends le chiffon des mains de Chullu et je l'imbibe de mon lait. Il me sourit, dévoilant ses toutes petites dents de devant. Au moins, lui ne subira pas le même sort que son père… ou son oncle.

J'entends Lakshmi soupirer. Elle se lève, s'approche du cheval et sort une gourde en peau de chèvre de sa sacoche de selle. Elle tire sur le cordon pour l'ouvrir et la porte à la bouche du cheval pour lui permettre de boire.

— Qu'allez-vous faire à présent ? questionne-t-elle.

Je ne sais pas quoi lui répondre. Je pensais retrouver mon frère et lui rendre sa brebis. Je n'ai pas songé un seul instant à la suite.

Je lisse les cheveux de Chullu. Je me souviens des dernières paroles de Vinay comme s'il se tenait debout à côté de moi, et je comprends que je dois agir vite. Je pivote vers Lakshmi.

— Le troupeau, lancé-je. Je dois le retrouver. Et puis, il faut que je veille à ce que l'or soit livré au prochain point de relais.

Comment je vais m'y prendre, cela, je n'en sais rien.

Rekha lève les yeux vers moi ; elle suce encore son pouce. Je lui caresse les cheveux pour la rassurer. Dans mes bras, Chullu gazouille.

Lakshmi referme la gourde et la range dans la sacoche.

— Est-ce l'or, ou la famille de votre frère qui vous intéresse ? demande-t-elle sans me regarder.

Je serre Chullu contre moi. Il crie et gigote, voulant se dégager de mon étreinte.

— Je ne vois pas où vous voulez en venir.

Elle se retourne vers moi. Son regard est direct, mais sa voix est empreinte de douceur.

— Vous pourriez tirer profit de l'or, non ?

Insinue-t-elle que je cherche à le revendre ? Que je ne pense qu'à mon propre intérêt ?

— Vous croyez que je profiterais de la mort de mon frère pour garder cet or pour moi ?

— Ou pour vos enfants, rectifie-t-elle délicatement. Ce que je comprendrais tout à fait.

— Ces *goondas* m'infligeraient ce qu'ils ont fait subir à Vinay, rappelé-je en jetant un coup d'œil à son corps étendu au sol. Mon frère a commis une erreur. Il devait être désespéré. Nous ne menons pas une vie facile. Le travail est dur, et ne rapporte pas beaucoup d'argent. Il voulait envoyer ses fils à l'école, faire en sorte que leur existence soit différente, qu'ils n'aient pas à s'occuper des bêtes, à les tondre…

Je dois me retenir de bafouiller. Des larmes brouillent ma vision.

Lakshmi regarde, encore, le corps de mon frère.

— Qu'en est-il de…

Elle s'interrompt, laissant sa phrase en suspens. Je lis ses pensées dans son regard.

—Nous brûlons nos morts, comme tous les hindous, l'informé-je. Mais…

Je regarde autour de moi, contemple le paysage rocheux. Le mieux serait de le brûler là où il est mort. Mais il n'y a rien pour fabriquer une plateforme, ni pour couper du bois. Je n'ai aucun outil sur moi. À cet instant, ma tribu me manque cruellement. Si nous étions tous ensemble, nous pourrions nous en charger. C'est ce que nous faisons toujours quand l'un des nôtres meurt sur le sentier. C'est ce que nous avons fait quand Dev est mort.

Si j'étais avec ma tribu, nous lui offririons des funérailles convenables. L'aîné du village réciterait les prières, et les femmes, toutes, y compris son épouse, Selma, nettoieraient Vinay, avant de l'enrouler soigneusement, tendrement, dans un drap propre. Des larmes me montent encore aux yeux. Rekha m'attrape la main.

—À côté de l'hôpital, lance Lakshmi d'une voix posée. Il y a un crématorium, où nous brûlons les morts.

J'ai l'impression d'avoir parcouru cent kilomètres. Je ne me souviens pas d'avoir déjà éprouvé un tel épuisement. Je n'essaie plus de cacher mes larmes ; elles m'inondent les joues, le menton. Je serre la main de Rekha dans la mienne, autant pour me consoler que pour la réconforter. Puis je la lâche, et je m'essuie le visage de ma main libre, tout en pressant les jointures contre mes yeux jusqu'à voir des étoiles.

Pourquoi m'as-tu abandonnée, Dev ? Si tu étais encore là, nous serions avec notre peuple, là-haut, dans notre maison d'été. Rien de tout cela ne serait arrivé. Et toi, Malik, où es-tu ? Pourquoi es-tu parti ? D'abord Dev, puis Malik, maintenant Vinay. Suis-je condamnée à perdre tous ceux que j'aime ?

Lakshmi me prend doucement Chullu des bras. Elle écarte ses cheveux de son front et lui sourit. Elle tend la main à Rekha, qui la saisit.

— Tout va bien se passer, Nimmi, lâche-t-elle comme si elle lisait dans mes pensées, si bas que je me demande si je ne l'ai pas imaginé.

Je pousse un soupir. Au bout d'un moment, je retire la paillasse de mon dos et la dispose sur un côté de la clairière. Lakshmi l'aplatit pour y poser Chullu. Défaisant le ballot à ma taille, je sors quelques *chapattis* et un oignon. Je déchire un bout de pain et le donne à mon fils pour qu'il le mordille avec ses dents de bébé. Je tends le reste à Rekha.

— Tu veux bien rester un peu avec Chullu ? lui demandé-je.

Ma fille s'assied à côté de son frère et lui donne un autre bout de *chapatti*.

Je m'approche du corps de mon frère. Ça me fait mal de le regarder. Je n'arrête pas de penser aux heures pendant lesquelles il a souffert le martyre avant que la mort ne le soulage. J'entreprends de le déshabiller, songeant qu'il paraît bien plus jeune mort que vivant. Disparues, les rides autour de ses yeux, formées à force de les plisser en permanence. Je constate que ses joues sont plus lisses à présent. Je me sens gênée de le voir nu. Notre mère se serait chargée de le nettoyer si elle était encore vivante, mais maintenant, je suis l'unique membre de la famille disponible.

Je détache ma gourde en peau de chèvre, humidifie le *chunni* dont je viens de me décoiffer. Je commence par le visage de Vinnay, nettoie le sang autour de son nez, essuie la sueur sur ses bras, ses jambes. En silence, je prie pour la sûreté de sa femme et de ses fils. Je suis vaguement consciente de la présence de Lakshmi qui, derrière moi, parle doucement avec mes enfants.

Quand j'ai fini de nettoyer le corps de Vinay, je me tourne vers Lakshmi et je hoche la tête. Elle prend Chullu dans ses bras pour le poser sur l'extrémité de la paillasse. Rekha les suit, portant la nourriture. Mes enfants sont muets, vigilants, comme s'ils savaient que l'instant était sacré.

Lakshmi s'empare du tissu matelassé sur lequel nous dormons, le secoue et le pose par terre, plus près du corps de Vinay. Elle attrape les jambes nues de mon frère, et je glisse les mains sous ses aisselles.

—*Ake, dho, theen*, compte-t-elle.

Ensemble, nous le soulevons. Les hommes de notre tribu sont minces et filiformes ; ils ont passé leur vie entière à arpenter ces sentiers de montagne. Mais ils sont forts, et leurs muscles sont étonnamment lourds. Au début, nous peinons à maintenir le corps en équilibre entre nous, puis à l'allonger sur la paillasse. J'aurais dû l'envelopper dans un drap de coton propre, mais bon, je ne m'étais pas attendue à devoir accomplir ces rites funéraires aujourd'hui. Nous l'enroulons dans la paillasse du mieux que nous le pouvons, puis le portons jusqu'au cheval, qui caracole et dresse la tête, les iris cerclés de blanc. Le cadavre l'effraie. Lakshmi me fait signe de le reposer. Elle s'approche de l'alezan, lui caresse le museau, lui parle doucement jusqu'à ce qu'il se calme.

Nous tentons de hisser de nouveau le corps de Vinay sur la monture. Il nous faut quelques essais, mais nous finissons par y arriver. À l'aide d'une corde, Lakshmi le fixe à la selle.

Elle est restée discrète pendant cette épreuve, me guidant tendrement à travers chaque étape. Si elle n'était pas venue, qu'aurais-je fait ? Comment aurais-je géré tout cela – le corps de mon frère, ma solitude, mon chagrin, mes enfants – sans elle ? Malik m'a parlé de leur temps à Jaipur, alors que Lakshmi était une tatoueuse au henné très recherchée. Je l'imagine très bien s'occuper de ses clientes, les apaiser, les réconforter, comme elle vient de le faire avec moi.

À contrecœur, je sors la boîte d'allumettes jaune de la poche de ma jupe et la brandis pour la lui montrer.

— Ceci a un lien avec les agissements de Vinay. Je crois que c'est ce qu'il essayait de me dire avant qu'il…

Elle me prend la boîte des mains.

— « Canara Private Enterprises Limited, Shimla », lit-elle à haute voix.

Elle fronce les sourcils et me considère d'un air interrogateur, mais je me contente de hausser les épaules pour toute réponse.

Elle hoche la tête.

— Ça vous dérange si je garde ça ? demande-t-elle en la rangeant dans la poche de son manteau, avant de se retourner pour couvrir le corps de Vinay à l'aide d'une couverture qu'elle a sortie de sa sacoche de selle.

Je remets Chullu dans son écharpe et le positionne sur mon dos.

— Comment s'appelle ton cheval ?

À ma grande surprise, Rekha, pourtant la discrétion même, s'adresse à Lakshmi.

— Chandra, répond cette dernière.

— Pourquoi tu l'as appelé comme ça ?

— Tu vois cette marque sur son front ? Tu ne trouves pas qu'on dirait un croissant de lune ?

Rekha étudie le cheval.

— Un jour, quand j'aurai un cheval, je l'appellerai « Gooddu ».

Lakshmi sourit à ma fille.

— Très joli nom. Où l'as-tu trouvé ?

— C'est comme ça que m'appelle Malik.

Lakshmi me glisse un regard, le sourire aux lèvres. Puis elle se retourne vers ma fille.

— Mais si tu l'appelles Gooddu, comment sauras-tu si c'est toi ou le cheval que Malik appelle ? lui demande-t-elle.

Rekha se renfrogne, puis son visage s'éclaire.

— Bon, je n'ai pas encore de cheval, pas vrai ?

Le joli rire de Lakshmi résonne dans le passage étroit.

Petit à petit, nous sortons du canyon et descendons vers Shimla. Lakshmi guide le cheval, Rekha bavarde avec Lakshmi, je porte le petit Chullu, et Neela nous suit. J'ai le cœur brisé en songeant à Vinay. Je suis heureuse de l'avoir trouvé, mais également soulagée à l'idée de rentrer. Je ne m'étais pas rendu compte d'à quel point je comptais sur mes semblables du temps où je vivais avec ma tribu. La montagne n'est pas un endroit pour une femme seule – ni un homme, d'ailleurs. Un ciel ensoleillé peut se couvrir en un instant, un léopard égorger une chèvre alors que vous tournez la tête, un crotale paralyser un enfant en quelques secondes. Je tends le bras en arrière pour tapoter la tête de Chullu, histoire de m'assurer de sa présence.

Nous ne marchons que depuis vingt minutes quand nous entendons bêler des moutons et tinter les cloches à leur cou. Neela leur répond. À notre droite, au loin, au-dessus de la limite des arbres, nous les apercevons : un troupeau de moutons, là, tout en haut. Avant que j'aie pu la retenir, Neela gravit la pente. Je la suis. Une fois arrivée en haut, je suis essoufflée. Je vérifie les oreilles d'une des bêtes, puis celles des autres : les marques sont bien celles de mon frère. Je leur tâte les côtes pour voir si des barres d'or sont dissimulées sous leur toison. C'est le cas. Je regagne le sentier, où Lakshmi et Rekha patientent, pour leur faire part de ce que j'ai trouvé.

— Bien, affirme Lakshmi. Nous allons pouvoir ramener le troupeau en ville.

Je la dévisage.

— Il doit y en avoir trente ou quarante. Où pourrions-nous les garder ?

Elle sourit.

— Les gens des montagnes qui viennent au dispensaire. Je suis sûre que l'un d'eux acceptera de tenir le rôle de berger pendant quelque temps, répond-elle en observant l'horizon. Il faut les déplacer maintenant, sinon nous risquons de perdre la lumière. Il sera plus difficile de les repérer et de les protéger des loups quand la nuit sera tombée.

Elle a raison.

— Et les lingots d'or ? me demande-t-elle.

— Les moutons les ont encore.

Elle hoche la tête.

— Bien. Demain matin, nous entamerons nos recherches.

Elle sort la boîte d'allumettes de sa poche et l'inspecte de nouveau.

— Canara Enterprises. Peut-être pourra-t-on nous renseigner là-bas.

Fronce-t-elle les sourcils par inquiétude, ou par simple curiosité ? Est-elle vraiment si confiante, ou fait-elle semblant pour me tranquilliser ? Je pose encore la main sur la tête de mon fils. Nous voilà en terrain inconnu. Aucun de nous ne sait pour qui Vinay travaillait. Combien ils étaient. Ce dont mon frère était convenu avec eux.

Je regarde le corps de Vinay, affalé sur le cheval. Et je me rends compte que je suis en colère. Contre Vinay. Il m'a fait endosser ses responsabilités, alors que je n'y avais jamais consenti. Maintenant, c'est moi qui dois protéger ma famille et la sienne. Vinay a également mis en danger tous les membres de notre tribu ! Comment a-t-il pu être aussi imprudent ? Pourquoi avoir mis tous ceux que nous aimons en péril ?

Plus je m'évertue à maîtriser ma panique, plus ma colère grandit. Et plus je me sens perdue. Je sais que je ne devrais pas lui en vouloir, car j'ai souhaité la même chose pour mes enfants que lui pour les siens. Qui suis-je pour le juger quand mon lien avec la tribu est désormais aussi fragile qu'une toile d'araignée ?

Je jette un coup d'œil à Lakshmi. Le dos droit, elle tient les rênes de Chandra d'un côté, la main de Rekha de l'autre. En la regardant, on croirait qu'elle maîtrise complètement la situation. Elle va s'assurer que Vinay part dans l'autre monde comme il se doit. Elle a fait tout ce chemin et s'est exposée à un risque que mon frère nous a imposé, alors qu'elle aurait pu ne jamais tremper dans cette histoire.

Il y a un mois, j'en voulais encore à Lakshmi de me dire toujours quoi faire, d'avoir envoyé Malik loin de moi, d'être si fichtrement compétente. Mais, maintenant, je me sens simplement soulagée à l'idée que quelqu'un – n'importe qui – veuille bien m'aider et prendre les choses en main.

Si seulement ce quelqu'un était Malik.

Je remonte la pente pour rassembler les moutons et les amener jusqu'à Shimla.

11

Lakshmi

Contreforts de l'Himalaya, au nord-ouest de Shimla

Nous poursuivons jusqu'à Shimla dans un silence relatif, nous arrêtant ponctuellement pour permettre aux moutons de brouter. J'avais l'air sûre de moi quand j'ai affirmé à Nimmi que nous trouverions bien quelqu'un pour s'occuper du troupeau, mais à présent je me demande comment nous allons nous y prendre. Les moutons doivent être déplacés tous les deux ou trois jours vers une herbe plus fraîche. Je n'ai pas eu d'autre choix que de suggérer de les ramener avec nous, sinon Nimmi aurait sûrement insisté pour rester sur place avec eux et ses enfants en attendant que je revienne l'aider. Dans ce coin de montagne, les moutons sont précieux, surtout ceux qui portent de l'or sur leurs flancs. Abandonner Nimmi et les enfants dans les contreforts aurait été bien trop dangereux.

Rekha marche à mes côtés. Elle me parle quand une idée lui traverse l'esprit, et se tait lorsqu'elle réfléchit. Plus tôt, alors qu'elle admirait les nuages blancs qui flottaient au-dessus de nos têtes, elle m'a demandé pourquoi nous ne pouvions pas simplement les chevaucher.

— Les nuages nous amèneraient plus vite à Shimla, Tatie, m'a-t-elle assuré. Tu te souviens de ceux qu'on a vus dans le livre sur les oiseaux ?

Elle fait allusion à un livre d'images sur les oiseaux de l'Himalaya que nous avons lu la semaine dernière.

— Les nuages sont retors, Rekha, ai-je argumenté. Dès qu'on s'approche d'eux, ils disparaissent.

Elle lève le visage vers moi, haussant les sourcils. Je lui explique que, si les nuages ressemblent de loin à des boules de coton, ce ne sont en fait que de l'eau – de la brume.

— Si on était tout près, lui dis-je, on les traverserait.

— On peut vivre à l'intérieur d'un arc-en-ciel ? me questionne-t-elle plus tard.

Je ne peux m'empêcher de me demander si je me posais les mêmes questions qu'elle à l'âge de quatre ans. Je tâche de trouver une réponse à même de la satisfaire, et finis par rétorquer :

— Peut-être. Mais si on était à l'intérieur, on ne les verrait plus dans le ciel, pas vrai ?

Elle cligne plusieurs fois des yeux, assimilant mes propos, et puis secoue la tête.

Je l'aurais installée sur la selle de mon cheval si le corps de son oncle ne s'y trouvait pas. Avec ses petites jambes, elle a du mal à nous suivre. Mais elle semble avoir hérité de la capacité de sa mère à marcher sans se fatiguer. Jamais elle ne se plaint, ne réclame à manger ou à boire.

— Quand on aura fini l'histoire avec le singe, on pourra lire celle sur l'éléphant ? J'aimerais tellement en avoir un.

En quittant le canyon en direction de Shimla, elle a glissé sa petite main dans la mienne et l'y a laissée, comme je l'ai souvent vue faire avec sa mère et Malik. Ce geste m'a touchée.

— Oui, bien sûr, réponds-je.

Rekha et sa mère semblent apprécier toutes les deux les livres que nous lisons. Au début, je craignais que Nimmi n'éprouve de la gêne à apprendre aux côtés de sa fille. Qu'elle ait l'impression que je m'immisçais trop dans leurs vies. Mais, lors de ces séances de lecture, elle devient tout autre. Elle fait montre d'une vraie curiosité, et est manifestement fière de la vitesse à laquelle sa fille apprend à lire et à écrire.

Je m'arrête et me retourne pour m'assurer que la mère et son fils sont encore à l'arrière du troupeau. Nimmi pleure la mort de son frère, et son chagrin est palpable, comme s'il pesait physiquement sur elle et entravait son avancée. Elle se sert d'une houlette pour rassembler le troupeau, mais ses épaules sont affaissées, et elle avance sans trop d'enthousiasme. Comme s'ils percevaient son apathie, les moutons en profitent pour s'éloigner jusqu'à ce qu'elle les rappelle à l'ordre.

J'ai recouvert le corps de Vinay du mieux que je l'ai pu, mais il attire les insectes. Je ne voudrais pas que des vers s'invitent sur mon cheval. Jusqu'à présent, Chandra ne s'est montré que vaguement nerveux, mais il faut qu'il garde son calme le temps que nous amenions le corps au crématorium.

La ville de Shimla est bâtie sur une série de collines parsemées de pins, de cèdres, de peupliers et de bouleaux. N'importe où ailleurs, ces collines seraient considérées comme des montagnes, mais l'immense chaîne himalayenne qui s'élève au nord éclipse ces gorges, qui paraissent toutes petites en comparaison. Aussi parlons-nous de collines. Le Lady Bradley Hospital se dresse sur les hauteurs d'une propriété considérable qui descend jusqu'à un ravin. Quand nous apercevons la flèche de Christ Church, je sais que l'hôpital ne va pas tarder à apparaître. Nous empruntons la voie la plus haute et escarpée, le chemin le plus long pour rallier l'entrée arrière de l'hôpital où se situe la morgue.

En fin d'après-midi, nous sommes assez proches de l'hôpital pour que je demande à Nimmi de patienter en haut de la colline avec les moutons. Puis je guide mon cheval vers le bas de la pente, où se trouve la morgue de l'hôpital. Prakesh, le responsable, me connaît. Je lui demande d'emmener discrètement le corps au crématorium. Si cette requête le surprend, il n'en laisse rien paraître ; sa caste est accoutumée à s'occuper des défunts. Je lui demande de conserver les cendres, et puis je serre les rênes de Chandra pendant que, avec l'aide d'un autre, Prakesh soulève le corps de la selle. Je demande à un troisième employé de faire boire Chandra et je lui tends une roupie pour le remercier.

Ensuite, je me rends au dispensaire. Je dois avoir une mine à faire peur car, quand je franchis la porte d'entrée, tous les patients dans la salle d'attente se tournent pour me dévisager. Je me rends compte, trop tard, que je sens le cheval, ma propre sueur et la forêt de pins en haut de la colline. Je me dépêche de gagner la salle d'auscultation et je m'arrête au rideau qui tient lieu de porte.

— Jay ?

Je l'entends s'excuser auprès du patient dont il s'occupe avant d'écarter le rideau. En m'apercevant, il referme aussitôt derrière lui.

— Lakshmi ! s'écrie-t-il en me voyant tout échevelée.

Il m'entraîne dans le couloir du fond, de sorte qu'on ne nous voie pas depuis la réception.

— Je me suis rongé les sangs ! D'abord, tu n'es pas venue au dispensaire. Et puis, quand j'ai envoyé quelqu'un à la maison pour voir si tout allait bien, il est revenu me dire qu'il n'y avait personne.

Je pose ma main à plat sur son torse pour le calmer.

— J'ai pris Chandra et je suis allée chercher Nimmi. Elle n'était pas chez elle quand j'y suis passée ce matin, toutes ses affaires avaient disparu.

—Et est-ce que tu…

—Oui. Tout le monde va bien. Mais je dois trouver où abriter quarante moutons.

Il écarquille les yeux.

—Vous avez retrouvé le troupeau ?

—Oui. Il faut seulement qu'on le garde quelques jours. Promis.

Il se mordille la lèvre, les yeux rivés à ses chaussures.

—Le jardinier de l'hôpital me harcèle pour faire tondre la pelouse.

—*Shabash !* m'exclamé-je.

Je souris et presse un doigt sur ses lèvres.

Il me prend la main et la serre dans la sienne.

—Rien que quelques jours, *accha* ? Dès que j'en aurai fini avec ce patient, j'irai m'entretenir avec le jardinier.

—Pourras-tu gérer cet après-midi sans moi ?

Il fait « oui » de la tête.

—Jusqu'ici, nous n'avons eu que trois patients. Je pense qu'on s'en sortira.

Je lui tends mon porte-monnaie.

—Pour le jardinier.

Tout service a son prix.

—Ah, j'ai laissé un corps au crématorium. C'est le frère de Nimmi.

Avant qu'il ait pu me questionner davantage, je tourne les talons.

Une heure plus tard, Nimmi est occupée à réunir le troupeau dans le ravin inférieur appartenant à la propriété de l'hôpital, loin des regards des patients et du personnel.

Je suis assise sur un petit mur de pierres en face de l'entrée de l'hôpital, où les marchands ambulants se rassemblent pour vendre leurs *chaats*, des *paranthas* faits maison, du *paan* et des *beedis*. Chullu, petite masse chaude sur mes genoux, mordille une tranche de mangue tandis que Rekha grignote un morceau de canne à sucre, dont elle aspire le jus sucré. Chandra se tient tranquillement sur le côté, où il se sert dans son sac d'avoine tout en remuant ponctuellement les oreilles pour chasser les mouches.

Nimmi et les enfants sont en sécurité pour l'instant ; nous avons trouvé un abri temporaire pour les moutons, et je réfléchis à l'étape suivante. Je sors la boîte d'allumettes jaune de la poche de mon manteau et je relis ce qui y est inscrit : « Canara Private Enterprises ». J'ai fouillé l'intérieur de la boîte plus d'une fois ; il n'y a rien d'autre que des allumettes. Il est possible que cette boîte ne signifie rien, après tout. Peut-être que Vinay la gardait uniquement pour allumer ses feux de camp le soir. Mais, en ce cas, pourquoi l'avoir cachée dans une poche intérieure ?

Quand je consulte ma montre, il est presque 17 heures. En général, les commerces locaux restent ouverts jusqu'à 18 ou 19 heures. Je n'ai pas la moindre idée de ce que je risque de trouver chez Canara, mais je pense que je ferais mieux de m'y rendre seule. Je dois savoir quel est le lien, s'il existe, entre le frère de Nimmi et cet endroit.

Les hommes qui savourent leur *chaat* et leur *gupshup* de fin d'après-midi aux étals ne peuvent pas s'empêcher de nous dévisager tous les quatre. Je baisse les yeux sur ma tenue.

Je suis une femme indienne aux yeux bleus. Habillée comme un homme. Qui ne me dévisagerait pas ?

Quand Nimmi revient du ravin inférieur, je lui annonce que je pars en quête de Canara Enterprises. Elle tient à m'accompagner.

— C'est mon problème, *Ji*. C'est moi qui dois y aller.

— Non, tranché-je. Les enfants sont épuisés. Donnez-leur à manger, mettez-les au lit. On parlera plus tard.

En voyant ses narines se dilater, je comprends que j'y suis allée trop fort.

— Nimmi, reprends-je. Je vous en supplie.

Elle penche la tête, sa façon à elle de me dire : « D'accord. » Elle emmène les enfants. Rekha tourne la tête pour agiter sa canne à sucre dans ma direction.

Je frotte le cou de Chandra. Il a été nourri et abreuvé par les employés de l'hôpital.

Je devrais rentrer chez moi et me rendre présentable, mais je décide qu'il vaut mieux que j'approche les gens de Canara telle que je suis. Avec mon pantalon jodhpur et mon long manteau, je me sens moins vulnérable. Il se peut même que ma tenue les désarçonne suffisamment pour qu'ils me prennent au sérieux.

Autre avantage : il n'y a rien de plus pratique que de monter à cheval pour se déplacer dans cette ville vallonnée. Au début, quand Jay m'a appris à en faire, la hauteur m'effrayait. Je n'aurais plus mes pieds pour m'orienter. Allais-je me perdre en chemin ?

— Tu es habituée à tenir les rênes, m'a-t-il rassurée en souriant. C'est justement pour ça que tu vas adorer monter à cheval. Il attend que tu lui donnes des ordres. Contente-toi de reproduire avec lui ce que tu fais avec moi.

J'avais menacé de lui jeter une de mes nouvelles bottes au visage s'il n'arrêtait pas de rire. Lentement, doucement, il m'a appris à monter, et très vite, je me suis sentie à l'aise sur ma monture. Plus tard, quand il a appris qu'une de ses patientes à la maternité cherchait à vendre son cheval, il m'a acheté Chandra.

À présent, je flatte l'encolure luisante de mon charmant alezan tandis que nous traversons la ville. Je demande aux passants que je croise s'ils ont entendu parler de Canara ; il n'y a pas d'autre manière de trouver un commerce à Shimla. Une personne sur quatre vous montrera la direction – mais pas forcément la bonne.

Une heure plus tard, après avoir pris quelques fausses routes et assisté à plus d'une dispute entre des gens du coin, je me retrouve dans une petite clairière entourée de pins. Le grand panneau jaune indiquant le nom de la compagnie est suspendu de travers à une clôture de barbelés rouillés. Il y a une aire de séchage derrière le grillage, avec des briques entassées par rangées, une carrière d'argile et, tout au fond de la cour, un four qui doit faire douze mètres de haut. S'il s'agissait d'une usine de briques, je verrais des ouvriers mélanger de l'argile, préparer des moules, porter des briques fraîches jusqu'au four. Or, il n'y a personne. La cour est silencieuse, le four inactif.

Je mets pied à terre. À gauche de la clôture verrouillée, je remarque un petit édifice. Le panneau sur la porte indique « Bureau ». J'attache Chandra au grillage, je m'approche du bâtiment et je pousse la porte. Le jeune homme au comptoir a l'air surpris. Soit il n'attendait pas de client, soit il ne s'attendait pas à ce que ce client soit une femme.

La pièce est minuscule. Le comptoir occupe toute la largeur de l'intérieur étroit, scindant l'espace en deux. La décoration se résume à un calendrier accroché au mur, datant de 1964 et présentant une publicité de Coca-Cola, et à un tableau du dieu-singe Hanuman. J'aperçois un bureau par la porte ouverte derrière le jeune homme. Là, un homme plus âgé – d'une cinquantaine d'années, avec une barbe noire tachetée de gris – est assis à une table. Il parle avec quelqu'un dans un téléphone à cadran. Je comprends la langue qu'il pratique – c'est du punjabi, que je ne connais que depuis que je suis venue vivre ici, dans le nord.

—*Nahee-nahee*, dit-il. Ce ne sera pas un problème. *Hahn*. Oui. Ce sera fait.

—Je peux vous aider ? demande le jeune homme au comptoir d'une voix peu amicale.

Sans un mot, je pose la boîte d'allumettes jaune sur le comptoir.

Il la regarde, puis me dévisage. Ses yeux noir de charbon sont méfiants, comme s'il ne savait pas trop quoi faire de moi.

Mon cœur bat la chamade. Je me rends compte que j'ignore dans quoi j'ai mis les pieds. Jay ne sait pas que je suis venue. D'ailleurs, que fais-je ici au juste ? Je devrais être au dispensaire avec mes patients, ou dans le jardin auprès de mes plantes, pas dans cette pièce, aux prises avec un malaise que je ne parviens pas tout à fait à identifier.

Je croise le regard du jeune employé et le soutiens, sans battre des cils.

Il ramasse la boîte d'allumettes et l'emporte dans la salle d'à côté. Il patiente jusqu'à ce que son aîné ait raccroché. À voix basse, ils engagent une discussion précipitée. Le plus âgé des deux penche la tête sur le côté et regarde derrière le jeune pour mieux me voir. Puis il s'empare de la boîte d'allumettes et en déverse le contenu sur sa table. Glissant un ongle à l'intérieur, il en sort un bout de papier.

Ni Nimmi ni moi n'avons songé à regarder en dessous des allumettes ! L'homme tire un registre du tiroir du milieu situé sur le côté droit de son bureau. Je le regarde passer son index sur la page de haut en bas jusqu'à trouver la ligne qu'il cherche. Il jette un nouveau regard au petit bout de papier sorti de la boîte, se lève et s'approche du comptoir. Il est plus grand et plus large que son jeune compagnon. En me voyant de plus près, il hausse les sourcils.

—Vous ne ressemblez pas à un berger, souligne-t-il en hindi.

Je hausse les épaules, sans prétexte ni explication. Le fait qu'il attendait un berger signifie que je suis bien au bon endroit. Mes paumes sont moites, je me retiens de les essuyer sur mon manteau.

—Vous êtes en retard, m'affirme-t-il. On vous attendait il y a trois jours.

Je hausse un sourcil. Si c'est de l'or qu'il veut, quelle différence qu'il arrive aujourd'hui ou demain ? Il doit savoir que la météo, un animal malade ou une blessure peuvent retarder un troupeau.

Il plisse les yeux pour m'étudier.

—On commençait à croire que vous l'aviez gardé pour vous.

Je me rembrunis.

Il regarde autour de lui, par la porte d'entrée ouverte, puis reporte son attention sur moi.

—Alors, où est-il ?

Mes aisselles sont trempées de sueur. Je ne sais pas quoi lui répondre, mais je devine sa question.

—Avec les moutons.

Il lève les yeux au ciel.

—Je vous l'ai déjà dit, à vous autres. Pas de merde de mouton dans ma cour. Apportez-moi la marchandise, pas la merde. Pigé ?

—Demain, riposté-je.

Hai Bhagwan ! Cela veut dire que nous allons devoir retirer tout cet or ce soir, et trouver le moyen de l'acheminer jusqu'ici.

—Vous ne fabriquez pas de briques, aujourd'hui ? risqué-je.

Je veux qu'il continue de parler. Peut-être cela me permettra-t-il d'apprendre où l'or est envoyé, et comment ils s'y prennent.

Il se mordille l'intérieur de la joue, attardant son regard sur moi. Il me prend pour une fouineuse. C'est le cas.

—Qu'est-ce que ça peut vous faire ? décoche-t-il.

Les mains dans les poches, je soutiens son regard. Puis, le plus froidement possible, je tourne les talons et je sors. L'homme imposant me suit, me regarde enfourcher mon cheval et m'éloigner. Il doit se dire qu'un berger qui a les moyens de se payer une monture aussi belle que Chandra doit être plus expérimenté dans l'art de déplacer des biens volés qu'il ne l'avait cru.

Une fois que j'ai parcouru plusieurs kilomètres, je me décrispe un peu et je ralentis jusqu'au petit trot. Mes doigts, raides à force d'agripper les rênes comme si ma vie en dépendait, se déroulent lentement. Enfin, ma respiration redevient normale.

12

Malik

Jaipur

C'est mon jour de congé, alors je me rends dans le coin du *Pink City Bazaar* où se trouvent tous les joailliers. Est-ce parce que j'éprouve le besoin de soulager mon sentiment de culpabilité après avoir désiré Sheela, ou par envie de revoir mon vieil ami Moti-Lal ?

Lal-*ji* est le principal joaillier de la ville. À 14 heures, la bijouterie *Moti-Lal* grouille d'activité. Un employé en uniforme blanc m'apporte une tasse de chaï pendant que j'attends le grand patron.

Le propriétaire grassouillet sourit au couple de cinquantenaires assis en face de lui tandis que son assistant entrepose une pile de boîtes en velours noir sur son bureau en acajou lustré.

—Aujourd'hui, annonce Moti-Lal, je suis presque aussi surexcité que si c'était moi qui me mariais !

Ses dents sont éclatantes, très droites et larges.

—J'ai mis de côté un petit quelque chose pour le grand jour d'Akshay, ajoute-t-il.

À la perspective des bijoux qu'on s'apprête à dévoiler, la femme s'avance sur son siège, faisant bruisser son sari de soie.

Tout en sirotant mon chaï, j'observe Lal-*ji* depuis la rampe qui sépare la boutique nuptiale plus élaborée du reste du magasin, où l'on vend des articles mineurs – bracelets d'anniversaire ou premières boucles d'oreilles pour bébé. Quelque petite, ou grande, que soit l'occasion, elle peut toujours être fêtée avec un peu d'or, panacée pour tous nos maux d'Indiens.

Dans le coin nuptial, la moquette qui bruisse doucement sous les pieds place le tintement délicat des boucles d'oreilles *jhumka* et les exclamations de joie des clients au centre de l'attention. Ici, l'éclairage est plus éclatant que dans une boutique classique, les fauteuils sont plus luxueux, leurs accoudoirs rembourrés invitant les acheteurs à s'attarder tout en méditant sur l'une des plus grandes décisions de leur vie. Mères, grand-mères, taties, pères, sœurs et futurs époux s'installent face à des écrins où colliers, boucles d'oreilles, bracelets, chaînes de cheville et bagues les appellent de tous leurs feux. Des clients portant des sacs gonflés par les billets donnés par les parents des mariées achètent l'or qui protégera la jeune femme en cas de veuvage, de maladie ou de difficulté financière. L'or est ce qui leur assure un avenir.

Quand j'étais petit, à peine plus âgé que cinq ou six ans, je venais ici une fois par semaine, parfois plus, pour livrer les huiles corporelles au girofle et au géranium de Tatie-patronne, ainsi que sa fameuse lotion capillaire à la *bawchi*. L'épouse de Moti-Lal était l'une de nos premières clientes à Jaipur. Elle raffolait de ces produits, et en a tellement fait l'éloge auprès de son mari que celui-ci a pris l'habitude de présenter un récipient en cuivre rempli des potions de Lakshmi à chaque client nuptial. Ce genre d'attention personnelle lui a permis de s'assurer une clientèle régulière. C'était aussi une bonne source de revenus pour Tatie-patronne.

À présent, un employé monte sur l'estrade où se tient Moti-Lal et pose soigneusement trois tasses en porcelaine fumantes sur la table. Le domaine de Moti-Lal se trouve à un ou deux mètres au-dessus du brouhaha, dans un coin de la boutique, ce qui lui permet de garder un œil sur chaque client qui entre et qui sort.

À une jeune fille rougissante, Lal-*ji* dira :

— Je vois que vous êtes venue aujourd'hui en compagnie de votre tatie.

Ou alors, il interrompra son inspection d'une nouvelle livraison de rubis pour interpeller une matrone :

— Il n'y a rien qui me rende plus heureux que de voir la jeune Seeta entourée d'une si bonne famille.

Quand je suis entré dans la boutique aujourd'hui, Lal-*ji* m'a salué d'un signe de tête et m'a adressé un sourire pour me faire comprendre qu'il se consacrerait à moi une fois qu'il en aurait fini avec ses clients. Je ne suis pas pressé. Il m'est bien plus plaisant de passer le temps dans ce magasin climatisé que de patienter dehors, dans la chaleur sèche et poussiéreuse. Et puis, les odeurs sont plus agréables ici. Je les préfère à la puanteur du chou et de la transpiration qui flotte dans la rue animée. À l'intérieur, tout n'est qu'encens au bois de santal, parfum *tath ki rani* et eau de Cologne *champaca*. Mais le mieux, c'est que j'ai le privilège d'observer Moti-Lal en plein travail. Il m'a appris plus d'une chose en affaires.

D'un geste mesuré, Moti-Lal ouvre le premier des écrins en velours.

— Pas même les artisans de Shah Jahan ne surpasseraient cette qualité de travail ! affirme-t-il.

À l'intérieur, sur la doublure en satin noir, scintillent un collier *kundan*, un *tikka* doté d'un crochet doré qui s'attache aux cheveux, une paire de boucles d'oreilles assortie et deux bracelets.

Il montre le collier, tout en prenant soin de ne pas salir les bijoux étincelants avec son auriculaire (ce qu'il fait à dessein afin de permettre à ses clients de bien voir l'anneau d'or serti d'une émeraude de quatre carats qu'il porte à ce doigt-là).

— Quarante-quatre diamants plats, douze émeraudes de bonne taille, vingt-deux perles en forme de larmes parmi les plus blanches de Ceylan, annonce-t-il sur un ton presque incantatoire.

Il retourne délicatement le collier.

— Regardez cet incroyable émaillage *meena* à l'arrière. J'ai demandé à l'un de mes hommes de Delhi de s'en charger. Dans sa famille, ils sont *meenakaris* de génération en génération.

S'ensuit alors un lourd silence tandis que la future belle-mère inspecte les bijoux avec un regard avide. Son mari s'empare d'un bracelet pour l'étudier et évaluer sa facture, laissant le lourd collier à sa femme. Elle saisit l'occasion pour le porter à son cou et l'admirer dans le miroir en face du bureau. Elle doit se remémorer sa propre dot de jeune mariée et la comparer à ce qu'elle est en train de choisir pour sa future belle-fille. À mon avis, les bijoux en sa possession en sortiront gagnants. Elle doit songer : *L'émaillage était tellement plus beau à mon époque. Ces gemmes sont loin d'être aussi fines que celles de mon collier.* Quelle que soit l'issue de cette réflexion, elle quittera sûrement la bijouterie *Moti-Lal* avec une paire de bracelets en or pour elle-même. Après tout, *ce n'est que justice.*

Moti-Lal observe ses gestes dans le miroir.

— Vous voyez comme il scintille ? J'ai vendu un collier similaire la semaine dernière, mais les diamants n'étaient pas aussi gros que ceux-ci.

Il perd son sourire et secoue la tête, comme s'il était gêné qu'une autre famille ait pu se contenter de moins.

— Celui-ci, vos invités le remarqueront depuis l'autre côté de la pièce.

Puis il lève les yeux et, comme s'il venait de remarquer ma présence, s'excuse et laisse son assistant prendre la suite. Sa tasse de chaï à la main, il me rejoint à la rampe en tournant le dos aux clients qu'il vient de quitter, comme s'il était trop occupé à bavarder avec moi pour se soucier de leur achat. Je l'ai vu faire plus d'une fois. Évidemment, c'est pour cette raison que des miroirs s'étirent du sol au plafond : pour qu'il puisse les garder à l'œil. Un de ses nombreux stratagèmes vieux comme le monde.

Il me sourit, faisant presque disparaître ses yeux endormis dans son visage. Son triple menton est signe de sa réussite, source de fierté. Lorsqu'il prend la parole, sa voix est basse et douce.

— Penses-tu que Mme Prasad savoure déjà la jalousie que sa rivale éprouvera forcément en voyant sa nouvelle belle-fille porter une si belle parure ?

Je souris à mon tour.

— Si je comprends bien, tu connais sa rivale.

— Une de mes meilleures clientes.

Moti-Lal éclate de rire avant de vider sa tasse d'un trait.

— *Ake, dho, theen.* Je reviens tout de suite.

Malgré son embonpoint, le bijoutier évolue avec la grâce d'un guépard cernant sa proie. À l'instar du médecin de famille, un joaillier indien suit une famille longtemps, devient un ami de confiance et guide plusieurs générations dans leurs mariages, naissances et festivals.

Je me retourne pour le suivre du regard. Moti-Lal attire l'attention de ses clients sur d'autres détails de la parure nuptiale, leur rappelant que les pierres sont parfaitement fixées sur la monture *kundan*, tout comme le Shah Jalan a exigé qu'on incruste de la cornaline, du lapis-lazuli, de l'œil-de-tigre et de la malachite dans le marbre du Taj Mahal.

Le bijoutier et ses clients échangent quelques remarques avant de commencer à débattre du prix. Moti-Lal enfonce les touches de sa machine à additionner avec des moulinets qui incitent les autres clients à regarder vers lui en se demandant qui achète quoi.

Une fois le spectacle terminé, je dirige mon attention vers l'autre côté de la boutique, promenant mon regard sur la vitrine de colliers. On y trouve des pendentifs élaborés sertis de rubis et de diamants ainsi que des chaînes en or de diverses épaisseurs. Je me penche pour mieux inspecter une de celles-ci quand je sens une main charnue sur mon épaule.

— Quelle réussite, Malik ! s'exclame Lal-*ji*. Regarde-toi, *Burra Sahib* ! Tu es le rêve de tout beau-père. Viens, viens !

La porte de son bureau personnel est dissimulée derrière un mur tapissé de miroirs. En plus de permettre à Lal-*ji* d'espionner, les nombreuses glaces invitent les clients à essayer les bijoux et à s'admirer sous tous les angles. Il est toujours étonnant de se voir refléter dans cette multitude de miroirs au sein de ce petit espace.

Dans l'antre douillet de Moti-Lal, le sol est couvert de coussins moelleux et de traversins ronds rembourrés de coton blanc, ne laissant qu'un étroit passage au milieu du marbre. Moti-Lal retire ses mules ; j'enlève mes chaussures.

— Des chaussures à lacets, Malik ? Comme les *Angrezi* ?

— Les hivers himalayens m'ont abîmé les orteils, j'ai dû renoncer à mes *chappals*. Maintenant, je ne peux plus porter que des chaussures fermées.

Je ne lui précise pas que le contraire aurait été impensable à l'école Bishop Cotton. Il en allait de même pour les paires poussiéreuses, qui vous valaient à coup sûr un bon coup de règle sur les jointures de la part du maître d'internat comme de la surveillante.

Il me donne une claque dans le dos.

— Quelle classe ! J'ai du mal à croire que tu es le même petit Malik que j'ai connu autrefois.

Le léger parfum de cerises et de bois de santal qui flotte dans l'air me rappelle d'autres visites dans cette pièce. Nous nous asseyons en tailleur sur les coussins, dans la fraîcheur climatisée. Au centre de la pièce, sur le marbre découvert, trône un plateau argenté portant deux grands narguilés, une boîte d'allumettes, une blague à tabac, une petite statue de Ganesh, un cône d'encens et une balance pour peser l'or. C'est ici que les plus gros accords sont conclus. C'est également ici que Lal-*ji* retrouve ses amis.

Son domestique a disposé des cailloux et un morceau de charbon chaud dans chaque *chillum*. Moti-Lal sort des brins de tabac de sa pochette, les place dans les bols et les tasse un peu. Il pousse l'un des narguilés vers moi.

— *Accha*, mon jeune ami, qu'est-ce qui t'amène à Jaipur ?

Tout en parlant, il craque une allumette et enflamme le tabac. Prenant la pipe dans sa bouche, il tire quelques bouffées, gonflant ses joues de manière comique. Puis il lâche un nuage de fumée blanche et la pièce s'emplit d'un parfum sucré et fruité.

— Je tiens à te remercier, Lal-*ji*, d'avoir veillé sur Omi pendant toutes ces années.

Il agite sa main charnue comme pour chasser ma reconnaissance.

— *Koi baat nahee hahn*. Tu m'envoyais l'argent. Je m'assurais qu'Omi le recevait. Rien de plus. Elle en a vu de toutes les couleurs avec ce mari.

Moti-Lal, qui croit en la valeur du travail, secoue la tête avec dégoût.

— Chaque année, il part rejoindre le cirque et revient les mains vides.

Il prend une bouffée plus agressive de son narguilé, comme si l'époux d'Omi l'avait offensé d'une manière ou d'une autre.

— Tu l'as revue depuis que tu es arrivé à Jaipur ? Omi ?

— Seulement de loin. J'ai tenu ma promesse. Je voulais seulement m'assurer qu'elle allait bien.

Moti-Lal fait la grimace.

— Un homme adulte jalousant un petit garçon – car c'est ce que tu étais –, un petit garçon qui subvenait aux besoins d'Omi alors que son mari, lui, en était incapable ! Et qui, en outre, a menacé de la tuer si tu osais la revoir.

Il secoue la tête, écœuré.

J'acquiesce. Le souvenir est douloureux.

Omi était une sorte d'*ayah* ; elle s'occupait des enfants du quartier comme moi en échange d'une somme modique. Des mères comme la mienne faisaient les ménages, balayaient les bureaux ou se chargeaient de la lessive des autres. Un jour, ma mère n'est pas rentrée du travail. J'ai attendu et attendu, mais elle n'est jamais revenue. Omi m'a accueilli chez elle sans rien dire. Elle ne m'a jamais traité différemment de ses trois enfants. Je lui en étais si reconnaissant que j'ai fait tout ce que j'ai pu pour rapporter quelque chose à la maison chaque jour. Il ne s'agissait parfois que d'une banane pourrie, d'une bobine de fil chapardée dans une boutique, ou de *puri* frit dans une vieille huile qu'un marchand s'apprêtait à jeter.

Je me suis lié d'amitié avec tous les commerçants du bazar. Je leur cirais les chaussures, leur indiquais où acheter les épingles à cheveux les moins chères, ou leur faisais les courses. En retour, ils me donnaient des vieux habits pour les enfants d'Omi, partageaient leurs *chapattis* avec moi, me cédaient un petit sac de riz. Moti-Lal était le plus généreux de tous. Il me demandait ce que j'avais appris ce jour-là. Étais-je capable de compter jusqu'à cent, de nommer la capitale de la France ? Quand je répondais juste, il sortait une roupie de mon oreille et me la donnait.

À ce dernier souvenir, je regarde mon vieil ami avec affection.

— Tonton, lui dis-je. J'aimerais acheter deux chaînes en or.

Moti-Lal hausse un sourcil.

— Tu as une femme ?

Je lui souris tout en saisissant la boîte d'allumettes afin d'allumer mon narguilé, puis je tire une bouffée pour en aspirer la fumée. Le tabac, si propre et puissant, me monte aussitôt à la tête et me donne le tournis.

Il dresse le menton et hoche sagement la tête.

— Ah, lâche-t-il. Je vois. Deux femmes ?

Je pouffe, lâchant de la fumée.

— Une des chaînes est pour Omi.

Il glisse son menton dans les plis de son cou.

— Tu sais que son mari se contentera de la revendre.

— Je ne m'attends pas à ce qu'elle la porte – il la lui arracherait du cou. Mais je tiens à ce qu'elle ait quelque chose pour sa sécurité, en cas d'urgence. J'espérais que tu lui dirais qu'elle est ici, qu'elle l'attend – si, et quand, elle en a besoin.

Lal-*ji* réfléchit tout en fumant. Puis il hoche la tête.

— Je le lui ferai savoir.

— J'aimerais aussi acheter une paire de boucles d'oreilles, ajouté-je.

Moti-Lal souffle sur son *chillum* jusqu'à ce que la lueur orangée se change en cendre grise.

— Aussi pour ta femme ?

— Non, contré-je. Pour une petite fille.

L'espace d'un instant, Moti-Lal cesse de tirer des bouffées et sa bouche se relâche.

— Tu as une fille ?

J'éclate de rire, ravi d'être capable de le surprendre.

— Non. Tout de même pas.

Il plisse les yeux en reprenant la pipe. Il crache un nouveau nuage de fumée et me regarde en face.

— Alors, tu as une femme qui a un enfant.

— Deux enfants. Un garçon et une fille.

— Veuve ?

— Oui.

J'aurais dû me douter que Moti-Lal comprendrait tout de suite. Plus d'une fois, il m'a dit que vendre de l'or nécessitait de savoir percer à jour la nature humaine. Il affirme qu'il faut savoir discerner l'intensité du désir d'un client rien qu'en le regardant dans les yeux. Cela permet de savoir ce qu'il faut dévoiler, ce qu'il faut cacher, et quelle somme le client est prêt à débourser.

— Là-bas, j'ai vu quelque chose qui me plaisait, déclaré-je en désignant la salle principale de l'autre côté de la porte.

Il lâche un filet de fumée.

— *Bukwas*, décrète-t-il. Bons pour les touristes.

Il redresse sa large carrure et se dirige vers la porte. Il appelle quelqu'un, patiente un instant, puis revient avec deux grands écrins en velours avant de m'en tendre un. Une fois qu'il est de nouveau installé sur son coussin, j'ouvre le premier. Trois chaînes en or reposent à l'intérieur.

— Choisis-en deux, lance-t-il avec un sourire tout en tirant sur son *chillum*.

Je sors la plus fine des chaînes, martelée de sorte à reposer à plat sur la peau. Je la visualise au cou mince de Nimmi, songe à la lueur de l'or contre sa peau foncée. *Peut-être une prochaine fois.*

— Tonton, je ne peux me payer que la moitié de cet or.

Il sourit.

— Comment ça, « payer », Malik ? Je t'en fais cadeau. Je ne t'ai pas déjà dit que tu es le fils que je n'ai jamais eu ?

Il se renfrogne à présent, offensé que j'aie pu prendre sa générosité pour une transaction commerciale.

— Et qu'en est-il de ton gendre, là dehors ? le taquiné-je.

Il lève une main, comme pour flanquer un coup dans l'air.

— Mohan est très bien. Mais, si tu venais travailler pour moi, je mourrais en homme heureux, assure-t-il, la main plaquée sur le torse et la tête penchée sur le côté d'un air implorant.

— Lal-*ji*, tu ne vas pas mourir demain, protesté-je. Et je ne sais rien du commerce des bijoux.

Ces paroles, je les lui ai adressées au moins cent fois.

— Écoute bien, lâche-t-il avant de tirer une nouvelle bouffée. Brahma, le créateur de notre univers, a jeté une graine de son corps dans les eaux. Cette graine est devenue un œuf d'or, une incarnation du créateur lui-même. Cet or, symbole de pureté, de chance et de piété, est ce que nous vendons ici. Voilà, maintenant tu en sais autant que moi.

Il souffle un rond de fumée dans ma direction.

Je ris.

— Si je suis à Jaipur, c'est uniquement sur la requête de Tatie Lakshmi.

À ce nom, Moti-Lal ouvre ses yeux mi-clos en grand et se fend d'un large sourire.

— Et comment se porte la belle Lakshmi Shastri ? Le Tout-Jaipur regrette son absence. Surtout ma femme ! Sans sa lotion capillaire, elle sera bientôt aussi chauve qu'un bébé singe !

Il s'esclaffe bruyamment et claque sa main sur sa cuisse.

— C'est Mme Kumar à présent, précisé-je. Elle a épousé un médecin.

— *Bahut accha !* Tu m'en vois ravi.

Il agite son narguilé.

— Tu as de la chance qu'elle t'ait proposé de t'emmener à Shimla quand le mari d'Omi t'a viré de la maison.

— *Zaroor.*

Comme je l'ai souvent dit à Nimmi, je dois ma vie à Lakshmi. Depuis que j'ai déménagé à Shimla, j'envoie une portion de mes gains à Lal-*ji* pour qu'il la fasse passer à Omi (enfin, ceux que je ne consigne pas dans mon livret d'épargne, car je sais que Patronne le vérifie régulièrement.) Cet arrangement a duré douze ans.

— Qu'est-ce que Lakshmi veut que tu fasses à Jaipur ?

— Apprendre le métier du bâtiment. Je travaille au palais sous l'égide de Manu Agarwal.

Moti-Lal hausse les sourcils.

— Agarwal est un homme bien. Honnête. Ce cinéma que construit le palais va être terrible ! Ma femme compte s'y rendre avec notre fille et son mari pour la soirée d'inauguration. Je serai ici, évidemment. Même si je ne sais pas pourquoi je me donne cette peine. Le Tout-Jaipur sera au Royal Jewel Cinema ce soir-là.

— Son Altesse Latika l'espère de tout cœur.

On frappe à la porte, et le beau-fils de Moti-Lal, Mohan, entre. Je me lève pour le saluer d'un *salaam* et il joint les mains en un *namaste*. C'est un homme timide, discret, de dix ans mon aîné.

— Les Gupta sont arrivés, informe-t-il son beau-père.

— Veille à ce qu'on les installe, *bheta*. J'arrive tout de suite.

Moti-Lal passe une main immense sur son visage, geste qui trahit sa frustration. Quand la porte se referme, il lève les yeux au ciel.

— Dix ans et toujours aucun enfant.

Quand je lui adresse un regard interrogateur, il montre la porte. Je comprends que le commentaire concerne son beau-fils.

— Je commence à croire qu'il en est incapable.

Je souris. Les parents sont toujours pressés d'avoir des petits-enfants. Ce ne sera pas le cas avec Tatie-patronne, et je m'en réjouis. Que j'en aie dix ou aucun, cela lui sera égal. Elle aime échanger avec les enfants ; simplement, elle n'a jamais éprouvé le besoin d'en avoir elle-même. Je saisis la chaîne que j'admirais plus tôt, ainsi qu'un autre collier en or plus lourd. Moti-Lal m'observe tout en fumant. Je mets les deux chaînes de côté, j'ouvre le deuxième écrin et je sélectionne une paire de petites boucles d'oreilles en or toutes simples qui plaira sûrement à Rekha. Elle s'est fait percer les oreilles alors qu'elle n'avait que quelques mois ; celles-ci sont ornées de créoles argentées toutes fines. Je dispose les deux chaînes et les boucles d'oreilles sur la balance.

Moti-Lal fronce encore les sourcils et pousse un soupir.

— *Arré*, Malik, laisse ça.

La balance indique une once, soit vingt-huit grammes. Le tarif en vigueur est de 321 roupies par once, mais je demande à Moti-Lal s'il en acceptera 200 roupies.

— Je te cède le tout gratuitement si tu acceptes d'écouter mes conseils.

Je hausse un sourcil, attendant de voir ce qu'il va me dire.

Il agite un doigt charnu dans ma direction.

— N'épouse jamais une veuve miséreuse.

Je secoue la tête en éclatant de rire.

Empochant le collier pour Nimmi et les boucles d'oreilles pour Rekha, je pose deux billets de cent roupies sur la balance à côté de la chaîne d'Omi.

— Je veillerai à ce qu'Omi soit au courant, Malik. J'irai la voir dès demain.

Le sentiment de culpabilité qui pèse lourdement sur mes épaules – mon désir pour Sheela, le peu que je peux faire pour Omi – s'allège un peu.

13

Nimmi

Shimla

Sous le regard de Rekha, j'arpente notre chambre. Sur ses genoux repose le livre sur les singes que Lakshmi-*ji* lui a prêté. Elle adore en contempler les images et prononcer le nom des différentes sortes de singes.

— Fais tes devoirs, lui intimé-je.

Elle a parcouru ce livre si souvent qu'elle le connaît par cœur.

— Écris les mots exactement tels qu'ils sont écrits dans le livre.

— Fais-le avec moi, *Maa*, m'implore-t-elle.

Chullu est assis avec Neela la brebis, qui est occupée à mâcher une feuille. Le petit la caresse, puis lui roule dessus. Mes enfants se sont entichés d'elle et tiennent à ce qu'elle reste à la maison avec nous, alors je l'ai ramenée ici depuis le pâturage. À présent que j'observe l'animal, je songe à l'or dissimulé sous sa toison. À quoi ressemble-t-il au juste ? Les femmes de ma tribu portent surtout de l'argent, même s'il m'est arrivé d'en voir d'autres arborer des bijoux en or. Mais un lingot d'or massif, ça, je n'en ai jamais vu.

J'attrape le *patal* qui pend à ma ceinture, à côté d'un rouleau de corde et d'une gourde en peau de chèvre. Je vérifie le tranchant de la lame, dont je me sers pour couper légumes et fruits, branches, bois, tout ce qui est possible et imaginable. Je prends Chullu dans mes bras et le pose sur le lit à côté de Rekha, où il tente de mordre le livre.

Je m'approche de Neela, doucement. Elle cesse de mâcher pour me regarder. Elle bêle, puis se lève, désormais sur ses gardes. Je passe une main sur sa toison pour chercher le renflement dur de l'autre côté de son flanc blessé. Puis je trouve les bords de la laine qui ont été recousus et j'en tranche soigneusement les points, tout en immobilisant Neela à l'aide du coude. Deux barres d'or, de treize centimètres de longueur, cinq de largeur et un centimètre et demi d'épaisseur, chutent au sol dans un bruit mat. Neela prend peur et se débat entre mes mains. Je la relâche.

L'or est d'une couleur terne. Il n'est pas beau, contrairement à ce que je m'étais imaginé. Des chiffres ont été inscrits dessus. Les lingots sont lourds et étonnamment chauds. Notre tribu porte essentiellement de l'argent, qui est plus froid au toucher. Dire que certains seraient prêts à s'entre-tuer pour un bout de métal jaune terne !

En entendant frapper à la porte, je sursaute et rassemble les lingots en cherchant un coin où les cacher. Ma paillasse se trouvant à portée, je les fourre hâtivement en dessous avant d'aller voir qui est là.

C'est Lakshmi. Elle porte encore les mêmes habits que ce matin. Elle a de profonds cernes sous les yeux, et ses cheveux flottent autour de son visage ; elle ne les a pas huilés. Elle a l'air épuisée. Je lui dis d'entrer et de refermer derrière elle.

— Demain, nous apporterons l'or là-bas, affirme-t-elle dans un murmure.

— L'endroit indiqué sur la boîte d'allumettes ?

Elle acquiesce et se frotte le front.

— Mais d'abord, nous devons trouver le moyen de retirer l'or des moutons et de le transporter depuis le pâturage inférieur jusqu'à Canara.

— Où est-ce ?

— À un peu plus de six kilomètres d'ici, à l'orée de la ville.

— Dans quelle direction ?

Lakshmi désigne l'est du menton.

Je crois connaître ; j'y vais parfois pour cueillir les fleurs des montagnes que je vends. Cela me donne une idée. Je me lève pour attraper mon panier, le grand, celui dont je me sers à mon étal. Puis je sors les lingots d'or de sous la paillasse et les entrepose dans le panier. En les voyant, Lakshmi fait les gros yeux. Elle jette un regard à Neela, dont le pan de toison est ouvert sur le côté.

Combien le panier peut-il en contenir ?

— Nous avons trente-huit moutons, énuméré-je, trente-neuf en comptant Neela. Si chacun porte quatre lingots, deux de chaque côté, on arrive à cent cinquante-six lingots. Mais il en manque deux, ce qui fait cent cinquante-quatre.

Je ne sais sans doute pas lire, ni écrire les chiffres, mais je suis tout à fait capable de compter dans ma tête.

Lakshmi prend un lingot dans le panier et le soupèse dans sa main. Elle est habituée à mélanger des remèdes naturels et à calculer les bonnes quantités d'ingrédients.

— Chacun est légèrement différent, mais celui-ci fait environ deux onces. Je pourrais le vendre pour six ou sept cents roupies.

— Ce qui veut dire…

Je regarde Lakshmi et porte une main à ma poitrine. Je sens mon cœur qui bat contre ma paume. Maintenant, je sais pourquoi les contrebandiers courent ces risques-là. Tous les lingots, ensemble, rapporteraient environ cent mille roupies ! *Hai Shiva!* Je commence à comprendre que nous avons mis le doigt dans un engrenage très dangereux. Lakshmi a pourtant tenté de me prévenir, de me faire comprendre à quel point il serait fou, imprudent de rendre l'or à des gens qui préféreraient égorger leurs propres mères plutôt que de renoncer à leur trésor. J'aurais dû l'écouter.

— On ne peut pas garder ça ici, m'affolé-je.

Je regarde mes enfants, qui ont perçu la panique dans ma voix et qui me dévisagent la bouche ouverte.

Lakshmi remarque mon *patal.*

— Vous vous êtes servie de ça pour couper les points ?

— *Hahn.*

Je remets l'outil tranchant à ma ceinture.

Elle pince les lèvres, fronce les sourcils, et considère Neela. Je sais qu'elle est en train de calculer le temps qu'il faudra pour retirer l'or des moutons. Elle est douée pour planifier. Elle a organisé chaque section du jardin selon le type de terre que nécessitent les plantes, la quantité d'arrosage dont elles ont besoin, combien d'engrais il leur faut. Le jardin est fonctionnel et bien ordonné. Comme tout ce qu'accomplit Lakshmi.

Elle hoche la tête d'un air décidé, comme si elle avait pris sa décision.

— Mieux vaut retirer l'or tout de suite. Ce sera plus sûr qu'à la lumière du jour. Les jardiniers de l'hôpital sont tous rentrés chez eux.

Je remarque ses traits tirés. Elle en a déjà tellement fait, gravissant et descendant la montagne, transportant le corps de mon frère jusqu'à Shimla, chevauchant jusqu'à cette entreprise aux limites de la ville. Maintenant, il fait noir dehors. Et froid.

Nous ne sommes pas liées par le sang. Pourtant, elle est prête à en faire encore plus.

Lakshmi s'approche de la porte.

— Rendez-vous chez moi dans une demi-heure. Et venez avec Neela, je vous prie.

— *Ji*, quand avez-vous mangé pour la dernière fois ? J'ai fait du *chapatti* et du *palak subji*. Vous devriez en prendre un peu avant de partir.

Il m'arrive rarement de lui adresser le « *Ji* » de respect. Je la vois s'adoucir. Elle sourit en guise de remerciement, mais secoue la tête.

— Je dois réfléchir à la manière d'expliquer tout cela à Jay, au docteur Kumar. J'ai dû lui dire ce que nous avons déniché. Il est inquiet, évidemment. Et je dois trouver le moyen de transporter l'or depuis le pâturage. Chandra est épuisé. Je ne pense pas pouvoir lui en demander plus aujourd'hui.

J'acquiesce.

— Je vais demander aux Arora de s'occuper des enfants.

Elle a un petit sourire.

— Dites-leur que j'ai besoin de vous à l'hôpital ce soir. Ce ne sera pas un mensonge.

14

Lakshmi

Shimla

Jay n'a pas voulu que Nimmi et moi nous rendions seules en pleine nuit dans le pâturage du bas pour récupérer l'or. Il est déjà assez contrarié comme ça que je sois partie à Canara Enterprises sans le lui dire.

Il se trouve à présent avec nous au bord du pâturage alors que nous appelons, doucement, les moutons. Nous œuvrons le plus silencieusement possible, mais ne pouvons guère empêcher leurs bêlements. Nimmi s'empare de l'un d'eux, je braque ma lampe-torche sur l'animal et Jay tranche les points pour récupérer l'or.

J'ai mis Chandra à l'écurie pour la nuit et j'ai sorti notre autre monture, un petit poney blond. Si nos calculs sont exacts, les lingots ne devraient pas peser plus de neuf kilos, soit moins qu'un petit enfant, ce que le poney devrait pouvoir porter sans problème.

La tâche est ardue, car nous travaillons dans le noir. Nous entendons des animaux nocturnes évoluer autour de nous, des marmottes et des belettes qui vaquent à leurs occupations dans les profondeurs de la forêt de pins environnante.

Ici, dans le pâturage inférieur, les moutons sont relativement à l'abri des grands prédateurs. Si un léopard ou un ours d'Himalaya s'en prenait au troupeau, nous perdrions une partie des lingots. Je me dis de ne pas m'inquiéter pour ce que je ne suis pas en mesure de maîtriser ; il n'empêche que mon cœur bat à tout rompre et que le sang me martèle les tempes. Malgré la fraîcheur de la nuit et mes doigts glacés, je suis en nage sous ma veste. Je porte encore la même tenue que ce matin, quand je suis allée chercher Nimmi dans les montagnes.

De temps en temps, nous tombons sur un mouton sur lequel nous avons déjà travaillé ; nous le laissons repartir et en attrapons un autre. Nimmi a eu l'intelligence de les compter lorsqu'elle les a amenés plus tôt. Une fois que nous aurons atteint trente-neuf, nous serons certains de les avoir tous vérifiés.

Il nous faut deux heures. Nous savons que nous en avons fini quand le nombre de lingots d'or collectés correspond à celui que nous avions calculé. Comme prévu, chaque animal en portait bien quatre. Nous entreposons l'or dans le panier de fleurs de Nimmi, que nous attachons au poney. Je me sers du *rajai* que j'ai rapporté de chez moi afin de recouvrir notre marchandise illicite.

Nimmi parcourt du regard les moutons, dont les pans de toison pendent de part et d'autre.

— Il faudrait les tondre, vraiment. Comme ça, je pourrais vendre la laine et garder l'argent pour mes neveux.

Sa voix s'étrangle.

— C'est ce que Vinay aurait fait.

Elle se tourne vers moi.

— Je pourrais m'en occuper les matins avant d'aller au dispensaire. Ça ne devrait pas me prendre plus de quatre jours.

J'incline la tête. *Bien sûr.*

Minuit a déjà sonné quand nous arrivons tous les trois avec le poney chez Nimmi. Jay et moi attendons plus loin avec la monture que Nimmi récupère ses enfants de chez les Arora et les ramène à son logement, un dans chaque bras, profondément endormis.

Elle me demande de l'accompagner à l'intérieur tandis qu'elle installe Rekha et Chullu sur la paillasse.

— Je n'ouvrirai pas mon étal de fleurs demain, me chuchote-t-elle. À la place, j'irai avec vous à Canara.

Je sais pourquoi elle ne veut pas que Jay l'entende ; il m'en veut déjà de m'y être rendue seule ce matin.

— Nous ne pouvons pas nous absenter toutes les deux du dispensaire un deuxième jour. On a causé assez de perturbations comme ça. Je préférerais que vous alliez demain au jardin médicinal. Comme si de rien n'était. Dites aux infirmières que vous ne vous sentiez pas dans votre assiette aujourd'hui, ou trouvez une autre excuse.

Dans le silence de la nuit, je m'applique à ne pas parler de l'or.

— Maintenant, ils me connaissent à Canara, alors mieux vaut que ce soit moi qui l'y apporte.

Nimmi me considère longuement, le visage plongé dans l'ombre, où je ne vois que le blanc de ses yeux. Elle a l'air de vouloir dire quelque chose, mais finit par secouer la tête avant de fermer la porte derrière moi.

Je remarque toujours quand quelque chose tracasse Jay. Il arrête de me taquiner. Tandis que j'emmène le poney dans l'écurie à côté du corral situé dans notre jardin de derrière et que je lui donne à boire et à manger, Jay emporte le panier garni d'or dans la maison.

Lorsque je pénètre dans le séjour, il est assis dans un fauteuil, où il fait tournoyer un verre de Laphroaig entre ses paumes. Il m'en a déjà servi un, et me le tend.

Je m'empare du verre et lui lisse les cheveux.

— Tu es inquiet ?

— Qui ne le serait pas à ma place, Lakshmi ? Pourquoi risquerais-tu ta vie – nos vies – pour le problème d'une autre ? demande-t-il d'une voix basse et mesurée.

Je digère ses paroles. Puis je m'approche de la desserte où je conserve mon courrier et j'en sors la dernière lettre que j'ai reçue de Malik.

Je reviens vers Jay pour la lui tendre.

— Malik me l'a envoyée il y a une semaine.

Je ramasse mon verre de scotch et je le laisse lire en silence.

Chères Nimmi et Tatie-patronne,

J'apprends beaucoup ici à Jaipur. Du genre, quels matériaux conviennent à quels bâtiments. Ce que ça coûte d'acheter une terre, de construire un bâtiment. Comment on pose des fondations. Tonton Manu m'envoie un peu partout dans différents départements au sein de son service pour qu'on puisse m'enseigner chaque aspect du métier. Maintenant, je commence à voir s'ériger des édifices dans mes rêves. (Vous adoreriez Hakeem, le comptable pour qui je travaille. C'est un drôle de petit bonhomme. Mais je l'aime bien. Il est ici depuis toujours – probablement depuis l'Empire moghol !)

Mais le mieux dans tout ça, c'est de pouvoir passer du temps avec Nikhil. Il ressemble tellement à Radha – douze ans, bientôt vingt ! Patronne, tu serais impressionnée de voir comment Tatie Kanta et Tonton Manu l'ont élevé. C'est un garçon gentil et drôle, et – le plus important, d'après moi – un excellent joueur de cricket ! Nous passons plus d'un dimanche à manier la batte et la balle. Il est presque aussi fort que moi. (Je suis sûr qu'il protesterait en précisant que je ne suis pas si mauvais pour un vieillard). J'ai hâte que Chullu soit en âge d'avoir une batte à la main. S'il te plaît, dis à Rekha que je n'ai pas oublié pour l'arc-en-ciel que je suis censé lui rapporter de Jaipur. Elle croit que chaque ville a le sien, et je n'ai pas le cœur de la décevoir !

Patronne, la partie suivante ne concerne que toi, alors ne la lis pas à Nimmi !

Je sais que tu veux le meilleur pour moi. Ça a toujours été le cas. Et je t'en suis reconnaissant. Mais plus je suis éloigné de Nimmi, plus je me rends compte d'à quel point je tiens à elle. Sa douceur me manque. J'admire tout le travail qu'elle fournit pour nourrir et vêtir Rekha et Chullu (que j'en suis venu à aimer comme s'ils étaient mes enfants). Je l'aide en lui donnant un peu d'argent de temps à autre, mais – Hai Ram ! – je dois quasiment la forcer à accepter.

Je sais que tu aurais sûrement préféré une autre femme pour moi, plus éduquée ou sophistiquée, mais Nimmi me satisfait. Depuis huit mois que je la connais, j'ai appris la beauté de l'Himalaya et les trésors que recèlent les montagnes. Je sais qu'elle est parfaitement capable de se débrouiller toute seule, mais j'ai un service à te demander.

Je te prie de traiter Nimmi comme une sœur, comme tu as toujours traité Radha. Elle ne te demandera jamais rien, aussi devras-tu sûrement lui imposer ta bonté. Son cœur est si bon et loyal. Elle a connu un deuil tragique ; nul ne devrait perdre un époux si jeune. Mais, en fin de compte, c'est ce qui m'a permis de la rencontrer, et ça m'a apporté tellement de bonheur.

Bien à toi,
Malik

Jay me retrouve dans la salle de bains. Je frotte la crasse de la journée, l'odeur de cheval, la poussière et la sueur. Il pose la lettre sur le rebord de la baignoire, glisse les mains dans ses poches et secoue les pièces de monnaie qui s'y trouvent.

— Je sais que tu crois que tu dois aider Nimmi à cause de ce que Malik éprouve pour elle, et tu as toujours fait ce que tu pensais être le mieux. Mais je ne suis pas à l'aise.

J'arrête de me frictionner.

— Jay, si tu pouvais faire quelque chose pour aider ta famille, quelque chose qui pourrait peut-être leur sauver la vie, tu ne le ferais pas ?

— Si. Bien sûr que si. Mais là, c'est à des *goondas*, des malfaiteurs professionnels, que tu as affaire ! Je crois que le risque est trop grand pour que tu t'impliques davantage. Je me suis adressé à la police locale…

— Pourquoi ?

Je me sens gagnée par la colère. Parler aux autorités peut s'avérer risqué ; on ne sait jamais qui se sert dans la caisse.

Il agite les mains pour me faire signe de me calmer.

— Je n'ai pas parlé de ce cas en particulier, mais je voulais en savoir plus sur l'or qui circule dans les collines de Shimla.

— Alors, qu'as-tu appris ?

— Ils savent qu'il y a de l'activité vers l'ouest, autour de Chandigarh et plus près du Pakistan, mais ils n'ont pas l'air de croire qu'il y en ait dans le coin.

— Ils ont dû se demander pourquoi tu posais la question.

Tu les as informés de nos agissements ?

— *Arré.* Je leur ai seulement dit que j'avais lu l'article sur la contrebande dans le journal et que je m'inquiétais pour la sûreté de mes patients.

Il s'est remis à secouer les pièces dans sa poche, encore un signe de son inquiétude.

Je pince les lèvres, tâchant de ne pas laisser paraître mon irritation. J'ai appris très tôt que parler à la police n'est jamais une bonne idée.

Après l'indépendance, quand les Anglais sont partis et qu'il a fallu pourvoir les postes au gouvernement, le népotisme a régné. Les postes de haut niveau, comme celui de commissaire de police, ont été attribués à des amis et des membres de la famille, qu'ils soient qualifiés ou pas. Résultat ? Beaucoup d'incompétence et de corruption. Il y a toujours un risque que la police soit de mèche avec les trafiquants, qu'on la soudoie pour fermer les yeux sur leurs agissements. Et si le commissaire soupçonne Jay de s'être adressé à lui parce qu'il a des renseignements sur la contrebande, il peut s'en servir à son avantage ou, pire, décider qu'il doit l'empêcher de révéler ce qu'il sait à quelqu'un d'autre.

Jay s'est mis, nous a mis, en danger. Si les autorités avaient vent de ces moutons à moitié tondus en bas du pâturage inférieur, nous serions impliqués tous les trois.

Ce qui veut dire que nous allons devoir tondre les bêtes entièrement, et au plus vite. Demain soir au plus tard. Le laps de temps prévu par Nimmi – trois jours – se trouve réduit à un seul. Et on va devoir s'y mettre à trois pour y parvenir. Je suis déjà éreintée après ma chevauchée pour chercher Nimmi, puis la soirée passée à retirer l'or des moutons, pendant laquelle j'ai tout fait pour que Jay ne perçoive pas mes genoux tremblants.

Je plonge la tête sous l'eau, noyant la voix de Jay et les protestations de mon corps.

Tôt le lendemain matin, je monte un Chandra reposé afin de parcourir les six kilomètres jusqu'à Canara Private Enterprises. Jay et moi avons entreposé les lingots dans les sacoches de selle avant de les recouvrir à l'aide d'une couverture de cheval. J'ai enfilé un pantalon jodhpur propre, ainsi que le manteau de laine de Jay, et me suis enroulé un châle marron autour de la tête et des épaules. C'est une matinée floue, où la brume enveloppe paresseusement les pins et les cèdres, comme si elle hésitait à s'aventurer plus loin.

Convaincre Jay de me laisser y aller seule n'a pas été facile. Il voulait s'y rendre à ma place. J'ai refusé, je ne veux pas qu'il soit plus impliqué qu'il ne l'est déjà. Il a un poste important à l'hôpital. Et son carnet de rendez-vous est rempli ce matin, notamment avec deux césariennes.

Aujourd'hui, le portail barbelé de Canara est ouvert. À l'intérieur, une femme seule vêtue d'un sari et d'un bustier en tricot est accroupie et tapote de l'argile dans un moule en bois avant de renverser la brique formée au sol. Elle travaille vite, sûrement parce qu'elle est payée à la brique, ajoutant une nouvelle rangée à une strate grandissante qui sèche en plein air.

Je mets pied à terre et guide Chandra vers la clairière, en m'arrêtant à côté de la femme. Elle lève les yeux sans interrompre son travail.

Je lui adresse un *namaste.*

—Vous êtes une experte, à ce que je vois.

Gênée par ses dents en avant, elle met une main devant son visage pour cacher son sourire et agite la tête d'un côté et de l'autre, ravie du compliment.

Je remarque que toutes les briques portent une cavité rectangulaire en leur centre. Je me demande pourquoi.

—Qui achète ces briques ?

Elle paraît désorientée.

—Qui sont les clients ? essayé-je une nouvelle fois.

Elle agite une main.

—Je ne sais pas, *Ji.* Je vois un camion les emporter. Le conducteur dit qu'il les apporte à Chandigarh.

—*Arré !* Que faites-vous là ?

C'est le jeune homme d'hier, celui qui était assis au comptoir. Il jette un regard noir à la femme, qui retourne prestement à son travail.

— Dans le bureau, m'ordonne-t-il.

Je lui adresse un regard d'excuses, mais je perçois sa méfiance. Il m'observe jusqu'à ce que j'aie mené Chandra à la porte du bureau. Les sacoches de selle remplies d'or sont lourdes, mais je me suis entraînée à les porter de sorte à avoir l'air de savoir ce que je fais.

J'apporte une sacoche, puis l'autre, les posant sur le comptoir. L'homme plus âgé vient les prendre. Il les porte à sa table du fond et referme la porte intérieure pour m'empêcher de le voir.

— Comment se fait-il que vous ayez les yeux aussi bleus ? me demande le jeune homme.

J'étais tellement focalisée sur le patron que j'en ai oublié la présence de son acolyte.

— Pardon ?

— J'ai vu des yeux comme les vôtres dans le Cachemire.

À Jaipur, on m'a souvent questionnée sur la couleur de mes yeux. Les gens pensaient que j'étais peut-être anglo-indienne (groupe tombé en disgrâce après le départ des Anglais). Ou alors, peut-être n'étais-je pas indienne du tout ? Plutôt parsie, ou afghane ? Mais je ne vais pas me mettre à discuter de mon passé avec cet homme, ni lui révéler que les yeux bleus sont monnaie courante dans ma famille depuis des générations.

— Je ne suis pas originaire du Cachemire, me contenté-je de répondre.

Il pose alors les coudes sur le comptoir et se penche en avant avec un sourire narquois.

— Vous autres, bergers, vous ne vous considérez jamais comme cachemiriens, pendjabis ou rajasthanis, pas vrai ?

C'est votre tribu qui compte. Mais je n'avais encore jamais croisé de membre de tribu qui avait les yeux bleus.

Il penche sa tête sur le côté pour me considérer gravement. Puis il s'exprime dans un dialecte que je ne connais pas.

Les poils sur mes bras se dressent. Il tente de cerner d'où je viens. Je suis incapable de répondre dans un dialecte convaincant. Le risque que je prends déjà devient franchement énorme si je suis découverte. Je décide de paraître gênée.

Je baisse les yeux, serre mon châle autour de mon cou.

— Je vous en prie, lâché-je. Je suis mariée.

Il redevient enjoué.

— Et votre mari vous laisse faire le travail d'un homme ?

Je songe à Vinay, à son corps étalé au sol.

— Seulement parce qu'il est blessé. Grièvement.

Son sourire est narquois.

— En ce cas, vous avez besoin de réconfort. Et je…

La porte intérieure s'ouvre d'un coup, laissant apparaître l'homme plus âgé. Le mince bracelet à son poignet est fait de fils colorés – un rouge, un doré. Une sœur lui a sûrement confectionné cette amulette en guise de protection. Mais quand, le visage renfrogné, il lâche brutalement les sacoches vides sur la surface en bois abîmée, je comprends qu'il ne va pas faire preuve de la même douceur qu'il affiche sans doute avec sa sœur.

— Il en manque deux, annonce-t-il.

Je dresse le menton en guise de questionnement.

— Il n'y en a que cent cinquante-quatre. Il devrait y en avoir cent cinquante-six.

Je sens la sueur qui s'accumule au-dessus de ma lèvre supérieure. Toutefois, je m'exprime d'une voix ferme.

— Nous en avons gardé deux en guise de paiement.

— *Kya ?* Vous vous êtes payés en or ?

Il se redresse, fronce les sourcils.

— Ça ne faisait pas partie du marché.

Je regarde l'homme plus jeune, écarquille mes yeux bleus, faisant appel à son approche moins agressive.

— C'est un trajet périlleux. Mon mari est tombé. Il s'est brisé le dos. Nous avons dû passer par l'hôpital. D'où notre retard. Nous n'avions pas d'argent. Nous nous sommes servis de l'or pour régler la facture.

À présent, l'aîné claque sa main sur le comptoir, me faisant sursauter.

— Cette décision ne vous appartenait pas, s'emporte-t-il, projetant une pluie de postillons. Qu'est-ce que je vais dire au prochain passeur ?

Sentant sa peur derrière sa colère, je le regarde posément.

— Dites-lui que les autorités de Shimla ont entendu des rumeurs sur l'or qui circule aux abords de la ville. Dites-lui que deux lingots sont un juste paiement pour en avoir transporté sur un parcours surveillé par la police.

Nous nous affrontons du regard. Je suis essoufflée, à deux doigts de m'évanouir.

Je me retourne en entendant un bruit derrière moi. C'est la femme de la cour qui empilait des briques.

— Je n'ai plus d'argile, informe-t-elle les hommes au comptoir. Que dois-je faire ?

J'en profite pour m'emparer des sacoches vides, courir jusqu'à la porte et sauter sur Chandra. Quelques secondes plus tard, nous galopons le long du chemin qui serpente à travers la forêt. J'entends des cris derrière moi, mais, comme aucun véhicule n'était garé dans la cour, je sais qu'ils ne vont pas pouvoir nous suivre.

À mes oreilles résonnent le sifflement du vent, le martèlement des sabots de Chandra sur la terre, et mon propre sang qui pulse dans mes veines. S'en prendraient-ils vraiment à moi pour deux malheureux lingots alors qu'ils détiennent déjà la majeure partie du butin ? J'espère que non, mais je ne peux pas en être sûre. Ce que je sais, c'est que je dois m'éloigner, le plus vite et le plus loin possible.

J'ai parcouru moins de deux kilomètres quand je remarque la présence du cheval de Jay à côté du mien. Je fais ralentir Chandra jusqu'au petit galop. Ce n'est qu'en me tournant vers Jay que je comprends qu'il a dû me suivre pour s'assurer que tout allait bien. Mes yeux s'emplissent de larmes. Lentement, je sens la terreur de l'heure passée quitter mon corps, de la même manière dont Madho Singh laisse retomber ses plumes une fois qu'il s'est rendu compte que le bruit qui le terrifiait s'est tu.

15

Nimmi

Shimla

Je passe les mains sur la porcelaine lisse de la baignoire dans la salle d'eau réservée aux invités de Lakshmi. J'y prends un bain avec Rekha et Chullu. Rekha se débrouille très bien toute seule, mais je dois tenir Chullu d'une main tout en le savonnant de l'autre. Il y a deux robinets. De temps en temps, je tourne celui de gauche, comme Lakshmi me l'a appris, et plus d'eau chaude apparaît comme par magie ! Je suis habituée au savon au son de riz et à la graisse de yak fabriqué par notre tribu, mais celui de Lakshmi est divin. Il produit tellement de mousse quand on le frotte avec de l'eau ! Et ce parfum ! J'ai l'impression de cueillir des fleurs dans une prairie.

Quand Chullu tente de se mettre le pain de savon dans la bouche, je le lui prends doucement des mains.

Rekha claque ses paumes sur la surface de l'eau pour voir jusqu'où elle peut la faire sauter.

Avant, quand je venais chez Lakshmi, j'étais tellement obsédée par les lettres de Malik que je ne remarquais rien d'autre. Désormais, je me rends compte que chaque détail de sa maison a une raison d'être et une beauté toute simple. Je ne vois pas l'intérêt de la comparer à mon propre logement modeste, mais je ne peux pas m'empêcher d'éprouver de la gêne en imaginant ce que Malik doit penser en me rendant visite. Je me réjouis de ce qu'il ne soit venu que de nuit, quand les fentes entre les planches en bois des murs ne sont guère visibles.

J'étais en train d'arroser les plantes au jardin médicinal quand Lakshmi est arrivée à l'hôpital dans l'après-midi, après avoir livré l'or à Canara. Mes enfants jouaient dans la terre. Personne d'autre n'aurait pu deviner qu'elle avait veillé la moitié de la nuit à retirer des lingots de moutons. Elle s'était lavée et avait enfilé un sari afin de venir faire ses heures d'après-midi au dispensaire, ses cheveux ramassés dans la nuque en un chignon soigné. Elle paraissait, comme toujours, alerte.

— Il va falloir tondre tout le troupeau cette nuit, m'a-t-elle annoncé à voix basse. Le jardinier a dit à Jay que les moutons avaient presque brouté toute l'herbe du pâturage inférieur. Demain, nous devrons les déplacer. Et il faut éviter que les gens se posent des questions sur leur toison à moitié tondue.

Je me demandais comment j'allais parvenir à tout accomplir seule, quand Lakshmi a lancé :

— Venez chez nous ce soir. Nous irons ensemble.

Mon *patal* permet des découpes propres et rapides, mais il n'est pas conçu pour la tonte. La lame est trop tranchante, et pourrait leur entailler la peau. Il m'est déjà arrivé de tondre des moutons dans le passé, avec ma tribu, mais il s'agissait d'une activité de groupe, où tout le monde participait. Je n'étais pas sûre que Lakshmi et moi pourrions nous en acquitter à deux.

— Le docteur Kumar nous aidera-t-il, *Ji* ?

Lakshmi a hoché la tête.

— Obligé. Sinon, on n'y arrivera jamais.

Elle m'a adressé un sourire rassurant, mais j'ai lu l'inquiétude dans son regard.

— Pensez-vous pouvoir trouver quelqu'un capable de déplacer le troupeau ?

Rien de plus facile. J'ai acquiescé. J'avais envie de poser la question qui me brûlait les lèvres depuis les deux derniers jours. Lakshmi m'avait séparée du deuxième homme que j'avais jamais aimé (les montagnes m'avaient pris le premier), et j'en avais beaucoup souffert.

— Pourquoi m'aidez-vous ? ai-je enfin demandé.

Elle a paru surprise, comme si elle pensait que j'aurais dû connaître la réponse.

— Vous faites partie de la vie de Malik, Nimmi, et donc de la mienne.

Puis elle a fait mine de partir, mais s'est figée et s'est adressée à moi le dos tourné.

— Avant que je rencontre le docteur Jay, Malik et ma sœur, Radha, étaient ma seule famille, et tous deux sont venus tard dans ma vie. Vous avez rencontré Malik. Un jour, vous rencontrerez Radha, et vous verrez à quel point elle est à part. Je serais presque prête à tout – et j'ai déjà fait tout ce que je pouvais – pour assurer leur bonheur et leur sécurité, à tous les deux.

Enfin, elle a pivoté vers moi, me jetant un regard franc et direct.

— Un bonheur et une sécurité que Malik tient à vous procurer, à vous et à vos enfants.

Dans ses yeux bleus et sans malice, je n'ai rien vu d'autre que de l'inquiétude.

Ensuite, elle a froncé les sourcils.

— *Suno.* Les hommes qui ont pris l'or ont été contrariés de découvrir que deux lingots manquaient. Ceux que nous n'avons jamais retrouvés. Je préférerais que vous restiez un temps chez nous avec les enfants.

J'étais tellement surprise que je n'étais pas sûre d'avoir bien compris.

— Chez vous ? ai-je répété. Dans votre maison ?

Elle a souri.

— Oui, c'est l'idée.

En contemplant son sari propre et son bustier assorti, je me suis sentie submergée par la honte. Avec tout ce qui s'était passé ces derniers jours, je n'avais pas eu le temps de faire la lessive. Le rouge m'est monté aux joues. Rekha et Chullu n'étaient guère plus propres. Après le travail effectué sur les moutons la nuit précédente, je n'avais pas trouvé l'énergie suffisante pour puiser de l'eau, la réchauffer, et nettoyer la terre et la sueur dont mes enfants et moi étions couverts. Souhaitait-elle donc que notre crasse salisse son foyer ?

— Vous pourrez dormir dans la chambre de Malik avec les enfants, a-t-elle proposé. Il y a une salle d'eau adjacente.

Comment parvenait-elle toujours à lire dans mes pensées ?

— Et je pense qu'il vaudrait mieux que vous cessiez de vendre des fleurs sur Mall Road le temps que nous réglions cette affaire.

Mon pouls s'est accéléré.

— Vous croyez que ce n'est pas sûr ?

— Absolument.

Un peu plus tard, j'ai pris une pause dans mon travail au jardin médicinal pour me rendre dans la salle d'attente, où j'ai approché des patients qui venaient des montagnes, probablement des bergers. Leurs lainages filés à la main et leur peau plus sombre les trahissaient. Un homme d'âge moyen doté d'un œil trouble et avec une moitié d'oreille en moins a affirmé pouvoir emmener nos moutons brouter avec les siens, vers le nord. Je lui ai dit que je lui expliquerais où trouver ceux de mon frère le lendemain, et lui ai décrit la marque sur leurs oreilles afin qu'il puisse les distinguer des siens.

Il m'a souri, dévoilant ses cinq dents.

— Moi, je n'ai pas besoin de marquer mes moutons, m'a-t-il appris. Je sais les reconnaître, car je connais leurs personnalités. Ce sont tous des têtes de mule !

La femme à ses côtés a ri avec lui.

Ainsi, je me trouve ce soir avec Rekha et Chullu dans la demeure de Lakshmi et du docteur Jay. J'ai quitté le travail plus tôt afin de récupérer nos quelques affaires chez les Arora de sorte à pouvoir les apporter dans la maison de Lakshmi. Elle m'a demandé de ne pas révéler à mes propriétaires où nous nous rendions. « C'est plus sûr », a-t-elle précisé. Je n'aime pas leur faire de cachotteries ; ils se sont toujours montrés si gentils. Mais Lakshmi a eu raison sur presque tout, alors je suis partie sans dire au revoir au vieux couple. Un seul trajet m'a suffi ; nous ne possédons pas grand-chose. Lakshmi m'a dit qu'elle enverrait nos vêtements chez le *dhobi*. Je fais toujours ma propre lessive, mais j'ai préféré ne rien dire. Sans doute Lakshmi estime-t-elle que je la fais mal.

À présent, les enfants sont à l'étage dans la chambre de Malik en compagnie de la femme de ménage de Lakshmi, Moni. Lakshmi est en train d'enfiler ses bottes et le docteur Kumar boutonne sa veste en laine. Madho Singh fait les cent pas sur son perchoir.

— « La main qui nous nourrit court le risque de se faire mordre », braille-t-il ponctuellement.

Je comprends à l'expression du docteur Kumar qu'il préférerait que nous ne recourions pas à cette manœuvre. Mais, tout comme Lakshmi refuse de faire courir un risque à un enfant, le docteur Kumar ne manquerait jamais de protéger Lakshmi. A-t-il réellement le choix ? Elle est déterminée. J'ai envie de lui présenter mes excuses pour le danger auquel Vinay nous a tous exposés. Mais évoquer le nom de mon frère ne ferait qu'accroître une tension déjà palpable. Je garde le silence.

Il est 20 heures. La nuit tombe. Nous nous trouvons dans le pâturage inférieur, près de l'orée de la forêt, avec le troupeau de Vinay. Le sol a été entièrement brouté, et les moutons semblent impatients d'aller ailleurs. N'était-ce donc qu'hier que nous étions ici, à prélever l'or ? Sur le moment, j'étais obnubilée par ma tâche, sans accorder la moindre pensée au lieu où nous nous trouvions. Ce soir, les bois paraissent sinistres. Les branches des arbres ressemblent à des griffes. Les feuilles chuchotent des mauvais présages. Sur le sol de la forêt, le paillis empeste la moisissure, la mort.

Je montre à Lakshmi et au docteur Kumar comment tondre les moutons.

J'en prends un, je le retourne sur le dos et je m'accroupis sur le linge que j'ai étalé au sol de sorte à pouvoir immobiliser l'animal entre mes genoux. Les moutons ont l'habitude d'être tondus et savent qu'ils se sentiront mieux une fois qu'ils auront perdu leur lourd manteau, aussi se laissent-ils faire sans bouger. Ce matin, le berger au dispensaire m'a prêté deux paires de ciseaux à longues poignées. Je commence par agripper la laine sur le ventre du mouton et je la taille à l'aide des ciseaux. Une fois que j'ai dégagé cette petite zone, je sais jusqu'où je peux couper sans écorcher la peau, et la tonte va beaucoup plus vite.

Je poursuis ainsi jusqu'à avoir tondu tout l'abdomen. Puis je le tourne sur le flanc de sorte à le raser de ce côté-là, avant de le retourner sur l'autre flanc pour faire de même. Ce travail suit un rythme qui peut s'avérer apaisant et, parfois, hypnotisant. Il ne me faut pas beaucoup de temps pour en avoir fini avec le torse et pouvoir attaquer les pattes.

— Les meilleurs tondeurs parviennent à retirer la toison d'un seul coup, expliqué-je à Lakshmi et au docteur Jay. Ils sont capables de tondre quarante moutons en un jour sans jamais écorcher ni entailler la peau.

Quand j'ai fini, je relâche l'animal et je rassemble la laine, en montrant comment l'enrouler en une grosse boule. Nous entreposerons tout ce que nous pourrons sur les chevaux et nous laisserons le reste ici, afin de le récupérer à notre retour.

Lakshmi me regarde faire avec fascination. Je comprends que c'est la première fois qu'elle assiste à ce genre de scène. Le docteur Kumar, lui, reste impassible. Non seulement il a l'habitude de manier des scalpels, mais il a grandi à Shimla et voit depuis longtemps des bergers effectuer cette tâche. Je lui tends l'autre paire de ciseaux.

Mais voir et faire sont deux choses bien distinctes. Au début, les moutons se crispent dans les bras du docteur Kumar ; ils ne sont simplement pas habitués à lui. Mais il ne tarde pas à prendre le rythme et à tondre presque aussi vite que moi. Pour Lakshmi, la tâche est plus ardue ; elle a peur de leur faire mal. Ils sentent son hésitation et se tortillent pour lui échapper. À mesure qu'il fait plus sombre, elle décide de changer son fusil d'épaule : elle tient deux lampes-torches – une pour le docteur, une pour moi – afin de nous permettre de progresser plus vite.

Trois heures plus tard, tout – le champ et la forêt environnante – est plongé dans le noir, mis à part la lumière des lampes que brandit Lakshmi.

Mes bras sont las à force de maintenir les moutons, mes jambes fatiguées par ma position accroupie, mes pouces couverts d'ampoules dues au maniement des ciseaux.

À la lueur des lampes-torches, je distingue le visage du docteur Kumar et je comprends qu'il est aussi épuisé que moi.

J'ai compté trente-sept moutons, y compris Neela. Plus que deux.

Mais, brusquement, les lampes s'éteignent.

Je m'apprête à héler Lakshmi quand je sens sa main sur mon épaule. Là, j'entends les voix. Des lumières, semblables à des lucioles, clignotent au loin. Des hommes s'apostrophent à travers la forêt à l'est. L'un d'eux crie des ordres ; d'autres lui répondent.

Lakshmi, le docteur Kumar et moi nous tenons aussi immobiles que des troncs d'arbre. Je retiens mon souffle.

— Nimmi, venez avec moi, murmure le médecin.

Je quitte ma position accroupie.

— Lakshmi, chuchote-t-il, reste là.

Il me prend par la main et m'entraîne loin du troupeau, vers les hommes. J'ignore ce qu'il compte faire, et j'ai envie de le lâcher pour courir dans l'autre sens, mais sa poigne est ferme, et je me dois de croire qu'il sait ce qu'il fait.

Nous parcourons une centaine de mètres dans le noir. Puis le docteur Kumar s'immobilise, me fait pivoter vers lui… et m'embrasse. Je suis tellement surprise que je ne sais même pas quoi en penser. Ses lèvres ne sont pas aussi pleines que celles de Malik, mais elles sont tout aussi chaudes.

L'un des hommes nous éclaire de sa lampe-torche.

— Hé ! crie-t-il.

— On ne bouge plus ! crie un autre, cette fois avec autorité.

Et puis nous le distinguons, ainsi que les hommes derrière lui : il s'agit de la police.

Le médecin se retourne, comme s'il était aussi surpris qu'eux.

— Capitaine ? balbutie-t-il. Je… Que se passe-t-il ?

Il y a un silence, et puis l'intéressé s'avance dans la lumière. C'est un homme émacié, dont la moustache noire ne rend son air renfrogné que plus sévère. Sans son uniforme, il ne paraîtrait pas aussi intimidant.

— Docteur Kumar ? devine-t-il d'une voix incertaine.

Le médecin s'avance devant moi, comme s'il s'efforçait de me cacher, ou de me protéger. Il baisse la tête, tâchant de prendre un air honteux.

— Qu'est-ce qui vous amène ici ? demande-t-il. Vous m'aviez dit que vous n'effectuiez plus de patrouilles nocturnes à Shimla…

Le capitaine braque sa lampe sur nous deux. Je reste derrière le docteur, qui a mis sa main en visière.

— Est-ce que c'est ce que je crois ? risque le capitaine.

J'entends son sourire narquois dans sa voix. Au ton qu'il a adopté, je comprends qu'il cherche à amuser ses hommes.

— C'est très gênant, admet le docteur Kumar d'un air contrit. Et ennuyeux.

Il laisse échapper un petit rire.

À présent, la voix du capitaine s'adoucit.

— C'est donc pour ça que vous m'avez questionné sur la contrebande d'or ?

Avant de surgir de derrière le docteur, je défais quelques agrafes sur le devant de mon bustier, exhibant mon décolleté. Je garde les yeux rivés au sol.

— Nous sommes désolés, *Ji*, de vous avoir importunés, marmonné-je.

Quelques hommes ricanent. Le capitaine s'approche. J'espère qu'il s'intéresse plus à ce que je lui montre qu'à ce que nous manigançons avec les moutons.

— J'avais entendu dire que cette femme vivait chez vous. Mais je n'y croyais pas.

Le docteur Kumar lâche un autre rire gêné.

— Les nouvelles vont vite.

— Les montagnes ont des oreilles, docteur.

— Ah, alors elles ont également dû vous dire que mon épouse vivait encore avec moi, elle aussi.

Les hommes rient de plus belle.

— *Chup !* les rabroue le capitaine, imposant son autorité.

Je me retiens de regarder derrière nous, vers Lakshmi, qui a dû entendre l'échange. Après tout ce qu'elle a fait pour nous, la voilà contrainte d'écouter ces infamies !

Le médecin me regarde, tendrement, comme si j'étais l'unique source de joie dans son existence.

— Nous devons sortir en douce, vous comprenez, explique-t-il. C'est le seul moment où nous pouvons…

Il farfouille dans sa poche pour en sortir une liasse de roupies et insiste pour que le capitaine les accepte en guise de « cadeau ».

— Pour nous faire pardonner les ennuis que nous vous avons causés, Sahib.

Le capitaine se racle la gorge, mais prend les roupies proposées. Il n'hésite qu'un instant avant de les faire disparaître dans la poche de sa veste.

Je tire sur le bras du médecin.

— Et qu'en est-il de… Tu sais ?

Le docteur Kumar pivote vers moi ; un côté de son visage est éclairé par la lampe-torche du policier, l'autre est plongé dans l'ombre. Il paraît dérouté, inquiet. Pris de court, il semble penser que je m'apprête à défaire tout ce qu'il vient d'échafauder.

— L'or, insisté-je. À l'extérieur de Shimla.

Je lance un regard timide au capitaine.

— Le docteur n'aime pas attirer des ennuis aux gens, Sahib.

Je me retourne vers le médecin.

— Cet établissement. Comment s'appelle-t-il ? Can… Canra… ?

Nous considérons tous deux le capitaine. À sa tête penchée, je comprends que j'ai piqué sa curiosité.

— Ça y est, je me souviens ! m'écrié-je, comme si la mémoire me revenait subitement. Canara !

— Canara ? répète le capitaine.

— C'est là qu'ils emportent l'or, chuchoté-je. Mais, Sahib, vous êtes sûrement déjà au courant.

Le fonctionnaire se racle hâtivement la gorge et jette un coup d'œil à ses hommes. Puis il hoche la tête, plusieurs fois.

— Oui, évidemment. Mais vous, comment l'avez-vous appris ?

Le docteur Kumar m'attire à lui en souriant. J'en croirais presque qu'il est amoureux de moi.

— Les montagnes ont des oreilles.

Ensuite, il considère le capitaine, puis moi, avant de joindre ses mains en un *namaste*.

— Mais, je vous en supplie, capitaine. Ne dites rien à ma *bibi*. Cela lui briserait le cœur.

— Vous pouvez compter sur moi, docteur. Quant à mes hommes, ajoute-t-il en regardant derrière lui, je réponds d'eux.

Bukwas ! D'ici à demain matin, la rumeur se sera propagée à l'hôpital comme un feu de forêt.

Je me demande comment le docteur Kumar parviendra à garder la tête haute après cet épisode.

16

Lakshmi

Shimla

Sur le chemin du retour, personne n'a évoqué ce qui venait de se produire. Nous étions gênés tous les trois. La seule fois où Nimmi a rompu le silence, c'était pour nous annoncer qu'elle s'était arrangée avec un berger du coin pour déplacer les moutons.

Je ne sais pas pourquoi, mais j'hésitais beaucoup à évoquer l'altercation avec la police. Je n'aurais su l'expliquer précisément, mais je craignais que la réponse ne me déplaise. Il n'empêche que la scène ne cessait de tourner en boucle dans ma tête, comme un film coincé dans un projecteur, tressaillant à chaque tour de bobine. J'ai bien vu comment Jay a réagi face au capitaine, faisant semblant – de manière si convaincante – d'avoir une aventure avec Nimmi. Même moi, j'ai failli y croire. Accroupie dans les ténèbres derrière un tronc d'arbre, je distinguais les silhouettes de Jay et de Nimmi. Il l'a prise dans ses bras, et puis *il l'a embrassée !*

A-t-il ressenti quelque chose ? Et elle ?

À l'hôpital et au dispensaire, certaines infirmières sont éprises de Jay. Elles voient en lui un gentil et timide médecin.

Pourtant, je ne les ai jamais considérées comme des menaces. La jalousie qui m'a envahie en le voyant enlacer Nimmi était toute nouvelle. Et, après tout, c'est moi qui ai insisté pour qu'elle vienne sous notre toit.

Dois-je m'inquiéter ? *Non.* Une liaison serait inconcevable. Jay m'aime ; il a toujours affirmé être tombé amoureux de moi dès le premier instant où il m'a vue chez Samir Singh, il y a douze ans de cela. Je n'ai aucune raison de croire qu'il m'ait été infidèle pendant notre mariage.

Alors que nous gravissons tous les trois les marches qui mènent à la véranda de devant, j'entends le téléphone sonner à l'intérieur. Je sais que Moni ne décrochera pas, car elle n'a aucune confiance en cet appareil. Je me dépêche de déverrouiller la porte. Les seuls coups de fil que nous recevons tard le soir sont ceux de l'hôpital, pour Jay. Parfois, Radha appelle de Paris, mais elle fait attention, car les factures sont exorbitantes ; elle se limite donc à l'anniversaire de ses filles, et à Diwali.

Or, il se trouve que ce n'est ni Radha ni l'hôpital. C'est Kanta, qui m'apprend que le Royal Jewel Cinema vient de s'effondrer.

Elle précise aussitôt que sa famille et Malik se portent bien, ce qui apaise mon cœur affolé.

Mais elle parle vite, et elle est en pleurs. Je ne comprends pas tout ce qu'elle dit et dois lui demander de se répéter.

— Heureusement que nous n'y sommes pas allés avec Nikhil, affirme-t-elle. Il nous en voulait parce qu'il tenait à prendre part à l'excitation ambiante. Beaucoup de ses camarades y allaient…

Elle s'interrompt, prise de sanglots.

— Oh, Lakshmi, lâche-t-elle une fois qu'elle est parvenue à se calmer. C'était tellement affreux. Des gens étaient blessés. Ils pleuraient. Le plus gros projet du palais jusqu'ici… La maharani avait investi tellement d'argent pour le construire ! Et Manu était le responsable. Il est dans tous ses états ! Il dit qu'il n'a aucune idée de ce qui a bien pu se passer.

— Combien y a-t-il eu de blessés ?

Dans ma tête défilent à toute allure les noms de ceux que j'ai connus à Jaipur. *Hai Ram !* Certains d'entre eux étaient-ils présents ? Ont-ils été blessés ?

— Tout ce que nous savons, c'est que l'acteur, Rohit Seth – tu as forcément entendu parler de lui –, est mort sur le coup. Il a chuté au rez-de-chaussée quand sa partie du balcon a cédé. Beaucoup de gens assis juste en dessous ont été blessés aussi. Un enfant a été hospitalisé ; apparemment, sa jambe a été broyée. Une femme est dans un état critique. On ne sait pas si elle survivra ou non. Elle est entre la vie et la mort.

Elle se mouche et marque une nouvelle pause pour tenter de se maîtriser. Je visualise Kanta avec son téléphone, entortillant le fil noir autour de son doigt, adossée au mur du couloir. Je la vois secouer la tête, théâtralement, et tordre le mouchoir qu'elle a trempé de ses larmes.

— Ils essaient de faire porter le chapeau à Manu ! Il en est persuadé. Mais ce n'est pas sa faute ! Tu sais combien il est méticuleux dans son travail. C'est toujours le dernier à partir à la fin de la journée. Il vérifie et revérifie les chiffres, les quantités, le coût de la main-d'œuvre et des matériaux. Il repasse constamment tout en revue. Tu devrais voir quel soin il met à vérifier nos factures à la maison – je ne peux même pas le regarder faire. S'il trouve la moindre erreur, la moindre surfacturation, il en déduit que je n'ai pas prêté assez attention. *Baap re baap !*

À l'époque où j'étais tatoueuse au henné à Jaipur, Kanta était une cliente – et l'une des rares à m'avoir offert leur amitié dès le jour de notre rencontre. Elle savait que je n'étais qu'une brahmane déchue aux yeux des autres dames de la haute, car je manipulais les pieds des femmes que je tatouais. Cette tâche, considérée comme impure, était réservée aux castes inférieures ; il n'était pas respectable pour une brahmane de s'en charger.

Et puis, quand Radha est tombée enceinte du fils de Ravi, Kanta, alors enceinte elle aussi, l'a emmenée à Shimla, où elles ont pu accoucher ensemble, loin des regards scrutateurs et des langues malveillantes. Sauf que Kanta a perdu son bébé à cause d'un choc septique, et qu'elle a failli y perdre aussi la vie.

Le destin, avec un petit coup de coude de ma part, a permis à Kanta et Manu d'adopter le fils de Radha. C'est Jay, bien sûr, que j'ai dû pousser du coude.

J'entends Kanta qui gémit à l'autre bout du fil.

— Mais c'est Singh-Sharma, pas Manu, qui est responsable de cette construction ! souligné-je, d'une voix aussi veloutée que du *rasmalai*. Je suis sûre qu'il va y avoir une enquête. Ils trouveront la cause, Kanta. Des bâtiments tout neufs ne s'écroulent pas comme ça. Dans ta dernière lettre, tu disais qu'ils se dépêchaient pour finir à temps. Quelqu'un aurait-il pu brûler quelques étapes ?

Elle émet un petit bruit de suffocation.

— Mais Manu a tout approuvé ! Son nom est partout, sur tous les documents du palais !

Elle est dans un état de panique totale, ce qui ne peut être bon ni pour Niki ni pour sa *saas*, qui doivent être en train d'écouter.

— Écoute-moi, Kanta. Tout va s'arranger. Les maharanis sont justes. Elles sont intelligentes. Elles n'accuseront pas Manu. L'affaire va être prise en main.

Tout en prononçant ces paroles, je songe que je vais devoir m'entretenir avec Malik pour me faire une meilleure idée de l'effondrement du cinéma.

— Où est Malik en ce moment ? demandé-je.

— Au cinéma, avec Manu et Samir. Ils aident les secouristes. Ils en ont pour quelques heures. Je tenais à rentrer m'assurer que Niki allait bien. C'est le cas. Ai-je eu tort ? Il y avait d'autres mères là-bas dont les enfants étaient blessés, et moi je n'ai pensé qu'à Niki. Je n'arrêtais pas de me dire : « Et si le mien était blessé ? »

À présent, elle s'exprime en chuchotant.

— Je vais garder Niki à la maison quelques jours, il n'ira pas à l'école. Je ne sais pas comment ses camarades vont réagir, ni ce qu'ils vont lui dire. Beaucoup de ses amis étaient au cinéma avec leurs parents. Si certains ont été blessés... Oh, Lakshmi ! Je n'arrive pas à penser clairement... Je ne sais pas ce que je dois faire !

Si Kanta a raison, et que l'accident n'est pas la faute de Manu, tout finira effectivement par s'arranger. Mais, pour l'heure, on va le montrer du doigt ; on va l'accuser. S'il est contraint de quitter son poste, il va avoir du mal à en trouver un autre – où que ce soit. Les scandales royaux ont tendance à se répandre, vite, et, s'il s'agit d'une affaire importante, comme c'est le cas ici, nul ne saurait la contenir. Un scandale où des gens ont perdu la vie n'est jamais oublié. Ni pardonné.

Kanta est en train de s'effondrer. Mon amie a besoin de moi, autant que moi, j'ai eu besoin d'elle il y a tant d'années. Je comprends que je dois me rendre à Jaipur ; je peux prendre le premier train de la matinée. C'est ce que je dis à Kanta. Aussitôt, elle se calme. Après quelques paroles rassurantes de plus, je raccroche.

— Que se passe-t-il ? entends-je Nimmi demander. Malik va bien ?

Je fais volte-face ; elle se tient derrière moi. Pendant que j'étais au téléphone, je me rends compte que Moni, notre femme de ménage, a dû partir, et que Nimmi est redescendue après avoir jeté un coup d'œil à ses enfants. Elle a dû entendre une partie de ma conversation. Son regard affolé me rappelle ceux des moutons quand nous sommes venus les tondre. Elle se frotte nerveusement les paumes sur les pans de sa jupe.

—Il va bien.

Les jambes flageolantes, je m'assieds sur le canapé.

Jay pénètre dans le séjour. Il apporte un verre de scotch à Nimmi, qui n'en tient aucun compte. Il le pose sur la crédence à côté d'elle, avant de me tendre le mien. J'en bois une gorgée, sens l'alcool ambré serpenter jusqu'à mon ventre. Jay s'installe en face de moi.

J'inspire un grand coup et leur révèle ce que Kanta vient de m'apprendre.

Je me tourne vers Jay.

—Demain, je prends le premier train pour Jaipur. Kanta a besoin de moi…

Nimmi s'avance entre nous. Son visage est tordu par l'anxiété.

—Je savais que Malik n'aurait pas dû aller à Jaipur. Je savais qu'il allait se passer quelque chose d'affreux. Comme avec Dev.

J'attrape le bras de la jeune femme pour la calmer.

—Malik n'est pas blessé, Nimmi.

Elle écarte son bras.

—Il ne voulait pas y aller. Vous le saviez pertinemment ! Vous l'avez forcé… C'est votre faute. C'est vous qui l'avez mis en danger. Il ne serait pas parti si vous ne le lui aviez pas demandé. Vous ne voyez donc pas ? Il fait tout ce que vous lui demandez.

Nimmi se dresse devant moi en gesticulant fébrilement.

—Je sais que vous tenez aussi à décider avec qui il doit être. Et je ne conviens pas, pas vrai ? Vous aimeriez qu'il soit avec quelqu'un de *padha-likha*. Quelqu'un qui porte des saris en soie et qui parle *angrezi*.

Son corps vibre d'énergie.

— Pourquoi est il si important de savoir lire et écrire quand, au fond, on n'a besoin de rien d'autre que d'air, de montagne, de pommes dans les arbres, de pignons de pin et du lait sucré des chèvres ? J'ai vécu de ça toute ma vie !

Elle jette les bras en l'air.

— Malik n'est même pas votre enfant ! C'est celui d'une autre. Si vous vouliez tellement en avoir, pourquoi ne pas en avoir porté vous-même ?

Elle m'en veut d'avoir souhaité le meilleur pour Malik ? Elle trouve que je l'étouffe ? Je reste là, hébétée, le verre de scotch dans ma main comme seul soutien. Comment suis-je censée la réconforter ? Cette femme qui embrassait mon mari il n'y a pas une heure ? Dois-je me défendre ? Après avoir risqué ma vie pour les sauver, elle et ses enfants, du danger que son frère leur a attiré ?

Nimmi s'affale sur le canapé à côté de moi, me prenant par surprise et bousculant mon verre. Elle m'agrippe la main de ses doigts chauds et puissants. Son visage n'est qu'à quelques centimètres du mien, et ses yeux sombres lancent des éclairs.

— Il… Il fait ce que vous voulez parce qu'il est bon. Malik est bon. Et il vous doit tant. Il me l'a dit. Il ne sait pas où il en serait sans vous. Mais, maintenant, il doit mener sa propre vie. Il mérite de faire son propre chemin dans le monde. Il est temps pour vous de le laisser partir. Il a besoin de l'entendre de votre bouche. Je vous en supplie. Il lâchera prise si vous lâchez prise. Madame Kumar, il faut que vous le laissiez partir. Il le faut.

Elle ouvre la bouche pour poursuivre, mais rien n'en sort. Elle se contente de me fixer droit dans les yeux, comme pour atteindre une part de moi que je ne montre jamais à personne.

Son regard est tellement pénétrant que je dois me détourner.

A-t-elle raison ? Est-ce que j'abuse de mon emprise sur Malik ? Est-ce que j'use de mon influence pour le pousser vers une existence qui le rendra malheureux ? Je n'ai jamais considéré Malik comme un fils, plutôt comme un petit frère. Mais il est plus que ça, n'est-ce pas ? Il fait partie de mon passé, partie de moi. Il m'a connue dans les pires moments comme dans les meilleurs. Quand j'ai été le plus heureuse. Et le plus abattue. Il me connaît depuis plus longtemps que quiconque – plus que Jay ou que Radha, qui avait déjà treize ans quand elle est entrée dans ma vie. Si je cessais de veiller sur lui, en éprouverais-je un manque, comme un membre perdu ? Ou serais-je soulagée de ne plus avoir à porter la responsabilité de son bien-être ? Malik attend-il vraiment de moi que je m'occupe ainsi de lui ? Ou se contente-t-il de me faire plaisir en me laissant le diriger, car il sait que cela me permet de me sentir utile ?

Je sens un vide en moi, comme une pointe de roseau avant qu'on la trempe dans du henné. Je ne sais pas quoi dire, quoi penser. Je ne peux ni parler ni bouger.

Jay pose son verre sur la table. Il prend Nimmi par l'épaule, l'écarte du divan et l'entraîne hors de la pièce, en haut de l'escalier.

Ma main, que ses doigts serraient un instant plus tôt, me brûle.

Je finis mon verre dans mon bain, puis le pose sur la panière à savons. Même maintenant, après avoir lavé les souvenirs de la journée – l'odeur âcre de la transpiration des hommes à Canara, la laine rugueuse des moutons sur mes paumes, l'humiliation d'avoir vu mon mari embrasser une autre femme, les questions troublantes que Nimmi a plantées dans mon esprit – je ne sais plus quoi ressentir.

Une fois que l'eau a refroidi, je sors de la baignoire, et Jay entre pour se tenir devant moi. Il m'enroule dans une serviette et me frictionne doucement le dos, le regard rivé au mien.

Il porte encore l'odeur de l'extérieur, celle des aiguilles de pin qui jonchent le sol de la forêt, de la laine que nous avons tondue.

Puis il laisse la serviette tomber au sol et colle son front au mien. Cherche-t-il à me montrer sa compassion ? Après ce que Nimmi vient de dire ? Ou peut-être pense-t-il comme elle, après tout. Me demande-t-il pardon pour l'avoir embrassée ? Y a-t-il quelque chose à pardonner ? Ma raison sait que c'est dans notre intérêt qu'il a agi ce soir quand la police a surgi. Il serait ridicule de croire qu'il a fricoté avec Nimmi. Malgré tout, j'ai besoin de l'entendre le dire. Je sais combien de temps il m'a attendue, combien de temps il m'a désirée avant que je comprenne que moi aussi, je le désirais. Mais il y a des fois – comme maintenant, quand je suis au plus bas – où j'ai besoin qu'il me le rappelle.

L'eau qui goutte de ma poitrine lui trempe la chemise. Il glisse les mains le long de mes bras pour les poser sur mes hanches et s'agenouille.

Au contact chaud de ses lèvres sur le triangle entre mes seins, j'inspire vivement. Sa bouche poursuit sa descente, jusqu'à mon nombril, puis plus bas encore. Mes fesses se crispent et chacun de mes nerfs vibre d'impatience.

Je prends sa tête entre mes mains et je la pousse contre mon entrejambe frémissant. Il serre mes fesses dans ses paumes, les écarte, les presse l'une contre l'autre.

Puis sa langue trouve le point précis qui me provoque de délicieux picotements ; elle lèche, suçote, darde, jusqu'à ce que je sois sur le point de m'évanouir. Quand je jouis, je lâche un gémissement, sans songer à la femme qui se trouve dans la chambre de Malik. Jay cesse de remuer. Nous demeurons immobiles jusqu'à ce que mes tremblements s'apaisent. Puis il tourne la tête sur le côté et enroule les bras autour de mes jambes.

— Toi, Lakshmi, dit-il.

Nous restons longtemps sans bouger.

— Mes genoux, supplie-t-il enfin.

Et il se met à rire. Je sens ses cils charmants m'effleurer le ventre, et je le relâche.

Peu après, blottie contre mon mari, je sombre dans le plus profond des sommeils.

L'effondrement

17

Malik

Jaipur

Nous sommes encore dans le foyer, sur le point de regagner nos places après l'entracte, quand nous entendons un fracas ahurissant. Suivi de hurlements et de gémissements, de cris plaintifs. Tout à coup, c'est la cohue – les gens entrent et sortent en courant du Royal Jewel Cinema. Ils se bousculent pour gagner les portes du foyer ou se précipiter à l'intérieur afin de s'occuper des blessés. L'espace d'une brève seconde, notre groupe – Kanta, Manu, moi, les Singh – reste pétrifié, planté au beau milieu du foyer, tandis que des gens affolés se pressent autour de nous. Bébé s'est réveillé et hurle à pleins poumons.

L'instant d'après, Samir se démène pour atteindre l'intérieur du cinéma. Manu le talonne. J'entends Samir hurler à la ronde d'évacuer les lieux immédiatement.

Il appelle Ravi, qui n'est nulle part. Je cours vers l'entrée, en criant aux placeurs d'ouvrir les portes et en suppliant la foule de se dépêcher de sortir. C'est un vrai raz-de-marée, mais une force opposée est aussi à l'œuvre – des gens qui se battent pour entrer et apporter leur aide à des êtres chers restés assis pendant l'entracte.

Tandis que Samir disparaît à l'intérieur, je dis à Sheela d'emmener ses enfants, Parvati et Kanta dehors. Mais elle secoue la tête, tend le bébé à sa belle-mère et lui ordonne, ainsi qu'à Kanta, de rentrer à la maison. Puis elle se précipite dans le cinéma pour rejoindre Samir. Je la suis.

Des groupes d'hommes et de femmes dégagent les blessés des décombres. Sheela et moi nous joignons à eux. Nous entendons les appels à l'aide de ceux qui se trouvent sous les monceaux de béton, de barres d'armature et de briques.

Je repère Samir en discussion avec le directeur de l'établissement, un homme que je ne connais que sous le nom de M. Reddy, et que Samir a débauché d'un cinéma plus modeste de Bombay.

Hakeem se tient à côté de M. Reddy. C'est curieux. Je m'étais attendu à apercevoir le comptable plus tôt avec sa femme et ses enfants en haut, sur le balcon. Hakeem se lisse nerveusement la moustache, comme s'il cherchait à chasser le souvenir de l'accident qui vient de survenir. Samir aboie des ordres. M. Reddy essuie la sueur sur son front et passe brusquement à l'action. Hakeem lui court après.

Manu semble en état de choc ; il ne cesse de demander à Samir comment une telle chose a pu arriver.

La police débarque soudain. Au cours de l'heure qui suit, une centaine de rescapés aident à secourir des blessés enfouis sous les débris, à soulever de l'acier et du béton et à confectionner des pansements à l'aide de chemises et de *dhotis*. Je vois Sheela déchirer son beau sari de soie avec les dents afin de façonner un garrot à la hâte pour étancher le sang d'une jambe broyée. Quand nous finissons par atteindre le foyer avec les blessés, un convoi dépareillé de voitures, de camions, de scooters, de cyclo-pousses, d'auto-rickshaws et de *tongas* patiente pour les transporter jusqu'aux hôpitaux voisins. Sheela dirige tout le monde d'une main ferme. Les rares ambulances de Jaipur appartiennent à des sociétés privées et ne viennent que si on les appelle.

Quand je consulte ma montre, je constate qu'il est 1 heure du matin. Ces trois dernières heures, je n'ai pas eu le loisir de réfléchir ; j'étais trop absorbé par ma tâche. Mes bras me font mal à force de soulever des corps. Je me frotte la nuque pour apaiser la migraine dont je viens de prendre conscience. Ma gorge est asséchée – par la soif, ou la poussière des débris ? J'entre dans le cinéma, une fois de plus, pour voir ce que je peux faire. Un des pans de l'édifice est presque entièrement détruit. C'est là qu'une bonne partie du balcon s'est effondrée. L'autre moitié du cinéma semble être intacte. Mais personne ne sait, encore, pourquoi la structure a cédé à un endroit, aussi ne pouvons-nous supposer que le reste tiendra. Mieux vaut vider les lieux au plus vite.

Samir se tient debout, les poings sur les hanches, au milieu des décombres. Le cinéma est quasiment désert. Il s'entretient encore avec M. Reddy, dont le visage, ainsi que sa veste nehru, est couvert de poussière de plâtre. L'homme est en nage, et paraît hébété. M. Reddy retire un mouchoir d'une poche, se mouche, puis s'essuie les yeux. Il adresse un hochement de tête à Samir, le contourne, me passe devant et s'engage dans le couloir qui mène à l'arrière de la scène.

À présent, Samir se tient seul, dos à moi ; j'ignore s'il sait que je l'observe. Sa veste en soie est déchirée le long de la couture du milieu du dos et au travers d'une épaule. Ses cheveux et ses habits sont couverts de poussière de mortier. Il penche la tête sur le côté ; quelque chose au sol semble avoir attiré son attention. Il se penche pour ramasser un morceau cassé de béton de ciment. Il l'examine, le retourne dans sa main.

À mon tour, je scrute les décombres. Je lève les yeux vers les entrailles du balcon, le squelette de fer à béton et le mortier de ciment. Trois sièges, encore fermement fixés au sol du balcon désormais mis à nu, penchent dangereusement vers la brèche, comme si eux aussi, d'une minute à l'autre, pouvaient lâcher. Je vois que deux colonnes soutenant le balcon ont cédé, propulsant plusieurs rangées – une quinzaine, ou une vingtaine de sièges – au rez-de-chaussée. Celles qui ont atterri sur les spectateurs assis juste en dessous.

J'étudie la moquette déchirée, jonchée de matériaux de construction, de sièges cassés reposant de travers, couverts de poussière de plâtre et de mortier. Soudain, j'éprouve de la pitié pour Ravi Singh, ce que je n'aurais jamais cru possible. Tant de travail mis dans cet édifice. Tant d'heures. Et d'argent, et de talent. Il avait planifié cette soirée d'inauguration jusqu'à ses moindres détails.

Je flanque un coup de pied dans une brique cassée, et celle-ci se retourne. Je vois à l'empreinte qu'elle porte sur le côté qu'il s'agissait d'une brique décorative. *Bizarre.* Je m'accroupis pour en ramasser une autre. Encore une brique décorative. Manu m'a montré un jour que chaque côté de ce type de brique portait le logo du fabricant. Les fournisseurs tirent fierté de leur travail.

Mais celles qui se trouvent devant moi ne portent aucun cachet d'usine – rien qu'une marque peu profonde là où devrait se trouver le logo. Je remarque une autre brique sans logo. Et puis une autre. Elles aussi comportent la même cavité rectangulaire au centre. Pourquoi toutes ces briques décoratives ? Je parcours le cinéma du regard. On ne s'en est pas servi pour orner les murs ni la façade du balcon. Je songe aux factures que j'ai consignées. Toutes celles concernant des briques provenaient du même endroit : Chandigarh Ironworks. Ferronnerie Chandigarh. Alors, où est leur logo ?

Je soupèse la brique dans ma main. Elle semble plus légère et poreuse que celles que Manu m'a montrées. Si je les aspergeais d'eau, je suis sûr que celle-ci coulerait au travers et saturerait la brique en un rien de temps.

— Abbas ?

Je lève la tête. Samir se tient à côté de moi. De la poussière s'est accumulée dans les plis de son front et les commissures de ses lèvres, comme s'il était un acteur de théâtre grimé pour paraître plus âgé. Je me lève, un bout de brique encore à la main. Samir pose les yeux dessus.

— J'ai dit à tout le monde de rentrer. Demain matin, mon équipe commencera à nettoyer, m'informe-t-il avant de me prendre le fragment de la main. Une fois qu'on aura fini, on décidera de qui fait quoi, et quand.

— Mais, Tonton ! Comment cela a-t-il pu se produire ? Il y a tellement de gens qui ont travaillé sur ce projet. L'édifice a été inspecté plus d'une fois…

Il lève une main.

— Je n'en sais pas plus que toi, Malik. Mais, pour le moment, ramène Sheela chez elle. Elle doit être épuisée.

Puis il me regarde droit dans les yeux.

— Ravi a dû raccompagner l'actrice à son hôtel. Il n'est sans doute pas au courant de ce qui s'est passé.

S'agit-il d'une supposition, ou d'une certitude de sa part ? Peu importe. Je suis trop fatigué pour argumenter, et encore moins protester.

Dans la voiture, Sheela et moi nous taisons. Nous sommes assis sur la banquette arrière, le plus loin possible l'un de l'autre. Mathur est au volant. Il est presque 2 heures du matin. Quand nous parvenons enfin chez Sheela, toutes les lumières sont allumées. Elle me regarde.

— Tu veux bien rester un peu ? supplie-t-elle avec un tremblement dans la voix.

J'hésite, à cause de ce qui s'est passé la dernière fois que j'étais ici, seul avec elle. Je ne suis pas insensible à ses charmes. Mais, ce soir, nous avons traversé une catastrophe que nous n'aurions jamais pu imaginer, et je comprends son besoin de parler à quelqu'un. Quelqu'un qui a traversé la même épreuve qu'elle.

Quand elle ajoute : « S'il te plaît », je demande à Mathur de patienter dans l'allée jusqu'à mon retour.

Asha ouvre la porte d'entrée.

— Oh, MemSahib, entrez, je vous prie ! s'écrie-t-elle. Samir Sahib a appelé Mme Singh pour lui faire savoir que vous alliez bien. Quelle soirée atroce ! Mme Singh a dit qu'elle prendrait les enfants ce soir pour que vous puissiez vous reposer. Je devais vous attendre, puis retourner chez elle de sorte à m'occuper de Rita et du bébé demain matin.

Sheela acquiesce faiblement. Son sari est en lambeaux, ses cheveux sont ébouriffés. L'*ayah* hésite.

— *Ji*, il y a du sang sur votre bras. Dois-je vous apporter un pansement ?

Sheela contemple son bras comme si elle le voyait pour la première fois.

— C'est celui de quelqu'un d'autre, affirme-t-elle.

L'*ayah* écarquille les yeux, mais n'émet aucun commentaire.

— Je vais vous servir à manger, déclare-t-elle.

Elle ferme la porte à clé et nous contourne afin de gagner la cuisine, m'accordant à peine un regard.

Sheela se tourne vers moi, comme pour voir si j'ai envie de dîner. Je secoue la tête.

— Asha, lance-t-elle. Nous n'avons pas faim. Vous pouvez y aller.

La bonne pivote vers nous, perplexe. Sheela secoue encore la tête. Puis, après m'avoir décoché un bref coup d'œil, Asha s'éloigne dans le couloir, en direction de la porte par laquelle elle va quitter cette maison avant de parcourir les cent mètres qui la séparent de la demeure de Samir Singh.

Sheela entre dans leur bibliothèque et s'approche du bar garni de miroirs, où elle remplit deux verres de Laphroaig. Je me tiens encore dans l'entrée lorsqu'elle me tend l'un des verres. Après tout ce qui s'est passé au cinéma, toute cette agitation et ce chaos, je me sens trop fatigué pour bouger.

— Viens, dit-elle.

J'entre dans la pièce.

— Je croyais que tu n'aimais pas ça.

— Il ne faut pas croire tout ce qu'on entend.

Je lui prends le verre des mains. Nous sirotons le whisky ; ce n'est pas la nuit pour trinquer.

Elle sourit.

— Te voilà frais.

— Je te renvoie le compliment !

Je la prends par l'épaule pour lui permettre de se voir dans le miroir au-dessus de la cheminée. Elle contemple son reflet : visage couvert de poussière, bustier déchiré à l'épaule, une mèche qui semble se dresser au garde-à-vous tandis que les cheveux de l'autre côté paraissent aplatis. Elle inspire un grand coup, avant de lâcher un gros rire.

Sa brusque hilarité me prend par surprise, et l'entendre me soulage. Cette Sheela-ci, cette fille échevelée qui rit d'elle-même, offre un répit après tout ce qui s'est passé dans la soirée. Je me sens presque heureux. Lorsqu'elle avait quinze ans, cette fille privilégiée aux joues roses qui se prenait pour une reine était trop bien pour tolérer ma présence. Mais, à cet instant précis, j'arrive presque à croire que je vois la vraie Sheela, celle sans vernis, sans faux-semblant.

Avec son verre de scotch, elle désigne mon pantalon, déchiré aux genoux et couvert de crasse. C'est vrai que nous sommes dans un bel état : deux voyous, deux mendiants. Elle porte une main à sa bouche pour s'empêcher de recracher l'alcool. Puis elle se met à hoqueter, et cela aussi nous paraît hilarant. Pliés en deux, nous pouffons de rire. Nous sommes en larmes, éméchés et épuisés. Car nous sommes encore en vie, malgré les corps mutilés, le sang, les larmes et la souffrance. Difficile de croire que cela a vraiment eu lieu, même si nous avons vu le chaos de nos propres yeux, les gens qui souffraient et ceux qui aidaient les autres tout en ne pouvant être sûrs de ce qui les attendait – encore plus de destruction, de souffrance, de mort.

Quand nous cessons enfin de rire, Sheela s'essuie les yeux. Son *kajal* a laissé des traces partout sur son visage, de sorte que la zone entre ses paupières inférieures paraît meurtrie. Brusquement sérieuse, elle étudie dans la glace son maquillage gâché. Puis elle boit une autre gorgée de scotch et me jette un coup d'œil.

— Des gens sont morts, affirme-t-elle.

— Juste un, nuancé-je.

Pour l'instant.

Elle hausse un sourcil.

— C'est censé me réconforter ?

Elle retourne au bar pour remplir son verre.

— J'ai vu ce garçon – celui dont le tibia était broyé. Il a l'âge de Rita. Et cet acteur, qui joue le grand-père préféré de tout le monde – Rohit Seth. Des millions de fans vont le regretter…

Elle boit une nouvelle goulée.

— Combien de blessés ? Quarante ? Cinquante ? Ce malheur… Il y aura des conséquences. Rien de tout cela ne va disparaître.

Sheela a ce regard que j'ai vu sur le visage des enfants d'Omi lorsqu'ils se sentaient mal et qu'ils ne savaient pas comment réagir. Ce sentiment de trahison, quand quelque chose allait de travers, ou ne se passait pas comme ils l'avaient prévu. Cette soirée aurait dû marquer le triomphe de Ravi. Sheela est restée pour aider, tout en sachant pertinemment que son mari était avec une autre femme et qu'il ignorait ce qui venait de se produire. Elle devine sûrement que les autres membres de leur cercle – les clubs de tennis, de golf, de polo – sont au courant eux aussi.

Lorsqu'un des enfants d'Omi se sentait perdu, ou triste, je lui chantais une chanson et je lui frictionnais le dos jusqu'à ce qu'il s'endorme. Je ne peux pas faire ça avec Sheela, mais je songe au remède que Tatie-patronne m'a appris il y a des années.

— Viens, dis-je en la prenant par le coude. Tu as de l'huile de lavande ?

Elle fronce les sourcils, ne sachant trop où je veux en venir.

— Euh… oui ?

— Bien.

Mais, dans ma tête, des sonnettes d'alarme retentissent : Bevakoopf ! *Son mari est absent. Tu te souviens de la dernière fois où tu t'es retrouvé seul avec elle ? Tu crois que tu peux te faire confiance ?* Je réponds à mes propres questions : elle est épuisée, traumatisée, a besoin de réconfort. Je ne fais rien de plus que lui couler un bain.

Un peu titubante, elle me laisse l'entraîner, verre en main, à l'étage. Elle montre sa chambre. Je l'installe délicatement sur le lit couvert de satin blanc. Puis je retire ma veste, retrousse les manches de ma chemise et me rends dans sa salle de bains, où je tourne le robinet pour remplir la baignoire.

Je ne suis pas surpris de constater que la salle d'eau a été conçue pour le confort. C'est l'œuvre de Samir, après tout. De taille généreuse, la baignoire sur pieds est en porcelaine et occupe au moins un quart de la pièce. Du marbre blanc de Carrare qu'il a dû importer d'Italie couvre le sol et les murs.

Dans le placard, je trouve une boîte de sels de bain anglais et un flacon indigo d'huile de lavande ; je lâche une poignée de sels dans l'eau vaporeuse, suivie d'un bouchon d'huile, avant de regagner la chambre. Sheela n'a pas bougé. Toujours assise, elle contemple le tapis persan, son verre de scotch désormais vide.

Les mains sur les genoux, je me penche de sorte à la regarder en face, comme je le ferais avec un enfant.

— Allons te mettre dans la baignoire.

Elle me dévisage, sans comprendre. Je l'aide à se lever et lui montre la salle d'eau. Puis je ramasse ma veste, lui adresse un *salaam* et je sors.

J'ai atteint le bas de l'escalier quand une pensée glaçante s'impose brusquement à moi : depuis notre arrivée, elle a vidé deux grands verres de scotch, le tout le ventre vide. Si personne n'est avec elle, risque-t-elle de se noyer ?

Je remonte à l'étage à toute vitesse et me précipite dans sa chambre, où je jette ma veste sur le lit vide. Dans ma tête, des voix hurlent : *Bevakoopf! Mat karo !* La porte de la salle de bains est ouverte, et j'y entre. Les mains de Sheela agrippent les bords de la baignoire, mais tout le reste, y compris sa tête, se trouve sous l'eau.

— Sheela !

Je me rue vers la baignoire, l'attrape sous les aisselles et la redresse.

— *Quoi ?* s'offusque-t-elle.

Elle paraît agacée. Elle voit à mon expression que je suis paniqué, et cela la fait rire.

— Je ne faisais que me mouiller les cheveux. Enfin, tu arrives pile à temps pour me faire un shampoing.

Elle articule mal.

Le regard happé par son corps nu, je me demande ce que je fais là, et j'ai un mouvement de recul, comme si je venais de me brûler. Les manches de ma chemise et de mon veston sont trempées, et l'eau dégouline de mes mains sur le sari, le bustier et le jupon qu'elle portait ce soir et qui reposent à côté de la baignoire.

Elle hausse les sourcils et montre du doigt.

— Abbas, dit-elle, le shampoing !

La voilà redevenue l'adolescente d'antan, tyrannique et pourrie gâtée. Mais alors, elle me jette un regard et m'adresse un sourire enjoué.

— S'il te plaît, ajoute-t-elle poliment.

Elle me montre l'étagère au-dessus du lavabo, où j'aperçois le flacon de shampoing. À croire que la Sheela que j'ai côtoyée ce soir a deux facettes : la première hautaine, accoutumée à donner des ordres, et la seconde fragile, en quête de compagnie et de consolation.

— Et si Sahib revenait ?

— Pas si tôt, contre-t-elle. Il a un faible pour les actrices.

Elle s'immerge encore dans l'eau, comme pour mettre fin à toute discussion sur Ravi. Lorsqu'elle refait surface, elle s'essuie le visage avec les paumes.

J'ai passé ma vie à servir les autres. Je suis devenu expert en la matière, je l'ai même toujours été. Mais seulement tant que cela me sert aussi. Je m'y plie volontiers, avec joie, dès que j'y vois un avantage. Si celui-ci est discutable, ou qu'il risque d'y avoir des conséquences, je mets les deux en balance. Habituellement, le résultat aboutit à une somme nulle. *Où est le mal ?* me demandé-je. Cela ne m'abaisse en rien de procurer un petit service qui se trouve être largement dans mes cordes.

Je soupire, retire mon gilet – à présent essentiellement trempé – et me retrousse encore les manches. J'attrape le flacon de shampoing sur l'étagère et je me tiens derrière elle, afin d'en faire couler une bonne quantité sur son crâne.

— Où as-tu appris à fabriquer un garrot ? demandé-je.

Je me suis posé cette question toute la soirée : comment a-t-elle a su quoi faire au juste, malgré le chaos ?

— La maharani Latika nous l'a appris dans son école pour filles. Elle nous a enseigné la danse occidentale, comment préparer une table pour dix invités et sauver une vie en cas d'urgence.

Sheela se cure les ongles tandis que je lui masse le crâne.

— Elle était en pension en Suisse pour ses études, et devine d'où vient la Croix-Rouge ?

Elle tourne la tête vers moi.

— Ferme les yeux, lui intimé-je. Sinon, le shampoing risque de piquer.

Elle obtempère et se retourne, telle une enfant obéissante.

— Je m'en sortais bien avec tout ce qui était médical. J'aurais pu être médecin.

— Qu'est-ce qui t'en a empêchée ?

Elle soupire.

— Mon père voulait que j'épouse Ravi pour que son affaire puisse fusionner avec Singh Architects. Et puis, j'avais envie de me marier avec lui.

Elle s'empare d'un savon au gardénia posé sur le plateau fixé à la baignoire. Elle doit s'y prendre à deux fois, car l'alcool la ralentit, mais finit par se savonner les bras.

— C'était vraiment le gros lot, Abbas. Toutes les filles que je connaissais espéraient l'attirer dans leurs filets. Pourtant, j'étais résolue à gagner. Le mariage a été arrangé quand j'avais quinze ans, mais sa famille l'a envoyé en Angleterre et on a dû attendre qu'il décroche son diplôme.

Mes oreilles me brûlent d'indignation. *Ils ont envoyé leur fils en Angleterre pour cacher sa liaison avec Radha, et le fils qu'il lui a donné.* J'ai envie de le dire, mais je n'en fais rien. Je ne veux pas qu'on sache que Niki est un enfant illégitime. Il vaut mieux qu'il soit avec les Agarwal qu'avec les Singh. Je n'ai jamais eu le moindre doute là-dessus.

Sheela rince le savon sur ses bras.

— Abbas ? Que va-t-il se passer à présent ?

Sa voix s'est remise à trembler.

Je n'en sais pas plus qu'elle. J'ai vu des chauffeurs de rickshaw se faire broyer la jambe par un automobiliste qui passait. J'ai vu des poivrots tomber du premier étage du *Pink City Bazaar*. Mais je n'ai jamais rien vu qui s'approchait de la catastrophe de ce soir.

— Ferme les yeux, lui dis-je.

— Oui, Sahib.

— Penche-toi en avant.

J'ouvre les deux robinets afin de remplir d'eau chaude le récipient qui reposait au sol. J'en déverse le contenu sur sa tête et regarde la mousse se répandre dans la baignoire. Je suis soulagé de ne plus voir ses seins, ni le triangle de boucles sombres entre ses cuisses. Je me rends compte que j'étais rongé par un sentiment de culpabilité – comme si la seule vue de sa nudité équivalait à tromper Nimmi. À présent, ce sentiment s'estompe.

— Ce n'est pas la faute de Ravi, tu sais, déclare-t-elle.

Je rince ce qu'il reste de shampoing dans ses cheveux.

— Quoi donc ?

— Le cinéma. Ce soir.

Elle pivote vers moi, m'éclaboussant le visage avec l'eau de ses cheveux mouillés.

— J'aimerais te montrer quelque chose.

Et, avant que j'aie pu me rendre compte de ce qui se passe, elle sort de la baignoire, attrape une épaisse serviette blanche et s'enroule dedans. Elle court dans sa chambre, encore un peu chancelante.

Quand j'enlève le bouchon de la baignoire pour la vider, l'image d'elle s'élevant de l'eau – fesses souples, taille fine, jambes couleur caramel – me hante l'esprit. Je l'entends s'affairer dans la chambre, farfouiller dans les tiroirs de sa commode.

— Le voilà ! l'entends-je s'écrier.

Tout aussi brusquement, elle se tient à côté de moi, avec son corps parfumé, sa peau chaude et humide, ses cheveux dégoulinant d'eau. Elle pointe le doigt vers une feuille de papier qu'elle tient dans sa main.

C'est un dossier de scolarité portant sur la dernière année de Ravi à Oxford.

— Tu vois ? Il est très fort en mathématiques et en sciences des matériaux. Il sait comment fonctionnent les bâtiments, comment les rendre solides. Il est impossible qu'il soit lié à la catastrophe que nous avons traversée cette nuit. Tout bonnement impossible.

Elle me supplie du regard. Je sais qu'elle veut que j'absolve son mari. Mais je ne peux m'empêcher de songer aux briques que j'ai vues au cinéma cette nuit. Que faisaient-elles là ? Si elles provenaient d'ailleurs que de Chandigarh Ironworks, comment se sont-elles retrouvées au Royal Jewel Cinema ? Il y a quelque chose qui cloche dans tout ça. Je n'arrive pas à savoir quoi. Et je ne peux pas en faire part à Sheela. Elle aime son mari – c'est flagrant –, et fera tout ce qu'il lui demandera de faire. Je devine aussi la question derrière la sienne – *Et s'il a effectivement fait quelque chose de mal ?* Je ne sais pas. Et la réponse, quand elle viendra, pourrait blesser ceux qui me sont chers. Je pense à Manu et à Kanta. Et à Niki.

— Je dois y aller, lui dis-je en ramassant ma veste avant de me diriger vers la porte.

Elle m'interpelle, et je m'arrête pour écouter, sans me retourner pour autant.

— Merci, lâche-t-elle.

Je descends les marches en marbre en baissant les manches de ma chemise. Ravi se précipite par la porte d'entrée. Je le vois se ruer dans le séjour.

— J'ai entendu parler de..., s'écrie-t-il.

Il ressort du séjour et m'aperçoit dans l'escalier.

— Qu'est-ce que tu fais là ?

En le voyant ainsi – échevelé, effrayé, paniqué –, je suis saisi d'un profond dégoût. Où était-il quand nous nous occupions des blessés dans l'édifice qu'il a construit, le projet dont il n'a cessé de se vanter ?

— Tu devrais prendre soin de ta femme, lui conseillé-je en finissant de dérouler les manches de ma chemise. Je te laisse la place.

Sa bouche se tord en un rictus.

— Toi ! Ne t'approche pas de Sheela, me décoche-t-il. Tu crois que je n'ai pas vu comment tu la regardes ?

Debout devant lui, j'enfile ma veste humide. Ravi empeste l'alcool et la cigarette. Ses yeux sont injectés de sang. Ses cheveux, habituellement lissés en arrière avec de la gomina, lui tombent sur le front en petites boucles.

Je sors un mouchoir en coton de ma poche de pantalon et éponge les taches mouillées sur ma veste. Je prends mon temps, le laisse imaginer pourquoi elle est humide. Puis je dresse le menton. Il est plus grand que moi, ce qui ne m'empêche pas de le fixer droit dans les yeux.

— C'est toi qui devrais la regarder plus souvent, Ravi.

Je le pousse doucement sur le torse.

Il trébuche en arrière, comme si je venais de le gifler.

Je le contourne. Une fois à la porte, je me retourne.

— Sheela a aidé beaucoup de gens au cinéma cette nuit. Maintenant, c'est à ton tour.

La berline m'attend quand j'arrive dehors. Mes mains sont encore imprégnées de l'odeur du savon au gardénia de Sheela.

Après l'effondrement

Bulletin d'informations All India Radio
13 mai 1969

Hier soir, un balcon du Royal Jewel Cinema, récente construction de Jaipur, s'est effondré, causant deux morts et quarante-trois blessés. Plus de mille spectateurs s'étaient déplacés pour assister à l'inauguration très attendue de cet édifice, un cinéma de pointe doté d'un écran à même de rivaliser avec le plus grand de Bombay et d'une technologie de son multicanal venue tout droit d'Amérique. Dans son allocution d'ouverture, la maharani Latika de Jaipur, à l'initiative du projet à quatre mille lakhs bâti par la renommée Singh-Sharma Construction, a qualifié le Royal Jewel Cinema d'« occasion historique pour Jaipur, foyer d'une architecture reconnue dans le monde entier, d'éblouissants textiles et bijoux et, bien sûr, du dal batti *rajasthani ». Des rumeurs de dépassements budgétaires et de retards dans la construction circulaient depuis un an. Le palais a exprimé une immense tristesse face à ces morts, dont celle du bien-aimé acteur Rohit Seth. Des admirateurs endeuillés ont déposé des fleurs sur le site de la tragédie. L'autre victime n'a pas encore été identifiée. Le palais de Jaipur devrait émettre une déclaration officielle plus tard dans la journée au sujet des raisons possibles de la catastrophe et des recours envisagés. Les acteurs Dev Anand et Vyjayanthimala, qui étaient présents pour la projection du* Voleur de bijoux, *le premier film à être diffusé dans ce cinéma, sont sains et saufs, étant partis au début de l'entracte. Nul ne sait pour l'heure quand le Royal Jewel Cinema rouvrira ses portes. Nous vous tiendrons informés au fil de la journée.*

18

Malik

Jaipur

C'est le matin qui suit la tragédie du Royal Jewel Cinema ; les balayeurs n'ont pas encore commencé à disperser la poussière à l'aide de leurs *jharus* à longs brins. Au bout d'une brève demi-heure d'un sommeil aussi épuisé qu'hébété, je me réveille en sursaut, frappé par les images d'horreur dont j'ai été témoin : la jambe d'un homme tordue bizarrement ; le bras charnu d'une matrone transpercé par une barre d'armature, du sang giclant de partout ; une plaie béante sur le front d'un enfant. Dans la nuit, je me suis levé plusieurs fois pour faire les cent pas, boire un verre d'eau, contempler par la fenêtre la rue déserte à l'exception de chiens errants cherchant un coin où dormir dans la poussière fraîche de la nuit.

Puis les images de la hanche nue de Sheela, de son téton brun, flottent dans mon esprit. Comment Ravi réagira-t-il la prochaine fois qu'il me verra ? Dira-t-il à Manu que j'ai tenté de séduire sa femme ? C'est faux, mais Ravi n'hésitera pas à causer des problèmes – à Manu ou à moi – si cela lui permet de se tirer d'un mauvais pas. Autre pensée : connaît-elle le rôle endossé par Ravi dans la construction ? Est-ce pour cette raison qu'elle l'a défendu face à moi ? Ou cherchait-elle à l'excuser pour un méfait qu'il aurait commis ?

Il n'est que 6 heures, mais quel intérêt de s'acharner à dormir quand le sommeil ne vient pas ? Voilà trois heures que je suis rentré. Je voulais appeler Tatie-patronne pour lui dire que j'allais bien, mais la dépendance n'est pas équipée d'un téléphone. Je suis sûr que Kanta l'a appelée dès qu'elle est rentrée hier soir. Je m'inquiète pour Nimmi. Elle ne peut pas lire l'*Hindoustani Time*, mais elle aura sûrement vent de ce qui s'est passé auprès des Arora ou de marchands de Mall Road, ou même de Lakshmi dès que Patronne sera au courant.

Je fais ma toilette, puis je pars au bureau peu avant 8 heures. Les employés arrivent généralement sans se presser entre 9 heures et 9 h 30, mais aujourd'hui ils sont déjà presque tous assis à leur place.

Hier soir était une grande occasion pour le palais, et quasiment tous les membres du personnel des installations étaient présents. Tout en avançant, j'adresse un salut de la tête à mes collègues de-ci de-là. Ingénieurs et secrétaires se massent dans les couloirs en échangeant des chuchotements. L'humeur est sombre, alourdie par l'incertitude. Tout comme moi, ils supposent que Manu va convoquer une réunion générale pour essayer de comprendre ce qui a pu échouer au point de faire céder le balcon. Y aura-t-il une enquête, une investigation ? Qui va payer les frais d'hôpital ? Qui, parmi nous, est responsable, d'une manière ou d'une autre, de cet accident ?

Je m'installe à mon bureau et demande à la standardiste d'appeler Tatie-patronne. C'est un appel longue distance, mais je doute que Hakeem ou Manu s'y oppose. Je laisse sonner quelques fois, mais personne ne décroche. J'appelle donc Tatie Kanta, qui répond dès la première sonnerie. Elle a l'air vidée, comme si elle n'avait pas bien dormi non plus, mais est soulagée d'entendre ma voix. Elle m'affirme avoir parlé hier soir à Lakshmi, qui lui a promis de prendre le premier train en partance de Shimla. Je suis censé la récupérer ce soir à la gare.

La nouvelle de l'arrivée imminente de Tatie-patronne m'inonde d'une vague de soulagement. Je peux toujours compter sur elle pour garder la tête froide en pleine crise.

Alors que Kanta continue de papoter, je vois la maharani Latika quitter la salle de réunion de l'autre côté de l'étage. Elle fronce les sourcils, encadrée par des hommes en costume. Je devine qu'il s'agit de ses avocats. Le visage de Son Altesse est un peu rouge, comme sous le coup de la colère. Samir Singh et Ravi, épaules voûtées, la suivent hors de la salle, eux-mêmes talonnés par Manu et deux de ses ingénieurs. J'interromps Kanta en lui promettant de passer la voir plus tard et je raccroche.

Aucun des Singh ne regarde vers moi, ce qui n'est pas plus mal ; je suis encore agacé par l'arrivée tardive de Ravi hier soir et son mépris flagrant pour Sheela. Il savait forcément qu'elle se doutait d'où il venait. S'est-il au moins donné la peine d'inventer une excuse, ou de lui demander pardon ?

Parvenue aux portes principales du bureau des installations, Son Altesse se fige et se tourne pour serrer la main de tous ceux qui se trouvent derrière elle. Elle est aussi grande que les hommes qui l'entourent, et sa présence est imposante. Un employé enturbanné vêtu de blanc lui tient les doubles portes ; il doit venir du palais. Manu, en compagnie de ses ingénieurs, les regarde tous partir, puis il adresse quelques mots à ses employés avant de les laisser regagner leurs places. Lorsqu'il croise mon regard, il me fait signe de le rejoindre dans son bureau.

Je sors acheter deux petits verres de thé au chaï-*walla* de l'autre côté de la rue. Puis j'emporte le thé dans son bureau. Il est en train d'accrocher sa veste de costume à une patère dans le coin.

— Ferme la porte, me demande-t-il.

Je pose le chaï sur sa table et j'obtempère.

Il fait trente degrés dehors, mais Manu se réchauffe les mains sur le verre fumant quand je m'installe en face de lui. Son teint est cireux. De toute évidence, il s'est coupé la joue en se rasant ce matin. Il ressemble à un homme qu'on envoie au bûcher funéraire avant l'heure. Pense-t-il que la catastrophe d'hier est sa faute ?

— La soirée d'hier est une tragédie que personne n'aurait pu prévoir, affirme-t-il en fixant son thé du regard. Kanta a appelé Lakshmi pour lui apprendre ce qui s'était passé et lui dire que tu allais bien.

Je hoche la tête.

— M. Reddy a avoué avoir vendu bien plus de tickets que le balcon ne pouvait soutenir de personnes. On lui avait donné pour instruction d'en limiter le nombre, mais il y avait tellement de gens qui voulaient avoir un aperçu des acteurs sur scène qu'il…

Manu jette ses mains en l'air, comme pour imiter le directeur du cinéma capitulant.

— Singh-Sharma paiera pour un nouveau balcon – en temps de travail et en matériaux – et remplacera tout ce qui a été endommagé, et le palais réglera les frais médicaux pour les blessés. Il va également réfléchir à une compensation pour les familles des défunts. Néanmoins…

Il vide son thé d'un coup, puis repose soigneusement son verre sur son bureau, comme s'il ne voulait pas en abîmer la finition acajou. Enfin, il croise mon regard.

— Tout est réglé. Nous allons formuler une déclaration officielle précisant qui va payer quoi. Des journalistes ont appelé chez moi hier soir pour obtenir des commentaires, mais je devais d'abord convenir avec Son Altesse de ce que nous allions dire publiquement.

Il s'efforce de sourire.

Je sens qu'il porte le poids d'une immense culpabilité.

— Ce n'était pas ta faute, Tonton. C'est celle du directeur du cinéma.

Manu se racle la gorge et tripote les stylos sur son bureau. Il m'évite du regard.

— Bon, la maharani est hors d'elle. Et elle a raison.

Il se gratte délicatement le dessus du crâne, avec un doigt, là où il commence à se dégarnir.

— Deux morts. Une femme. Et Rohit Seth, l'acteur. Ses fans sont ulcérés. On ne peut pas leur en vouloir. Ça n'aurait jamais dû arriver, Malik.

Manu s'empare encore du verre, remarque qu'il est vide et le repose. N'ayant pas encore touché au mien, je le pousse vers lui. Il l'agrippe, comme s'il s'agissait d'une bouée de sauvetage.

— Tonton, le directeur du cinéma... Il n'a pas été recommandé par Singh-Sharma ? S'il a laissé entrer plus de spectateurs qu'il n'aurait dû, ils ne devraient pas contribuer aux frais médicaux ?

Il hausse les épaules.

— Nous partageons le fardeau – c'est les affaires.

Il achève la seconde tasse de chaï et s'écarte de sa table, comme si nous en avions fini.

— Maintenant, va aider Hakeem. Il a du travail pour toi.

— Mais... Et les briques ?

Il cligne des yeux et se frotte brutalement le front.

— Quoi, les briques ?

— J'en ai remarqué un certain nombre dans les débris après l'effondrement. Qu'est-il arrivé au ciment qui a été facturé ? Et les briques... Ce ne sont pas les mêmes que celles recommandées par tes ingénieurs dans leur cahier des charges. Celles que j'ai vues hier soir étaient plus légères, plus poreuses. Sans logo.

Le fournisseur pourrait-il être accusé d'avoir livré les mauvais matériaux ?

Manu fronce les sourcils, agite la main comme si ce que je venais de dire n'avait aucune espèce d'importance.

— Il n'a qu'un petit rôle dans tout ça. Même si on le mettait sur le gril, il ne serait pas en mesure de nous dédommager pour tant de dégâts et de blessés.

Il repositionne des documents sur son bureau.

— Il va y avoir une enquête officielle, qui répondra sans doute à quelques questions. Mais, de ton côté, tu n'as aucune raison de t'inquiéter. Maintenant, va travailler avec Hakeem.

Il se lève.

Alors que je m'apprête à partir, il ajoute d'une voix tremblante :

— Je n'aime pas les conséquences que toute cette histoire va avoir sur Kanta. Sur Niki. Ils étaient si fiers de moi. Maintenant... où qu'ils aillent... on va les questionner sur cette tragédie. La honte... Je ne veux pas qu'ils aient à s'expliquer ou à s'excuser.

Il s'essuie le front du plat de la main, en sueur après le thé qu'il a bu, puis pianote sur sa table.

J'ai envie de réconforter cet homme doux qui a toujours été si gentil avec moi, Tatie-patronne et Radha. Mais j'ai vingt ans, lui quarante. Il serait malvenu de lui tapoter l'épaule ou de lui dire que tout va bien se passer quand j'en sais si peu sur son métier. Il n'empêche que je suis touché de le voir me traiter comme un membre de la famille, en me confiant ses peurs les plus profondes.

— Tatie Kanta s'en sortira, lui assuré-je. Et, vu la moyenne de ton fils à la batte, je dirais que Niki est plus que capable de se débrouiller tout seul. Et enfin, n'oublie pas que je fais partie de ton équipe ! m'esclaffé-je pour détendre l'atmosphère.

Son sourire est faible, mais bien présent.

Je ramasse les verres de thé afin de les rapporter au chaï-*walla*. Mon cœur est alourdi par le fardeau de Manu – la souffrance des blessés, la déception de la maharani.

Et puis, je me rends compte que toute cette injustice me met en colère. La signature de Manu est partout. On va le tenir pour responsable d'une des plus grandes catastrophes que Jaipur ait connues en plusieurs décennies. Les Singh, eux, n'assumeront qu'une infime part de culpabilité. Et Manu a raison : Kanta et Niki en paieront le prix, eux aussi. Tatie-patronne dit toujours que les colporteurs de ragots ont les dents aiguisées. Ils se délecteront de cette tragédie pendant des années.

Manu ressemble à un homme vaincu ; il a déjà capitulé. Ça paraît tellement injuste. Il doit bien y avoir quelque chose que je peux faire pour l'aider.

Bhagwan merci, Tatie-patronne sera là ce soir. Je vais pouvoir en parler avec elle.

En rejoignant ma table de travail, je toque à la porte du bureau de Hakeem.

— Sahib ? lancé-je. Vous êtes arrivé tôt.

Le comptable décolle les yeux de son registre, la lueur du plafonnier se reflétant dans les verres de ses lunettes.

— M. Agarwal m'a demandé de venir avant les heures habituelles. Après la nuit dernière, nous avons beaucoup à faire.

Il retire ses lunettes pour les polir à l'aide de son mouchoir immaculé.

— Quelle tragédie ! Mes filles en ont fait des cauchemars.

Je ne me souviens pas d'avoir vu Hakeem en compagnie d'un autre que M. Reddy.

— Tout le monde est rentré sain et sauf, j'espère ?

— À peine. Chaque cyclo-pousse, auto-rickshaw, *tonga* – tout était pris. Tout le monde essayait de fuir ! Des bagarres ont éclaté. J'ai eu peur de perdre une de mes filles. On s'est tenu la main et on a dû se battre pour fendre la foule. Il nous a fallu près de trois heures.

Je m'adosse à l'encadrement de la porte.

— Qu'est-ce qui s'est passé, à votre avis ?

Hakeem passe un doigt sous sa moustache.

— M. Agarwal me dit qu'il y avait trop de monde au balcon. Oui ?

J'entre dans la pièce pour me tenir devant son bureau.

— Mais comment un tel effondrement aurait-il pu survenir à cause du poids de quelques personnes de plus, Hakeem Sahib ?

— On me dit qu'elles étaient assez nombreuses. Une centaine de trop.

Je prends le temps de digérer cette information.

— Il n'empêche, les ingénieurs renforcent toujours un peu au cas où, non ? En prévision de la folie humaine ? Il n'y a pas de normes à respecter pour ces cas-là ?

Hakeem hausse ses épaules rondes.

— Allez savoir ! Nous sommes comptables, pas détectives. Nous devons établir au plus vite un rapport sur les dépenses de construction associées aux dommages. Oui ? Nous allons dresser une liste de tous les matériaux utilisés, des fournisseurs que nous avons payés et des sommes que nous avons dépensées. Vous travaillerez sur les sièges, les moquettes, les matériaux décoratifs à remplacer. Singh Sahib m'a demandé de me pencher sur le coût des matériaux de construction pour la réparation et la reconstruction.

— Manu Sahib, vous voulez dire ?

— Non, jeune Abbas. C'est Ravi Sahib qui a donné l'ordre. M. Agarwal dirige toutes les installations du palais, mais, comme les gros projets de construction sont souvent sous-traités à Singh-Sharma, c'est un peu comme si nous travaillions aussi pour eux.

Manu sait-il que Ravi donne des ordres à son personnel ? N'y a-t-il pas conflit d'intérêts ? Si M. Sharma n'avait pas eu une attaque en laissant les deux Singh aux commandes, je me demande si le protocole aurait été différent.

— Donc, nous devons estimer tous les coûts de matériaux à des fins de remplacement ?

Il me considère comme si j'étais idiot.

— Oui.

Je me racle la gorge.

— Vous êtes tellement occupé, avancé-je. Je peux vous aider dans vos estimations si vous le souhaitez.

— M. Ravi me l'a expressément demandé, oui ? Et vous, Abbas, vous avez votre propre tâche. Au travail.

Il agite la main dans ma direction, comme pour chasser une mouche.

— Mais… l'effondrement n'aurait-il pas pu être provoqué par une autre cause que la surcapacité ? Des matériaux de mauvaise qualité, par exemple ? Une structure compromise ?

Hakeem fronce les sourcils, pose son stylo-plume et se penche en avant sur les coudes.

— Réfléchissez à ce que vous dites, Abbas. Singh-Sharma est une entreprise de confiance. Le palais travaille avec elle depuis des décennies. Et elle emploie les mêmes fournisseurs de matériaux depuis des années. Des compagnies fiables, fidèles. Inutile de la calomnier.

— Elle a bien dû changer de fournisseurs depuis le temps ?

Il soupire.

— Abbas, vous ai-je dit que j'avais quatre filles ? La plus âgée sera bientôt en âge de se marier. Les autres suivront. Oui ?

Comment pourrai-je payer leurs dots si je ne suis pas assis à ce bureau, à additionner les chiffres que M. Singh me soumet ?

Je me fiche de sa frustration. Je sais ce que j'ai vu, et rien de tout cela n'a de sens. Je dois évoluer avec précaution au cas où Hakeem me soupçonnerait de l'accuser d'avoir effectué un travail bâclé ou de remettre en doute la capacité de Manu à gérer le projet.

— Peut-être que Singh-Sharma a recouru aux services d'un nouveau fournisseur, et que celui-ci a livré des matériaux différant du cahier des charges – sans le faire exprès. Aurions-nous ajouté ou modifié des noms de fournisseurs au cours de l'année passée ?

Hakeem me fusille du regard par-dessus ses lunettes.

— Vous avez beaucoup à apprendre, jeune homme.

Je lui décoche mon sourire le plus charmeur.

— Et si j'acceptais de me marier avec votre aînée sans réclamer de dot ?

Ses lèvres frémissent. J'ai presque réussi à faire sourire un comptable ! Il plisse les yeux, secoue la tête et attrape son Rolodex pour le feuilleter. Il s'arrête à une page.

— Voyons voir… Celui-ci est nouveau. Oui. Nous avons ajouté Chandigarh Ironworks il y a treize mois de ça. Ils ont battu notre ancien fournisseur de vingt pour cent.

J'émets un sifflement.

— Vingt pour cent, sacrée remise.

Il hausse les sourcils, tapote la page.

— Hmm. C'est vrai.

— Ils fournissent des barres d'armature ?

Il secoue la tête.

— Ils le faisaient avant. Maintenant, ils nous procurent des briques et du ciment.

Je ne demande pas à voir le contrat avec Chandigarh Ironworks. Hakeem ne me le montrerait pas ; il se méfie déjà des questions que je lui pose. Évidemment, j'attends qu'il parte à la fin de la journée, puis je me glisse dans son bureau. Il me reste une heure et demie avant de récupérer Tatie-patronne à la gare.

J'ai de la chance que Hakeem soit un comptable organisé : tout est soigneusement étiqueté, chaque reçu a été conservé. Je trouve le meuble où sont rangés les contrats et j'ouvre le tiroir supérieur. Chaque contrat est classé selon le nom du fournisseur, par ordre alphabétique. Je trouve le dossier étiqueté « Chandigarh Ironworks » et je le sors. Une facture indique qu'ils se situent effectivement à Chandigarh, dans l'État juste au nord du Rajasthan.

Hakeem m'a précisé qu'il s'agissait d'un nouveau contrat, aussi aimerais-je comparer leurs conditions avec celles du fournisseur précédent, sauf que je ne connais pas le nom de ce dernier. Une solution serait de vérifier les factures réglées il y a treize mois ou avant. Mais les factures n'indiquent pas toujours le nom du projet, et le palais est impliqué dans tellement de constructions… Avant que je ne commence à travailler pour Manu, j'ignorais tout des diverses rénovations apportées au *Rambagh Palace*, au palais de Jaipur et à celui des maharanis, et je n'avais pas idée que la famille royale achetait de plus petites propriétés (auprès des Rajputs qui ne pouvaient plus se permettre d'assurer leur entretien) afin d'en faire des hôtels haut de gamme. Et, bien sûr, il y a eu l'important projet de construction du Royal Jewel Cinema, qui s'est étendu sur trois ans.

La meilleure option, décidé-je, est de feuilleter les dossiers individuels des fournisseurs. Avec un soupir, je m'attelle à la tâche. Je commence par chercher ceux dont le nom indique qu'ils pourraient vendre des briques au lieu de s'occuper d'électricité, de plomberie ou d'aménagement intérieur. Comme beaucoup de noms commencent par « matériaux » ou « construction », je passe en revue les contrats dans chaque dossier pour voir si on fait encore appel à eux pour l'un des projets du palais.

Une heure plus tard, je tombe sur le dossier « Matériaux de construction Shree », à Jaipur. Le contrat, qui portait sur l'approvisionnement en briques de première catégorie, a pris fin le jour où celui avec Chandigarh Ironworks a débuté. Je comprends pourquoi le palais aurait pu insister pour obtenir des matériaux de première qualité exempts de toute fêlure, fissure, d'éclat ou d'autres défauts. Le contrat avec Chandigarh promettait lui aussi de procurer des briques de première catégorie.

Je me cale le dos dans le siège de Hakeem, plongé dans mes réflexions. Je ne comprends pas comment Chandigarh Ironworks aurait pu procurer la même qualité que le fournisseur précédent pour un coût moindre, alors qu'il a fallu ajouter des frais de transport. Après tout, Chandigarh se trouve à huit cents kilomètres !

Et puis, un autre détail me turlupine : les briques du cinéma, celles que j'ai ramassées et examinées, n'étaient pas propres à la construction. Elles n'auraient pas pu soutenir une structure porteuse comme un balcon. Alors, qui a pu autoriser leur usage ?

J'étudie les signatures sur les deux contrats – Shree et Chandigarh. Manu Agarwal et Samir Singh sur le contrat précédent ; Manu Agarwal et Ravi Singh sur le contrat actuel. Le palais exige que tous les contrats de ses projets de construction soient signés et que l'original soit conservé à des fins de contrôle. Singh-Sharma doit donc en posséder une copie.

Mais la vraie question, c'est pourquoi on a utilisé ces briques. Les ingénieurs du palais m'ont appris que le béton de ciment renforcé avec des barres d'armature, un matériau bien plus solide, est privilégié pour les colonnes porteuses. On ne recourt aux briques qu'en conjonction avec du béton de ciment. Le problème portait-il sur un ciment de qualité inférieure ? Si je questionnais Ravi, se contenterait-il de fabriquer des fausses factures – comme il l'a fait précédemment ? Je n'ose pas interroger Samir, qui se dépêcherait d'effacer les traces de Ravi s'il estimait que son fils avait pu tremper dans une affaire louche. À présent, je me rappelle que Samir n'a émis aucun commentaire sur les briques quand nous avons parlé au cinéma la nuit dernière.

Je me rends compte qu'il va me falloir jeter un autre coup d'œil aux reçus pour les briques et le ciment – ceux dont Hakeem pensait que j'avais mal recopié les chiffres. Ceux que j'avais apportés à Ravi, qui s'est borné à barrer un chiffre pour le remplacer par un autre. Je me lève pour m'approcher du registre dans lequel j'ai consigné les factures il y a plusieurs semaines de ça. Puis je cherche du regard le meuble dans lequel les factures réglées sont classées par ordre chronologique. Je l'aperçois et fouille par date, sachant gré pour une fois à Hakeem d'être aussi méticuleux. Car là, attachés à la facture pour cette période, se trouvent les reçus en question, ceux dont j'ai besoin. Voici le reçu de Chandigarh Ironworks pour l'achat de briques et de ciment. Sauf que… ceux-ci sont propres, exempts de toute marque. Ce ne sont pas ceux sur lesquels Ravi a échangé les quantités à l'aide de son stylo.

Les quantités… Je les vérifie encore. Elles ont été changées ! Désormais, ces reçus indiquent un achat plus important de ciment que de briques, le contraire de ce que j'avais noté précédemment. Le registre ne devrait donc pas concorder. Mais ai-je raison ? Je cours vers le bureau de Hakeem pour jeter un coup d'œil au registre ouvert. Les sommes qui y figurent correspondent à celles des reçus que je tiens dans ma main. Comment est-ce possible ?

J'abaisse la lampe à col de cygne de Hakeem afin d'étudier le registre de plus près. L'écriture du comptable est si précise qu'on dirait que les chiffres ont été écrits à la machine et non à l'encre (Hakeem, bien sûr, possède un stylo-plume dédié spécifiquement à cette fin, et qu'il interdit à quiconque d'utiliser – oui !). Quelqu'un a soigneusement raclé l'ancienne inscription à l'aide d'une fine lame de rasoir pour y insérer les nouveaux chiffres. Je reconnais cette vieille astuce que j'ai découverte à Bishop Cotton. Certains garçons y recouraient pour changer leurs notes quand les maîtres regardaient ailleurs.

Mais pourquoi les inscriptions et les reçus ont-ils été changés ? Et qui s'en est chargé ?

Je ne vois que deux explications : les reçus d'origine étaient inexacts et ont dû être actualisés. Ou alors... et là, j'en ai la chair de poule... quelqu'un a trafiqué les informations pour qu'elles correspondent à ce qui aurait *dû* se passer – l'emploi d'une quantité plus importante de béton de ciment pour consolider le balcon. Auquel cas, il n'y aurait pas eu d'effondrement.

Je pianote sur le bureau de Hakeem. Manu m'a dit que M. Reddy avait avoué avoir vendu trop de tickets, et que le balcon était en surcapacité. Le poids sur le balcon aurait été trop important.

Alors, le directeur du cinéma avait-il dit vrai, ou les reçus étaient-ils erronés ?

Je suis tellement perdu dans mes pensées que je n'entends pas les pas qui s'approchent.

—Abbas ?

Je sursaute et lève les yeux du registre. Hakeem se tient devant la porte ouverte de son bureau.

—Oui, Sahib ?

Je m'exprime d'une voix posée, comme si ce que je faisais était parfaitement normal.

— Que faites-vous ici ?

— Pardonnez-moi, *Ji.* J'ai pris du retard dans mes estimations pour la reconstruction du cinéma. J'ai trouvé votre porte ouverte et je me suis dit qu'au lieu de transporter les registres d'un côté et de l'autre, je pourrais travailler ici. *Maaf kar dijiye.*

Je tire sur mes deux lobes d'oreille en guise d'excuse.

Il jette un regard à la poignée – *N'ai-je donc pas fermé comme il fallait ?* – et se caresse la moustache, les sourcils froncés.

— Sahib, et vous, que faites-vous ici ?

J'ai appris cette tactique il y a bien longtemps, quand on m'a pris en train de piquer un peigne pour Omi ou des bonbons pour un de ses enfants à un étal au *Pink City Bazaar.* La meilleure défense est toujours l'attaque.

— J'ai oublié mon parapluie ici, oui ? Je dînais chez un ami qui m'a dit qu'il était censé pleuvoir demain, et je n'aime pas prendre froid par temps humide.

— Bien vu. Oui.

Je prie pour qu'il ne vienne pas examiner les contrats, reçus et registres que j'ai laissés sur son bureau. Je me retiens de cacher les documents avec mes mains.

Il récupère son parapluie, qui est appuyé au mur près de la porte.

— Ne veillez pas trop. Votre travail sera toujours là demain matin, jeune homme. Oui ?

Il m'adresse un sourire indulgent. Pour l'instant, du moins, je suis son petit protégé zélé.

— Vous avez raison, *Ji. Zaroor.*

Avec un hochement de tête rassurant, j'entreprends d'empiler les registres et les documents.

Dès que j'entends la porte se refermer, je lâche ma tête dans mes mains. Hakeem informera-t-il Manu de ma présence dans son bureau ? J'en doute. Hakeem sait pertinemment que, si je me trouve dans les bureaux du palais, c'est pour faire plaisir à Manu, et qu'il pourrait être imprudent politiquement de me pointer du doigt. Mais Hakeem risque de se demander si je lui ai dit la vérité.

Et, si je mens, pourquoi.

Je consulte ma montre. Le train de Lakshmi ne devrait pas tarder.

19

Lakshmi

Jaipur

À la gare de Jaipur, je cherche du regard la berline Ambassador noire des Agarwal. C'est le début de soirée, et je voyage depuis près de onze heures. Mais, au lieu de leur chauffeur Baju, c'est Malik qui descend du côté conducteur. Je suis si heureuse de le voir que j'en ai les larmes aux yeux. Il m'a manqué. Il porte une chemise blanche impeccable aux manches retroussées jusqu'aux coudes et un pantalon noir.

— Je pensais que Kanta aurait envoyé Baju pour me récupérer, lancé-je.

Malik me gratifie d'un sourire tendu.

— Tu crois vraiment que je t'aurais laissée monter seule en voiture avec ce vieux pervers ?

Il s'exprime avec légèreté, mais je sens qu'il me cache des choses. Le Tout-Jaipur doit être en effervescence après la tragédie du cinéma. Je ne peux qu'imaginer combien cet événement a dû ébranler la famille Agarwal, le palais, les familles des blessés.

Malik range ma valise dans le coffre de l'imposante berline, que le père de Kanta rachète en neuf tous les cinq ans à l'occasion de leur anniversaire de mariage. Il doit s'agir de leur troisième Ambassador. La famille de Kanta a de l'argent, alors que Manu a des origines plus humbles. Le palais lui met à disposition un chauffeur et une Jeep pour son travail, de sorte que Kanta et sa belle-mère ont toujours accès à cette berline.

Une fois que Malik m'a aidée à m'installer sur le siège passager, je lâche :

— Bon, avant que tu m'expliques ce qui se passe, laisse-moi te dire que tu manques terriblement à Nimmi, que Rekha demande constamment de tes nouvelles, que Chullu a commencé à parler et que Jay se porte à merveille. Ah, et lui aussi demande de tes nouvelles.

Il a un petit rire. Voilà qui est mieux. Je ne vais pas lui parler de l'explosion de Nimmi hier soir. J'ai quitté la maison assez tôt ce matin, et ne l'ai donc pas revue. (Cherchais-je à l'éviter ?) Quoi qu'il en soit, j'ai eu le temps dans le train de réfléchir à ce qu'elle avait dit et de me demander s'il y avait du vrai dans ses propos. Est-ce que je me sens possessive envers Malik ? Oui. Autant qu'à l'égard de ma sœur, Radha. Je veux que tous deux s'en sortent, qu'ils développent leurs talents et qu'ils les exploitent comme ils le souhaitent. Quel mal y a-t-il à cela ? Pourquoi devrais-je me sentir coupable de les aider dans leur cheminement ?

Avec Radha, j'ai le sentiment de ne pas avoir été à la hauteur. Elle a rencontré Pierre Fontaine sur Mall Road lors de sa dernière année à l'école Auckland. Pierre avait vingt-huit ans, soit dix de plus qu'elle, et s'est tout de suite épris d'elle. Il ignorait tout de son passé, du bébé qu'elle avait donné en adoption à treize ans. Il est venu me demander ma bénédiction, ce qui m'a plu. Il était prévenant, gentil. Et français, par-dessus le marché.

Radha avait étudié le français à Auckland et était tombée amoureuse, d'abord de la langue, puis de Pierre. J'aurais préféré qu'elle s'inscrive à une université dans la ville voisine de Chandigarh plutôt que de se marier, mais je savais à quel point elle pouvait être têtue ; plus je me dispute avec elle, plus elle s'obstine. (Je me suis souvent dit qu'elle ressemblait à une balsamine de l'Himalaya, fleur qui paraît délicate mais qui est en réalité difficile à dompter.)

J'ai fini par accorder ma bénédiction à Radha et à Pierre. Tout semble s'être bien passé. Radha s'est formée dans une parfumerie et est devenue parfumeuse. Elle a toujours été douée pour mélanger ma pâte de henné, à laquelle elle tentait d'ajouter différentes huiles, du jus de citron ou du sucre pour trouver la bonne consistance soyeuse. Et l'odeur était toujours divine.

Aujourd'hui, Radha a tout ce qu'elle a toujours voulu : une famille. Elle m'envoie des photos de ses deux adorables filles, Asha, deux ans, et Shanti, quatre ans.

Malik s'installe au volant.

—Nikhil a un match de cricket ce soir, alors Kanta m'a demandé de t'y amener en premier. *Accha*, Patronne ?

Je lui tâte le bras pour m'assurer qu'il est vraiment là.

—*Accha.*

Malik zigzague à travers l'encombrement de cyclo-pousses, de taxis et de piétons.

—Tu ne vois pas à quel point je suis content de te voir ? lâche-t-il. J'ai appelé ce matin, mais personne n'a décroché.

—Jay était sûrement parti travailler.

Je regarde par la fenêtre, savourant la chorégraphie chaotique de la ville : une *hijra* qui se rend au marché en se déhanchant ; un chariot transportant des vieux pneus de tracteur que tire un travailleur décharné ; des enfants jouant aux billes à un coin de rue poussiéreux – ce que Malik aimait autrefois faire à Jaipur.

Malik ralentit pour laisser passer une famille de six personnes en équilibre précaire sur un scooter.

—Je te remercie d'avoir pris Nimmi sous ton aile.

—*Koi baat nahee.* Elle est travailleuse. Et j'aime apprendre à lire à Rekha.

—Je suis sûr qu'elle apprend vite, mon petit singe.

Il y a tellement d'affection dans sa voix que je ne peux réprimer un sourire.

—Je peux te parler franchement, Tatie-Patronne ?

Pivotant vers lui, je hoche la tête.

—J'essaie de comprendre ce qui s'est passé au cinéma l'autre soir, et pourquoi. Mais, chaque fois que je trouve un détail qui m'a l'air de clocher, on me fait taire. Samir, Hakeem, et même Manu ne veulent pas que j'aille plus loin.

—Mais, Malik, il ne t'appartient pas d'enquêter, si ? Tu n'es pas plutôt censé te concentrer sur les enseignements qu'on te prodigue ?

L'espace d'une brève seconde, je me demande si Malik a fait quelque chose qui aurait pu attirer des ennuis à Manu. Pas délibérément, bien sûr.

—C'est justement ce que je suis en train de faire.

Malik actionne son klaxon à l'intention d'une femme qui porte un panier de haricots sur la tête. Elle se pousse sur le côté.

—Après l'effondrement, j'ai trouvé des… morceaux de briques dans les débris. Et beaucoup.

Je dresse l'oreille. Il continue de décrire des briques semblables à celles que j'ai vues chez Canara.

—Le projet spécifie qu'il faut du mortier de ciment, pas des briques, pour les colonnes. J'ai étudié les contrats. Je n'ai pas tort. Mais personne ne veut m'écouter.

Moi, j'écoute. Et mon cœur s'emballe. Malik décrit les registres dans lesquels il consigne les chiffres ; les reçus pour les briques et le ciment modifiés par Ravi sous ses yeux et remplacés dans les dossiers ; les chiffres dans les registres qui ont été modifiés, eux aussi.

Lorsqu'il en a fini, j'ai les paumes en sueur et la tête fourmillant d'idées qui bourdonnent telles des abeilles. J'essaie de les relier ensemble, mais elles vont et viennent avant que j'aie pu les cerner. Je m'humecte les lèvres, ne m'apercevant qu'alors que je meurs de soif. À croire que je n'ai pas bu une goutte d'eau en plusieurs jours.

La voiture s'immobilise, et Malik coupe le contact. Quand je regarde autour de moi, nous sommes sur le terrain de cricket. Un groupe de garçons en tenue de cricket blanche errent par-ci par-là. La nuit commence à tomber, et les lumières du parc sont allumées. Sur la ligne de touche, un homme équipé d'un sifflet arbitre le match. Malik passe le bras derrière le siège avant pour attraper une Thermos. Il dévisse le haut afin de la remplir de chaï fumant; l'odeur de cardamome, de cannelle et de girofle emplit la voiture. Il me tend la tasse et j'en bois une gorgée. Le chaï est délicieux, sucré comme je l'aime.

— « Puisses-tu vivre mille années, énoncé-je, et puisse chaque année contenir cinquante mille jours. »

Je bénis cette petite attention de sa part en posant une main sur sa tête.

Il sourit.

— Ça ne te dérange pas si on regarde de la voiture? Je crois qu'il vaut mieux que tu ne te tiennes pas en public à côté de Niki avec cinquante des plus proches amis des Agarwal.

Évidemment, il a raison. On ne croise pas tous les jours des Indiens aux yeux couleur d'océan, et ceux de Niki ressemblent aux miens, à ceux de ma sœur. Cela n'échapperait pas aux colporteurs de ragots.

Nous suivons le match pendant quelques minutes, le temps que je finisse mon thé. Je songe à ce que Malik vient de me dire. Je ne veux pas qu'il s'inquiète pour Nimmi, mais je me dois de lui raconter ce qui s'est passé à Shimla.

— *Baat suno*, lancé-je.

Je lui explique que deux enfants ont trouvé une brebis errant dans les collines ; que Nimmi l'a reconnue comme faisant partie du troupeau de son frère ; que nous avons retrouvé ce troupeau – et son frère – et que nous avons découvert que les moutons transportaient de l'or ; que nous avons rapporté le corps de Vinay à dos de cheval afin de l'incinérer en ville ; et que nous avons ensuite livré l'or au passeur suivant.

À chaque nouvelle information, Malik écarquille un peu plus les yeux et sa respiration s'accélère.

— Mais… Nimmi va bien, pas vrai ? Et Rekha et Chullu ?

Évidemment, il s'inquiète pour sa *priya*.

— Pour le moment, Nimmi et les enfants sont chez nous. Ils dorment dans ta chambre. Jay veille sur eux.

Malik relâche son souffle.

— Les briques que tu as vues dans les décombres…, reprends-je. À Shimla, j'ai vu une femme en fabriquer des semblables.

— Où ça ?

— Dans une petite usine appelée « Canara Private Enterprises », là où j'ai dû livrer l'or.

Je hausse les sourcils comme pour demander : *Est-ce que ça correspond à ce que tu sais ?*

Malik secoue la tête.

— Singh-Sharma achète ses briques à Chandigarh.

— À Chandigarh ? m'étonné-je, le cœur battant plus fort.

— *Hahn*. Pourquoi ?

— La femme qui fabriquait les briques m'a dit que le camion qui vient les chercher se rend justement à Chandigarh.

Malik pianote sur le volant.

— Les briques se font à Shimla, avant d'être emportées à Chandigarh ? Ça n'a aucun sens, conclut-il. Chandigarh

Ironworks est une immense entreprise, avec au moins quatre fours à briques. Ils n'auraient pas besoin de les faire fabriquer par un petit fournisseur à Shimla.

Il se tourne vers moi.

— Il y a autre chose que je ne comprends pas, Patronne. Pourquoi est-ce qu'une grosse entreprise travaillant avec Singh-Sharma lui vendrait des matériaux de qualité inférieure ? Les contrats issus d'une société de construction comme Singh-Sharma sont très lucratifs. Toute compagnie qui essaierait de lésiner sur la qualité ne ferait que se tirer une balle dans le pied.

Malik a raison ; escroquer la compagnie qui remplit vos caisses n'a aucun sens.

— Serait-il possible que Canara Entreprises fabrique une sorte de brique qui ne peut pas se façonner à Chandigarh ?

— Tu veux dire qu'ils emploieraient une argile ou un matériau particuliers ?

Il hausse les épaules.

— Pourquoi pas.

On tapote sur ma vitre et nous sursautons tous deux, ce qui me fait renverser le thé de ma tasse de Thermos sur mon sari.

— Pardon, pardon ! s'excuse Kanta en ouvrant la porte du côté passager. On croirait que vous venez de voir un fantôme !

— C'est le cas ! m'écrié-je. *Toi.*

Elle rit avec ravissement. Pétulante Kanta ! Comme elle m'a manqué ! Mis à part Jay, je ne me suis rapprochée de personne d'autre à Shimla. Mais, alors même qu'elle rit, je vois son anxiété dans les plis qui creusent son front. Son rouge à lèvres vif offre un contraste frappant avec son teint cireux.

Malik attrape une serviette dans le coffre de la voiture et me la tend afin que je puisse tamponner les taches humides sur mon sari. Je descends de la voiture pour étreindre Kanta. Par-dessus son épaule, je vois un garçon en tenue de cricket blanc qui, le rouge aux joues, me sourit timidement tout en me contemplant de ses yeux bleu-vert. Il est magnifique.

Kanta le prend par le coude. Il est presque aussi grand qu'elle, et ne va pas tarder à la dépasser.

— Lakshmi, dit Kanta, voici mon fils, Nikhil. Niki, je te présente la célèbre Lakshmi !

Elle m'adresse un sourire radieux.

— Il a tellement entendu parler de toi dans son enfance, et voilà que vous vous rencontrez enfin !

J'éclate d'un rire approbateur.

— Ravie de faire ta connaissance, Niki. Je n'avais encore eu le plaisir de te voir qu'en photo.

Le garçon rougit et se penche pour me toucher les pieds. Ses gestes sont gracieux, presque comme ceux d'un danseur. *Oh, Radha,* songé-je, *comme tu aimerais connaître ce garçon.*

Je ne peux pas m'empêcher de le dévisager. La dernière fois que je l'ai vu, ce n'était qu'un nourrisson, et je n'aurais pas pu imaginer à quoi il ressemblerait plus tard. Les photos de famille que Kanta m'envoie régulièrement ne lui rendent pas justice. Ses cheveux noirs comme l'encre, qu'il n'arrête pas de balayer en arrière, ne cessent de retomber devant ses yeux captivants. Dans sa tenue de cricket, les jambes écartées (équipées de genouillères) et les bras dans le dos, il me rappelle les athlètes qu'on voit sur les pages du *Hindustani Times*. Le maharadjah de Jaipur, qui aimait jouer au polo et tirer sur des tigres, avait la même posture.

Et voilà qu'en un fragment de seconde, je me revois à Jaipur, assise sur un divan en soie grège dans le palais de la maharani douairière, à signer un accord pour que ce bébé, Niki, soit adopté par la famille royale en tant que prince héritier.

Sauf que cela n'est jamais arrivé.

Lorsqu'il est né, Radha – qui n'avait alors que treize ans – a refusé de le laisser partir. Elle n'avait jamais envisagé de l'abandonner.

Mais elle n'a pas tardé à comprendre qu'elle ne pouvait pas s'occuper de lui – elle était elle-même une enfant –, et a demandé à Kanta et Manu de l'adopter à la place. Je bats des cils pour réprimer mes larmes. Nous avions été à deux doigts de perdre le fils de Radha au lieu de le voir ici, maintenant, entouré de l'amour de deux parents affectueux, ces chers Kanta et Manu.

Kanta rompt ma rêverie.

— Veux-tu que nous rentrions et que je te montre ta chambre, Lakshmi ? Baju t'a préparé toutes sortes de friandises. Il espère faire mieux que celles que tu m'offrais à l'époque, ce gros jaloux !

Je laisse Kanta s'asseoir devant avec Malik de sorte à pouvoir m'installer à l'arrière avec Niki et faire connaissance avec mon neveu.

Le mari de Kanta, Manu, nous accueille à la porte de leur coquet petit bungalow fourni par le gouvernement. Je suis choquée de constater à quel point il a changé. Lui qui est toujours d'un naturel doux et agréable, il paraît stressé et tourmenté. Ses cernes sous les yeux me laissent penser qu'il n'a pas dormi depuis des jours. Il cale ses épaisses lunettes à monture noire sur l'arête de son nez avant de me demander si je vais bien.

Je baisse le menton et j'adopte une expression grave.

— J'espère que Malik ne t'a pas posé trop de problèmes. Je sais qu'il n'est pas toujours facile à gérer.

Ce commentaire, au moins, lui arrache ce qui ressemble à un sourire.

— C'est un vrai bonheur de le côtoyer. Il apprend vite. Mon personnel s'est amouraché de lui, tout comme moi.

En apercevant Niki derrière nous, Manu s'égaie. Il fait venir son fils à côté de lui et lui prend la nuque dans sa paume.

— Comment étaient tes lancers aujourd'hui, Niki ? Tu as envoyé quelques boulets de canon à tes adversaires ?

Niki éclate de rire.

— *Yar.* J'ai fait comme Tonton Malik m'a montré. Aujourd'hui, Sonny n'a pas réussi à renvoyer un seul de mes missiles !

Kanta dit à Niki de se doucher et suggère à son mari de mettre Malik à l'aise pendant qu'elle me montre ma chambre. Nous dînerons dans une heure.

Dans la chambre d'amis, tandis que je défais mes valises, Kanta se départ de sa gaieté aussi vite que si elle se défaisait d'un voile.

— Oh, Lakshmi ! dit-elle. Je suis si heureuse que tu sois venue. Manu est inquiet, et je ne sais pas comment faire pour l'aider.

Brusquement, elle paraît dix années de plus.

— On ne lui a jamais adressé la moindre critique sur son travail. Maintenant, il en subit, et pas des moindres. Je sais qu'il est innocent, mais, même moi, je me suis demandé comment il avait pu négliger un détail aussi important.

— Qu'est-ce qu'on lui a dit, au juste ? Au palais ?

Elle tire sur la frange bordant le *rajai* qui recouvre le lit.

— Les avocats de la maharani l'ont questionné pendant des heures cet après-midi au sujet de documents qui portent sa signature. Ils lui ont dit que ceux-ci confirmaient qu'il était entièrement responsable. Que ses erreurs avaient provoqué l'accident, la perte de vies. Ils semblent insinuer qu'il a escroqué le palais en remplaçant des bons matériaux par d'autres, de moindre qualité, pour empocher la différence. La maharani lui a demandé de ne pas retourner au travail tant que l'enquête serait en cours.

Le *rajai* commence à se défaire à mesure que Kanta tire sur un des fils.

— Manu est dévasté. D'où sortent-ils toutes ces informations ? On dirait que quelqu'un cherche à le saborder.

Elle sourit tristement.

— *Saasuji* prie trois fois plus à son *puja* pour le libérer de ce mauvais karma.

Je m'assieds sur le lit à côté d'elle tandis qu'elle décrit avec quelle rapidité la nouvelle du prétendu méfait de Manu se répand.

— Ce soir, au cricket, les mères avec lesquelles je parle habituellement ne sont pas venues. Elles ont dû se dire que cela valait mieux que de faire semblant de ne pas me voir.

Elle essuie une larme avec le coin de son sari.

— Je m'inquiète pour Niki. Ce soir, sur le terrain, certains des garçons lui ont dit des choses. Je n'ai pas pu entendre, mais j'ai compris au visage de Niki qu'il était en colère. J'ai peur que ça ne fasse qu'empirer. Bientôt, ils risquent de devenir ouvertement hostiles.

» Je n'arrive pas à imaginer ce qui va se passer dans son école. Il a les mêmes camarades depuis qu'il est haut comme ça.

Elle tient une main, paume tournée vers le bas, à un mètre du sol.

— C'est pour ça que je le garde à la maison en ce moment. C'est une petite ville, avec beaucoup de gens influents. Et une réputation peut être gâchée en un claquement de doigts, ajoute-t-elle en joignant le geste à la parole.

Je lui prends la main pour la réconforter. Dans le train, j'ai eu des heures pour réfléchir à la manière de blanchir Manu, et une idée m'est venue à l'esprit.

— Kanta, tu crois que la maharani se souviendrait encore de moi ?

Elle hausse les sourcils.

— Comment aurait-elle pu t'oublier ? Tu l'as aidée à surmonter la pire dépression de sa vie. Elle t'était tellement reconnaissante qu'elle a donné à Radha une bourse complète pour son école pour filles.

Je fais la grimace.

— Sauf qu'on a laissé filer l'occasion, souligné-je. Ma sœur n'a tenu qu'un trimestre. Quand elle est tombée enceinte, elle est partie. Je m'en suis toujours voulu.

— Mais rappelle-toi que c'est ce qui nous a permis d'avoir Niki !

Elle me serre la main.

Je lui souris.

— Et il est si charmant. Vous l'avez bien élevé. *Shabash.*

Kanta baisse les yeux sur nos mains, à présent entremêlées.

— Je ne sais pas ce qu'on ferait sans lui. C'est la lumière de nos vies. Même celle de Baju. Tu te rappelles quand lui et ma *saas* me forçaient à boire du lait de rose avant que je perde mon bébé ? Maintenant, il fait de même avec Niki ! *Saasuji* jure que c'est ce qui lui donne les joues aussi roses !

Elle rit doucement.

À présent, elle me retourne les mains afin de m'inspecter les paumes. J'y ai appliqué du henné il y a quelques jours ; la couleur cannelle est encore vive. Je lui montre le singe qui s'amuse dans un pommier sur l'une, et le crocodile qui nage dans l'eau sur l'autre.

— J'enseigne des contes anciens à la fille d'une amie de Malik, expliqué-je. Tu reconnais celui-ci ?

— Le singe et le crocodile !

— *Hahn.* Je lui apprends aussi à écrire en hindi. Elle parvient presque à écrire *bundar*, mais *magaramaccha* lui donne plus de fil à retordre.

Je visualise ses petits doigts qui tiennent la craie et qui s'appliquent à écrire « crocodile » en hindi.

— Un grand mot pour une petite fille ! s'exclame Kanta avec un sourire. Oh, Lakshmi, toi et ton henné me manquez tant ! Toutes ces heures que nous passions ensemble à parler et à rire. Tu te souviens de la fois où tu as dessiné des bébés sur mon ventre quand je voulais tomber enceinte ?

Cela avait fini par fonctionner. C'était peut-être les *laddus* à la patate douce que je lui avais donnés à manger pour stimuler sa production d'ovules. Ou alors, le fait qu'elle croyait dur comme fer que peindre des bébés sur son ventre inciterait un vrai bébé à grandir en elle. Malheureusement, elle a fini par le perdre et n'a jamais pu en concevoir d'autre.

Kanta suit du doigt le motif dessiné sur mes paumes.

— Tu trouveras la maharani Latika changée. Tu es partie pour Shimla juste après que le maharadjah a envoyé leur fils en pension en Angleterre. Eh bien, le garçon n'a jamais pardonné à son père de lui avoir arraché son titre de prince héritier. Chaque fois qu'ils se disputaient, Son Altesse se rangeait du côté de son fils, et ses relations avec le maharadjah n'ont jamais plus été les mêmes. Ils se sont de plus en plus éloignés l'un de l'autre, jusqu'à ne plus s'adresser la parole. À la mort du maharadjah, leur fils a refusé de rentrer pour les funérailles.

Kanta me lâche les mains.

— Tu te rappelles quand Son Altesse conduisait sa Bentley en ville avec ses grosses lunettes de soleil sur le nez, en klaxonnant les gens ? Pas de chauffeur pour elle, non merci.

Elle sourit à ce souvenir tout en se remettant à tirer sur le fil du couvre-lit.

— Elle est loin d'être aussi insouciante qu'avant, Lakshmi. Maintenant, elle est tellement sérieuse. Plus la moindre joie de vivre.

Elle secoue la tête. Nous nous taisons un instant.

— Malik t'a-t-il dit que l'acteur Rohit Seth est mort dans l'effondrement ? India Radio a relaté la tragédie toute la journée. Le nombre de blessés. Ce que ressentaient les fans de Seth. Les réactions de Bollywood. J'ai essayé de confisquer la radio, mais Manu l'a attrapée en premier et l'a emportée dans son bureau. Il l'a écoutée toute la journée. Comme pour se torturer.

Elle penche la tête sur le côté et laisse échapper un soupir.

— Je ne sais pas comment on va faire pour survivre à ça.

— Moi, je sais ce que conseillerait la maharani douairière : tournée générale de gin-tonics bien tassés !

Kanta m'accorde un sourire à contrecœur.

— Lakshmi, est-ce que Malik t'a parlé… de Samir ?

Je dois paraître perplexe, parce qu'elle poursuit.

— Je l'ai vu sur le terrain de cricket, en train d'observer Nikhil. Je crois qu'il est au courant, Lakshmi. Je ne sais pas comment, mais je suis à peu près sûre que Samir sait qu'on élève son petit-fils.

Il y a douze ans, quand Radha a appris qu'elle était enceinte de Ravi, elle était tellement amoureuse qu'elle était sûre qu'il allait l'épouser. Ma sœur croyait qu'il l'aimait autant qu'elle l'aimait. Elle ne pouvait savoir que j'avais déjà arrangé le mariage entre Ravi et Sheela, que j'étais l'entremetteuse facilitant la fusion de deux éminentes familles de Jaipur, les Singh et les Sharma.

Samir et Parvati m'ont tous deux fait clairement savoir qu'ils ne voulaient rien avoir à faire avec l'enfant illégitime de leur fils. Après les fiançailles de Ravi et de Sheela, ils se sont empressés d'envoyer leur aîné en Angleterre, et le bébé de Radha est devenu mon unique responsabilité. J'ai déduit qu'avec le lien des Singh avec la famille royale, si le bébé était un garçon, il pourrait être adopté par le palais en tant que nouveau prince héritier. J'ai travaillé dur pour concrétiser cette adoption, avant de comprendre à quel point Radha était déterminée à garder son bébé. Mais, avec l'aide de Jay – le docteur Kumar, comme je l'appelais alors –, nous avons modifié son dossier ; les battements cardiaques de l'enfant sont devenus problématiques, et l'adoption royale a été annulée. Les Singh n'ont jamais su que leur petit-fils grandissait à quelques kilomètres de chez eux.

Tout en me replongeant dans ce passé gênant, je me sens prise d'une migraine. La journée a été longue ; mon long trajet en train m'a épuisée. Je me frotte les tempes.

— Mais, Kanta, dis-je. Tu sais aussi bien que moi que les Singh ont refusé d'être liés de quelque manière que ce soit au bébé. Pourquoi Samir se piquerait-il brusquement d'intérêt pour un enfant dont il n'a tenu aucun compte ces douze dernières années ?

— Je ne sais pas, mais… je m'inquiète. Pourrait-il nous prendre Niki ?

Après des années de tentatives infructueuses, plusieurs fausses couches et un bébé mort-né, Kanta avait été si heureuse de devenir enfin mère. Je ferai tout ce qui est en mon pouvoir pour permettre à Nikhil de rester avec les Agarwal, quitte à combattre Shiva en personne.

— *Bukwas*. Tu as adopté ce bébé légalement. Tu as les documents qui le prouvent.

Une larme s'échappe du coin de l'œil de Kanta.

— Des documents basés sur de fausses informations.

Je pose les mains sur ses épaules osseuses et je la fais pivoter vers moi, doucement.

— Ne pense pas à ça. Niki a les meilleurs parents au monde, le meilleur foyer, tout ce dont un enfant puisse rêver. Il a reçu plus d'amour de ta part et de celle de Manu que toutes les nounous et les gouvernantes du palais n'auraient pu lui en offrir. Je ne laisserai jamais personne vous le prendre.

Son visage s'affaisse. Elle s'écroule sur mon épaule et sanglote.

Une fois de plus, je me retrouve à faire une promesse que je ne suis pas certaine de pouvoir tenir.

20

Malik

Jaipur

Le lendemain matin, le trottoir devant le Royal Jewel Cinema est bondé. Des travailleuses en sari de coton coloré, leurs pieds nus couverts de poussière, émergent de l'édifice. Les paniers sur leurs têtes sont remplis de débris de l'effondrement. L'une après l'autre, elles déversent leur charge à l'arrière d'un camion qui attend au bout du trottoir, puis regagnent l'intérieur du cinéma pour en reprendre. Des hommes en *dhoti* mélangent de la poudre de ciment et de l'eau dans une brouette. D'autres sortent des sièges abîmés pour les inspecter. Peut-on les réparer, ou va-t-il falloir les remplacer par des neufs ? Le mohair peut-il être recousu ? À travers les portes ouvertes du foyer, j'aperçois une équipe d'ouvriers dressant des échafaudages en bambou afin d'entamer le travail sur le balcon endommagé. Plâtriers, peintres, électriciens et plombiers vont de-ci de-là, tandis que leurs supérieurs leur crient des ordres. Des femmes manient des *jharus* pour balayer le plâtre et la poussière dans des récipients de toutes formes et tailles.

Je vois Ravi Singh en compagnie de M. Reddy. Ravi, le visage crispé, montre du doigt le directeur du théâtre tandis que M. Reddy esquisse un *namaste* apaisant, le suppliant de faire preuve de patience ou de lui pardonner. Je m'éloigne du champ de vision de Ravi pour m'approcher en silence d'une femme qui sort tout juste du cinéma, tenant en équilibre sur la tête un panier bourré de fragments de ciment, de plâtre et de briques.

— *Behenji*, la hélé-je doucement.

J'appelle « sœur » les femmes dont l'âge est proche du mien.

Elle ralentit pour me regarder avec incertitude.

— Je peux jeter un coup d'œil à ton panier avant que tu mettes les débris dans le camion ?

Je sors une roupie de ma poche et la lui tends.

Elle fait « oui » de la tête. Le temps qu'il lui faut pour abaisser le panier au sol, je lui glisse la pièce dans la main ; elle la fait aussitôt disparaître dans son bustier.

En examinant le contenu du panier, je choisis une brique sans logo qui est intacte aux trois quarts. Je m'empare également d'un morceau de ciment ; lui aussi est trop poreux, ce qui suggère que la proportion d'eau par rapport à celle de poudre de ciment était mauvaise. Les membres du personnel de Manu m'ont dit plus d'une fois qu'ils devaient faire attention aux ouvriers peu expérimentés qui pouvaient y mettre trop d'eau, rendant le ciment moins solide. Je range ces preuves dans le sac en toile que j'ai apporté. Avant de quitter le bureau, j'y ai mis des manuels d'ingénierie, une écritoire à pince et un pull, et je m'en sers à présent pour cacher les fragments que j'ai récupérés. J'aide la femme à remettre le panier sur sa tête. Ce faisant, je vois Ravi approcher. Je le salue d'un *salaam*.

— Ne fais pas ça. Tu interfères dans son travail et tu la ralentis.

Je vois qu'il est furieux. M'en veut-il encore d'avoir ramené Sheela chez elle après l'effondrement ? Il a l'air de vouloir me frapper au visage.

Je lui souris pour lui montrer que je ne cherchais pas à l'offenser.

—Mille pardons. J'ai cru que *behenji* allait laisser tomber son panier.

Il plisse les yeux.

—Qu'est-ce qui t'amène ici ?

—Je travaille sur les estimations pour les sièges qui doivent être réparés ou remplacés.

Je glisse nonchalamment le sac en toile sur mon épaule droite. Il le considère, mais n'émet aucun commentaire.

—Les ingénieurs du palais ne t'ont pas donné de liste ?

—Si, mais je me suis dit qu'il valait mieux que je vienne voir par moi-même. C'est un projet important. Je tiens à faire les choses comme il faut.

Je tâche de paraître sincère, obligeant. Sinon, je n'obtiendrai pas les résultats que je souhaite.

Son expression s'adoucit légèrement. Il tente d'adopter un ton plus amical.

—Écoute, mon vieux, pourquoi ne pas venir dîner ce soir ? Ça fait trop longtemps. On pourra parler de tout ça…

Il indique la scène qui nous entoure. Essaie-t-il par là d'éviter d'évoquer la tragédie qui a eu lieu ?

—Tout finira par s'arranger. Tu verras. Mon père connaît beaucoup de monde.

Je ne doute pas que son père ait été occupé, au téléphone, à contacter les avocats du palais, les médias et ses fournisseurs, à faire ce qu'il pouvait pour atténuer le mal infligé à la réputation de sa société. Maintenant que Samir essaie de recoller les morceaux, Ravi peut se montrer plus détendu.

—À quelle heure ?

Je n'ai aucune intention de rester dîner, mais au moins cela m'offrira-t-il l'occasion de parler à Samir.

— Vingt heures. *Mummi* programme le dîner à la même heure tous les soirs.

Je consulte ma montre ; cela me laisse le temps de finir ce que j'ai à faire.

De retour au bureau, je passe ma pause-déjeuner à m'entretenir avec un des ingénieurs de Manu. Il est célibataire, a une dizaine d'années de plus que moi, et nous marchons souvent ensemble jusqu'aux marchands de rue du coin pour déjeuner ensemble. Une fois que nous avons entamé notre *palak paneer* et notre *chole*, je lui montre les matériaux que j'ai trouvés sur le chantier du Royal Jewel Cinema.

Il affiche un air perplexe.

— Cela ne correspond pas aux spécifications que j'ai vues sur les documents pour la construction du cinéma.

Il avale une bouchée de son *aloo parantha* et hausse les épaules.

— Nous avons été si nombreux à travailler sur ce projet. Peut-être que le cahier des charges a changé quand je n'étais plus impliqué. Un des autres ingénieurs en saura peut-être plus que moi.

Mais je n'arrive pas à en trouver un seul qui soit au courant de ce changement.

Au bureau, dans la dernière heure de la journée, Hakeem m'abreuve de tâches. Je consigne des nouvelles factures dans les registres et je fais concorder les comptes jusqu'à en avoir le tournis. Quand l'auto-rickshaw finit par me déposer chez Samir, il me reste à peine l'énergie suffisante pour bavarder. Et puis je risque de croiser Sheela, ce que je préférerais éviter. (Si elle a remporté sa bataille en parvenant à obtenir sa propre maison lors de son mariage, elle a dû accepter de dîner tous les soirs chez ses beaux-parents.)

À peine ai-je franchi le seuil que Sheela sort justement du séjour, l'air irritée. Sa fille Rita, en tutu jaune cette fois, la suit.

— Ravi n'est pas avec toi ?

À l'entendre, on croirait que je suis le gardien désigné de son mari et que je me suis débrouillé pour le perdre dans l'unique but de la contrarier. C'est comme si l'instant de tendresse que nous avons partagé juste après l'effondrement n'avait jamais eu lieu. La Sheela qui se tient devant moi, main sur la hanche, est une inconnue. A-t-elle oublié que je l'ai aidée à prendre un bain il y a deux jours, alors qu'elle était seule et fragile ?

Pour toute réponse, je fais « non » de la tête.

Ce soir, elle porte un *salwar-kameez* vert mousse qui fait ressortir le rose de ses joues. Un *chunni* blanc, brodé de minuscules perles vertes, tombe gracieusement sur ses épaules. Le *kameez* de coton fin épouse sa poitrine et ses hanches et accentue son ventre plat. Le souvenir de son corps nu s'élevant de la baignoire me fait rougir. Elle s'en aperçoit et esquisse un petit sourire en coin.

Je reporte mon attention sur sa fille. Je m'accroupis de sorte à être à hauteur d'yeux.

— C'est qui, ça, Rita ?

Je montre la poupée en plastique qu'elle tient à l'envers dans son poing.

La fillette se cache derrière sa mère. Avec une certaine impatience, Sheela lui intime de répondre quand un adulte lui parle. Rita me glisse un regard de derrière sa mère et tend le bras afin de me permettre de voir la poupée – une figure féminine aux proportions généreuses, de vingt centimètres de haut, les cheveux blonds. La poupée est nue.

Je considère Sheela, qui lève les yeux au ciel.

— Le frère de Ravi n'a pas la moindre idée de ce qu'il faut offrir à une petite fille. Alors, il envoie à sa nièce ce qu'il pense être une poupée Barbie américaine. Ce n'en est pas une. C'est une Tessie.

Rita me décoche un grand sourire. Une fossette se creuse dans sa joue. Elle ressemble beaucoup à sa mère, mais son menton est celui de Ravi.

— On lui pousse sur le ventre et ses cheveux grandissent. Tu vois ?

La fillette appuie son petit doigt sur le ventre de la poupée et, en effet, la crinière blonde s'allonge jusqu'à la taille.

Quand j'entends la porte d'entrée qui s'ouvre, je me lève et me retourne. Samir entre et tend son manteau ainsi que sa serviette au domestique qui attend de les recevoir. Il sourit à sa petite-fille.

— Rita, dit-il, ta poupée va avoir besoin de bien plus que de ses cheveux pour se couvrir.

La fillette étudie sa poupée, la retourne et la donne à Samir. Avec un petit rire, il prend Rita dans ses bras pour l'embrasser sur la joue.

Sheela croise les bras.

— *Pitaji*, lance-t-elle, vous ne pouvez pas garder Ravi au bureau aussi tard ! Ses enfants ne le voient presque jamais.

Samir paraît contrarié puis, tout aussi vite, lui sourit. Il m'adresse un regard entendu, comme si nous conspirions ensemble.

— Mais, Sheela, qui paiera pour tes leçons de tennis, ton adhésion au club et les cours de danse de Rita ? proteste-t-il en secouant la petite, qui éclate de rire. Hein, *bheti* ?

Sheela pince les lèvres, comme si elle se retenait de riposter. Elle prend sa fille des bras de Samir, nous décoche un regard et s'éloigne d'un pas lourd en direction de la salle à manger.

Samir me fait signe de le suivre. Il m'entraîne vers sa bibliothèque et ferme la porte. Je me rappelle être venu dans cette pièce quand j'étais plus jeune. Les étagères encastrées qui croulent sous les volumes en anglais, en hindi et en latin. Les fauteuils de cuir rouge. Le foyer, où flambe toujours un feu l'hiver, et qui est vide en cette douce soirée de mai.

Je m'installe dans un des deux fauteuils. Samir retire ses boutons de manchettes en or et retrousse ses manches jusqu'aux coudes.

— Ravi m'avait dit que tu passerais ce soir. Cette tragédie au cinéma ne correspond pas tout à fait à ce que Manu avait souhaité pour ton stage au palais. Un peu trop d'agitation, tu ne trouves pas ?

Il ouvre un bar, débouche une bouteille de Glenfiddich et nous sert à chacun une dose de scotch single malt.

— Comme on le disait à Bishop Cotton, *rien de tel qu'un baptême par le feu*, déclaré-je en lui prenant le verre de scotch des mains.

— Bien vu, approuve-t-il en levant son verre comme pour saluer mon trait d'esprit, avant de boire une bonne lampée.

Puis il s'installe dans l'autre fauteuil et pose résolument son verre sur l'accoudoir comme s'il venait d'aboutir à une décision.

— Avant de fusionner Singh Architects et Sharma Construction, nous n'étions qu'une petite société employant cinq dessinateurs. Dix ans plus tard, nous voilà avec quinze architectes et près de cent employés. Comme tu le sais, quand M. Sharma a eu une attaque, j'ai pris toutes ses fonctions. J'ai délaissé le dessin pour la gestion. C'est-à-dire que je ne m'implique plus autant dans les décisions quotidiennes. Évidemment, je supervise les projets, mais… les détails…

Le scotch a beau me brûler la gorge, quand je l'avale, il descend comme du miel. Je sens mes mâchoires se détendre, puis les muscles de mon cou. À Shimla, le docteur Kumar et moi partageons parfois un verre de scotch – il affectionne particulièrement le Laphroaig, que j'aime aussi –, mais j'ai toujours préféré, et je préférerai toujours, une bonne bière fraîche.

Samir poursuit.

—Après Oxford, Ravi a décroché son diplôme en architecture à Yale. Il est revenu avec toutes sortes d'idées nouvelles et audacieuses sur la conception. Sur la construction. C'est un architecte-né, tout le monde le sait. Les clients l'apprécient. Nos employés aussi. Et il dirige très bien ses projets.

Samir vide son verre et se redresse sur son fauteuil.

Je bois une autre gorgée de scotch.

Il sourit et me montre du doigt.

—Savoir écouter est presque ce qu'il y a de plus important dans le métier. Je vois que tu es doué pour ça.

La patience est une autre de mes qualités. Au début, j'ai suivi Tatie-patronne partout en ville jusqu'à ce qu'elle me remarque. Au bout d'un moment, elle s'est mise à me payer pour porter ses produits. Puis je l'ai accompagnée jusqu'aux plus belles demeures de Jaipur, où j'attendais dehors sur la pelouse qu'elle termine le henné de grandes dames comme Parvati Singh. Plus tard, encore, à la prestigieuse école pour garçons Bishop Cotton, j'ai attendu patiemment que mes camarades acceptent mes origines moins désirables. Au début, c'était dur de se faire bizuter. Une brosse à dents remplie de laine de mouton. Une cravate d'école nouée autour de mes chevilles pendant mon sommeil. Je n'ai pas riposté. Je me suis contenté de me rendre utile. Je savais que Nariman aimait les cigarettes américaines ; je lui en ai procuré. Ansari affectionnait les photos de femmes nues. Modi, les timbres rares. Trouver ces articles m'était très facile, tout comme j'avais autrefois déniché les meilleures pistaches de Jaipur – celles que le cuisinier du palais préférait – tant d'années plus tôt. D'un jour à l'autre, je suis devenu indispensable aux tyrans de l'école, qui ont cessé de s'en prendre à moi.

Je vide mon verre et le tends à Samir pour qu'il me le remplisse. Il paraît soulagé d'avoir une tâche à accomplir, une activité qui le distrait de ses pensées. Il n'arrive pas tout à fait à se résoudre à me dire ce qu'il souhaite me dire. Je vois que cet effort lui est pénible.

— Ravi t'a-t-il dit qu'il avait fini ses deux derniers projets bien à l'avance ? me lance-t-il en me rendant mon verre rempli. Il s'est occupé de la rénovation de la salle de bal et du restaurant du *Rambagh Palace* et, après, il a transformé cette vieille propriété rajput sur Civil Lines Road en hôtel de luxe de classe internationale.

Je hoche la tête.

Samir s'assied et inspire un grand coup.

— Tout cela est difficile à faire. Il y a tellement d'imprévus, tellement de détails à prendre en compte. La météo, les matériaux qui n'arrivent pas à l'heure. Les jours où les ouvriers ne viennent pas. Toutes sortes de choses.

Il attrape le paquet de Dunhill sur la table à côté de lui, en sort une cigarette, et me le tend. Je me sers. À l'époque où je vivais à Jaipur, il fumait des Red and White, une marque moins onéreuse. Je prends note de la montée en grade. Tout comme j'ai pris note des belles voitures garées dans son allée.

Il sort un briquet en or de sa poche de chemise et allume nos cigarettes. Une fois qu'il a pris une longue bouffée, il se remet à parler.

— Les accidents arrivent, souligne-t-il. C'est la loi de la nature. Ce qui s'est passé au cinéma est bouleversant, mais…

Il relâche un filet de fumée, tapote son verre sur l'accoudoir de son fauteuil.

— La société porte mon nom, Malik.

De sa main libre, il désigne son propre torse.

—Je ne permets pas d'erreurs grossières sur mes projets. Pas sur le plan du jugement, de la conformité au Code, et encore moins des matériaux.

Il se penche en avant, les coudes sur les cuisses.

—Avec le projet sur le cinéma, j'ai laissé Ravi libre de faire comme il l'entendait. Je ne voulais pas qu'il pense que je n'avais pas confiance en lui, que je ne le croyais pas capable de prendre les bonnes décisions.

Il accroche mon regard.

—Après l'accident, je lui ai demandé de passer en revue les registres, les processus, toutes nos étapes, le rôle tenu par le palais. Il l'a fait. Et, très honnêtement, je ne vois pas en quoi il aurait pu commettre une faute. Il a agi dans les règles. Et pourtant…

Il se cale de nouveau dans le fauteuil en cuir.

—D'après ce que j'entends, tu doutes de lui. Et de moi. Tu doutes de mes compétences professionnelles.

Sa voix a pris une inflexion mordante. Il tire sur sa cigarette, en recrache un filet régulier de fumée.

L'alcool commence à s'immiscer dans mon cerveau. Je promène encore mon regard autour de moi. Cette pièce appartient à un homme riche. Les ouvrages reliés en cuir. L'horloge dorée. Un homme riche en costume d'homme riche qui veut que je protège son fils. Maintenant, je comprends pourquoi Ravi voulait que je vienne. Ce n'était pas pour que nous fassions la paix. C'était pour me lancer un avertissement.

Je pose mon verre de scotch sur son bureau.

—Que suis-je censé avoir fait, Tonton ?

—Hakeem m'a dit qu'il t'avait surpris hier dans son bureau, à fureter. Ravi t'a vu traîner autour du chantier de reconstruction, occupé à *Bhagwan* sait quoi. Et…, ajoute-t-il en pointant sur moi un doigt accusateur, tu as questionné des ingénieurs du palais.

Oh, ne prends pas cet air surpris. Je serais un piètre homme d'affaires si je ne me tenais pas informé.

Je sens les poils se dresser sur ma nuque. Tout à coup, me revoilà à Bishop Cotton, dans la piscine, avec trois garçons de la classe du dessus qui me tiennent la tête sous l'eau. Comment a-t-il su que j'avais questionné des ingénieurs du bureau des installations du palais ? Hakeem m'a-t-il espionné ? Ceux que j'ai interrogés se sont-ils rendus tout droit chez Samir ? Sont-ils tous à sa solde ?

— Il y a plusieurs années, c'est vous qui avez aidé Lakshmi à entrer au palais, rappelé-je prudemment. Vous devriez savoir plus que quiconque qu'elle a aidé la maharani à traverser une période difficile. Depuis ce temps-là, je me suis toujours senti très lié aux maharanis. Je suis honoré de travailler en leur nom au bureau des installations avec M. Agarwal. Je tenais seulement à m'assurer que notre estimation pour la reconstruction était suffisamment précise. Rien de plus.

J'ouvre les bras en grand, paumes tournées vers le ciel.

Il fait tomber sa cendre dans le gros cendrier en cuivre sur son bureau.

— Je comprends parfaitement, affirme-t-il en reprenant une voix mielleuse. Mais toutes les questions que tu pourras avoir, c'est à moi ou à Ravi que tu devras les poser. Nous sommes en mesure d'éclaircir les détails importants. Inutile de perdre ton temps à parler aux ingénieurs du palais. Ils sont trop pris par leurs propres projets de construction pour s'attarder sur les nôtres.

Il me décoche son sourire le plus charmeur.

— Et puis, toi et moi, on est de vieux amis. Tu ne douterais jamais de moi, hein ?

Dans cette pièce d'homme riche, je suis sûr d'une chose : un père et un fils sont liés par le sang. Samir et Ravi n'ont aucune attache avec moi. Samir voudrait que je croie qu'il me soutient, mais je sais de quoi il en retourne.

Je lui rends son sourire, le regard franc.

— Que je comprenne bien. Si je suis ici ce soir, c'est parce que vous vouliez me rappeler notre amitié ? Cette même amitié qui a forcé Lakshmi à quitter Jaipur ?

Son visage devient brusquement de marbre, d'un blanc grisâtre. Il laisse échapper un petit rire, comme si je venais de lui raconter une blague. Une fois de plus, il endosse le rôle de l'affable et bienveillant Tonton Samir.

— Qu'est-ce qu'il ne faut pas entendre ! s'écrie-t-il. Tu es ici parce que je voulais que tu connaisses l'hospitalité des Singh.

J'écrase ma cigarette dans le cendrier.

— Merci, mais je crains d'avoir rendez-vous ailleurs.

On frappe brusquement à la porte. La poignée tourne et le battant s'ouvre à la volée. Parvati pénètre dans la pièce, et je me lève poliment.

— Te voilà, Samir ! s'exclame-t-elle. Je ne t'avais pas entendu entrer.

Lorsqu'elle se tourne vers moi, son regard se durcit. Ce n'est pas le visage amical qu'elle m'a présenté quand je suis venu dîner il y a à peine un mois. Ravi et Samir lui ont-ils dit que je menais ma petite enquête ? Elle balaie la pièce du regard, apercevant le scotch, les cigarettes.

— Avant le dîner ? s'offusque-t-elle.

Elle dévisage Samir jusqu'à ce que, à contrecœur, il se lève de son fauteuil. Puis il s'approche d'elle et s'immobilise à quelques centimètres de son visage. Elle ne bouge pas. Il sourit et ramasse délicatement le *pallu* du sari de son épouse afin de le draper sur ses épaules pour l'envelopper comme dans un châle. C'est l'attention d'un amant, et je la vois se radoucir.

— Je te suis, MemSahib, affirme-t-il.

Parvati se déride, mais à peine. Elle se retourne avec grâce et sort par la porte ouverte.

Alors que je m'apprête à partir, Samir m'agrippe le coude droit.

— En ce qui concerne Sheela, Ravi travaille toujours tard, murmure-t-il, si bas que je peine à l'entendre. *Accha ?*

Je le considère froidement. Tel père, tel fils.

21

Lakshmi

Jaipur

À l'époque où je m'occupais de la dépression de la maharani Latika, mes rendez-vous au palais étaient fixés par le secrétaire de l'aînée des maharanis. Malik et moi passions par le poste des gardes à l'entrée du palais avant d'obtenir l'autorisation d'entrer. C'est Samir Singh qui m'a aidée à décrocher ma première audience avec la maharani douairière Indira ; par la suite, elle a estimé mes visites à la jeune reine Latika comme essentielles à son rétablissement.

Mais je n'ai plus la possibilité de demander à Samir de m'aider à entrer au palais. Nous ne nous sommes pas vus ni parlé en douze ans. Sans oublier que je souhaite justement m'entretenir avec la maharani Latika de l'entreprise de ce dernier.

Ce matin, je porte un sari de soie ivoire bordé d'un vert émeraude et tissé d'or. Mes cheveux sont parfumés à l'aide de fleurs de jasmin et ramassés en un chignon bas dans ma nuque. En dehors de mon rouge à lèvres foncé, je ne suis pas maquillée. Mes bijoux sont simples : deux rangées de perles autour du cou. Mes oreilles sont nues. Je porte une montre ainsi qu'un bracelet en corde tissée noire, et rien d'autre aux bras ni aux doigts. Il y a longtemps, j'ai appris qu'il valait mieux affecter une élégance simple en présence d'une tête couronnée, et ne pas chercher à lui souffler la vedette.

Le garde à moustaches grises est peut-être le même que celui d'il y a douze ans. Difficile à dire. Tous les gardes du palais, et tous les domestiques, se ressemblent : turban rouge, veste blanche nouée à la taille à l'aide d'une ceinture rouge, pantalon blanc. Les plus jeunes sont rasés de près. Leurs aînés, plus aguerris, arborent barbes et moustaches.

Ce garde-ci me reconnaît.

— Bonjour, *Ji*, me salue-t-il. Cela faisait longtemps. Êtes-vous venue voir la jeune maharani ou son aînée ?

J'ignorais que la reine douairière était de retour à Jaipur. Aux dernières nouvelles, elle avait élu résidence à Paris une fois que la maharani Latika, ayant surmonté sa dépression, avait pu reprendre ses fonctions officielles. Il serait déplacé pour moi de demander la raison de son retour, aussi me retins-je de le faire. Je finirai bien par l'apprendre à un moment ou à un autre.

— La maharani Latika, réponds-je d'une voix assurée, comme si elle m'attendait.

Sans invitation, je ne pourrai duper ce garde qu'une seule fois ; à la prochaine occasion, il me reconnaîtra et refusera de me laisser passer.

À travers les hautes grilles métalliques, j'aperçois la Bentley de la plus jeune maharani. Comme souvent à cette heure de la journée, le véhicule stationne dans l'allée circulaire, sa carrosserie cirée scintillant au soleil, prêt pour l'escapade de la journée.

Le garde contemple mes mains, puis penche la tête sur le côté pour regarder derrière moi, comme s'il s'attendait à voir Malik avec les tiffins contenant mes produits : ma pâte de henné, mes friandises pour la maharani, et toutes sortes de lotions apaisantes. Ne voyant rien, il reporte son attention sur moi comme pour me questionner. Mais il se contente d'agiter le bras, et un jeune valet s'avance pour m'accompagner. Je connais mon chemin dans ce palais depuis mes fréquentes visites d'il y a douze ans. Malgré tout, le protocole veut que je suive un domestique pour entrer et sortir.

Celui-ci m'entraîne à travers les couloirs autrefois familiers, aux sols de mosaïque, aux miroirs victoriens, et aux tableaux de maharadjahs et maharanis passés et présents en pleine chasse au tigre, assis sur leurs trônes ou entourés de leurs familles. J'ai l'impression que le temps où je m'occupais de la maharani remonte à une éternité. J'étais alors une personne différente, plus concentrée sur ce que je pouvais gagner grâce à mes tatouages au henné que sur le désir d'accomplir l'œuvre de ma vie – guérir les autres –, comme ma *saas* me l'avait appris.

Les photographies en noir et blanc accrochées aux murs montrent des maharanis accompagnées de dignitaires comme Jacqueline Kennedy, la reine Elizabeth et Helen Keller. Les clichés les plus frappants sont de sombres compositions de la maharani Latika, prises dans son séjour alors qu'elle regardait par la fenêtre ou sur sa terrasse, le vent gonflant délicatement son sari en crêpe georgette.

J'aurais cru que chaque maharani successive aurait laissé son empreinte esthétique sur le décor. Or, le long du couloir, je vois les mêmes tables en acajou incrustées d'ivoire ; chacune porte un vase en cristal taillé contenant une multitude de roses, de jacinthes bleues et de digitales pourprées, fraîchement cueillies dans le jardin du palais. Je me demande si les reines sont autorisées à apporter leur touche uniquement dans leurs appartements personnels.

Enfin, j'aperçois les hautes portes de cuivre du séjour où j'avais pour habitude de retrouver la maharani douairière Indira. Le domestique me demande poliment de patienter sur la chaise longue à côté de la porte pendant qu'il entre annoncer ma présence. Je remarque que la chaise a été recapitonnée en satin carmin depuis ma dernière visite. Le choix de la maharani Latika, peut-être ? L'attente est plus longue qu'elle ne l'était autrefois, et je crains que la maharani ne refuse de me voir. Enfin, le valet réapparaît et m'invite à entrer.

Je couvre respectueusement mes cheveux à l'aide de mon *pallu* et j'entre, souriant au souvenir des nombreuses fois où Malik a dû me rappeler ce geste de courtoisie au début de mon service auprès des maharanis ; j'étais tellement nerveuse que je l'oubliais régulièrement. À présent, je suis surprise de ne plus sentir mon cœur se serrer d'angoisse à l'idée de me retrouver en présence d'un membre de la famille royale.

Je remarque que les trois canapés victoriens dans cette pièce élégante ont eux aussi été recapitonnés. La soie damassée est d'une couleur différente – rose foncé –, mais, mis à part ce détail, la pièce n'a pas changé. Les divans flanquent une immense table basse en acajou. Tout en haut, le plafond peint avec minutie représente la cour du seigneur Rama et de sa compagne Sita dans l'épopée du Ramayana.

Dans un coin de la pièce, la maharani Latika est assise à un bureau en ébène incrusté d'ivoire et de perles. À mon arrivée, elle lève les yeux et me sourit.

— Lakshmi ! s'exclame-t-elle. Quelle joie de vous revoir. Il me semble que vous vivez à Shimla à présent. Je vous en prie.

Elle désigne le coin salon.

— Je finis de rédiger un courrier, j'en ai pour une minute.

En dehors du tic-tac de l'horloge anglaise posée sur la cheminée de marbre, le silence est tel que j'entends le stylo de Son Altesse gratter la surface de la feuille. Je me souviens de la première fois que je suis entrée ici et que j'ai aperçu Madho Singh. Il criait « *Namaste !* Bonjour ! *Welcome !* » depuis sa cage.

Ses marmonnements et cris incessants causaient beaucoup d'agitation à l'époque où la reine douairière occupait cette pièce.

—Voilà.

La maharani brandit ses enveloppes, et un domestique apparaît soudain comme par magie. Les valets se tiennent si immobiles que je remarque à peine leur présence jusqu'à ce qu'ils se mettent à bouger. Celui-ci sera à présent remplacé par un autre ; la maharani ne reste jamais sans serviteur.

Je me lève pour lui effleurer les pieds alors qu'elle s'approche de moi et s'installe sur un des canapés.

—Alors, commence-t-elle. Du thé ?

Elle est aussi belle que dans mes souvenirs. Certes, plus âgée ; la quarantaine bien entamée, quelques années de plus que moi. Ses yeux sont de la couleur et de la taille de noix de bétel, bordés d'une frange de longs cils. Les plis dans les coins n'y étaient pas la dernière fois que je l'ai vue. Ses yeux noisette sont désormais animés par une perspicacité qui semble tout analyser, calculer, évaluer. Ses sourcils sont épilés en deux arcs qui lui donnent un air plus autoritaire que jamais (elle l'est !).

—Comme vous voudrez, Votre Altesse.

—À bien y réfléchir, je crois qu'un verre de *nimbu pani* serait plus rafraîchissant.

Elle lève le regard, et le deuxième domestique s'avance, s'incline et quitte la pièce.

—Bon, parlez-moi de Shimla. Le climat y est si agréable à cette époque de l'année, quand la chaleur s'abat sur Jaipur comme un manteau d'hiver.

Elle porte un sari léger en georgette imprimé d'hortensias bleus. Son bustier est parfaitement assorti au bleu des fleurs. De grosses larmes de diamant ornent ses oreilles, une lourde chaîne en or pend à son cou, et les bagues de diamant et de saphir à ses doigts complètement l'ensemble.

— Il est vrai que retrouver Jaipur – et sa chaleur – m'a fait un sacré choc après toutes ces années passées dans les montagnes, reconnais-je avec un rire.

— J'ai entendu dire que vous étiez mariée, à présent. Cela doit vous convenir. Vous avez l'air bien.

— Je vous remercie, Votre Altesse. Vous-même respirez la santé.

Elle agite les doigts, comme pour chasser mon compliment au loin.

— J'ai trop à faire. Je ne dors pas autant que je le devrais. Et j'ai moins de temps disponible pour voir les filles de mon école.

Elle fait allusion aux cours d'étiquette, de tennis et de danse occidentale qu'elle dispense à l'école pour filles qu'elle a fondée il y a plusieurs décennies et que Radha a fréquentée l'espace d'un trimestre.

— Et votre fils, Votre Altesse. Comment se porte-t-il ?

Elle marque une pause. Lorsqu'elle reprend la parole, elle s'exprime d'une voix dure.

— Il se trouve à Paris. Il paraît qu'il y est bien connu des tenanciers de bar. Mais je suis sûre que vous êtes déjà au courant.

Cette nouvelle me surprend, ce qui doit se voir sur mon visage. Je sais de Kanta que son fils n'a pas mis les pieds en Inde récemment, pas même pour les funérailles de son père. Mais je pensais qu'il venait au moins rendre visite à sa mère de temps en temps.

Elle m'adresse un sourire ironique.

— Donc, on ne connaît pas encore tous nos agissements à Shimla… pour l'instant ?

Le domestique revient avec nos verres de citronnade sucrée. Contrairement au *nimbu pani* que vendent les marchands de rue, on en a retiré toute la pulpe, de sorte à mettre en valeur l'éclat de la boisson jaune-vert dans les petits verres en cristal.

J'attends qu'elle s'empare du sien pour boire. Le goût est divin. Un peu acide, un peu sucré, un peu salé, une explosion de fraîcheur jusqu'au fond de ma gorge.

Il y a quelque chose de plus formel que dans mon souvenir chez la femme assise en face de moi, quelque chose de froid. Elle était autrefois aussi légère qu'une brise, un vrai tourbillon d'activité. Je sais que sa séparation forcée d'avec son fils lorsqu'il avait huit ans l'a anéantie, mais la réaction de ce dernier s'est avérée encore plus catastrophique. D'après ce que m'a dit Kanta et ce que je déduis en sa présence, il doit en vouloir à sa mère de ne pas s'être davantage battue pour lui. Il se dit sûrement que si elle s'était donné plus de peine, il serait aujourd'hui le maharadjah de Jaipur. Peut-être ne revient-il pas parce qu'il n'a aucune envie de se retrouver nez à nez avec son remplaçant, le prince héritier adopté. Titre que Niki aurait pu porter, lui aussi, si le palais avait fini par l'adopter.

Je me racle la gorge.

— Êtes-vous souvent en lien avec le prince héritier actuel, Votre Altesse ?

Elle boit une autre gorgée.

— Il n'a que douze ans. Un peu jeune pour autre chose que pour saluer les foules. Par chance, on n'attend pas de moi que je lui tienne lieu de mère, seulement de tutrice. Tout comme la douairière était la tutrice de mon époux lorsqu'il n'était pas encore en âge de remplir les fonctions du maharadjah de Jaipur.

Elle me décoche un regard d'acier.

— Mais vous n'êtes pas venue papoter.

Je pose mon verre sur le plateau d'argent et joins mes mains.

— Non, Votre Altesse. Je tenais tout d'abord à vous faire part de mon chagrin suite à l'accident survenu au cinéma. J'ai ouï-dire que quelques spectateurs avaient perdu la vie et que beaucoup d'autres étaient blessés ?

Elle plisse les yeux, inspire un grand coup.

— C'est un événement des plus regrettables. Nul n'aurait pu le prévoir. Je suis de tout cœur avec ceux qui ont souffert. À présent, nous ne pouvons rien faire d'autre que payer et soigner leurs blessures.

Elle baisse les yeux sur la table basse.

— Les mots me manquent pour exprimer ce que m'inspirent la mort de Rohit Seth – un vieil ami – et de la jeune femme.

Elle sirote encore sa boisson.

— Mais ce n'est pas non plus par compassion que vous êtes venue aujourd'hui.

Je me frotte le dos d'une main avec la paume de l'autre et étudie mes ongles soignés.

— Il paraît, Votre Altesse, que M. Manu Agarwal court le risque d'être démis de ses fonctions au bureau des installations.

Elle hausse un sourcil fin. *Et ?*

— M. Agarwal et son épouse sont de bons amis. Je ne souhaite rien vous dissimuler sur ce point. Mais je détiens des informations à même d'innocenter M. Agarwal. On ne l'a pas mis au courant de certaines incohérences de matériaux pendant la construction. Si Votre Altesse me le permet, puis-je vous faire part du complot dont il est devenu la cible ?

— Pourquoi Manu ne me présente-t-il pas ces informations lui-même ?

— Il ne les connaît pas encore.

Elle baisse le menton.

— Et vous, si ? lâche-t-elle, incrédule.

— Veuillez pardonner mon impertinence, Votre Altesse. Puis-je parler franchement ?

— Toujours, Lakshmi.

— Je ne sais pas si vous vous souvenez de mon jeune assistant de l'époque où je travaillais à Jaipur. Son nom est

Malik. Par un heureux concours de circonstances, il a pu m'accompagner à Shimla et fréquenter l'école pour garçons Bishop Cotton. Malik a vingt ans à présent, et, pour me rendre service, M. Agarwal a accepté de le prendre comme apprenti au bureau des installations. Il a pris part au projet du Royal Jewel Cinema, notamment au service comptabilité.

J'ai désormais toute son attention. Elle me fixe de son regard pénétrant.

— Pendant l'exercice de ses fonctions, Malik est tombé par hasard sur des reçus pour des matériaux de qualité médiocre employés dans le cadre du projet de cinéma.

— Ces reçus, puis-je les voir ?

Je ferme les paupières, frustrée, et secoue la tête.

— C'est là tout le problème, Votre Altesse. Au début, il n'a pas compris ce qu'il avait sous les yeux. Lorsqu'il est retourné récupérer les reçus, ceux-ci avaient été remplacés par... des documents différents.

Elle me considère longuement.

— Je vois.

Elle agite la boisson dans son verre et en boit une gorgée.

— Du point de vue du palais, le développement du Royal Jewel Cinema était sous la responsabilité de M. Agarwal, la sienne uniquement. Si ces reçus ne peuvent être trouvés pour prouver son innocence, comment pourrais-je le disculper ? Dans le cas où l'enquête l'estimerait coupable, il serait licencié.

Je comprends à présent que, afin de régler ce problème en contentant le public, il va falloir sacrifier un bouc émissaire. Manu est ce bouc émissaire. Et il ne possède pas la moindre preuve à même de démontrer le contraire.

— Si M. Agarwal est accusé à tort, la réputation d'un homme bon s'en verrait entachée à jamais, insisté-je. Il a servi ce palais de manière exemplaire pendant quinze années. Il a dédié sa vie à veiller à ce que le nom de la famille royale demeure irréprochable.

Je me tapote les lèvres.

— Si je… si nous vous avancions la preuve d'une réelle culpabilité, auriez-vous l'amabilité de la prendre en compte ? Accepteriez-vous de suspendre les décisions concernant l'avenir de M. Agarwal jusque-là ?

Elle passe une main dans ses cheveux.

— Le fan-club de M. Seth et l'industrie du cinéma nous mettent beaucoup de pression, Lakshmi. Il s'agit sans doute d'un projet privé du palais, mais notre réputation dépend toujours du public. Nous allons devoir agir rapidement.

— Votre Altesse, je vous en supplie. J'espère que vous vous souvenez de moi comme de quelqu'un qui tient ses promesses.

Manifestement, elle me fait confiance, sinon je n'aurais pas été autorisée à entrer dans ses appartements privés sans rendez-vous.

— Si je promets de vous apporter un élément crédible, très vite, cela vous satisferait-il ?

— De combien de temps avez-vous besoin ?

— Quelques semaines ?

— Vous avez trois jours. Je suis navrée. Passé ce délai, je vais devoir annoncer sa suspension et éventuellement son licenciement.

C'est encore pire que je ne le pensais ! Et, à sa voix, je comprends qu'elle ne croit guère en ma réussite.

Elle pose son verre sur le plateau et se lève. Signe pour moi qu'il est temps de partir.

Je me penche encore vers ses pieds.

— Merci, Votre Altesse.

Alors que je pivote vers la porte, elle lance :

— Comment va votre sœur, mon ancienne élève ? Radha, il me semble ? Elle était prometteuse, si mes souvenirs sont bons.

Je laisse échapper un petit rire.

— Je crains qu'elle n'ait tenu ses promesses que tardivement. Elle vit désormais à Paris avec son époux français, qui est architecte. Ils ont deux filles. Elle travaille dans le parfum.

La maharani Latika paraît agréablement surprise.

— Mais c'est merveilleux ! Je passerai peut-être la voir la prochaine fois que je serai à Paris. Ne manquez pas de me dire où je pourrai la trouver.

— À la Maison Chanel. Elle a débuté dans une autre parfumerie et s'est aperçue que, non seulement elle aime mélanger des éléments, mais elle a un vrai nez.

— Eh bien ! Passez-lui le bonjour de ma part, vous voulez bien ?

Je lui adresse un *namaste* et je prends congé.

Malik et moi n'avons que trois jours pour sauver Manu Agarwal. Trois jours pour nous assurer que ni la vie de Niki ni celle de son père ne seront détruites par ce malheur.

De retour chez les Agarwal, j'appelle Jay à Shimla. C'est la fin de matinée. Il doit se trouver à l'hôpital.

Il répond dès la première sonnerie.

— Je te manque ?

Il lâche un petit rire.

— « On a beau enfermer un coq, le soleil se lèvera quand même. » Tu n'es pas à Shimla, mais ça ne veut pas dire que je ne t'imagine pas faire les mots croisés dans le séjour, sortir du bain en sentant la lavande ou faire vivre un enfer aux infirmières du dispensaire.

Je pouffe de rire.

— Ce n'est pas mon genre !

Je lui raconte ma journée jusque-là, ce que m'a dit la maharani, le fait que je n'ai jamais vu Manu aussi déprimé et en quoi cela affecte sa famille.

—Malik a quelques pistes à suivre, précisé-je avant de marquer une pause. Comment vont Nimmi et les enfants ?

—Lakshmi, tu dois savoir qu'elle ne pensait pas ce qu'elle t'a dit. Elle a tellement peur. Elle ignore dans quoi Vinay nous a fourrés.

Difficile d'être compréhensive quand la rage de Nimmi était tellement palpable. En quelques minutes, elle a dissipé le climat de bienveillance que nous avions instauré. Je murmure des paroles évasives.

Percevant ma réticence, il soupire.

—Et les moutons ? questionné-je.

—Nimmi a payé le berger du coin pour qu'il continue de déplacer le troupeau tous les deux ou trois jours. Cela ne lui pose pas de problème, car il doit déjà déplacer le sien de toute façon.

—Et la laine que nous avons tondue ?

—Elle est toujours dans le garde-manger. Impossible d'accéder à la nourriture de Madho Singh.

—C'est pour ça que j'ai embauché cette cuisinière.

—*Hahn*. Et maintenant, l'oiseau a pris goût aux *chapattis* ! Ne sois pas étonnée si Madho refuse de manger des graines à présent, ajoute-t-il avec un petit rire. Combien de temps penses-tu rester à Jaipur ?

—La maharani Latika nous a donné trois jours à partir d'aujourd'hui pour lui prouver que Manu est innocent. Si nous n'y parvenons pas, il sera licencié pour le bien de l'image publique du palais.

Nous gardons un instant le silence.

—« Le voleur qui n'est pas pris est un roi », lâche alors Jay. Tu trouveras cette preuve, Lakshmi. Ne laisse pas mon vieil ami Samir rester le roi en toute impunité.

—Je n'en avais pas l'intention.

22

Malik

Jaipur

L'employé de chez Chandigarh qui est à l'autre bout du fil semble avoir mon âge. Quand je me présente comme l'assistant du comptable du palais de Jaipur, je l'entends presque se redresser sur son siège.

— *Bhai*, dis-je. J'espère que vous allez pouvoir m'aider.

Je me racle la gorge comme si j'étais un peu gêné.

— Il s'agit de mon premier travail important, vous comprenez, et j'ai honte d'admettre que j'ai égaré plusieurs documents.

Je m'applique à rire un peu nerveusement.

Mon interlocuteur, qui est plutôt sympathique, s'esclaffe.

— Ça m'est arrivé, à moi aussi.

Je m'imagine un jeune homme consciencieux, compréhensif, apprécié de ses amis.

Je pousse un soupir exagéré afin de lui faire comprendre à quel point je lui suis reconnaissant.

— Le palais a tellement de projets en cours, j'ai sûrement dû ranger ce fichu dossier dans le mauvais tiroir.

Je joue la carte de la connivence, vestige de mon temps passé à la Bishop Cotton.

— Sans votre aide, il me faudrait des heures pour mettre la main dessus. Mais, *bhai*, vous pensez qu'on pourrait garder ça entre nous ?

— Pas de soucis, répond-il. (Il baisse la voix.) Quels documents, au juste ? Je peux vous en envoyer un exemplaire par la poste.

Une lettre de Chandigarh pourrait prendre une semaine pour arriver. La maharani Latika nous a accordé trois jours.

— C'est très gentil à vous, réponds-je. Hélas, mon patron… Il en a besoin tout de suite, vous voyez. Il me fera couper la tête et l'enverra à la maharani sur un plateau si je ne les lui fais pas parvenir d'ici une heure.

— Mais vous appelez de Jaipur ! Comment vous le transmettre dans l'heure ?

— Je n'ai besoin que des chiffres. Peut-être pourriez-vous me les envoyer par télégramme ?

Là, je l'entends hésiter.

— Il me faudrait en justifier le coût, *bhai*. Les télégrammes coûtent cher.

Je laisse échapper un rire.

— Envoyez-le en PCV, le palais réglera la note ! Je parviendrai bien à cacher les dépenses. La comptabilité trouve toujours une solution à tout, *hahn-nah* ?

Ce dernier commentaire suscite un rire admiratif de sa part.

Je lui dis d'envoyer le télégramme à la poste de Jaipur et lui donne tous les détails nécessaires. Puis je me lève et j'attrape quelques factures au hasard sur mon bureau, de sorte qu'en passant devant la porte d'Hakeem, j'aie l'air de m'occuper d'une affaire officielle et nécessaire.

— Abbas ?

Je ne m'attendais pas à ce qu'il me hèle. Je ne tourne que la tête, comme si j'étais pressé.

— Oui, Sahib ?

— La reconstruction du sol du cinéma ? Je n'ai toujours pas vu l'estimation.

Je brandis les documents que je tiens à la main.

— Un dernier détail à vérifier. Je n'ai pas encore reçu le prix des sièges. Je crois que Singh-Sharma n'a pas estimé ce qui doit être remplacé et ce qui peut être réparé.

Il me dévisage, tâchant de paraître sévère, et passe les doigts sous sa moustache.

— Veillez à ce que ce soit fait d'ici à la fin de la journée.

J'acquiesce, puis me dirige vers la sortie principale afin de me rendre à la poste de Jaipur. Maintenant que je sais qu'il a cafardé sur moi auprès de Samir, j'évite Hakeem à tout prix. Visiblement, il n'est pas aussi apathique que je l'avais cru, même si ce n'est pas non plus le comptable appliqué que j'avais initialement vu en lui. Pourquoi Hakeem se plierait-il aux injonctions des Singh ? Samir le paie-t-il pour espionner l'organisation du palais ?

En route pour la poste, je songe à ce que Tatie-patronne m'a dit sur les briques qu'elle avait vues à Shimla, et au fait qu'elles ressemblaient à celles que j'avais trouvées ici sur le site de l'effondrement du balcon. J'en avais déduit que je devais découvrir si les deux étaient liées, et comment.

Je pense aussi à la dispute à laquelle j'ai assisté hier chez les Agarwal entre Tatie-patronne et Manu.

Kanta et Niki étaient partis chercher un dessert à la confiserie. Manu, Lakshmi et moi nous trouvions dans le séjour. Quand Lakshmi a dit à Manu ce que j'avais trouvé, et lui a appris qu'elle était allée rendre visite à la maharani Latika, il a explosé.

— Tu y es allée dans mon dos ? Son Altesse pensera que je suis un lâche ! Que j'ai dû envoyer une… une…

— Une femme ?

Tatie-patronne s'exprimait de sa voix calme, celle qu'elle prenait à l'époque où elle devait apaiser ses clientes les plus difficiles.

— Tu ne vois pas de quoi ça a l'air ? s'est emporté Manu. C'est comme si tu m'avais coupé les jambes ! Le Tout-Jaipur saura que Manu Agarwal est un pleutre, doublé d'un escroc de premier ordre !

Il s'est retourné vers moi.

— Et toi, Malik ! Je te faisais confiance, et voilà que tu essaies de déterrer… du linge sale ? Tu parles de ce projet au tout-venant ?

Je n'avais jamais vu Tonton aussi furieux. Je ne l'en avais même pas cru capable. Je l'ai regardé faire les cent pas dans son séjour en agitant les bras, ses cheveux volant en tous sens comme s'ils gesticulaient eux aussi. Si je ne l'avais pas connu depuis l'enfance, je l'aurais cru sur le point de faire une crise nerveuse. Comme mon professeur d'anglais à Bishop Cotton, le jour où il a appris que sa femme le trompait avec l'intervenant en mathématiques.

Patronne a conservé sa voix apaisante.

— Je ne voudrais pas que Niki entende son père insulté de la sorte, a-t-elle déclaré sans se départir de sa voix apaisante. C'est pour cela que je suis allée voir Son Altesse.

Au nom de son fils, il s'est figé, le visage tordu par l'angoisse.

Tatie-patronne a tapoté la place à côté d'elle sur le divan.

— Viens t'asseoir, Manu-*ji*. S'il te plaît. Tu me donnes le tournis.

Il a repoussé ses lunettes sur l'arête de son nez et a obéi, soudain penaud.

— Ce que Malik a trouvé, tu ne l'aurais jamais découvert par toi-même. Toi, tu supervises les travaux. Il ne t'appartient pas d'examiner des détails comme les reçus et les factures.

Tes employés te font des rapports. Ils t'apportent des résumés de ce qu'ils ont fait. Tu écoutes, tu questionnes et tu discutes, et puis tu approuves leurs recommandations.

— Tu veux dire que mes employés, que j'ai triés sur le volet, auraient pu me mentir ?

Elle lui a mis la main sur l'épaule, comme si elle s'adressait à un jeune frère.

— Tes employés te suivent depuis longtemps. Naturellement, tu t'attends à ce qu'ils agissent correctement. Peut-être que cette fois-ci, leurs recommandations étaient fondées sur des informations erronées ? Et, comme tu collabores depuis longtemps avec Singh-Sharma, tu te fies aussi à son équipe. Rien de ce que tu as vu n'aurait pu te porter à croire qu'ils avaient fait quoi que ce soit de… fâcheux.

Manu fixait du regard le tapis persan sous ses pieds. Il a gonflé les joues et a soufflé un grand coup, comme s'il relâchait quelque chose. Il s'est tourné vers Lakshmi.

— Ce – prétendu – complot. Dis-moi que ce n'est pas qu'une manière pour toi de te venger de Samir Singh pour ce qui s'est passé entre Radha et Ravi. Pour la fois où il t'a laissée en plan.

Visiblement, Tatie-patronne ne s'était pas attendue à cette accusation, mais elle a répondu sans hésiter.

— N'y songe même pas, *bhai*. Tout ça, c'est du passé. Je n'y pense jamais une seconde. Mais il est vrai que le passé colore l'impression que j'ai de cette famille et de ce dont elle est capable. Si on se penche sur la trouvaille de Malik, on pourrait en déduire qu'elle est en partie responsable de ce qui s'est passé.

Manu a paru partagé. Il m'a considéré en fronçant les sourcils.

— Samir a payé pour ta scolarité à Bishop Cotton. Tu ne lui dois donc aucune loyauté ? Comment peux-tu accuser sa société de fraude et d'inconséquence alors que Samir t'a ouvert des portes ?

Manu avait l'air tellement perdu ; j'aurais tant aimé avoir les mots pour le réconforter. Il ne maîtrisait plus ce qui se passait autour de lui. On lui avait appris à ne jamais questionner ses supérieurs. Comme il a toujours été un intermédiaire honnête, il ne pouvait imaginer que d'autres puissent ne pas agir de même. Quinze années durant, la famille royale l'avait employé. Il aurait préféré se couper le bras plutôt que de remettre leurs décisions en cause ou de les accuser de quoi que ce soit.

—Je ne formulerais jamais une telle accusation à la légère, Tonton, ai-je assuré avec la plus grande douceur possible. Mais je sais ce que j'ai vu, et le palais n'a pas à te licencier pour une faute que tu n'as pas commise. Les Singh s'achètent sûrement beaucoup de faveurs, mais je n'estime pas avoir été acheté par eux. Samir Singh a payé pour mon éducation dans le but de se faire pardonner le chagrin que sa famille a causé à Tatie-patronne. Après tout, il y a douze ans, elle a dû quitter Jaipur et abandonner son affaire florissante de tatouage au henné. Je n'ai jamais demandé à Samir de payer pour mon éducation. Et je ne lui serai pas redevable sous prétexte qu'il a choisi de le faire. Mon unique loyauté est envers toi, Tatie-patronne et Nikhil.

Manu a paru apaisé. J'ai compris que nous commencions à l'atteindre. Il s'est levé et s'est remis à arpenter la pièce, cette fois plus lentement. Il se tirait sur la lèvre, plongé dans ses pensées.

Tatie-patronne m'a décoché un regard signifiant : *Attendons voir.*

—Je ne peux pas cautionner vos agissements, a-t-il enfin déclaré. J'ai encore un code éthique à honorer. Mais, tant que je ne suis pas au courant de ce que vous faites pour plaider ma cause, je promets de ne pas interférer. *Theek hai ?*

Je quitte la poste pour me rendre tout droit chez les Agarwal afin de montrer le télégramme à Tatie-patronne.

Lakshmi le parcourt des yeux.

—Ainsi donc, Chandigarh Ironworks a fourni des briques de quatrième catégorie alors qu'elle était censée en envoyer de première catégorie. Quelle est la différence de qualité ?

—La quatrième catégorie sert à des fins décoratives. Pas à porter des charges. On n'aurait jamais dû en utiliser pour le cinéma.

Elle relit le télégramme.

—Et les quantités notées ici – pour les briques et le ciment – ont été inversées dans le registre ?

—Et falsifiées sur les reçus.

Elle pose le télégramme sur la table basse des Agarwal.

—Plus j'y réfléchis, Malik, moins je pense que Samir est à l'initiative de cette fraude. Il est impliqué, mais je crois que ça a commencé avec quelqu'un d'autre. Il ne t'a pas fallu beaucoup d'efforts pour repérer l'anomalie. Samir est dans le métier depuis longtemps, et il a beaucoup à perdre. Il n'a rien d'un amateur. Le palais n'est pas son seul client. Sa société a conclu plusieurs contrats à l'extérieur du Rajasthan. Pourquoi courrait-il le risque de ternir sa réputation ?

J'en conviens. Je repense à Ravi, qui m'a dit que son père était de la vieille école. Ravi nourrit de plus grands projets pour son avenir. Il m'a confié ne pas vouloir continuer de faire les choses comme son père les a toujours faites. Que considère-t-il comme étant une manière plus novatrice de mener les affaires ? Opter pour des matériaux inférieurs tout en facturant le prix fort et en empochant la différence ? Le palais paie bien, mais pourtant Ravi n'est pas satisfait. Il vit déjà dans un manoir. Il a une femme belle et intelligente, qui l'aime. Que pourrait-il vouloir de plus ?

Lakshmi soupire.

— Laisse-moi m'en occuper.

Je perçois la résignation dans sa voix lorsqu'elle ajoute :

— Tu peux faire savoir à Samir que j'aimerais le voir ? Le plus tôt sera le mieux.

23

Lakshmi

Jaipur

Je me tiens devant mon ancienne maison de Jaipur, celle que j'ai construite avec l'argent gagné suite à des milliers d'applications de henné, de lotions aux plantes et d'autres huiles médicinales. Parvati Singh me l'a rachetée quand j'ai quitté la ville – comme pour s'excuser d'avoir détruit mon gagne-pain.

Les buissons d'hibiscus qui bordent la propriété sont soigneusement taillés, la petite pelouse de devant est fraîchement tondue et couverte de rosée. Les fenêtres étincellent dans la lumière du soir, comme si on venait tout juste de les nettoyer. Il se peut que Parvati ait mis la maison en location, mais j'en doute. Elle paraît bien entretenue, comme une pièce de musée, prête à être exposée aux regards admiratifs.

Plus tôt dans la journée, Samir a envoyé un messager chez les Agarwal pour me demander de le retrouver ici. Il n'aurait pas eu le temps, depuis lors, de rendre la maison présentable, ni de l'astiquer, aussi me demandé-je qui s'en est occupé. Ce petit édifice de plain-pied est assez quelconque vu de l'extérieur. C'est l'intérieur qui compte, et qui a persuadé Parvati de me l'acheter.

— Ravie que vous soyez venue.

Je me retourne en entendant la voix d'une femme.

— Je sais que vous aviez prévu de retrouver Samir, mais c'est surtout à moi que vous devez vous adresser, affirme Parvati en me passant devant pour gagner l'allée latérale qui mène à la porte d'entrée.

Je suis tellement stupéfaite de la voir, elle, ici, que je reste clouée sur place.

Parvati déverrouille la porte et pivote vers moi.

— Venez, dit-elle.

Hébétée, je la suis à l'intérieur. Elle fait le tour de la pièce, allumant les plafonniers et les lampes de table. Je n'étais pas assez riche, quand j'étais la propriétaire, pour avoir l'électricité. À gauche de l'entrée, j'aperçois la porte des cabinets – les fameuses toilettes à l'occidentale que j'avais convoitées sans pouvoir me les payer.

Maintenant que la lumière est allumée, mon œuvre, le couronnement de ma carrière, brille de tous ses feux : le *mandala* au sol, fait de mosaïque, fusion de motifs de henné marocains, perses, afghans et égyptiens qui revêtent autant de sens, pour moi, aujourd'hui qu'à l'époque. Le lion d'Ashoka, symbole de mon ambition – ambition qui m'a menée du village de ma naissance jusqu'au sommet de la haute société de Jaipur, où je me suis servie de mon roseau trempé dans le henné pour aider les femmes fortunées à réaliser leurs désirs. Et là ! Des paniers de fleurs de safran, plante stérile symbolisant mon choix de demeurer sans enfant. Jay et moi en avons discuté, bien avant de nous marier. Nous aimons tous les deux notre travail et, compte tenu de nos longues heures à l'hôpital, au dispensaire et au jardin médicinal, nous aurions trop peu de temps à consacrer à nos propres enfants. Nous avons pris soin de ceux des autres à notre manière : nous avons soigné leurs blessures, apaisé leurs souffrances, les faisant venir au monde ou leur rendant la santé.

Dissimulé dans le *mandala* parmi les volutes, les boucles et les spires, se trouve aussi mon nom. Je suis justement en train de le contempler. Parvati sait-elle qu'il est là ?

— J'ai pris grand soin de votre chef-d'œuvre, déclare-t-elle en montrant le sol. J'espère que vous en convenez.

Je garde une expression neutre et me prépare à encaisser la suite. Je ne sais jamais trop ce que Parvati me réserve.

Depuis la dernière fois que je l'ai vue, il y a douze ans, elle a pris du poids ; les manches de son bustier corail lui moulent les bras et le haut du dos, faisant jaillir la chair comme du dentifrice sortant de son tube. Elle va devoir le faire reprendre. Une fois de plus.

Mais le *pallu* doré et ouvragé de son sari tombe en cascades gracieuses de son épaule jusque dans son dos. Elle reste une belle femme aux traits affirmés, avec des lèvres charnues, peintes en rose vif pour contraster avec son sari bleu roi. Le khôl qui cerne ses yeux noirs les fait paraître plus grands, plus séduisants, plus alertes. Ses joues sont plus rebondies, et un double menton commence à apparaître, mais ce sont là les signes d'une haute naissance ; les symboles propres aux femmes bien entretenues d'un certain âge.

— J'ai entendu dire que vous aviez épousé Jay Kumar. Beau parti.

Elle sourit, tout en paraissant agacée.

— Enfin, visiblement, vous avez du mal à garder vos distances avec Samir, pas vrai ?

Elle fait allusion à l'unique nuit de passion que Samir et moi avons connue il y a de cela des années. Elle fut brève, mais nous l'attendions depuis longtemps. Nous avions ressenti une attirance mutuelle dix années durant. Je savais que je détruirais ma réputation en passant à l'acte, mais Samir s'est montré patient. Et puis, une nuit, tout s'est écroulé autour de moi, et j'ai éprouvé le besoin d'être réconfortée, désirée, aimée.

Parvati a fini par l'apprendre, suite à quoi la vie que j'avais construite à Jaipur, l'indépendance financière que j'avais acquise, s'est effondrée.

Curieusement, c'est grâce à ces souvenirs que je retrouve ma voix.

— Ce que je vais vous dire ne va pas vous plaire, Parvati.

Le fait que j'aie abandonné le *Ji* de respect ne lui échappe pas.

Elle cligne des yeux.

— Essayez un peu pour voir.

— Il s'agit du Royal Jewel Cinema.

Elle agite une main, dédaigneuse.

— Un accident. Fâcheux, mais imprévisible.

Précisément ce qu'en disent les journaux et la radio. C'est faux, et j'en ai assez de l'entendre.

— On aurait pu l'éviter.

Là, elle lève les yeux au ciel.

— Tous les accidents peuvent être évités, Lakshmi. C'est dans la nature même des accidents. Si tout s'était passé comme prévu, il n'y aurait eu aucun souci.

— Sauf que ce « souci » est la conséquence d'une erreur à laquelle la société de Samir ne semble pas être étrangère.

Elle pince les lèvres avec fermeté.

— Quel rapport avec vous ? On m'a dit que vous étiez désormais jardinière là-haut, dans l'Himalaya. Je ne peux qu'en déduire que vous cherchez à rabaisser notre famille. Comme l'a fait votre sœur.

Je me hérisse à cette allusion, mais je me retiens.

— Cela n'a rien de personnel, Parvati. Un honnête homme est accusé à tort pour une catastrophe que Singh-Sharma aurait dû prévoir et aurait pu éviter. Je ne laisserai pas faire cela. Manu Agarwal ne devrait pas perdre son emploi et sa réputation pour une erreur qu'il n'a pas commise.

Au centre du sol de mosaïque trônent quatre fauteuils confortables recouverts d'une soie grège couleur crème. Ils sont disposés en cercle autour d'une table préparée pour une partie de bridge. Un jeu de cartes repose sur la table.

Parvati tire un fauteuil et s'y installe.

— Mon groupe de bridge se réunit ici. Samir ne met jamais les pieds dans cette maison.

Elle me décoche un regard entendu, comme si la faute m'en incombait.

Elle agite la main en direction du fauteuil d'en face, une invitation, ou un ordre, pour que je m'assoie. Je m'en approche et j'y prends place, tout en me demandant si Samir a vu mon mot lui demandant de me retrouver ici, ou s'il sait que Parvati est venue à sa place.

Elle se penche pour s'emparer du jeu de cartes.

— Vous avez parlé de Manu Agarwal, reprend-elle. Il dirige tous les projets de construction du palais et, en tant que tel, il est responsable de ce qui arrive aux propriétés royales.

Elle croise mon regard.

— C'est précisément ce que j'ai dit à Latika. Si Manu n'est pas tenu pour responsable, cette histoire la poursuivra jusqu'à la fin de ses jours. La presse, les magistrats, les avocats – ils ont tous besoin d'un bouc émissaire. Elle doit licencier quelqu'un, ou alors c'est elle qui se fera épingler.

J'aurais dû savoir que Parvati irait voir la maharani Latika avant moi ! La reine douairière est une lointaine cousine, ce qui lui permet d'accéder au palais et de s'adresser à Ses Altesses en tant que proche amie et conseillère – au point de les appeler par leur prénom.

— Parvati, j'ai des preuves. Singh-Sharma a acheté et accepté des matériaux pour le projet de cinéma qui ne correspondaient pas aux spécifications techniques. Comment peut-on en tenir M. Agarwal pour responsable ? Il n'aurait rien à gagner à saboter un projet du palais.

— Comment savez-vous cela ?

— Des contrats et des reçus ont été modifiés.

— Et je suppose que vous savez qui a fait quoi dans cette affaire ? Vous avez des preuves concrètes ?

— Assez concrètes pour les présenter à la maharani.

Elle coupe le jeu de cartes en deux et les mélange, geste qu'elle a dû accomplir des milliers de fois.

— Mais vous n'avez pas de preuves attestant que Samir a donné son autorisation, pas vrai ?

J'hésite.

— Les reçus altérés ont été soumis par Singh-Sharma. Samir est responsable des agissements de sa société.

Elle coupe encore le paquet de cartes et pose les deux tas sur la table. D'un ongle parfaitement manucuré, elle tapote l'une des piles.

— D'un côté, énonce-t-elle, le directeur des installations du palais est responsable des projets engagés par le palais.

Puis, elle tapote l'autre.

— D'un autre côté, le directeur de l'entreprise de construction en porte l'entière responsabilité.

Elle me dévisage.

— Qui nous dit que Samir n'est pas en mesure de prouver que M. Agarwal a pris des mauvaises décisions ? Des décisions qui se sont soldées par de nombreux blessés ? Pourquoi serait-ce à vous de décider ce qu'il en est ?

— Pourquoi ne pas laisser cette décision au tribunal ? Nous devrions demander à la maharani de confier l'affaire à la justice.

À son air affligé, je comprends qu'elle me prend pour une simplette. Trop lente pour suivre son raisonnement.

— Ce n'est pas ainsi qu'on procède. L'accord a déjà été passé. La société de Samir paiera pour la reconstruction, y compris les matériaux. Le palais a accepté de s'occuper des frais d'hôpital.

Elle rassemble les deux piles de cartes, les battant et les combinant en un seul paquet.

— Si Manu a besoin d'une lettre de recommandation, je peux en parler à Latika. Je suis sûre qu'elle n'y verra aucune objection. Ce n'est pas de votre ressort.

Elle me considère de son regard sombre.

— Votre intervention n'est ni requise ni désirée.

Je décide d'adopter une approche différente.

— Ravi est-il heureux de travailler pour son père ?

Ce changement de sujet la déstabilise juste assez pour qu'elle reste les mains figées.

— En quoi cela vous regarde-t-il ?

Elle repose délicatement le paquet sur la table.

— C'est ce que j'aurais demandé à Samir s'il était venu à votre place.

Soudain, j'ai une révélation : *Samir a-t-il envoyé sa femme pour m'affronter ? Est-il lâche à ce point ?*

— Ravi a une belle vie et un bel avenir, déclare-t-elle. Quand Samir prendra sa retraite, il lui confiera les rênes de l'entreprise.

— Samir est en bonne santé. S'il décidait de ne pas se retirer des affaires ? Du moins, pas aussi tôt ? Ravi se contenterait-il de continuer de travailler sous ses ordres quelques années, quelques décennies de plus ?

Parvati croise les bras.

Je poursuis.

— Ravi a vécu à l'étranger. Il a connu une grande liberté. Maintenant il est de retour, vit de nouveau avec sa famille, travaille sur les projets que lui soumet son père. Lui avez-vous déjà demandé s'il s'agissait de la vie qu'il voulait ?

Elle me considère en faisant la grimace.

— Nous ne sommes pas des nomades. Nous ne vagabondons pas en cherchant à gagner notre vie, en suppliant les autres de nous aider. Nous ne sommes pas à la merci d'un *ara-garra-nathu-kara*. Contrairement à vous autres.

Elle crache la fin de sa phrase ; elle aurait pu tout aussi bien nous traiter de va-nu-pieds.

La dernière fois que je l'ai vue, elle était venue dans cette maison – ma maison – pour tenter de me soudoyer. J'aurais pu prendre l'argent qu'elle me proposait si je promettais de ne plus jamais coucher avec Samir. Mais je n'avais aucune intention de répéter cette erreur, et j'ai refusé l'argent – un argent dont j'avais pourtant besoin, et qui aurait pu sauver mon affaire déclinante. *À l'époque, qui suppliait qui, Parvati ?*

Mais je garde le silence. Cette femme, je la connais bien. On lui permet d'être autoritaire tant qu'elle se cache derrière un rideau de richesse et de privilèges. Je l'ai vue comme peu d'autres l'ont vue – alors qu'elle était impuissante –, face à la triste réalité : elle avait épousé un coureur de jupons et porté un fils irresponsable. Elle n'avait alors pas eu la force de me critiquer.

Mais je ne suis pas venue rouvrir de vieilles blessures. Tout ce que je veux, c'est que Manu et Kanta se sortent indemnes de ce scandale.

Parvati se penche sur la table, assez près pour que je puisse humer la noix de bétel qu'elle aime mâcher. Ses yeux lancent des éclairs.

— Nous, nous avons des destins importants. Nous, nous pouvons sauver ou détruire ce pays. Ma famille a pour responsabilité de veiller à ce que les gens comme vous aient à manger, un toit au-dessus de leur tête. Maintenant, vous allez laisser ma famille tranquille, ou il vous arrivera bien pire – pire que le licenciement de Manu Agarwal. Et n'allez pas répandre de mensonges sur mon fils.

Elle écarte son fauteuil de la table et se lève.

— Fermez bien derrière vous en partant.

Elle me fusille une dernière fois du regard et s'en va. Par la fenêtre de devant, je vois son chauffeur lui tenir la portière arrière de la Bentley, puis s'asseoir au volant et enclencher la marche arrière pour regagner la rue.

Alors que je prends un *tonga* pour me rendre chez les Agarwal, je songe à l'assurance de Parvati ; le pouvoir – et le droit – d'être impérieuse lui appartient, à elle et à elle seule. Une attitude face à laquelle j'avais cru être immunisée il y a de cela des années.

Une fois chez les Agarwal, Kanta me tend une tasse de thé ainsi qu'une enveloppe parfumée à la lavande.

— Remise en main propre de la part du palais, annonce-t-elle.

Reconnaissant l'écriture élégante, j'ouvre le rabat de l'enveloppe.

Chère Madame Shastri (ou devrais-je dire Madame Kumar ?),

J'ai été si heureuse d'apprendre que vous aviez épousé l'éminent médecin de Shimla, le docteur Jay Kumar. Quel plaisir ce doit être de savourer la fraîcheur de la brise tandis que nous, à Jaipur, nous étouffons !
Latika m'a dit que vous étiez passée la voir. Ne suis-je donc pas digne, moi aussi, d'une visite, ma chère ? Je suis vieille, et moins agile qu'avant. À vrai dire, les médecins parisiens

m'ont appris que j'avais un cancer de l'utérus. (Belle ironie, vous ne trouvez pas ? Quand on sait que mon mari ne m'a pas même permis une seule fois de m'en servir !)
J'ai décidé que je préférais passer les années qui me restent dans mon pays natal plutôt que dans une nation où le café est certes divin, mais où les divers fromages agressent mon nez sensible.
Faites-moi savoir quand vous aurez un instant pour rendre visite à une vieille dame, et ayez la gentillesse de m'accorder un brin de causette en me donnant des nouvelles de Malik ainsi que de ce vieux fripon de Madho Singh.

Avec toute mon affection,
Son Altesse la maharani Indira de Jaipur

24

Malik

Jaipur

À la pause-déjeuner, je m'éclipse du bureau pour aller voir les Agarwal. Je veux savoir ce que Samir Singh a dit à Tatie-patronne. Mais, à son arrivée, Lakshmi nous annonce que c'est Parvati qui est venue au rendez-vous.

Baju apporte le plateau de thé dans le séjour. Kanta lui demande d'en présenter une tasse à Manu, qui s'est enfermé dans son bureau et qui nous a clairement fait comprendre qu'il ne voulait rien entendre de notre conversation. Niki est dans sa chambre, où il fait ses devoirs ; Kanta ne l'a toujours pas remis à l'école. *Saasuji* fait la sieste.

— Parvati est sûre que Samir n'est pas impliqué dans cette affaire, lance Lakshmi.

Kanta est en train d'ajouter du sucre à son chaï.

— Évidemment. Elle a plusieurs générations de réputation familiale à protéger.

Elle remue son thé.

— Je crois qu'elle estime que les Singh sont indispensables à la ville de Jaipur. Que leur famille, à elle seule, maintient l'économie à flot. Mais comment pourrait-on construire quoi que ce soit sans les femmes et les hommes qui travaillent sur leurs chantiers ?

Elle secoue la tête.

— « Il faut être deux – ou des centaines, à vrai dire – pour danser le tango. »

— Tu sais que je la crois quand elle parle de Samir ? insiste Tatie-patronne. Dans le cadre de son travail, il est honnête. Il ne compromettrait ni sa réputation ni son intégrité.

J'échange un regard avec elle.

— Pour sa vie domestique, c'est une autre histoire.

Je n'aime pas penser au nombre de femmes que Samir a fréquentées au fil des ans. Quand j'étais petit garçon, je passais mes journées à sillonner la ville pour distribuer les sachets contraceptifs que Tatie-patronne vendait à lui et à ses amis, à l'intention de leurs maîtresses.

— Quant à Ravi, c'est différent, poursuit-elle. Tu aurais dû voir la tête de Parvati quand j'ai évoqué son nom. *Extrêmement* secouée. Et si c'était lui qui était derrière ce fiasco ? Si c'était lui qui avait rogné sur le budget pour des raisons bien à lui ? Malik a relevé quelques anomalies intéressantes.

Je secoue la tête.

— Mais je ne vois toujours pas pourquoi il aurait pris ce risque. Il a tout, un présent confortable et un avenir radieux.

Je ne peux pas m'empêcher de songer à Sheela. J'ai essayé, en vain, de chasser les images de mon esprit : sa robe verte moulante ; ses cheveux sombres, trempés dans le bain ; son sourire enjôleur ; la poudre dorée scintillant entre ses seins.

Et soudain – comme une balle de cricket propulsée à cent cinquante kilomètres-heure –, une idée me frappe de plein fouet.

Dans le sanctuaire de la bijouterie *Moti-Lal*, je pose les fragments de brique devant l'homme corpulent qui, assis en tailleur sur son coussin rembourré, fume le narguilé. Tatie-patronne est installée à côté de moi.

Quand nous sommes entrés, Lal-*ji* était tellement heureux de la voir qu'il a failli trébucher en quittant précipitamment son bureau pour la saluer. Elle lui avait apporté un cadeau – l'huile capillaire que son épouse lui achetait autrefois. (Lakshmi en a toujours quelques flacons sur elle au cas où.)

À présent, le joaillier ramasse un fragment de brique et l'examine avant de le reposer, puis fait de même avec tous les autres. Lorsqu'il en a fini avec le dernier, il pianote sur sa cuisse. Aujourd'hui, il porte un onéreux *pyjama* en lin. La grosse émeraude à son auriculaire accroche, et reflète, la lumière du plafond. Il s'arrête pour me considérer, et soutient mon regard une bonne minute. Puis il attrape le combiné du téléphone à côté de lui et marmonne quelques paroles – il s'exprime à voix basse – et les seuls mots que j'entends sont *sona* et *dibba* – avant de raccrocher. Patronne et moi échangeons un regard.

Son beau-fils, Mohan, entre en portant deux coffrets brillants en bois de rose. Il hoche la tête et me sourit, puis s'assied à côté de Moti-Lal, qui retire les longues chaînes en or pendant à son cou. Plusieurs petites clés y sont attachées. Il se sert de l'une d'elles pour déverrouiller le premier coffret. Celui-ci contient plusieurs lingots immaculés d'or massif, environ une dizaine. Ils sont identiques, même taille, même forme, même marquage : poids (une once), logo du fabricant et, au centre, les chiffres « 999.9 ».

Il demande à Mohan d'ouvrir le deuxième coffret. Les lingots qu'il contient sont irréguliers, sans marquage, et de poids légèrement différents.

Dans cette pièce fortement éclairée, où Lal-*ji* examine bijoux et joyaux, l'éclat des lingots est éblouissant.

Moti-Lal montre la première boîte.

— Légal.

Puis la deuxième.

— Illégal.

Il prend un lingot dans le premier coffret et le colle contre la cavité de la brique cassée. Il est un peu trop gros pour y loger. Il agit de même avec l'or illégal, qui comble l'espace, pas parfaitement, mais presque. Ensuite, il plaque un autre fragment de brique par-dessus. L'or est à présent caché. Il nous regarde, le sourire aux lèvres.

— Et voilà, mon jeune Malik, comment on transporte de l'or.

Il s'esclaffe, faisant rebondir son ventre en forme de ballon.

— Mais pourquoi le cacher ? m'étonné-je. Pourquoi ne pas le faire passer par les voies habituelles ?

Le joaillier et son beau-fils échangent un regard.

— Tout joaillier te dira qu'il n'achète que très peu d'or à des sources légitimes. La raison ? Le Gold Act de l'année dernière, qui limite la quantité d'or qu'un bijoutier comme moi peut détenir. Mais Mme Patel, Mme Chandralal et Mme Zameer en veulent beaucoup plus pour les trousseaux de mariage de leur fille qu'on ne me permet d'en stocker.

Lal-*ji* adresse un haussement de sourcils à Patronne.

— Ai-je raison, madame Kumar ?

Lakshmi ferme les yeux l'espace d'une seconde. *Oui.*

— Et puis, la guerre d'Indochine a épuisé les réserves d'or de notre pays. Mme Patel, Mme Chandrala et Mme Zameer ont fait leur part en donnant leur or pour l'effort de guerre. Et voilà, la guerre est finie et ces dames aimeraient le récupérer. Sauf que… il a disparu. On s'en est servi pour acheter des munitions auprès d'autres pays. Alors, où les fournisseurs peuvent-ils se réapprovisionner ? En Afrique. Au Brésil. Partout où on peut en faire la contrebande, on le fait.

Moti-Lal se frotte la nuque avec sa paume charnue.

— Je fais la même chose que tous les joailliers. Si je peux acheter de l'or qu'on introduit clandestinement en Inde, de l'or que je ne déclarerai pas auprès des autorités, pourquoi m'en priverais-je ? Autrement, mes étagères seraient complètement vides ! *Samaj-jao ?*

J'acquiesce. Mais cela me laisse perplexe malgré tout. Nous vivons dans un pays où la demande en or est faramineuse ; pourtant, on n'en extrait pas sur notre sol. Pas étonnant que le commerce d'importation illégale soit florissant.

— Le gouvernement a bien dû se douter de ce qui se passerait en imposant le Gold Act.

Le bijoutier éclate de rire et se frotte les mains.

— Je suis sûr que oui. Il comprend la nature humaine. Quand on comprime le bas d'une mangue, la pulpe ressort par le trou qu'on a percé sur le dessus ! Quels que soient les obstacles qu'on dresse devant un Indien, il trouvera le moyen de les contourner. Nous devons tous manger. Le monde continue de tourner. Mais le gouvernement doit poser des limites. Sinon, qui sait jusqu'où irait le trafic d'or ?

Moti-Lal a repris son narguilé. Il nous observe à travers la fumée. Un délicieux parfum de cerise et de girofle emplit la petite pièce. Surprenant mon regard, il me tend l'autre narguilé, mais pas avant d'avoir demandé à Lakshmi :

— Cela ne dérange pas MemSahib ?

Elle secoue la tête.

Je prends une bouffée de *chillum* et me sens envahi par une sensation grisante. Je commence à me demander si je ne devrais pas reconsidérer la proposition de Moti-Lal de travailler dans sa boutique et d'apprendre le métier de joaillier. Quelle serait ma vie si je la passais à m'asseoir ici avec lui, à examiner des lingots d'or comme ceux qui se trouvent devant nous, des colliers *kundan*, des rubis et des émeraudes bruts, des bracelets ornés de perles dans la salle principale – tout en fumant ce divin tabac ? À enjôler de belles futures mariées en parlant de leur trousseau de mariage ? Que ce serait séduisant, tentant... dangereux !

—Vous pouvez me dire où vous avez trouvé ça ? demande Lal-*ji* en montrant les briques.

Je cligne des yeux, sans trop savoir quoi révéler. Je glisse un regard à Tatie-patronne. Elle penche légèrement la tête.

—Sur un chantier de construction, réponds-je enfin.

Lal-*ji* passe la langue sur ses dents étonnamment petites et regarde Mohan. Le jeune homme comprend aussitôt le signal. Il retire le lingot que son beau-père a placé à l'intérieur de la brique, le pose dans le deuxième coffret en bois de rose et ferme les deux caisses à l'aide de son propre jeu de clés. Je comprends alors que, quand il a suggéré de m'embaucher et de licencier Mohan, Lal-*ji* n'en pensait pas un mot. Les deux hommes forment une équipe. Ils fonctionnent bien ensemble, semblent parler une langue silencieuse bien à eux.

Mohan ramasse les coffrets et se lève. Mais, avant qu'il quitte la pièce, Lal-*ji* lui lance :

—Veille à ce que Mme Gupta achète la parure *kundan* de rubis et de diamants, pas celle de qualité inférieure que son pingre de mari voudrait prendre.

Son beau-fils agite la tête en guise d'acquiescement, nous adresse un salut respectueux et quitte la pièce.

Une fois que Mohan est parti, Lali-*ji* reprend la parole.

—Tu m'as dit que tu travaillais au bureau des installations du palais. Ce qui signifie que Singh-Sharma était sûrement le maître d'œuvre sur le chantier.

Je soutiens son regard, sans rien dire.

—Le projet dont on a parlé aux informations est celui du Royal Jewel Cinema.

Il s'interrompt, inspecte à nouveau les briques.

—Alors... tu as trouvé ces briques après le...

Il froncc lcs sourcils.

— Tu sais que ma femme, ma fille et Mohan se sont rendus à la soirée d'inauguration ? Ils auraient pu y rester.

La tension du joaillier grimpe en flèche ; ses joues deviennent d'un rouge irrité.

— *Hai Bhagwan!* Si les Singh sont responsables d'une manière ou d'une autre de l'effondrement du balcon, je ne laisserai plus jamais Parvati Singh mettre les pieds chez moi. Elle n'achètera plus chez Moti-Lal !

Il fait chaud dans la pièce, et pas parce que l'air conditionné s'est éteint. La colère de Lal-*ji* génère une chaleur suffocante. Il s'essuie le visage avec la paume.

— Il y a eu des rumeurs. J'en ai entendu une il y a peut-être un an. Une nouvelle route de contrebande qui se créait. Un nouveau fournisseur, bien financé. Il garantissait qu'il pouvait obtenir de l'or, et beaucoup. Mais je n'ai pas mordu à l'hameçon. J'ai mon propre fournisseur, et j'en suis content. J'étais curieux malgré tout, alors je me suis renseigné.

Il lâche quelques bouffées parfumées.

— Bon, n'allez pas ébruiter que vous tenez l'information de moi. Elle pourrait être fausse.

Il étudie encore Tatie-patronne, comme s'il se tâtait pour continuer.

Elle comprend son hésitation car, lorsqu'elle s'adresse à lui, c'est de sa voix la plus persuasive.

— Lal-*ji*, il ne me viendrait jamais à l'esprit de vous entraîner dans cette histoire. Mais un de mes amis sera accusé à tort si nous n'en apprenons pas plus. Et le lien entre l'or et ces briques est peut-être au cœur de ces fausses accusations.

Lal-*ji* prend un air affligé.

— Vous connaissez déjà les acteurs. Des gens liés au palais.

Est-ce de Manu qu'il parle ? Serait-il après tout coupable d'avoir détourné des fonds de sorte à faire du trafic d'or à travers l'Inde ? Je préférerais presque ne pas entendre la suite. J'ai la tête qui me tourne, la bouche sèche. Est-ce à cause du tabac, ou à l'idée d'avoir pu me tromper sur le compte de quelqu'un qui avait ma confiance ?

Je pose le narguilé.

— Dis-nous, Tonton, le supplié-je. S'il te plaît.

— On dit que c'est Ravi Singh. Qu'il a monté sa propre opération, créé sa propre route. Mais c'est forcément des *bukwas*. Pourquoi un homme issu d'une des familles les plus fortunées de Jaipur tremperait-il dans un commerce aussi dangereux ? Moi, je ne traite pas directement avec des contrebandiers, alors je cours beaucoup moins de risques. Je ne traîne pas là-bas, à traverser des montagnes et des déserts, à embaucher des *goondas* pour se salir les mains à ma place. Si les autorités apprenaient que je possède plus d'or que je ne devrais en avoir, un petit *baksheesh* et une taxe supplémentaire versée directement dans les coffres de la ville devraient suffire. Mais un fournisseur… (il s'interrompt en secouant la tête) doit prendre toutes sortes de risques.

Je ramasse ma pipe, tire une bouffée et réfléchis. Se pourrait-il que les Singh ne soient pas aussi riches qu'on le suppose ? Je me rends compte qu'au bureau des installations, personne ne veut dire de mal du maître d'œuvre préféré de la maharani, Singh-Sharma. Et je ne suis là que depuis quelques mois, pas assez pour mesurer toute l'ampleur du projet et sa trajectoire des trois dernières années. Manu est trop professionnel pour colporter des ragots sur ce qui, éventuellement, n'aurait pas été à la hauteur.

— Qu'avez-vous entendu d'autre ? questionne posément Tatie-patronne.

Le joaillier fronce les sourcils, se concentre.

—Je me souviens de quelqu'un me confiant que le projet avait largement dépassé son budget. Que bien plus d'argent avait été dépensé que ce que la maharani avait prévu. Cette même personne m'a précisé que le problème, c'était qu'on cherchait à dupliquer un cinéma sophistiqué sorti d'*Amreeka*. La construction a pris bien plus de temps que ce qu'on avait imaginé.

Il secoue la tête.

—Enfin, ce n'est qu'une rumeur. Et je ne sais rien d'autre.

Lal-*ji* prend quelques bouffées de plus de son narguilé.

—Que va-t-il advenir du cinéma ?

—Ils comptent le rouvrir dès que les dégâts seront réparés, réponds-je. La maharani perd de l'argent chaque jour où il est fermé, et elle veut que Singh-Sharma accélère la reconstruction.

L'homme corpulent hoche la tête, parfaitement au fait des méthodes commerciales et des décisions difficiles qui doivent être prises.

Patronne prend un auto-rickshaw pour aller voir la maharani Indira au palais tandis que je regagne le bureau des installations. Quand Hakeem termine sa journée, je le suis jusque chez lui. Je suis persuadé qu'il en sait plus qu'il ne le dit.

Je m'étais attendu à ce qu'un homme avec quatre filles ait une maison de location, mais il semble louer un appartement dans un quartier délabré de Jaipur, près de GulabNagar, le quartier des plaisirs. C'est surprenant. Après toutes ces années de travail, il gagne donc si peu ? Je le regarde gravir les marches menant au premier étage d'un immeuble d'appartements et note la porte qu'il ouvre.

Je lui laisse le temps de quitter ses habits de travail. Je tiens à ce qu'il soit à l'aise quand je viendrai sonner chez lui.

Un quart d'heure plus tard, je toque à sa porte. Elle s'entrebâille. Hakeem glisse un regard à l'extérieur, vêtu d'un maillot de corps aux manches trois quarts et d'un *dhoti* blanc. Mais son air détendu cède place à l'ébahissement lorsqu'il m'aperçoit. Il se frotte le dessous de la moustache.

— Mais… que faites-vous là, Malik ? Il s'est passé quelque chose ?

Je souris et lui adresse un *salaam*.

— Rien de ce genre, Sahib. Je voulais m'entretenir avec vous en dehors du bureau. Je peux ?

Sans attendre de réponse de sa part, je pousse la porte pour pénétrer dans la pièce étroite.

Il y a un petit lit de camp poussé contre un mur, un minuscule lavabo dans le coin. Sur le lit, quelqu'un a laissé le journal ouvert à la page des mots croisés. De l'autre côté de la pièce trônent une table avec deux chaises et une étagère de livres. À côté, sur un petit meuble, se trouvent un réchaud doté de deux brûleurs, deux assiettes métalliques, deux verres et deux bols. Une poêle à frire et une casserole en inox reposent sur les brûleurs. La partie inférieure du meuble est masquée par un rideau rayé rustique, qui cache sûrement du riz, des lentilles, du thé et divers autres articles.

Tout dans cette pièce est propre, bien qu'un peu miteux. Les deux oreillers aplatis sur le lit ont l'air usés, tout comme le couvre-lit en coton, dont les fils commencent à se défaire. Aucune photographie, aucun vêtement, bijou ou produit capillaire de femme en vue.

Une odeur de cardamome, de grains de poivre et de gingembre s'élève de la casserole. Du thé, je suppose. Un chou-fleur, deux pommes de terre, une tomate et un couteau reposent sur la table, à côté d'une planche à découper. À cet instant, j'entends la chasse d'eau. Une porte s'ouvre au fond de la pièce et un homme mince, en saharienne sans manches et *dhoti*, sort des toilettes.

Je ne saurais dire qui est le plus étonné des deux : moi, ou le directeur du Royal Jewel Cinema, qui a encore la main sur la poignée des toilettes. Cloué sur place, il tourne le visage vers Hakeem, qui ouvre des yeux grands comme des soucoupes derrière ses épaisses lunettes noires. Le regard qu'ils échangent trahit leur peur – mêlée d'une pointe de culpabilité ? de gêne ?

Je me reprends rapidement.

— Monsieur Reddy, c'est bien ça ? Je ne crois pas que nous ayons été présentés. Je suis Abbas Malik. Je travaille avec Hakeem Sahib.

Celui-ci se racle la gorge.

— M. Reddy et moi logeons ensemble, oui ? Jusqu'à ce qu'il – jusqu'à ce qu'il se trouve un endroit. Il vient d'arriver à Jaipur.

— Mais, Sahib ! Votre épouse et vos filles, où sont-elles ?

Je suis réellement perplexe.

Le comptable regarde à droite et à gauche, puis vers M. Reddy, qui agrippe encore la poignée de la porte des toilettes.

— Ma famille est à Bombay. Mon travail est ici, oui ? Je leur envoie de l'argent tous les mois.

— Vous avez pourtant dit qu'elles étaient avec vous le soir de l'inauguration du cinéma. Vous avez évoqué le fait que vous avez dû tous vous tenir par la main pour rentrer chez vous.

— Elles sont venues pour l'inauguration. Et puis, elles sont reparties.

Je parcours la pièce du regard. C'est plausible. Seulement, on croirait que cet appartement n'a jamais vu l'intérieur d'une valise de femme.

M. Reddy observe notre échange comme s'il suivait un match de cricket. Il a l'air fatigué, et un peu triste.

J'écarte une chaise de la table et m'y installe.

— Bombay ? Ce n'est pas de là que vous venez, monsieur Reddy ?

— Si, lâche-t-il d'une voix rauque, avant de se répéter, plus fort cette fois. Si.

— C'est un hasard ou…

— Non, absolument pas, tranche le directeur du cinéma en lâchant la poignée pour se tenir debout, les mains jointes devant lui, comme un enfant qui n'a pas été sage.

— J'ai rencontré M. Reddy à Bombay au cinéma, oui ? répond Hakeem. Je me suis dit qu'il aimerait sans doute présenter sa candidature pour le poste de directeur du cinéma de Jaipur quand le nouvel établissement ouvrirait ses portes. J'en ai parlé à Ravi Sahib. Et il en a glissé deux mots à M. Agarwal…

Le thé commence à bouillir, et Hakeem se précipite pour retirer la casserole du brûleur. Mais la poignée métallique est trop chaude, et il pousse un cri, lâchant la casserole sur la poêle. Aussitôt, M. Reddy accourt pour lui examiner la main. Il enroule un bras autour de lui et le guide avec douceur vers le petit lavabo dans le coin de la pièce. Ouvrant le robinet, il fait tourner la main d'Hakeem sous le jet d'eau froide de sorte à apaiser la peau rougie. Il attrape la serviette élimée sur son support et l'enroule autour de la main blessée. Puis il tend le bras dans la petite armoire à pharmacie accrochée au-dessus du lavabo afin d'en sortir un pot de pommade et un rouleau de gaze. M. Reddy applique tendrement un peu de pommade sur la brûlure, puis enroule la gaze autour de la main d'Hakeem.

Le directeur du cinéma passe un bras derrière les reins du comptable.

— Je te l'ai toujours dit, Hakeem. Laisse-moi m'occuper de la cuisine. Tu es trop distrait.

Ce n'est pas une réprimande. Plutôt l'attention d'un amant. Je suis gêné d'assister à cet instant d'intimité.

Comme si Hakeem percevait mon embarras, il repousse brutalement l'autre homme et pivote vers moi.

— Pourquoi avoir fait intrusion chez moi ? Pourquoi ne pas me laisser tranquille ? En quoi cela vous regarde-t-il ? En quoi cela regarde-t-il qui que ce soit ? Je veille sur ma famille. Ça ne suffit pas ?

Il a l'air plus brisé que furieux, plus abattu qu'énervé. Il lui suffit d'un pas pour s'affaler sur le petit lit. La tête baissée, il tripote la gaze autour de sa main, sans remarquer que son ample postérieur est assis sur les mots croisés du *Times of India*.

M. Reddy, toujours debout devant le lavabo, regarde Hakeem et soupire. Après un bref silence, il s'approche de la table et se met à couper les légumes avec des gestes lents et mesurés.

— Nous nous sommes rencontrés une année à Bombay, quand Hakeem rendait visite à sa famille et qu'ils se rendaient ensemble au cinéma. Dès le premier regard, nous avons su. Et nous avons trouvé le moyen d'être ensemble à Jaipur, quand le poste de directeur du cinéma s'est présenté.

Lorsqu'il lève le visage vers moi, ses yeux sont baignés de larmes.

— C'était la meilleure manière d'épargner la honte à sa famille tout en continuant de s'occuper d'elle. Hakeem a un excellent poste au palais. Il n'en trouverait jamais l'équivalent à Bombay. Et nous pouvons être seuls. Nous ne dérangeons personne.

Il s'interrompt pour sortir un mouchoir de son *dhoti* et se moucher.

J'essaie d'assembler toutes les pièces du puzzle. Je pointe mon doigt sur M. Reddy.

— Quand avez-vous commencé à travailler au cinéma ?

— Il y a trois mois. Il fallait prendre des décisions pour les prix des billets, organiser le collage d'affiches, coordonner les films qui allaient être présentés. Ah, et les acteurs.

Je montre Hakeem, qui étudie ses pieds nus.

— Les Singh sont au courant pour vous deux ?

— C'est M. Ravi, répond M. Reddy. Il nous a vus ensemble un jour à Central Park. En train de déjeuner. Tu avais un rhume ce jour-là, Hakeem, tu te souviens ? Je t'avais apporté des piments en plus pour ton *dal*.

Les deux hommes échangent un regard. Hakeem est le premier à se détourner.

Un souvenir me revient en mémoire. Umi implorant son mari, de retour à la maison après une absence. Il était dresseur pour les *mahoots*, ces hommes qui s'occupent des éléphants dans les cirques itinérants. Elle était tombée à ses pieds pour le supplier de divorcer.

— Laisse-moi épouser quelqu'un d'autre ! Laisse-moi coucher avec un homme, comme le font d'autres femmes.

Je n'avais pas compris ce que j'avais entendu ce jour-là ; je n'étais alors qu'un jeune garçon. Bien des années ont passé depuis, et j'ai appris un certain nombre de choses. Il existe des passions qui sont au-delà de notre contrôle, au-delà de ce qu'on nous a toujours présenté comme la normalité.

Je me frotte les yeux du plat des mains.

— Écoutez, votre vie intime ne m'intéresse pas. Tout ce que je veux, c'est innocenter Manu Agarwal. Je sais que ces reçus de fournitures ont été falsifiés, Hakeem Sahib. Et il n'y a qu'une seule personne qui aurait pu les modifier.

Hakeem tripote le pansement à sa main. Il hoche la tête.

— Je me suis débarrassé des reçus d'origine. Si vous regardez bien, vous remarquerez que ceux par lesquels je les ai remplacés sont sur un papier différent. Je n'ai pas eu le choix.

Il regarde son amant, qui vient s'asseoir à côté de lui sur le petit lit.

M. Reddy me jette un regard implorant.

—Au bout du compte, ça n'a servi à rien. Ils m'ont forcé à dire que j'avais laissé entrer trop de monde sur le balcon. Le palais me licencie.

Il couvre la main d'Hakeem de la sienne.

—Nous trouverons un autre moyen pour rester ensemble.

—Et vous, Sahib, vous conservez votre travail ?

Le comptable acquiesce.

—Ça fait partie du marché.

—Vous seriez prêt à raconter votre histoire à la maharani ?

Il secoue la tête.

—Non, jeune Abbas, en aucun cas. Je ne le peux pas. Je dois protéger ma famille. Je ne peux pas gâcher la vie de mes filles à cause de mes propres défauts. Si l'on savait ce que je suis, elles ne pourraient jamais se marier. Personne ne voudrait d'elles. Je n'avouerai jamais rien de cela à Son Altesse ou à Manu Sahib, au risque de perdre mon travail. Je tomberais en disgrâce. Je ne peux pas me le permettre.

Il me regarde droit dans les yeux.

—Il faudrait me passer sur le corps.

Son compagnon étouffe un cri et pivote vivement vers lui.

Hakeem le considère de son regard humide.

—Je ne le ferai pas même pour toi, BK, je suis navré de le dire. Mes filles sont jeunes. Elles ont toute leur vie devant elles. Des vies qui ne survivraient pas au scandale de notre relation.

Il serre la main de M. Reddy dans la sienne.

—Et si je garantis la discrétion ?

J'ignore si c'est possible, mais je me dois d'essayer.

Hakeem s'esclaffe.

—C'est impossible. Personne ne le peut.

Il secoue la tête.

— Non, Abbas Malik. Il n'y a aucune solution. Je suis navré pour les familles des victimes, mais il n'y a rien que je puisse faire pour changer l'issue.

Son regard est dur. Je vois que sa décision est prise. M. Reddy me regarde avec espoir, comme si j'avais une réponse toute prête qui pourrait tout arranger. Ce n'est pas le cas.

Sur les trois jours que la maharani Latika nous a accordés pour apporter les preuves d'un délit, nous en avons presque consommé deux. Il ne nous reste plus qu'une journée pour innocenter Manu. Je consulte ma montre. Il est 21 heures. La famille Singh a dû finir de dîner. Le *chowkidar* a l'habitude de me voir (je partage toujours une cigarette avec lui quand je viens), et me laisse entrer sans en avertir la famille.

Une domestique m'ouvre. Je lui dis que j'aimerais voir Samir. Elle me guide jusqu'à l'entrée de la bibliothèque, puis frappe à la porte.

— Entrez, entends-je Samir dire.

La domestique me laisse passer et prend congé.

Samir est assis à son bureau. Il annote des plans. Lorsqu'il lève les yeux et qu'il m'aperçoit, son étonnement est flagrant.

— Encore le cinéma ?

J'acquiesce.

— Tu deviens un vrai pot de colle ! Je pensais qu'on en avait fini avec ça.

Il agite la main en désignant les dessins sur sa table.

— Il y a un autre projet à l'horizon. Tout le monde est passé à autre chose.

— Pas Manu Agarwal. Il ne le peut pas.

Samir jette son porte-mine sur son bureau. Celui-ci rebondit sur les plans pour atterrir à mes pieds. Je le ramasse et, m'approchant de sa table de travail, je pose le critérium sur ses dessins, délicatement. Samir est furieux, et je sais pourquoi, mais je ne me laisse pas démonter.

— Quand des employés commettent de graves erreurs, ils perdent leur emploi. Ça arrive tous les jours, Malik.

— Vous avez travaillé avec lui. Il a fait appel à vous pour les plus grands projets du palais. Vous savez qu'il est au-dessus de tout reproche. Comment pouvez-vous le laisser porter le chapeau ?

— Ça n'a rien à voir avec toi. Malik, si tu continues de me harceler comme ça, je vais finir par t'interdire d'entrer dans cette maison.

Malgré son sourire charmeur, il s'exprime avec agacement.

Je sors un fragment de brique et un morceau de ciment des poches de mon manteau et je les place sur les plans. J'agis de même avec le télégramme de Chandigarh.

Samir baisse les yeux sur mes offrandes. Sans lever la tête, il me jette un regard.

— Que veux-tu que je fasse de tout ça ?

Je fourre les mains dans mes poches.

— Ce sont les pièces d'un puzzle que j'essaie d'assembler, mais il m'en manque un bout.

Je me mets à faire les cent pas devant son bureau.

— Sur le chantier du Royal Jewel Cinema, des briques décoratives comme celle-ci ont remplacé celles spécifiées dans le contrat d'origine. Les factures indiquent que le palais a payé pour des briques de première catégorie, pas pour celles-ci, qui sont moins chères. Si le palais a payé le prix fort, Singh-Sharma aurait-elle empoché la différence ?

» Bon, et le ciment. Il est trop poreux pour qu'on l'utilise sur le balcon du cinéma. Trop d'eau par rapport au sable. C'est ce qui arrive quand on emploie une main-d'œuvre non qualifiée.

Or, je pensais justement que Singh-Sharma était réputée pour n'employer que des ouvriers hautement qualifiés. Le palais paie suffisamment pour que ce soit le cas. Alors, je repose la question : si le palais a payé le prix fort, Singh-Sharma a-t-elle empoché la différence ?

— Assieds-toi, Malik. Tu me donnes le tournis.

— Encore toi ?

Je me retourne. C'est Ravi.

Il entre dans la pièce, lève les yeux au ciel à l'intention de son père comme pour dire *Malik est* pagal.

Ravi secoue la tête.

— Abbas, c'est encore un prétexte pour voir Sheela ?

Quoi ? La confusion doit se lire sur mon visage.

— J'ai vu la manière dont tu la regardes, décrète-t-il avant de montrer son père du menton. *Pitaji* aussi.

Je pivote vers Samir, qui a plaqué une main sur sa bouche, comme pour dissimuler un sourire.

— Ma femme est une sacrée beauté, *hahn-nah* ? lance Ravi avec un air mauvais. Elle m'a dit que tu avais essayé de la déshabiller le soir où le cinéma s'est effondré.

L'image de Sheela sortant tout juste du bain s'impose à mon esprit malgré moi. Je me sens rougir. Qu'a-t-elle dit à Ravi ? Pourquoi lui aurait-elle affirmé une chose pareille ?

Au tour de Samir d'émettre un petit rire.

— C'est vrai que tu as l'air coupable, tu sais.

— Ce n'est pas ce qui s'est passé ! protesté-je.

— On n'a qu'à lui poser la question.

Il s'approche de la porte et l'appelle. Elle apparaît avec Bébé sur son épaule et un lange.

— Où est Asha quand j'ai besoin d'elle ? s'agace-t-elle.

Elle se fige en m'apercevant. Ravi met les mains sur ses épaules et la guide vers moi.

— Alors, *priya*, cet homme ne t'a pas lorgnée quand tu étais nue le soir de l'effondrement ?

Bouche bée, elle écarquille les yeux de surprise.

— Non, ça ne s'est pas passé comme ça. Il m'a aidée à prendre un bain. Mais… pas comme ça. Je… j'étais soûle… et fatiguée.

Elle se tourne vers Ravi.

— Je n'ai jamais dit qu'il avait tenté quoi que ce soit, non ?

Elle pivote vers Samir, qui patiente à son bureau.

— *Pitaji*, je n'aurais jamais fait ça. J'aime Ravi ! Je n'ai jamais…

Samir lève une main en hochant la tête.

— Ça suffit, *bheti. Theek hai.* Va. Va t'occuper de Bébé.

En panique, Sheela me jette un regard dérouté et secoue la tête. *Tu dois me croire, Abbas ! Je n'ai jamais dit ça !* Ravi la raccompagne jusque dans le couloir avant de revenir en souriant jusqu'aux oreilles. Je connais ce regard-là. C'est celui qu'on affiche quand on est persuadé d'être sur le point de gagner le match.

Mais la partie n'est pas encore finie.

Sans un mot, je sors la dernière preuve de ma poche de pantalon. Un lingot d'or sans inscription que j'ai emprunté à Moti-Lal. Je le pose sur le bureau à côté des autres objets.

Samir s'avance un peu sur son siège, les yeux rivés au lingot. La lueur de sa lampe de table éclaire l'or, qui brille. Je m'en empare pour le disposer dans le creux de la brique. Il s'y insère parfaitement.

L'espace d'un instant, personne ne parle.

— Un petit tour de passe-passe, Abbas ? blague Ravi. *Pitaji*, il raconterait n'importe quoi…

Samir le réduit au silence en l'avertissant du regard.

— Où veux-tu en venir ? me demande-t-il.

— Je crois que ces briques servent à faire passer de l'or de contrebande jusqu'à Jaipur. On retire le lingot et on mêle ces briques à celles de première catégorie dont se sert Singh-Sharma dans ses constructions.

Je montre la brique sur le bureau de Samir.

— Celles-ci ne permettent pas de remonter jusqu'à Chandigarh Ironworks, votre fournisseur, parce qu'elles ne portent aucune empreinte de fabricant. Mais elles disposent d'une cavité suffisamment profonde pour accueillir un lingot d'or.

Je fais porter mon regard sur Ravi, qui me considère avec perplexité. Mais je remarque la sueur sur son front.

— Quoi de plus facile que de mélanger les deux sortes de briques pendant la construction et de les recouvrir de ciment de mortier ou de plâtre ? Je crois que l'argent qu'économise Singh-Sharma en recourant à des matériaux meilleur marché et de qualité inférieure finance l'achat de l'or de contrebande. Qu'on revend ensuite au marché noir, où la demande est forte.

Le sourire méfiant, Samir se carre dans son siège.

— Abbas, tu aurais pu trouver ces morceaux de brique et de ciment n'importe où. Comment puis-je être sûr qu'ils proviennent du Royal Jewel Cinema ?

Il n'a pas tort. Je hausse les épaules.

— Parce que je vous ai vu les regarder, vous aussi, le soir de l'effondrement. Et je n'ai aucune raison de vous mentir.

Ravi fait la grimace.

— Si. Si Agarwal perd son travail, toi aussi.

— Je n'ai pas besoin de ce travail, Ravi. Je n'en ai jamais eu besoin. Si je suis venu, c'est parce que…

Je m'interromps et considère Samir. Je m'apprêtais à dire que je suis venu pour Lakshmi, et que j'ai apporté ces éléments à Samir parce que je lui dois bien ça ; il a payé pour mes études.

Ce monde recèle tant de secrets, pas vrai ? Ceux que nous gardons, ceux que nous révélons, mais uniquement au bon moment. Je sais désormais que je n'aurais pas dû dire « oui » à Jaipur, « oui » à Tatie-patronne. J'étais heureux à Shimla. L'air y est plus frais, la brise plus pure. Dans les montagnes, je réfléchis mieux. Et puis, Nimmi s'y trouve aussi. Comment ai-je pu l'abandonner là-bas alors qu'elle m'a supplié de rester ? Alors que je commençais tout juste à connaître Chullu et Rekha ?

— Parce que quoi ? me défie Ravi.

Je ne dis rien.

Ravi se tourne vers son père.

— *Pitaji*, quel rapport y a-t-il entre toi et ce garçon ?

Le silence est tel que j'entends la trotteuse de l'horloge anglaise sur la cheminée qui avance. « Tic-tac. Tic-tac. »

Ravi observe son père, mais celui-ci ne tient aucun compte de lui.

Samir ramasse son porte-mine. Il le visse et le dévisse, de sorte à faire sortir et entrer la mine.

— Tu disais qu'il te manquait une pièce du puzzle, Abbas. Laquelle ?

Je jette un coup d'œil au père, puis au fils.

— Ce que j'ignore, c'est si vous étiez au courant pour cette affaire, Samir Sahib, ou si le responsable a agi seul. « Pas besoin d'un miroir pour voir la plaie sur sa paume. »

Je me souviens que ce proverbe était un des préférés de Samir.

On devine aisément qui tire les ficelles, non ? Je regarde ouvertement Ravi. Celui-ci se tient à quelques centimètres à peine du bureau de son père, le dos droit, le torse large. Il crispe ses mains puissantes.

Samir le considère également. Sa voix est calme ; j'ai du mal à savoir ce qu'il pense.

— Ravi, tu as quelque chose à dire ? lance-t-il à son fils.

— Seulement que c'est une bien jolie histoire. Une vraie Shéhérazade, notre Abbas. Il déroule son récit en tous sens pour tenir le roi éveillé. Écoute, je suis gêné de devoir admettre que j'ai accepté par mégarde une mauvaise livraison de briques, mais c'est tout ce qu'il y a eu. Et je – nous, notre entreprise, Singh-Sharma – paie le prix pour la reconstruction. Ça nous coûte bonbon, ça, je peux te le dire.

Ravi s'approche de moi.

— Mais pourquoi devrais-je me justifier auprès de toi ? Qui es-tu, Abbas ? Qu'est-ce qui te fait croire que tu peux venir quand tu veux et porter des accusations ?

Il se tourne vers son père.

— *Pitaji*, toi et moi avons déjà parlé de son obsession pour Sheela. C'est insultant ! Il ne devrait plus jamais avoir le droit de remettre les pieds chez nous.

— Je croyais qu'on avait prévu de jouer ensemble aux petits chevaux après le dîner.

C'est Parvati. Depuis combien de temps se tient-elle sur le seuil ? Elle englobe la scène du regard. Moi, debout, les poings serrés devant le bureau de Samir. Le lingot d'or qui brille à l'intérieur de la brique. Son fils qui contracte les mâchoires, comme prêt à me sauter à la gorge. Samir, les lèvres pincées, qui fait entrer et sortir la mine de son critérium.

Il ne faut jamais sous-estimer Parvati. Elle a l'esprit aussi acéré que le *patal* dont se sert Nimmi pour couper ses fleurs et leurs tiges. Elle entre dans la pièce.

Une fois qu'elle est parvenue à la hauteur de Samir, elle baisse les yeux sur le bureau, voit l'or, parcourt le télégramme. Samir lève le visage vers elle et ils semblent se comprendre. L'horloge sur la cheminée émet un tintement : il est 21 h 30.

Enfin, elle se tourne vers moi. Son sourire est plus proche d'une grimace.

— J'ai fini par comprendre pourquoi vous me paraissiez si familier, Abbas Malik. Vous êtes le petit voyou qui couriez derrière Lakshmi, en portant ses produits comme le bon petit serviteur que vous êtes.

Elle promène son regard sur mes habits, mes chaussures, ma montre.

— Et regardez-moi ce *Pukkah Sahib* que vous êtes devenu. C'est Lakshmi qui vous a acheté tout ça ? C'est toujours votre gardienne ? qui veille sur ses sous-fifres ?

Elle décoche un regard de biais à Samir.

— Une chose est sûre : elle sait semer la zizanie.

Parvati me sourit, gentiment cette fois. J'y crois presque, jusqu'à ce qu'elle lance :

— Va dire à Lakshmi que la jalousie n'est pas une qualité. Elle n'a pas à envoyer son boy par ici pour obtenir ce qu'elle veut. Maintenant, prends tes joujoux et va-t'en. Tu n'es plus le bienvenu ici. Jamais plus.

Dois-je lui expliquer, à elle aussi, ma théorie du puzzle et de la pièce manquante ? Je glisse un regard à Samir, qui paraît absorbé par son porte-mine. Il a l'air… mortifié ? gêné ? C'est difficile à dire, mais il m'évite du regard.

Je ramasse mes découvertes, les range dans mes poches et me dirige vers la sortie.

J'entends alors la voix de Ravi.

— *Mummi*, c'est de la pure spéculation ! Il cherche à causer…

Je sens la force de la gifle comme si c'était ma joue qui l'avait reçue, et non celle de Ravi.

25

Nimmi

Shimla

Hier et aujourd'hui, le docteur Kumar a insisté pour nous accompagner et nous ramener en voiture depuis le dispensaire. J'ai l'habitude de m'y rendre à pied avec Chullu sur mon dos et Rekha à mes côtés, mais le docteur craint que les trafiquants n'aient entendu parler de la femme de tribu arrivée en ville avec quarante moutons il y a quelques jours. Il faut admettre que ce n'est pas commun. Ce sont généralement les hommes qui s'occupent du bétail, et cet épisode a forcément dû interpeller les colporteurs de ragots, malgré le soin que Lakshmi et moi avons mis à choisir le trajet le plus sûr pour nous rendre à l'hôpital. Aujourd'hui, les moutons sont gardés par le vieux berger que j'ai embauché pour les faire brouter vers l'ouest. Et la laine tondue est entreposée dans le garde-manger des Kumar.

Une fois à l'hôpital, le docteur Kumar respire mieux. Il donne comme ordre aux nonnes et aux infirmières de ne laisser entrer que des patients du dispensaire, personne d'autre. Puis il se rend à l'hôpital pour effectuer ses visites tandis que Rekha, Chullu et moi sortons par la porte arrière afin de gagner le jardin médicinal.

J'ai été soulagée de constater l'absence de Lakshmi quand les enfants et moi nous sommes réveillés hier matin ; le docteur Kumar l'avait déjà emmenée à la gare de Shimla. Je n'aurais pas su quoi dire après mon explosion de la veille. Je sais que je ne devrais pas l'accuser pour la tragédie qui a eu lieu à Jaipur ; elle n'aurait pas pu savoir ce qui allait se passer. Seulement, j'ai tellement peur de perdre Malik comme j'ai perdu Dev. Elle doit bien le comprendre.

Quand je suis descendue avec les enfants pour déjeuner, j'ai constaté que Lakshmi avait sorti des saris et des bustiers pour que je les porte à l'hôpital et attire moins les regards. Cette attention toute simple m'a troublée. Était-ce de la honte que j'éprouvais ? Celle de ne pas avoir reconnu tout ce qu'elle avait fait pour nous depuis le départ de Malik ? Celle d'avoir manqué de respect envers une aînée, ce que je ne me serais jamais permis face à une femme de ma tribu, alors qu'elle nous avait protégés du danger auquel Vinay nous avait exposés ? Comment peut-elle m'inspirer autant de colère que de reconnaissance ?

Je me couvre la tête avec le sari de Lakshmi, masquant mon visage et mon tatouage. Je garde les enfants à l'œil, car Rekha a tendance à errer et Chullu la suit en se dandinant. Il marche depuis à peine un mois, mais, quand il s'y met, il parvient à aller très loin avant que j'aie eu le temps de m'en apercevoir.

Je jauge le jardin médicinal du regard. Malik serait impressionné. Là où le jardin était autrefois dépouillé, j'ai planté les herbes et les fleurs que Lakshmi et moi avons choisies. Le jardin paraît plus abondant à présent, avec de nouvelles pousses qui surgissent çà et là. Je dois le fertiliser, l'arroser et veiller à retirer les feuilles mortes ainsi que tout insecte parasite. La collection de plantes de Lakshmi est impressionnante ; j'en connais quelques-unes, même si la plupart sont nouvelles pour moi. Elle essaie de faire pousser des variétés du Rajasthan, mais celles-ci ne s'épanouissent pas à cette altitude. Si elle me demandait mon avis, je lui conseillerais de ne pas perdre de temps.

À la fin de sa journée de travail, le docteur Kumar nous ramène chez lui, où nous mangeons un dîner préparé par une femme du coin. (Visiblement, Lakshmi a tout prévu.) Hier soir, après le dîner, le docteur Kumar nous a aidées, Rekha et moi, avec notre lecture et notre écriture. Lakshmi a laissé une pile de livres, et il suit assidûment ses instructions.

Parfois, quand il me tend un volume, nos mains se frôlent, et nous avons tous deux un mouvement de recul comme au contact d'une flamme. Le goût de ses lèvres cette nuit-là dans le champ ne m'a pas quittée. Il m'arrive de m'effleurer la bouche du bout des doigts, me rappelant où la sienne l'a touchée. Je pense à Malik, et à combien ses caresses me manquent.

Ses lettres me manquent aussi. Mais, avec toute l'agitation autour de l'effondrement, je ne m'attends pas à ce qu'il écrive.

Lakshmi est partie depuis deux jours, et je sais qu'elle manque au docteur. Il m'a dit ce matin qu'il l'appellerait lorsqu'il rentrerait ce soir du travail.

Elle manque aussi à Madho Singh. Il se plaint quand il est dans sa cage, ce qui est le cas la majeure partie de la journée. Lorsque je lui ouvre, il reste souvent à l'intérieur au lieu de se percher sur le dos du canapé, comme il le fait quand Lakshmi est là. De temps en temps, il crie des proverbes que la maharani lui a appris. « Un homme qui se noie se cramponne à une paille. Crôôô ! Deux épées ne rentrent pas dans un seul fourreau. Crôôô ! » Lakshmi et le docteur aiment le citer.

Il sort de sa cage pour saluer le docteur lorsqu'il rentre ou dès qu'il lui arrive d'apercevoir Rekha. Elle s'adresse à lui comme à un enfant de son âge. Il répond toujours. Ses réponses n'ont généralement ni queue ni tête, mais Rekha invente des conversations intéressantes qui n'ont aucun sens pour moi. Elle fait semblant de lui lire différents livres d'enfant (elle connaît les histoires par cœur à présent, et aime montrer les illustrations à Madho Singh). Cela semble toujours l'apaiser, et il s'endort généralement sur son perchoir avant la fin de l'histoire.

Ce soir, le docteur travaille tard. Il nous a déposés à la maison avant de regagner l'hôpital. Je suis au lit avec les enfants au premier étage, dans la chambre de Malik, où celui-ci n'est pourtant pas très présent. C'est une chambre confortable avec une couverture chaude jetée sur le lit, une fenêtre par laquelle je peux contempler le pré des chevaux, et une affiche de quatre *gore* appelés les Beatles. Malik m'a dit que c'étaient des musiciens, et qu'ils étaient excellents. Qu'il y a un an, ils sont venus en Inde voir leur gourou, ce que je trouve bizarre. Les aînés de notre tribu se méfient des gourous, qu'ils prennent pour de faux prophètes.

Rekha et moi regardons un livre d'images montrant les différentes fleurs qu'on trouve dans l'Himalaya. Chullu s'est endormi sur le ventre, niché contre moi.

— *Crô! « Namaste,* bonjour, *welcome! » Crô!*

J'entends Madho Singh battre des ailes autour de la maison, atterrir sur un perchoir, pousser un cri, puis s'envoler de nouveau. Ce n'est pas ainsi que la perruche accueille les visiteurs, quelque chose a donc dû l'ébranler. Mais quoi ? Un animal ? Une belette, un singe ?

J'essaie de me rappeler si j'ai bien verrouillé les portes et les fenêtres, comme le docteur me dit toujours de le faire. (Chez les Arora, la porte de la petite pièce où nous dormions n'avait aucune serrure.) Ici, au premier étage, nous pouvons laisser les fenêtres ouvertes pour avoir de l'air, mais au rez-de-chaussée, tout doit être fermé à clé. Les maisons voisines sont rares, isolées et cachées par les pins, ce qui veut dire qu'on ne verrait pas des bandits arriver. Appeler à l'aide serait futile.

Le docteur Kumar m'a montré comment me servir du téléphone pour appeler la police ou l'hôpital. J'ai eu trop honte de lui avouer que je ne m'étais encore jamais servie de ce type d'appareil. Et surtout qu'il ne me viendrait jamais à l'esprit d'appeler la police. Les aînés de notre tribu ne font pas confiance aux autorités, qui n'hésitent pas à nous chasser de nos pâturages dès que quelqu'un émet une plainte. Et, maintenant que la police croit que le docteur et moi avons des relations intimes, elle risque de me voir comme une femme facile, qu'on peut glisser dans son lit sans effort.

Je me demande quoi faire au sujet des cris de la perruche quand Rekha quitte le lit d'un bond et se précipite dans le couloir pour appeler Madho Singh.

— Rekha ! hurlé-je.

Je cale des coussins autour de Chullu pour m'assurer qu'il ne tombera pas du lit dans son sommeil. Puis je me précipite après la fillette.

Quand j'atteins le bas de l'escalier, Rekha est en train de courir autour du séjour en suivant Madho Singh, qui vole du fauteuil à la lampe en passant par la cheminée. La seule lumière provient de la lune à l'extérieur. J'écarte les rideaux pour voir si quelqu'un est là.

C'est le cas. Dans l'ombre, une silhouette se tient sur la véranda.

Mon cœur se met à battre. Je scrute l'obscurité.

C'est le berger qui s'occupe de mon troupeau !

J'inspire un grand coup et je lâche un soupir de soulagement. Je l'appelle par la fenêtre.

— Qu'y a-t-il, *bhai* ?

Il pivote vers ma fenêtre. Je ne peux pas voir ses traits, tout comme il ne peut voir les miens.

—Que dois-je faire des moutons ? Ils ont brouté tout le champ qu'on m'a payé pour tondre. Ils avaient très faim !

Il lâche un rire aigu et tremblant.

—Je vous paierai pour les garder quelques jours de plus. Il y a d'autres coins où ils pourraient brouter ?

— *Theek hai*, répond-il. Je les emmènerai plus au nord.

Lorsqu'il tourne les talons, je me rappelle que j'ai encore ses ciseaux.

—Attendez ! crié-je.

Je me rue à l'étage pour les récupérer, et prends le temps de prélever quelques pièces dans mon salaire de la semaine. Quand je regagne le séjour, le silence règne. Madho Singh a regagné sa cage, où il marmonne. Mais où est Rekha ?

Apercevant la porte grande ouverte, je me dépêche de sortir sur la véranda. Rekha s'y trouve, en pleine discussion avec le berger.

—Pourquoi les moutons ont des queues ? lui demande-t-elle.

Je l'attire derrière moi.

—Petite idiote ! la rabroué-je.

Je rends ses ciseaux au berger et lui donne les pièces de monnaie.

La panique qui transparaît dans ma voix et mon expression semble le plonger dans la perplexité. Il lâche les pièces dans la poche de son gilet et s'apprête à repartir, mais se fige et se retourne vers moi.

—*Behenji*, dit-il, tout à l'heure, quand je déplaçais les moutons, un homme est venu me demander si c'étaient les miens.

Une fois de plus, mon cœur s'emballe. Rekha se tortille avant que je m'aperçoive que j'ai enfoncé les doigts dans ses épaules. Je m'efforce de me détendre.

—Qu'est-ce que vous lui avez dit ?

Le vieillard lève le menton et se dresse de toute sa hauteur.

— C'est pas ses oignons ! décrète-t-il. Voilà ce que je lui ai dit.

Il sourit, et la lune éclaire les quelques dents qu'il lui reste.

Je hoche la tête.

— Et vous, comment avez-vous fait pour me trouver ?

Il se gratte la nuque.

— Les nouvelles vont vite, répond-il.

Sur ce, il descend de la véranda et disparaît dans les ténèbres.

Je ferme la porte et la verrouille. Je prends Rekha dans mes bras et je la serre fort contre moi.

— Qu'est-ce que je t'ai dit ? Tu ne dois ouvrir à personne. Pas même aux vieux messieurs.

— Je sais, *Maa*, mais Madho Singh l'aime bien.

— Madho Singh ne le connaît même pas !

Je sens les battements réguliers du cœur de Rekha, comme je sais qu'elle perçoit les miens. Quand j'étais avec ma tribu, je ne me sentais jamais en danger, contrairement à maintenant. Si un berger peut me localiser aussi facilement, combien de temps avant que les contrebandiers me trouvent, eux aussi ?

Une heure plus tard, je suis blottie avec les enfants sur le canapé du séjour. Ils sont tous les deux endormis quand j'entends la voiture du docteur Kumar dans l'allée. J'ouvre la porte d'entrée et je sors l'attendre sur la véranda. Dès qu'il me voit, il se précipite vers moi.

— *Kya ho gya ?* s'affole-t-il.

Il me fait entrer et referme à clé derrière nous.

— C'est que… je ne pense pas que nous soyons en sécurité ici non plus.

Je lui relate les propos du berger.

— Si lui a réussi à me trouver ici, alors d'autres peuvent le faire aussi.

— Vous a-t-il menacée ?

— Non. Pas du tout. Seulement, j'aimerais emmener les enfants ailleurs mais, à moins d'être avec ma tribu, nous ne serons pas en sécurité. Pas même dans les montagnes. Maintenant qu'on sait que je vis chez vous...

Je me rends compte que je suis en train d'essuyer mes paumes en sueur sur ma jupe et je tâche de me retenir.

Il s'installe dans son fauteuil, ouvre sa serviette et en sort un carnet. Après avoir tourné quelques pages, il s'empare du téléphone et compose un numéro. Il est 22 heures. Qui peut-il bien appeler si tard ?

Une minute plus tard, il raccroche.

— Rassemblez vos affaires, lance-t-il. Demain matin, nous vous déplacerons vers un endroit où il sera difficile pour quiconque de vous trouver, vous et vos enfants. À l'extérieur de la ville.

— Mais le jardin ? Qui s'en occupera ? Je dois arroser les jeunes plants...

Le docteur Kumar secoue la tête.

— Pour l'instant, votre sécurité est le plus important. Mme Kumar s'occupera de tout à son retour. *Chinta mat karo.*

« Ne vous inquiétez pas ? » Je ne fais rien d'autre depuis que Malik est parti.

26

Lakshmi

Jaipur

Ce matin, cela fait trois jours que je suis loin de Jay. Malik vient tôt chez les Agarwal pour me parler de sa visite chez les Singh. Kanta et Niki sont déjà sortis se promener avec *Saasuji*. Manu, lui, s'est barricadé dans son bureau. Celui-ci est relié à un couloir qui débouche sur le séjour dans lequel nous sommes assis.

Malik affirme que Samir a eu l'air réellement stupéfait lorsqu'il lui a montré que le lingot d'or s'insérait parfaitement dans la brique. Nous convenons qu'il paraît peu probable qu'il ait mis son entreprise en péril en échange d'une promesse de plus d'argent. Ce qu'il veut vraiment, décidons-nous, c'est croire que son fils s'est trompé en toute bonne foi en acceptant une marchandise endommagée. Mais ni Malik ni moi ne croyons que l'erreur commise par Ravi soit innocente. Vu l'aisance avec laquelle il a su séduire ma sœur il y a douze ans, sans se soucier des conséquences, nous savons à quel point il peut être hypocrite.

Malik me résume aussi sa visite chez Hakeem, le comptable des installations.

Ce qu'il me dit me laisse perplexe.

— Et Hakeem refuse de se manifester pour avouer qu'il a échangé les reçus ? Pourquoi ? Qui cherche-t-il à protéger ?

Malik hésite. Il ne me ment jamais, mais je sais qu'il ne dévoilera pas de confidences à même de faire du tort à quiconque. Je patiente.

— Hakeem… vit avec M. Reddy.

— Le directeur du cinéma ?

Malik fait « oui » de la tête.

— Ils partagent un appartement ici, à Jaipur. Et Hakeem a une femme et quatre filles à Bombay. Il ne veut pas qu'elles sachent pour M. Reddy. Il dit que cela détruirait leur vie.

J'essaie de trouver un sens à ses paroles quand soudain, je comprends.

— *Accha.*

Qui suis-je pour juger le comptable ? Je suis une femme qui a fui un mariage et couché avec le mari d'une autre. Nous prenons l'amour là où il se trouve.

— Et les Singh sont au courant… pour leur relation ?

— Ravi Singh l'a appris. M. Reddy va sacrifier son poste. Hakeem conservera le sien. Il a une grande famille à nourrir.

— Donc, Reddy a accepté de dire qu'il avait laissé entrer plus de gens sur le balcon qu'il n'était censé le faire, même si c'est un mensonge ?

— C'est ça.

Samir ne dénoncera jamais son propre fils pour fraude et détournement de fonds. Parvati continuera d'insister auprès de la maharani Latika pour qu'elle licencie Manu. Et, si affligeant que cela puisse paraître, la maharani Latika n'a aucune envie de mener l'enquête ; elle veut seulement que le problème disparaisse et que le cinéma rouvre ses portes au plus vite. Je comprends. L'image du palais se salit un peu plus chaque jour où la situation reste floue.

J'ai certifié à Kanta que les maharanis avaient le sens de la justice, mais maintenant je prends conscience de l'étendue de mon imprudence. Il ne nous reste qu'une seule journée pour convaincre Son Altesse de ne pas licencier notre ami.

La pression d'être vu comme un voleur commence à atteindre Manu. Au lieu de retourner au travail, il s'enferme dans son bureau, où il écoute la radio ou lit de la poésie. Aux heures des repas, Kanta lui apporte elle-même un plateau, de sorte à pouvoir s'asseoir avec son mari tandis que Niki, *Saasuji* et moi mangeons dans la salle à manger. Kanta dit qu'il n'avale que quelques bouchées, puis qu'il prétend être rassasié et lui demande de partir. Il ne s'est pas rasé depuis des jours ; les rares fois où on le voit se rendre du bureau à la salle de bains, il ressemble de plus en plus aux hommes saints du Gange. Ses cheveux sales pendent sur son front. Il dort dans la même chemise et le même pantalon depuis trois jours.

Niki aussi réagit à ce changement chez son père. Même si Kanta l'a autorisé à retourner à l'école, son fils refuse d'y aller. Visiblement, les mauvaises nouvelles voyagent encore plus vite que les bonnes. Les amis de Niki ont appelé pour lui apprendre que certains de ses camarades traitaient son père de fraudeur et d'escroc. Niki sait que Manu n'est pas capable d'un tel méfait, mais il ne saurait non plus prendre la défense un père qui ne cherche même pas à défendre son propre nom.

Kanta passe du temps avec Niki, à lire les leçons que lui dépose son professeur. Ils dévorent aussi des romans, passe-temps dont ils raffolent tous les deux. Je m'arrête parfois devant la porte de Niki, et je les écoute discuter d'*Abattoir 5* ou de *Voyages avec ma tante*. Cela me rappelle Radha, à l'époque où elle se perdait dans *Jane Eyre* et *Les Hauts de Hurlevent*.

Le désespoir de Manu affecte aussi *Saasuji* et Baju. La mère de Manu trouve à redire à tout ce que fait le vieux domestique (il n'a pas salé le *dal*, il a fait brûler le *parantha* ou il n'a pas fait griller le cumin assez longtemps). Résultat, Baju est grognon, et entrechoque casseroles et poêles dans la cuisine en marmonnant tout seul. Il me ferait presque regretter la présence de Madho Singh.

Quel soulagement de quitter la demeure des Agarwal pour mon prochain rendez-vous.

Cette fois, quand j'arrive au palais des maharanis, le garde m'adresse un sourire chaleureux.

— L'aînée ou la plus jeune ? demande-t-il.

— L'aînée.

Son mouvement presque imperceptible de la tête trahit sa surprise. Mais il finit par acquiescer, et fait signe à un domestique d'avancer. Le valet en uniforme impeccable m'entraîne en haut d'un escalier de marbre, dont la rainure centrale témoigne du poids des milliers de pas qui l'ont foulé sur deux siècles. Les marches mènent à une terrasse surplombant le jardin luxuriant au cœur du palais. Je n'avais encore jamais accédé à la terrasse supérieure. Je m'arrête pour admirer la scène en contrebas ; on la croirait tout droit sortie du conte de fées *Les Trois Princes* que je lisais à Rekha l'autre jour. Des buissons ont été taillés pour ressembler à des girafes, des hippopotames ou des éléphants (Rekha aurait adoré !). Au milieu des cascades et des fontaines, des singes au visage rose, qu'on voit souvent errer dans la ville et les bâtiments royaux, sautent des goyaviers aux grenadiers puis aux bananiers, prenant leur repas là où ils le trouvent. Des paons faisant la roue poussent des cris. Des soui-mangas volettent d'une fleur à l'autre, ivres de nectar.

Enfin, on me fait entrer dans une grande chambre au bout de la terrasse. Des voilages blancs masquent les fenêtres treillissées, plongeant la pièce dans la pénombre. Deux domestiques se tiennent à l'entrée, au-delà de laquelle trône un grand lit à baldaquin. Je suppose qu'on laisse les portes ouvertes pour permettre à la maharani de profiter de la vue des macaques qui trottent sur les hauts murs du palais.

Plusieurs dames de compagnie sont assises sur des canapés ou des fauteuils. L'une fait de la broderie, l'autre évente la maharani à l'aide d'un grand éventail en bois de santal, et la troisième lit.

Je trouve la maharani Indira très changée. En l'absence de mon huile de *bawchi*, ses cheveux se sont éclaircis, et sont désormais plus sel que poivre. Autrefois, je la retrouvais dans le séjour – celui-là même où j'ai vu la maharani Latika il y a à peine deux jours. À présent, la maharani douairière repose sur le lit en acajou au milieu de coussins de satin rembourrés de plumes d'oie. Sa table de chevet croule sous une multitude de pots d'onguent et de flacons de pilules. Les vases remplis d'hibiscus, de ficoïdes et de *champaks* du crépuscule ne parviennent pas à masquer l'odeur de médicament.

La vieille reine est plus petite, tassée, ses joues se sont creusées. Avant, elle semblait inonder la pièce de ses plaisanteries grivoises et de son rire mêlé de gin. Maintenant, elle repose en silence, les yeux fermés.

— Patientez un peu, et elle se réveillera, me conseille la dame de compagnie la plus proche.

J'étudie le visage de la reine douairière. La peau autour de sa bouche et de ses joues, si habituée à s'étirer dans un sourire ou un rire, est désormais plissée, la faisant paraître plus vieille que ses soixante-dix ans.

Une chose n'a pas changé : son amour des bijoux. Elle porte un collier *kundan* ras du cou, dont les diamants en forme de larmes et les rubis cabochons reflètent la lumière que laisse entrer la porte ouverte. Ses boucles d'oreilles assorties présentent elles aussi des diamants de même aspect autour d'un rubis central. Des bracelets de perles et de rubis, à présent trop grands pour ses bras maigres, menacent de glisser de ses poignets.

Une autre aristocrate indique un fauteuil près du chevet de la maharani, et je m'y installe, posant mon sac au sol à côté de moi. Je repense au jour où Son Altesse m'a reçue pour la première fois et a changé ma vie à tout jamais.

Il y a douze ans, quand la reine douairière a fait appel à mes services pour guérir la maharani Latika de sa dépression, les rumeurs se sont répandues – aussi rapidement que des macaques sautant de branche en branche – sur mes incroyables pouvoirs à même de soigner les figures royales. À l'époque, tout le monde me voulait. Mon affaire a grandi au point que Malik et moi devions travailler du lever jusqu'au coucher du soleil à livrer des commandes pour des applications de henné, des huiles personnalisées et des lotions curatives. Sans la générosité de cette femme, rien de tout cela n'aurait pu arriver.

La maharani ouvre ses paupières. Ses yeux sont toujours aussi perçants et remplis de malice qu'autrefois.

— Lakshmi, vos pensées sont trop bruyantes, ma chère. Vous m'avez réveillée.

Malgré son visage émacié, son sourire reste radieux.

Elle me tend les mains, et je les prends. Les nombreuses bagues ornées de rubis, d'émeraudes et de perles tiennent lâchement sur ses doigts.

— Votre Altesse, j'ai été étonnée d'apprendre que vous étiez revenue à Jaipur. Les charmes de Paris n'ont pas suffi à vous retenir ? la taquiné-je.

— Pour ce qui est des hommes, ils se sont montrés à la hauteur, rétorque-t-elle en lâchant un de ses rires éclatants. Et la nourriture était divine. Mais, au bout d'un moment, notre curcuma, notre coriandre et notre cumin ont fini par me manquer. L'odeur des mangues mûres m'a appelée. Ainsi que les plus blanches des blanches *rath ki rani*.

Elle passe les pouces sur le motif de henné qui me recouvre les mains.

— Et ceci.

Elle approche mes paumes de son nez et hume le parfum tenace de la plante mêlé à celui de l'huile de géranium avec laquelle je m'hydrate la peau.

— Les parfums de mon Inde.

Elle ferme les paupières.

S'est-elle assoupie ? Lentement, je commence à retirer mes mains des siennes. Soudain, elle ouvre les yeux.

— Dites-moi, ma chère, qu'avez-vous fait depuis notre dernière rencontre ? Et donnez-moi des nouvelles de mon jeune ami Malik.

J'ouvre la bouche pour parler, mais elle m'interrompt en levant sa main. Elle effectue un mouvement de rotation avec son index noueux.

— Laissez-moi voir.

Souriant de ses excentricités, je soulève le *pallu* avec lequel je me suis respectueusement couvert les cheveux et le laisse tomber sur mes épaules. Puis je tourne la tête dans une direction, et dans l'autre.

— Excellent, ma chère. Toujours une tête bien formée. Signe d'une bonne entrée dans le monde. Excellent.

Mes dernières entrevues avec elle m'ont appris que la maharani Indira estime que, si la naissance d'une personne a été facile, si elle a quitté l'utérus sans encombre, alors elle a un bon karma, et celui-ci la suivra dans sa vie présente. Que ce soit vrai ou non n'a pas d'importance. Elle tient à ses croyances, et il serait vain de la contredire.

— Merci, Votre Altesse. J'ai apporté mes affaires de henné. Si vous me le permettez, j'aimerais vous décorer les mains pendant que nous discutons.

Elle hausse ses splendides sourcils, étonnée.

— Eh bien !

Elle jette un coup d'œil à la dame de compagnie la plus proche.

— Je pense que cela peut s'arranger.

L'autre femme fait un signe à un valet, qui m'apporte une table pour mes produits.

Je lui retire ses bagues et les tends à l'aristocrate qui se tient le plus près. Puis j'ouvre un flacon d'huile de girofle sorti de mon sac pour lui réchauffer les mains et les masser. Mes doigts, bien sûr, sont nus. Mes mains sont trop souvent plongées dans la terre ou appliquées à poser des cataplasmes sur des plaies pour porter des bijoux.

Sa peau ressemble à un squelette de feuille de *peepal* : sèche, mais souple. Elle me regarde tirer sur ses doigts l'un après l'autre, lisser les creux qui les séparent. Je fais rouler mon pouce sur la partie charnue de sa paume. À quand remonte la dernière fois qu'on l'a touchée ainsi ? Je me pose la question. En tant que reine, elle a le pouvoir de permettre certaines familiarités ; mais nul ne peut prendre ces libertés sans sa permission.

— Vous avez une demande particulière ? glissé-je.

— Je vous fais confiance, ma chère.

Elle ferme les yeux tandis que je commence à dessiner avec la pâte de henné que j'ai apportée de Shimla. Je lui parle de mon travail au jardin médicinal, de mon mariage avec Jay…

— Ah, voilà ce qui explique le charmant *bindi* rouge sur votre front. Ainsi, vous avez épousé ce docteur, celui que nous avions nommé médecin royal à Shimla pour l'adoption qui n'a jamais eu lieu ? Ma chère, vous me stupéfiez !

Mon cœur fait un bond dans ma poitrine. La reine douairière est futée. S'est-elle doutée que nous avions saboté à dessein l'adoption de Niki ? Toutes ces années, nous lui avons laissé croire qu'il était né en mauvaise santé et, donc, inapte à être adopté comme prince héritier de Jaipur. Si seulement elle pouvait voir le garçon robuste et obsédé par le cricket qu'est devenu Niki !

Certains mensonges font mieux de rester secrets.

Je lui raconte comment Jay m'a proposé de travailler au dispensaire qu'il avait fondé ; le dur labeur qu'il a déployé pour soigner les gens du coin de la manière holistique qui leur convient le mieux.

— C'est visiblement un homme honorable, décrète-t-elle.

Sa voix est plus faible à présent. Elle somnole à moitié.

J'achève la paume d'une main et fais signe à la dame de compagnie de la maintenir ouverte afin que la pâte de henné ne s'étale pas avant qu'elle ait pu sécher.

Je continue de parler. Je pense que c'est le rythme de ma voix ainsi que mes frôlements continuels qui la bercent. Je lui parle de Malik et de son éducation. Inutile de lui faire croire qu'il s'en est bien sorti, ce n'est pas le cas. Mais il a fini par décrocher son diplôme malgré tout, grâce à son intelligence naturelle. Elle a un faible pour Malik, qu'elle trouvait immensément charmant quand il était petit garçon. Je crois deviner l'ombre d'un sourire sur ses lèvres, mais peut-être n'est-ce que mon imagination.

— Quel âge a-t-il aujourd'hui ? Vingt ans ?

Une fois de plus, sa mémoire me surprend.

— *Hahn-ji.*

— Et qui est la femme de sa vie ? Il en a forcément une ?

Elle ouvre les paupières pour me glisser un regard en coin.

À cette question, j'interromps le dessin que je suis en train de tracer sur sa paume.

Elle remue à peine la tête pour me regarder en face.

— Vous ne l'approuvez pas ?

Malgré sa maladie, son intuition est toujours aussi juste. Nimmi m'a accusée de la même chose.

Je reprends mon dessin sur sa peau fragile.

— Ce n'est pas cela. J'aimerais que Malik voie un peu plus du monde avant de s'installer. La jeune femme dont il s'est entiché a deux enfants de son premier mariage. Elle est veuve. Ça fait beaucoup à gérer pour un jeune de vingt ans qui ne gagne pas encore sa vie.

Elle réfléchit.

— Oui… J'imagine. Même si ce jeune homme est plein de ressources.

Elle sourit.

— J'ai le sentiment qu'il aurait pu affronter l'armée indienne tout entière, même à l'âge de huit ans.

Elle lâche un petit rire.

Elle lève ses paumes pour les inspecter. La peau de ses avant-bras pend sur ses os.

— Des fleurs de safran ? Des lions ? Qu'avez-vous donc peint, Lakshmi ?

— Je vous demande pardon si j'ai été trop téméraire. Seulement, je sais que vous êtes une femme animée de bien plus d'ambition qu'il n'était convenable de montrer. Le lion est symbole de cette ambition. Il y a longtemps, vous m'avez dit que votre défunt époux vous avait empêchée de connaître la maternité. J'ai dessiné la fleur de safran, car elle ne peut se reproduire sans assistance humaine.

Ce que j'ai peint sur les paumes de la maharani Indira est en réalité une copie du *mandala* de mosaïque que j'ai conçu pour ma maison de Jaipur. Jusqu'à ce que je commence à lui dessiner sur les mains, je ne m'étais pas rendu compte d'à quel point nous nous ressemblions.

— Et ceci, Votre Altesse, ajouté-je en montrant avec mon roseau un point sur le haut de sa paume, est votre nom caché dans le dessin.

— Que c'est bien vu ! s'exclame-t-elle d'une voix émerveillée. Merci, Lakshmi. À présent, on va devoir m'administrer une piqûre et je ne sais quoi d'autre pour que je me sente mieux. Vous voulez bien me rejoindre dans ma serre d'ici une demi-heure ?

Je contourne la serre où Son Altesse fait pousser ses orchidées. Elle se trouve sur le côté de la terrasse, quelques portes plus bas par rapport à sa chambre. Par chance, le valet qui m'a amenée dans cette pépinière au toit et aux murs de verre m'a également donné un grand *aam panna* pour me rafraîchir. Malgré cela, des petites gouttes de transpiration perlent sur mon front et m'inondent les aisselles.

La pièce est gaie, remplie de lumière et de plantes qui s'étirent de partout. J'ai oublié certains des noms, car je ne suis pas experte en ces variétés-ci, mais je reconnais plusieurs de ses préférées : le sabot de Vénus, avec sa curieuse fleur jaune en forme de papillon, et des grappes de vanda bleue, qui à vrai dire me paraissent plus violettes que bleues. Je me souviens que cette pépinière était le refuge de la maharani Indira, l'endroit où elle pouvait aimer et choyer librement. Elle sent la vie, la terre fertile, l'humidité, la chaleur.

J'ai presque fini ma boisson à la mangue fraîche quand un des domestiques pousse le fauteuil roulant de la maharani douairière dans la serre et s'immobilise au centre de la pièce, où trône un banc métallique. Son Altesse tient ses mains en l'air, de sorte à ne pas étaler la pâte de henné. Je m'installe sur le banc et tâte la pâte ; elle est presque sèche. Je me réchauffe les mains avec de l'huile de géranium tirée de mon sac avant de lui frotter les siennes, jusqu'à ce que le hénné sec soit entièrement tombé sur la serviette que j'ai disposée sur mes genoux.

Elle loue le motif fini, admirant la douceur soyeuse de sa peau.

D'un petit geste du poignet, la maharani Indira ordonne au valet de nous laisser tranquilles. Il sort et se tient juste à l'extérieur de la porte fermée en attendant un nouvel ordre de sa part.

Elle recourbe l'index, à présent rouge de henné, et le pointe derrière elle. Je suppose qu'elle m'adresse ce signal pour que je la fasse rouler. Je me positionne derrière son fauteuil et nous commençons à avancer. Elle inspecte quelques plantes, poussant des exclamations de satisfaction ou de désapprobation face à leur état de santé.

— Bon, qu'est-ce que c'est que cette histoire que j'ai entendue au sujet du Royal Jewel Cinema, hmm ?

Je me demandais justement comment aborder le sujet, aussi suis-je un peu interloquée par son franc-parler.

— Une sorte de complot autour des matériaux de construction ou je ne sais quoi ?

À l'entendre, on croirait qu'elle a vaguement entendu parler de cette affaire, mais je devine qu'elle est en réalité parfaitement renseignée.

— Votre Altesse, je suis sûre que vous vous souvenez de M. Agarwal, le directeur des installations du palais. On l'accuse d'avoir autorisé l'utilisation de matériaux de construction de mauvaise qualité qui auraient pu causer l'accident au cinéma.

— Mais vous n'êtes pas d'accord, si je comprends bien ?

— La maharani Latika vous a-t-elle parlé ?

— Nous tenons un conseil commun.

Nous parvenons au bout d'une rangée de plantes ; devant nous se trouve un meuble bas.

— Ouvrez-le, je vous prie.

J'obéis. Il s'agit d'une glacière abritant une cruche en verre remplie d'une boisson claire, ainsi que deux verres.

— Servez-nous, ma chère.

Maintenant, je me souviens. C'est le gin-tonic que la maharani affectionne – et qui, selon elle, est le secret de la santé de ses orchidées.

Je lui tends un verre, et elle le choque sur le mien.

— À la santé éternelle.

Elle rit de sa propre plaisanterie et boit une gorgée.

— Aah. Si vif et frais. Continuons d'avancer, voulez-vous ?

Je la pousse vers une autre rangée.

— Je pense que la raison pour laquelle on a utilisé des matériaux bon marché n'a rien à voir avec M. Agarwal, affirmé-je.

— Il me semble que Manu Agarwal vit au-dessus de ses moyens, déclare-t-elle. Le palais ne le paie pas assez pour cette berline luxueuse et les soies que porte sa femme.

J'essaie de ne pas montrer mon étonnement face à l'étendue de ses connaissances.

— Son épouse vient d'une famille fortunée, Votre Altesse. Kanta Agarwal est parente de l'auteur-poète Rabindranath Tagore. Elle est originaire de Calcutta.

— Ah. Voilà qui change la donne.

Elle verse un peu de sa boisson sur le pied d'une orchidée flétrie. Elle regarde mon verre, que j'ai à peine touché.

— Buvez, ma chère.

Je m'exécute. La boisson est rafraîchissante. Plus légère et sucrée que le Laphroaig que Jay et moi sirotons en soirée.

Elle a un sourire ironique.

— Autrefois, vous ne touchiez jamais à l'alcool.

— Les temps changent, Votre Altesse. Mon mari préfère le scotch, et j'avoue que sa saveur fumée me plaît.

— Nous vous en trouverons pour la prochaine fois.

Elle s'exprime comme si elle allait vivre éternellement, et à quoi bon lui refuser quoi que ce soit ? Je lui rends son sourire.

— Votre Altesse, l'intégrité de M. Agarwal n'a jamais été mise en question jusqu'ici.

— Bon, écoutons votre théorie.

J'hésite, scrute le contenu de mon verre.

— Elle ne va pas vous plaire.

— Ne me dites pas ce que je dois penser, ma chère, s'agace-t-elle.

— On dissimile de l'or au sein des matériaux de construction et on le transporte jusqu'aux chantiers de Jaipur, notamment dans des briques conçues à cet effet. L'or est ensuite vendu à des joailliers, et les briques servent à la construction. L'ennui, c'est que celles-ci ne sont pas assez solides pour un impact de charge – pardonnez-moi ces explications techniques. Malik m'a appris beaucoup de termes d'ingénierie ces derniers jours.

Au nom de Malik, la maharani Indira se fend d'un sourire.

— Il est donc devenu ingénieur ?

— Il est depuis peu diplômé d'une école privée à Shimla et passe du temps ici, à Jaipur, pour apprendre auprès de M. Agarwal et des ingénieurs des installations. À ma demande.

— Oui, il est difficile de vous opposer un refus, Lakshmi. Je m'en étais aperçue.

Elle hausse un sourcil.

— Continuez.

— Ces briques ne sont pas conformes aux normes. Elles ne correspondent pas aux codes de construction actuels. Si on y ajoute que le mortier de ciment qui recouvre les briques a été mélangé par des ouvriers inexpérimentés, on a tous les ingrédients pour une catastrophe.

Elle lève une main pour me faire signe d'immobiliser son fauteuil roulant. Puis elle recourbe le doigt afin que je vienne lui faire face. Je cherche un autre siège du regard de sorte à ne pas avoir à baisser les yeux sur elle. J'en repère un en bambou à l'extrémité de la rangée, l'apporte et m'installe en face du fauteuil roulant.

Son Altesse agite une main noueuse comme pour frotter une fenêtre.

— Dans votre scénario, qui fait quoi ?

Je déglutis. La suite sera délicate, car Samir Singh est un de ses favoris. Elle l'adore.

— Je crois que Ravi, le fils de Samir Singh, est impliqué dans le transport d'or depuis l'Himalaya.

Comme je l'avais prévu, elle paraît aussi ébranlée qu'affligée.

— Que diable le fils de Samir aurait-il à gagner à transporter de l'or ? Il vient déjà d'une des familles les plus fortunées de Jaipur, peut-être même de tout le Rajasthan.

— Je me suis posé la même question, Votre Altesse. Mais les preuves indiquent clairement Singh-Sharma. Je n'imagine pas Samir risquer sa réputation et celle de son entreprise pour de l'argent. J'en déduis que Ravi cherche à s'établir seul. Vous l'avez dit vous-même, il vient d'une famille fortunée, mais cette fortune ne lui appartient pas vraiment. Peut-être veut-il avoir quelque chose à lui tout seul. Un revenu séparé, dont il soit le seul à avoir le contrôle.

Je sonde son visage pour jauger sa réaction. À sa place, je prendrais la femme qui me tiendrait un tel discours pour une folle d'accuser ainsi des membres éminents de la société. J'ai l'impression qu'il fait très chaud dans cette serre. Je sens un filet de sueur me couler sur la tempe.

Elle réfléchit. Boit une autre gorgée.

— Quelle preuve avez-vous de tout cela ?

— Nous avons trouvé des échantillons de matériaux sur le chantier. Et nous avons la preuve que les reçus ont été falsifiés.

— Qui est ce « nous », ma chère ?

— Malik et moi.

— Ah, nous en revenons donc à Malik. Ce petit filou.

— M. Agarwal l'a affecté au service comptabilité des installations. C'est Malik qui a relevé ces anomalies.

— Voilà qui ne m'étonne pas. Ce garçon a le regard aussi perçant qu'une chèvre ! caquette-t-elle. Quelqu'un serait-il prêt à témoigner de son rôle dans cette… manigance ?

Je relâche lentement mon souffle.

— Non, Votre Altesse. Ils ont tous trop peur des conséquences.

Enfin, elle agite de nouveau son index. J'écarte mon siège et nous poursuivons notre déambulation. Elle asperge les plantes d'un peu de gin-tonic.

— Dites-moi, Lakshmi. Pourquoi êtes-vous si convaincue que M. Agarwal n'a aucune responsabilité dans cette affaire ? Ne pourrait-ce pas être lui qui empoche l'argent ?

— Je ne crois pas. Je connais bien M. Agarwal. Il est anéanti par l'accusation. Il est d'origine modeste, et il est dévoué à sa femme et à son fils. Il prend son travail au service des installations du palais très au sérieux, et mesure sa chance d'occuper ce poste. Il ne ferait jamais rien pour compromettre les efforts qu'il a déployés jusqu'ici. Cela équivaudrait pour lui à se couper le bras.

Il s'agit sans doute de la dernière fois qu'on m'accorde une audience avec Son Altesse, aussi contourné-je le fauteuil pour m'agenouiller devant elle.

— Il a un fils, Nikhil, qui a tout juste douze ans. Un charmant garçon. Si son père sombrait dans le déshonneur, la vie de ce garçon serait détruite à tout jamais. Vous le savez aussi bien que moi. D'un autre côté, si Ravi Singh est reconnu coupable de ce complot – et je suis sûre qu'il l'est –, il pourra se sortir indemne de ce scandale. Sa vie se poursuivra comme avant, ailleurs – en Angleterre, en Australie ou aux États-Unis. Samir et Parvati y veilleront, pour lui et sa famille.

Je la dévisage, scrute ses yeux alarmés, déconcertés. Ai-je détruit toute la crédibilité que j'ai pu acquérir auprès d'elle au fil des années ?

Puis je me redresse et me remets à pousser le fauteuil.

— Lakshmi, quelle est votre solution à tout cela ? Comment prouver la culpabilité ou l'innocence des individus impliqués ?

Malik et moi avons discuté de ce que serait notre prochaine étape.

— Nous nous rendons sur le lieu de l'accident, au Royal Jewel Cinema, réponds-je. Nous établissons quels matériaux ont été utilisés. Nombre des débris ont déjà été retirés, mais nous pouvons examiner d'autres coins qui n'ont pas été détruits dans l'effondrement. Questionner tous les gens présents.

Elle soupire. Elle paraît épuisée. J'éprouve une pointe de culpabilité en songeant que j'en suis la cause.

— Laissez-moi tranquille, Lakshmi. Je vais méditer sur tout ça.

Elle boit une dernière gorgée de son gin-tonic.

— Je réfléchis mieux quand je suis seule dans cette chaleur.

Elle lève son verre en guise d'au revoir.

Je pose le mien sur la glacière et j'attrape mon sac.

Quel soulagement de sortir de la pépinière d'orchidées ! Mon bustier est trempé. Sous mon sari, la sueur dégouline le long de mes jambes. J'avale de grosses goulées d'air en me retenant de courir. J'ai l'impression d'avoir tout juste évité de me faire enterrer vivante.

De retour chez les Agarwal, je suis assise avec Kanta pour l'heure du thé quand Jay appelle.

—Bon, je ne veux pas que toi ou Malik vous inquiétiez, mais j'ai déplacé Nimmi et les enfants.

Je perçois l'effort que fournit Jay pour m'annoncer la nouvelle le plus calmement possible. J'inspire un grand coup.

—Que s'est-il passé ?

De l'autre côté de la table du séjour, Kanta lève vivement les yeux.

—On peut trouver notre maison trop facilement, Lakshmi, et, surtout en ton absence, elle et les enfants sont vulnérables quand je ne suis pas là. Hier soir, j'ai dû retourner à l'hôpital…

Il est distrait. Je l'imagine scrutant la pièce autour de lui, attardant son regard prudent sur les fenêtres, la porte, encore les fenêtres, tendant l'oreille pour percevoir le moindre bruit. *A-t-il bien tout verrouillé ?*

—Tout va bien, Jay ?

—Très bien. Je n'arrête pas d'entendre des bruits. Le vieux berger, celui qu'elle a embauché pour s'occuper du troupeau, est venu chez nous. Elle ne lui avait pas dit où nous habitions. S'il peut nous trouver aussi facilement…

—Bien sûr. Où les as-tu emmenés ?

—Ma tante, celle qui m'a élevé, avait pour habitude de passer un mois par an dans un couvent voisin. Elle n'était pas une des religieuses, simplement, leurs manières silencieuses la réconfortaient. Elle les aidait dans le jardinage, la cuisine, la couture. Elle en revenait toujours détendue. Je me suis entretenu avec leur mère supérieure, et elle a accepté d'abriter Nimmi et les enfants pendant une semaine, le temps que l'affaire retombe.

Il marque une pause.

—Et la police ?

— Rien, jusqu'à présent. Mais j'imagine que Canara va devoir interrompre ses opérations pendant un certain temps.

Je songe à la briquetière dans son sari, plaquant le mélange de boue dans les formes en bois. Comment gagnera-t-elle sa vie à présent ?

— Tu peux donner le numéro de téléphone du couvent à Malik, Lakshmi ? Je pense que Nimmi aimerait avoir de ses nouvelles.

27

Malik

Jaipur

J'ai le sentiment que, si quelqu'un est capable de convaincre le palais de se repencher sur ce qui s'est passé au Royal Jewel Cinema, c'est bien Tatie-patronne. Elle a un vrai talent en la matière. Quand elle parle, on a envie de l'écouter.

Ce dont je ne m'étais pas douté, c'est que, suite à cette visite, la reine douairière viendrait à notre rescousse.

Nous nous trouvons à présent sur le chantier : Samir, Ravi, M. Reddy, Manu, deux contremaîtres de Singh-Sharma, quelques ingénieurs du palais, Tatie-patronne et moi.

À ma grande surprise, Sheela est présente elle aussi, à quelques mètres de Ravi. Elle ne porte pas de robe, mais un sari – d'une soie rouge-violet –, sans doute par respect pour l'occasion. Avec ses lunettes de soleil, elle affecte une allure détachée et un peu dédaigneuse, posture qui lui est familière. Elle dresse le menton, comme par défi. Elle ne dit rien, ne parle à personne.

J'ignore ce qu'elle a dit à Ravi sur notre compte, et si Ravi a inventé ces insinuations de toutes pièces. Je me plais à croire que les quelques instants que Sheela et moi avons partagés et qui m'ont paru sincères, intimes, n'étaient que cela, mais à vrai dire je ne sais plus. Jouait-elle un rôle auprès de moi pour fournir des munitions à Ravi ?

En prévision de l'arrivée de la maharani Latika, une étroite bande de tapis rouge a été déposée depuis l'entrée de la cour jusqu'à l'intérieur du cinéma. La reconstruction semble avoir été mise en pause. Les femmes et les hommes qui portent des débris ou mélangent du ciment sont partis. La zone a été balayée. Les vestiges de l'accident – briques, cailloux, poussière, morceaux de ciment – ont tous disparu. On peine à imaginer que, il y a quatre jours à peine, ce lieu a subi la pire catastrophe que Jaipur ait vue depuis des années.

L'intérieur a-t-il été nettoyé également ? Sans les matériaux d'origine à examiner, comment pourrons-nous convaincre le palais qu'il y a eu fraude ?

Samir a l'air calme, Ravi dérouté. Ils discutent ensemble à voix basse.

Tout en écoutant son père, Ravi ne cesse d'appuyer le talon sur le carrelage en mosaïque de la cour. Manu se rapproche de M. Reddy, Lakshmi et moi. Comme si nous avions tous choisi notre camp.

Je vois Samir jeter des coups d'œil ponctuels à Lakshmi, mais Tatie-patronne semble déterminée à ne pas croiser son regard.

Kanta a dû forcer Manu à se raser, se laver et se couper les cheveux pour cette réunion. Il paraît amaigri, mais il est bien plus présentable qu'il ne l'avait été depuis l'effondrement. Il a même un air d'espoir, tel un enfant attendant de voir si on va lui offrir un cadeau pour Diwali.

La Bentley de la maharani Latika arrive enfin. Son Altesse est au volant. À ma grande surprise, la reine douairière occupe le siège du passager. Une dame de compagnie est assise à l'arrière. La Bentley est suivie d'une autre berline, dont sortent deux domestiques qui viennent assister la reine la plus âgée. L'un d'eux déplie un fauteuil roulant ; l'autre soulève la maharani douairière du siège pour l'installer délicatement sur le fauteuil. La maharani Latika marche lentement à côté de celui-ci, qui est poussé par un des valets.

Le visage de la reine douairière s'éclaire en m'apercevant.

— Malik ! Mon garçon. Viens par ici, jeune homme.

La vieille reine est la seule à ne pas avoir été prévenue qu'il fallait m'appeler Abbas. Machinalement, je glisse un regard à Sheela. Elle retire ses lunettes de soleil pour me dévisager, comme si elle entendait Tatie-patronne appeler mon nom il y a tant d'années. Reconnaît-elle enfin le jeune garçon qu'elle a rejeté ? Je me détourne.

Je surprends le froncement de sourcils de Ravi. Il regarde son père, comme pour lui demander comment je peux être aussi intime avec les reines de Jaipur. C'est une petite satisfaction, et j'en tire un certain plaisir alors que je m'approche de Son Altesse.

Tatie-patronne m'avait préparé à voir l'état diminué de la reine, mais je suis malgré tout choqué d'entendre sa voix robuste sortir de ce corps flétri. Je m'empresse de lui toucher les pieds. Alors que je me redresse, l'aînée des maharanis me prend le visage entre ses mains et me regarde au fond des yeux. Son sourire est large et joyeux.

— *Shabash !* lance-t-elle à Tatie-patronne.

Je vois que Patronne est ravie de cette appréciation, quoiqu'un peu gênée. Pour ma part, je suis touché – et impressionné – qu'elle me reconnaisse, alors qu'à l'époque, j'avais prêté plus d'attention à sa perruche parlante qu'à Son Altesse. Quand j'avais huit ans, Madho Singh me fascinait davantage qu'une figure royale ; à vingt ans, je suis honoré de me trouver en présence de la reine douairière.

Tous les membres de notre groupe se baissent à tour de rôle pour toucher les pieds des deux maharanis. La plus jeune reine salue chaleureusement Sheela, qui était une élève brillante dans son école privée. L'aînée se pâme devant Samir et Ravi, assurant au père que son fils lui ressemble en tout point, les réprimandant tous deux car ils ne lui ont pas rendu visite. Le tout sans se départir de son sourire gracieux.

À présent, la maharani Latika jette un regard critique sur l'assemblée.

— Soyons clairs sur ce que nous sommes venus accomplir aujourd'hui. Nous avons entendu des rumeurs sur des matériaux de mauvaise qualité ayant servi à la construction des colonnes du balcon qui s'est effondré. Nous devons en vérifier la véracité. Si les rumeurs sont avérées, nous déterminerons comment et pourquoi ils ont été acheté ou utilisés. Ce qui importe le plus au palais est la confiance du public. Nous avons construit cette structure pour lui permettre d'en profiter. Il est essentiel que la confiance qu'il nous accorde soit justifiée, et que nous puissions garantir sa sécurité future. Tous les intervenants acceptent de coopérer ?

Quelques hochements de tête. Ravi garde les yeux rivés au tapis sous ses pieds.

— Malik ! lance la reine douairière.

Elle recourbe un doigt à mon adresse avant de le pointer derrière elle. De toute évidence, je suis censé la pousser.

Quand je pose une main sur l'arrière de son fauteuil roulant, elle tend sa main crochue vers moi et tapote la mienne. Je constate que Tatie-patronne l'a magnifiquement décorée avec du henné.

— Qu'est-ce qu'on s'amuse ! l'entends-je dire.

Elle semble considérer cette réunion comme une promenade du dimanche. Il y a de fortes chances pour qu'elle n'ait pas profité de ce type d'escapade depuis longtemps.

Les maharanis et moi menons le cortège sur le tapis rouge. Tous les autres nous suivent jusque dans le foyer, puis le cinéma en lui-même. J'entends Tatie-patronne pousser un cri d'admiration devant la splendeur de l'entrée, qui est restée intacte ; seul l'intérieur du cinéma a été détruit.

J'ai envie de me retourner pour dire à Patronne : « N'est-ce pas précisément tel que je te l'avais décrit dans mes lettres ? »

Comme si souvent, je songe aux grands yeux de Nimmi qui s'écarquilleraient en contemplant tant de beauté. Mais, pour la première fois, je me demande aussi : serait-elle à l'aise au milieu de tout ce faste ?

Les ingénieurs et les contremaîtres s'écartent pour permettre aux maharanis de traverser. Ils nous dirigent vers les portes du fond, où le cinéma ne présente aucun signe de destruction. Tous s'inclinent sur le passage des maharanis.

— Ça alors ! lâche la reine douairière en voyant la taille de l'écran de cinéma, le tombé gracieux des rideaux et les fauteuils d'orchestre qui s'inclinent à mesure que nous nous approchons de la scène, de sorte à permettre à chacun de bien voir le film.

Avec sa maladie, je doute qu'elle ait eu l'occasion de visiter le cinéma avant aujourd'hui.

Elle jette un regard à Ravi.

— Un clin d'œil au Pantages, hein ?

Il rougit, enchanté qu'elle ait su reconnaître la référence architecturale.

Je pousse le fauteuil un peu plus près de la scène et je le retourne afin que nous puissions étudier le balcon détruit. Tout le monde fait de même, à part Samir, Ravi et Sheela, qui restent debout à l'entrée du cinéma.

Quelque chose ne va pas. Tout a été remplacé. Le balcon a retrouvé son état d'origine. Les colonnes ont été replâtrées.

Les sièges en mohair au balcon et ceux d'en dessous sont comme neufs. La moquette semble neuve aussi. On dirait que l'accident n'a jamais eu lieu.

Samir passe le pouce sur ses lèvres, les yeux baissés, comme pour s'excuser.

— Nous ignorions que vous voudriez voir la colonne dans son état d'origine. Nous avons suivi un programme de reconstruction soutenu. Le plâtre a été fini hier.

Il considère la plus jeune des maharanis.

— Votre Altesse nous avait demandé de faire en sorte que le cinéma soit prêt à rouvrir ses portes au plus tôt.

Il ouvre les bras en grand.

— Je suis navré qu'il n'y ait rien à voir.

Délaissant le fauteuil roulant, je m'approche de la colonne qui s'était effondrée et frotte une paume sur le plâtre frais. Je pivote vers le groupe et dévisage Tatie patronne, qui affiche la même surprise que celle que je ressens. Manu et M. Reddy arborent la même expression sidérée. Alors que nous réalisions une estimation des dégâts ensemble au bureau des installations, Singh-Sharma a dû œuvrer nuit et jour pour les réparer. Ou a-t-elle effectué tout cela depuis hier soir, quand elle a appris que les maharanis allaient venir inspecter les lieux ?

C'est la reine douairière qui prend la parole, comme si de rien n'était.

— Quel admirable travail vous avez fait, Samir. Jusqu'au moindre détail. C'est si élégant. Si approprié. Vous ne trouvez pas, Latika ?

Sa voix résonne dans le cinéma désert.

La maharani Latika hoche la tête. Elle ouvre la bouche pour parler, mais son aînée l'interrompt. La vieille femme tourne son regard vers Samir.

— Pensez-vous, mon cher, que vous puissiez démolir l'une des autres colonnes ?

J'échange un regard avec Tatie-patronne : *Où veut-elle en venir ?*

— Les autres colonnes ? s'étonne Samir en fronçant les sourcils.

— Hmm. Simplement pour que nous puissions voir comment elles ont été construites ? Je suppose qu'elles l'ont toutes été de la même façon ?

L'aînée des maharanis n'a jamais été d'un abord aimable (elle a même toujours tiré fierté de savoir contrarier ses congénères), mais elle paraît à présent tout sucre tout miel.

La maharani Latika la contemple comme si elle avait perdu la raison.

Samir hésite entre un sourire et un froncement de sourcils, son regard passant d'une maharani à l'autre.

— Vous voulez qu'on démolisse une des autres colonnes ? Celles qui sont intactes ?

— Oh, je sais que c'est embêtant. Mais cela nous permettrait de mettre un terme à tout ce pinaillage.

— Je ne voudrais pas paraître mesquin, Vos Altesses, mais qui paiera pour le temps passé à démolir et reconstruire la colonne qui n'a aucun défaut ?

L'air incrédule, il se tourne vers la plus jeune des reines comme pour l'appeler à l'aide. Mais la mine de celle-ci est insondable. Si, en privé, les deux maharanis sont parfois en désaccord, elles affichent en public un front uni.

La reine douairière a un sourire gracieux.

— Nous, n'est-ce pas, Latika ? Vous comprenez, c'est la seule façon de résoudre ce conflit. Et je déteste les conflits, pas vous ?

Ravi s'avance. Il se racle la gorge.

— Mais, Votre Altesse, cela veut dire que le cinéma ne rouvrira pas avant une ou deux semaines ! Le palais perdra beaucoup de ventes de billets. Et le film n'a été loué que pour un mois. Les frais de location seront également perdus.

— Quel dommage.

La reine douairière n'en dit pas plus.

Les deux maharanis se comprennent tacitement. Tant que l'aînée réside au palais, c'est elle qui contrôle les cordons de la bourse. La maharani Latika signale son acquiescement en adressant un hochement de tête à Samir. Lui et Ravi échangent un regard. Ils sont mécontents.

— Espérons que tout va bien se passer, déclare l'aînée des deux. Sinon, nous risquons de devoir démolir l'édifice entier. Et nous n'avons pas envie de ça, pas vrai ?

Comme si l'affaire était réglée, la maharani Indira me fait signe avec son fameux index. L'instant d'après, je la raccompagne à l'extérieur avec son fauteuil. Nous avons presque atteint la sortie quand elle lâche, d'une voix bien plus faible à présent :

— Dis à mon valet de venir, tu veux bien, mon garçon ?

Je me penche sur le côté pour la regarder. Elle s'est affaissée sur son fauteuil et lutte pour garder les yeux ouverts. Elle n'est pas aussi alerte qu'elle voulait qu'on le croie ; elle a fait bonne figure.

Je remarque que Tatie-patronne nous a rejoints. Elle a pris une des mains de la maharani et est en train de lui masser les points de pulsation, comme elle les appelle.

Je siffle les valets, qui patientent devant la voiture. Ils accourent. Le premier la soulève du fauteuil sans le moindre effort, comme si elle était aussi légère qu'un oiseau ; l'autre replie le fauteuil, et ils s'en vont. Ils l'installent sur la banquette arrière de la deuxième berline qui accompagnait la Bentley. La dame de compagnie descend de cette dernière et rejoint la maharani à l'arrière de la berline. Je la regarde retirer une seringue d'une sacoche médicale et plonger l'aiguille dans le bras de la vieille reine. Elle l'enveloppe dans des couvertures, et la berline s'éloigne.

Toute cette scène, qui s'est déroulée si vite, m'a empli de chagrin. Je regarde derrière moi, dans l'entrée obscure. La jeune maharani, Samir, Manu et Ravi se concertent, sûrement afin de discuter du calendrier d'exécution pour la démolition d'une des colonnes encore intactes. Le balcon devra être soutenu pendant que la colonne sera retirée et reconstruite. M. Reddy et Sheela se tiennent sur le côté, ainsi que les ingénieurs et les contremaîtres.

Aujourd'hui, nous avons remporté une victoire, en quelque sorte. Si les autres colonnes ont été bâties avec des matériaux non conformes, nous obtiendrons ce que nous cherchons. Nous parviendrons peut-être à sauver le travail de Manu.

Mais la reine douairière, qui m'a un jour offert son précieux Madho Singh et qui a toujours affiché la même joie en ma présence quand j'étais petit qu'aujourd'hui, ne verra manifestement pas la fin de l'année. Et cette idée me déprime plus que toute autre. Nimmi me manque particulièrement, tout comme le regard qu'elle me lance quand elle sait que j'ai besoin de la chaleur de ses bras.

Hier soir, quand je suis passé chez les Agarwal, Patronne m'a donné le numéro du couvent. Lorsque j'ai demandé à parler à Nimmi, la novice m'a répondu qu'elle devait demander à la mère supérieure. J'ai patienté pendant ce qui m'a semblé une éternité. Puis j'ai entendu qu'on ramassait le combiné.

— Veuillez vous identifier, a ordonné une voix sonore.

La mère supérieure. Je lui ai dit que j'étais l'ancien pupille du docteur Jay et de Lakshmi Kumar. Je lui ai donné notre adresse à Shimla.

— Quels sont les noms des enfants ? a-t-elle demandé.

— Chullu et Rekha.

Elle m'a demandé de patienter un instant. J'ai entendu des pas à l'arrière, des murmures, puis une longue inspiration.

— Nimmi ?

Pas de réponse. J'ai réessayé.

— Allô ?

— *Hahn ?*

C'était elle !

— Quelque chose ne va pas ?

— Je n'ai jamais utilisé de téléphone ! a-t-elle confié dans un murmure. Je fais comme il faut ?

J'ai eu un petit sourire, charmé.

— *Zaroor !* Lakshmi m'a dit que vous aviez vécu une sacrée aventure.

— Le docteur a été si gentil, Malik. Maintenant, nous sommes chez les nonnes. C'est agréable. Paisible. Je travaille dans leur jardin. Rekha et Chullu se plaisent ici aussi.

Lorsqu'elle a prononcé leurs noms, j'ai entendu Rekha marmonner quelque chose.

— Elle veut te parler. Elle a regardé les nonnes se servir du téléphone, et elle meurt d'envie d'essayer, a affirmé Nimmi.

— Tu vas m'apporter un arc-en-ciel ? a lancé Rekha quand elle a accédé au combiné. Quand ? Bientôt ? Tatie Lakshmi m'a dit que, si on vivait à l'intérieur d'un arc-en-ciel, on ne pourrait pas voir à quel point il est joli. C'est vrai ?

Avant que j'aie eu le temps de décider à quelle question répondre en premier, Nimmi lui a pris le téléphone des mains.

— Tu rentres bientôt ?

— Je dois en parler à Patronne.

— Je vois, soupire-t-elle d'une voix résignée.

Nous en avons déjà discuté. Nimmi trouve que je donne trop à Lakshmi, et pas assez à elle. J'ai essayé de la détourner de sa jalousie en recourant à l'humour, mais cela n'a semblé que l'exaspérer.

—Je pensais, Malik, à quel point je me sentais plus en sécurité avec ma tribu. J'ai peut-être eu tort de la quitter, de croire que la vie en ville serait meilleure. Pour nous, elle n'a fait qu'empirer.

On aurait cru une autre Nimmi, pas celle que Lakshmi m'avait décrite. Cette Nimmi-là avait suivi la piste des moutons de son frère dans les montagnes ; elle avait rapporté son cadavre ; elle avait tondu son troupeau. Cette Nimmi-là s'était construit une vie à Shimla, recourant à ses connaissances en matière de plantes himalayennes, à son intelligence et à sa force de volonté. Elle avait abandonné tout ce qu'elle connaissait – la vie avec sa tribu, sa langue natale, les gens qu'elle aimait. Elle avait maintenu ses enfants en bonne santé et bien nourris. Et pourtant, elle était seule au monde – *akelee.*

—Je t'aime, ai-je lâché sans réfléchir.

Avant cet instant, je ne m'étais pas rendu compte de la force de mes sentiments. Mais dès l'instant où j'ai prononcé ces paroles, j'ai compris que je devais les lui dire ; elle avait besoin de les entendre.

L'espace d'un instant, aucun de nous n'a parlé.

—Nous allons être ensemble, Nimmi. Tu dois me faire confiance.

28

Lakshmi

Jaipur

Je regarde le match de cricket de Niki depuis le siège avant de la voiture des Agarwal. Malik se tient à côté de Kanta sur la ligne de touche, où il encourage mon neveu, qui esquive intelligemment une deuxième balle vrillée. Il est bon à ce jeu. Jay est le fan de cricket sous notre toit, mais je commence à me dire que je pourrais apprendre à aimer ce sport, moi aussi.

Hier, après que les maharanis ont visité le Royal Jewel Cinema, Manu nous a dit que la maharani Latika avait donné trois jours à Singh-Sharma Construction pour consolider le balcon et ouvrir toutes les colonnes à l'inspection, même celles récemment reconstruites et replâtrées. Presque aussitôt, Manu a perdu sa mine abattue, plein d'espoir à l'idée d'être innocenté. Il a repris le travail. Chez les Agarwal, la tension s'est dissipée. Niki retourne à l'école demain.

On est en début de soirée, et le soleil a cessé ses assauts implacables, cédant la place à une douce brise. Une fois de plus, Malik m'a installée dans la voiture avec une Thermos de chaï crémeux.

Plus tôt dans la journée, j'ai appelé Jay pour le tenir au courant des dernières nouvelles. Il en avait aussi de son côté.

La veille, il avait appelé son ancienne école, Bishop Cotton, pour demander s'il y avait des commissaires de police haut placés parmi les anciens étudiants. L'un d'eux réside précisément à Chandigarh. Jay l'a appelé pour lui parler de l'or que nous avons trouvé sur les moutons. Le commissaire a répondu qu'ils espéraient justement tomber sur une preuve de ce genre, car ils cherchaient un lien avec Chandigarh Ironworks, qui était depuis longtemps dans leur ligne de mire. Dans la journée, le commissaire s'est débrouillé pour organiser une descente dans les bureaux de Canara, où ils ont saisi une livraison d'or. Mais ils n'ont pas pu obtenir le nom des trafiquants.

—Cette liste inclurait-elle Ravi Singh ? ai-je demandé.

—Oui, mais les traces écrites ne sont pas claires. Ça ne collera pas.

—Au moins, Nimmi est en sécurité maintenant, *hahn-nah* ?

Il a répondu par l'affirmative. Nimmi était retournée travailler dans le jardin médicinal, mais ses enfants restaient au couvent pendant la journée, et tous les trois y dormaient la nuit, du moins en attendant mon retour.

Quel soulagement. Quand je l'ai appris à Malik, il s'est penché pour me toucher les pieds, ce qui m'a fait rire ! Mais c'est Jay, le véritable héros dans l'histoire. Je songe à cette boucle rebelle qui refuse obstinément d'obéir, celle que j'adore remettre en place.

Je suis tellement absorbée par mes pensées que je n'entends pas la portière arrière de la voiture s'ouvrir et se refermer.

—Tel père, tel fils.

La voix de Samir à mon oreille me fait renverser la tasse de chaï que je tiens dans les mains. Mon cœur bat la chamade, mes doigts tremblent. Je tends le cou pour regarder derrière moi et l'aperçois juché sur la banquette arrière, les coudes calés sur le siège avant, son visage à quelques centimètres du mien.

Il me sourit en me contemplant de ses yeux striés de brun, amusé par mon trouble. L'odeur de ses cigarettes, des graines de cardamome qu'il mâche et de son après-rasage emplit la voiture. Je ne me suis pas trouvée aussi près de Samir en douze ans. J'ai senti le poids de son regard quand nous étions au Royal Jewel Cinema avec les maharanis, mais j'ai refusé de le considérer à mon tour. Une fois de plus, sa famille est parvenue à blesser ceux que j'aime.

Toutefois, Samir dégage une énergie palpable dont il est difficile de ne pas tenir compte. Les battements effrénés de mon cœur sont-ils dus à la peur ou à l'excitation ? Autrefois, je m'étais demandé ce que j'éprouverais en embrassant ces lèvres brunes, avec le petit croissant rose qui apparaît sur celle du bas. Et puis, un jour, je l'ai su.

— Que fais-tu là ? parviens-je à lâcher une fois que j'ai retrouvé ma voix.

— La même chose que toi, répond-il en montrant les joueurs. Sais-tu que je n'ai jamais manqué le moindre match de Ravi à Mayo ? J'ai appris le cricket à mes deux fils dans notre jardin. Ravi avait la même assurance naturelle que Niki. Un fragment de seconde lui suffisait pour déterminer s'il valait mieux frapper la balle ou la laisser filer. Et parfois, même quand il savait qu'il ferait mieux de l'esquiver, il frappait quand même. Et, incroyable mais vrai, Lakshmi, c'était en plein dans le mille ! Il marquait un ou deux points.

Un rugissement s'élève de la foule sur les lignes de touche. Je me retourne pour regarder le terrain. Niki a marqué. Je vois Malik glisser deux doigts dans sa bouche pour siffler. Kanta lève les bras au-dessus de sa tête pour applaudir.

— « Le fruit ne tombe jamais loin de l'arbre », reprend Samir. C'est Ralph Waldo Emerson qui l'a dit, en 1839. Mais je pense que c'est vrai depuis toujours, pas toi ? Niki Agarwal a la corpulence de Ravi. Il est aussi grand qu'il l'était à son âge. Et tu as vu sa façon de courir ! On croirait voir Ravi foncer à travers le terrain.

Ainsi, c'était effectivement Samir que Kanta avait vu observer Niki. Il a fini par comprendre. Il sait que Niki est le fils de Ravi. Le fils de Radha.

Si nous n'avions pas menti au palais et à Samir au sujet des battements cardiaques du bébé, Niki serait aujourd'hui le prince héritier et le prochain maharadjah de Jaipur. Mais prétendre que son cœur battait trop lentement était pour nous la seule manière d'annuler l'adoption royale et de faire en sorte que Radha puisse garder son enfant.

Comment Samir a-t-il su ?

— Quand l'as-tu appris ? demandé-je lentement, de sorte à ne pas trahir ma nervosité.

Mon regard est encore focalisé sur le match mais, du coin de l'œil, je le vois poser le menton sur son poing fermé. Sa posture est tellement détendue qu'on croirait qu'il discute de la pluie et du beau temps.

— Je suis passé par ici l'été dernier. Je l'ai vu jouer par hasard. J'éprouvais de la nostalgie pour ma vie d'avant, avant que mes garçons ne grandissent, quand Ravi jouait ici au cricket. À l'époque où je n'étais qu'un simple architecte dessinant les bâtiments que je voulais construire. Avant que j'entre dans le grand commerce de la construction. Avant que tu suggères aux Singh de se lier aux Sharma par un mariage.

Il tourne imperceptiblement la tête, de sorte que je sens désormais son souffle sur ma joue.

Je remue sur mon siège et m'appuie contre la portière du côté passager afin de mieux le voir. Ou, peut-être, de m'éloigner de lui.

— Tu avais pourtant l'air heureux de sceller cet accord commercial et personnel, si je me souviens bien.

Je suis soulagée de m'écarter du sujet de Niki.

— Oui, bien sûr. Seulement, je ne savais pas que ça aboutirait à ça

— C'est-à-dire ?

— Je pensais que c'était une excellente opportunité pour se développer. Mes fils pourraient rejoindre mon affaire comme architectes, constructeurs, ingénieurs, ce qu'ils voudraient. J'avais prévu que Govind nous rejoigne à la fin de ses études aux États-Unis. Je comptais laisser l'entreprise à mes garçons comme héritage.

Il paraît mélancolique.

— C'est bien ce qui est arrivé, non ? souligné-je. Ravi travaille avec toi. Et Govind, quand revient-il d'Amérique ?

Je ne parviens plus à entendre le match. On dirait que chaque cellule de mon être est entièrement tournée vers la voix de Samir.

Au lieu de répondre, il glisse une main dans la poche de son pantalon. Je crois qu'il va me montrer des photos de son petit dernier, mais il sort une illustration cornée de Ganesh-*ji*, le dieu éléphant. Elle est imprimée sur un papier cartonné pas plus grand qu'une carte à jouer. De toute évidence, elle a été beaucoup manipulée.

— La dernière fois que j'ai fait faire mon horoscope, j'avais douze ans. Je n'ai pas voulu croire à celui que mes parents avaient établi à ma naissance, alors je suis allé voir un *pandit* brahman ici, dans la ville rose.

Il retourne la carte. Au centre a été dessiné un cercle quadrillé, avec un triangle à chaque coin. Chaque espace porte un numéro.

— Bien sûr, seul le *pandit* sait ce que signifient ces chiffres, mais je me souviens encore de ce qu'il a dit.

Il s'interrompt.

— Quoi ?

— Il a dit que je voyagerais à l'étranger. Que j'accomplirais de grandes choses. Que je me ferais beaucoup d'argent. Mais que je n'arriverais jamais à le garder.

Il me dévisage.

— C'était le même horoscope que celui qu'on m'avait fait à la naissance.

— Tu étais déçu ?

— Eh bien, je me suis rendu à l'étranger, à Oxford. Vrai. J'ai monté ma propre entreprise, et je l'ai développée avec la Sharma. Vrai. Je me suis fait pas mal d'argent. Vrai. Et je m'apprête à tout perdre.

Samir remet la carte dans sa poche de pantalon.

— Hier soir, j'ai demandé à Ravi ce que nous découvririons dans les autres colonnes sous le balcon. Il a répondu que nous trouverions des briques bon marché et du mortier de ciment mal mélangé. « Tu m'as menti ? » l'ai-je questionné. Il a dit que je n'avais pas intégré l'armée indienne comme mon père, alors pourquoi ferait-il le même métier que moi ? Il voulait prouver qu'il était capable de réussir de son côté.

Il soupire.

— La suite, je crois que tu la connais, non ?

La joue dans sa paume, il tourne la tête vers moi.

Je devrais me sentir triomphante, pourtant je n'éprouve que de la tristesse.

— Il a acheté des matériaux de mauvaise qualité pour le Royal Jewel Cinema et a falsifié les factures pour qu'elles indiquent des sommes plus élevées, c'est ça ? Ensuite, il s'est servi de l'argent économisé pour financer une route de contrebande vers Jaipur. Et il a utilisé ces briques bon marché pour transporter l'or.

Samir hoche la tête.

— Mais comment a-t-il fait pour duper les inspecteurs ?

Samir frotte ensemble le pouce et deux doigts de sa main libre. *Baksheesh.*

Une abeille entre dans la voiture en passant par la vitre ouverte. Elle atterrit sur la manche de Samir. Je m'aperçois alors que sa chemise est certes propre, mais fripée, ce qui ne lui ressemble pas. Sa cravate, qu'il ne quitte jamais, a été négligemment fourrée dans sa poche. Son haleine est chargée d'une autre odeur : du scotch. Je me souviens qu'autrefois, il aimait jouer aux cartes et boire un verre ou deux dans les maisons closes. Est-ce ce qu'il vient de faire ?

Samir regarde l'abeille marcher en cercle sur son bras, puis lui donne une petite pichenette en direction de la vitre. Elle s'envole.

— Les colonnes du balcon sont-elles la seule partie du cinéma qui soit compromise ?

Il secoue la tête en s'écartant du siège avant. Voûté sur la banquette arrière, il scrute le plafond de la voiture.

— On va devoir tout démolir. Sauver ce que nous pourrons. Et puis tout reconstruire en partant plus ou moins de zéro.

Il reporte son regard sur moi.

— Cela sonnera la fin de l'entreprise, mais je tiens à partir avec ma réputation intacte. Ravi ne la détruira pas. D'ailleurs, l'argent qu'il s'est fait en vendant cet or servira à la reconstruction du Royal Jewel Cinema.

— Tu vas mettre un terme à Singh-Sharma ?

— Pas le choix. MemSahib a parlé. Parvati, qui était bien sûr présente quand Ravi a avoué, dit que nous devrons tout arrêter une fois que le cinéma sera reconstruit, et partir en Amérique. Des amies lui ont dit qu'il existait un excellent village-retraite à Los Angeles.

— La retraite ? Mais tu n'as que…

— Cinquante-deux ans. Ne me le rappelle pas. Elle a tout organisé.

— Pourquoi cela ne me surprend-il pas ?

— On va travailler dans l'immobilier, ajoute-t-il en grattant sa barbe de trois jours. Je ne peux pas être architecte en Amérique sans être habilité ici, et je suis trop vieux pour reprendre les études. Donc, l'immobilier.

— Et Ravi ? Govind ?

Il s'avance à peine et repose les bras sur le dessus du siège avant.

— Govind nous a déjà annoncé qu'il se lançait dans la finance à New York, pas l'ingénierie. Il a une petite amie américaine. Il ne veut pas revenir pour un mariage arrangé. Et Ravi… Eh bien, il fera sûrement de l'immobilier avec moi à Los Angeles.

Il me décoche un sourire en coin.

— On dirait que Sheela va vivre sous le même toit familiale que nous, que ça lui plaise ou non.

J'inspire à pleins poumons et me retourne vers l'avant. Visiblement, le match touche à sa fin. Nous le regardons un instant.

— Tu dois des excuses à Manu Agarwal, affirmé-je.

Il marque une pause.

— J'ai rapporté à la maharani Latika ce que m'a dit Ravi. Elle est déçue, bien sûr, et contrariée à l'idée que, quoi qu'il arrive, la catastrophe restera dans les annales comme une erreur commise par le palais. Mais Manu ne va pas perdre son travail.

Samir ne s'excusera pas personnellement auprès de Manu. M'y étais-je réellement attendue ? Les Singh s'excusent-ils jamais auprès de quiconque ? Du moins les maharanis savent-elles que Manu n'est pas coupable.

Je sens le doigt de Samir m'effleurer la joue. J'écarte la tête.

— Être mariée à Jay te va bien. Son amitié me manque, mais on ne peut pas être amis quand on est amoureux de la même femme.

J'en reste bouche bée. Le sang me martèle les oreilles. Mais je n'ose pas me retourner.

Il y a douze ans, j'aurais tant aimé entendre ces paroles. Savoir qu'il éprouvait cela pour moi. Pas aujourd'hui.

Je ne puis avoir cette discussion-là avec lui. J'aime mon mari. J'aurais pu aimer Samir, mais Parvati a fait valoir ses droits sur lui il y a longtemps. C'est elle qui prend les décisions importantes dans leur vie. Et il la laisse faire. Est-ce de la faiblesse de sa part ? A-t-il toujours été le moins puissant des Singh sans que je m'en aperçoive ? Ou est-il plus perspicace que je ne le pense ? Après tout, Parvati n'est-elle pas celle qui gère toujours les catastrophes dans la famille ?

Je me racle la gorge.

— N'essaie pas de contacter Nikhil. Jamais.

Sur la banquette arrière, j'entends un bruissement. Il s'ouvre un nouveau paquet de cigarettes.

— Notre déménagement en Amérique devrait résoudre le problème.

J'entends le craquement du briquet en or. Un nuage de fumée inonde l'avant de la voiture.

Dehors, sur le terrain de cricket, le match est fini. Les joueurs se serrent la main. Les usages de l'école privée. Au loin, Malik et Kanta, le sourire jusqu'aux oreilles, attendent que Niki les rejoigne.

J'entends la portière arrière qui s'ouvre. Dans le rétroviseur, je vois Samir descendre de la voiture et s'approcher de ma vitre.

— Samir ?

— Hum ?

— Si Manu est une indication de ce que Niki deviendra en grandissant, alors Ralph Waldo Emerson avait raison. « Le fruit ne tombe jamais loin de l'arbre. »

Je lève les yeux vers lui. Il me sourit, m'adresse un salut militaire, puis s'éloigne d'un pas tranquille.

29

Malik

Jaipur

Une fois qu'on nous a certifié que Singh-Sharma allait reconstruire le Royal Jewel Cinema et que Manu allait bien retrouver son poste de directeur des installations royales, nous avons décidé de fêter ça. *Saasuji* a préparé son fameux *chole subji* et le gâteau préféré de Niki. Baju a fait du *dal*, du riz, un *subji* au gombo et des *pakoras* de pommes de terre. Manu rapporte des *besan ladus*, du *burfi* aux noix de cajou et du *kheer* aux pistaches de la confiserie. Ni Tatie-patronne ni moi n'avons eu le temps d'écrire depuis tout ce temps, aussi appelons-nous Jay.

Je l'entends dire à Patronne que, le risque étant écarté, Nimmi et les enfants sont revenus ; son ami commissaire a éradiqué le danger.

Je demande à parler à Nimmi.

—Aujourd'hui, c'est l'anniversaire de Rekha, annonce celle-ci avec enjouement.

Derrière elle, j'entends la fillette chanter « Joyeux anniversaire ».

—Le docteur Jay et moi avons fait un gâteau. Et devine quoi ?

Avec un pincement au cœur, je me rends compte de tout ce que je manque en n'étant pas à Shimla.

— Quoi ?

— J'ai écrit dessus le nom de Rekha. En hindi !

Elle éclate de son joli petit rire.

— Tu devrais le voir ! Il est si beau !

Rekha a pris le téléphone des mains de sa mère. Je ris et lui annonce que j'ai un cadeau pour son anniversaire.

— Un cadeau ? s'écrie-t-elle avant que Nimmi ne lui ait repris le combiné des mains.

— Je t'en supplie, Malik, plus de grillons ! On ne retrouve plus celui que Rekha a fait sortir de sa cage !

Je perçois le sourire dans sa voix et je me surprends à sourire aussi, imaginant son visage quand je lui mettrai la chaîne en or au cou. À travers le téléphone, j'entends Madho Singh s'exclamer : « *Namaste !* Bonjour ! *Welcome !* » Il doit savoir qu'elles s'adressent à moi.

Je rends le téléphone à Tatie-patronne pour qu'elle puisse dire au revoir à son mari.

— Nous rentrons demain, lui promet-elle.

Lorsqu'elle raccroche, je lui fais remarquer :

— Tu as dit « nous » ?

— Oui.

— Je croyais que tu voulais que je reste auprès de Tonton Manu ?

Elle éclate de rire et me prend le bras pour m'éloigner de la famille et me guider vers la véranda des Agarwal.

— Malik, pourquoi voulais-je que tu viennes à Jaipur ?

— Pour apprendre le métier du bâtiment.

Elle s'installe sur la balancelle et tapote la place à côté d'elle. Je m'assieds.

— Y es-tu parvenu ?

— Oui.

Elle hoche la tête.

— Pendant le temps que tu as passé ici, tu en as appris assez sur le métier pour savoir quand quelque chose ne va pas. Pour quelle autre raison voulais-je que tu viennes ?

— Pour m'empêcher de me rapprocher de certains… types de gens.

— Y es-tu parvenu ?

Je plisse les yeux, sans trop savoir ce qu'elle veut que je dise.

— Eh bien, je sais que je n'ai pas envie d'avoir affaire à un homme tel que Ravi Singh. Mais ça, j'en étais déjà conscient à l'époque où il fréquentait Radha.

Elle m'adresse un léger sourire.

— Donc, tu n'as plus besoin d'être ici. Je pense même que cela n'a jamais été nécessaire. Nimmi m'a demandé de te laisser partir. Elle dit que tu agis uniquement parce que tu te sens obligé envers moi.

Je suis sur le point de protester, mais elle pose une main sur mon bras pour me réduire au silence.

— J'y ai beaucoup réfléchi, et elle a raison, Malik. Tu es un homme libre. C'est le cas depuis longtemps. Je crois que j'ai dépassé les limites. *Maaf kar dijiye ?*

— Te pardonner quoi, Tatie-patronne ? Si nous n'avions pas été ici, à Jaipur, pense à ce qui serait arrivé à Manu. À Niki. Je suis content qu'on soit venus.

Elle a l'air sceptique, comme si elle ne me croyait pas vraiment même si elle en a envie.

— Mais je suis d'accord, il est temps de rentrer.

Son visage se fend d'un grand sourire.

— Et puis, enchaîné-je, j'ai aidé Niki à devenir un excellent joueur de cricket. Je compte sur lui pour nous aider à nous faire des millions.

Nous rions ensemble.

Des oiseaux gazouillent dans la cour des Agarwal. Dans le crépuscule, les phares des scooters et des voitures zigzaguent entre les piques de la clôture métallique. Nous écoutons les klaxons des *tongas*, le tintement des sonnettes de vélo et les cris des chauffeurs de rickshaw en quête de clients.

— Que feras-tu, au juste, quand nous serons de retour à Shimla, Malik ?

J'y ai pas mal réfléchi.

— Une chose que Nimmi et moi pouvons faire ensemble, réponds-je en me penchant en avant, les coudes sur les genoux et les maintes jointes. Patronne, j'aimerais l'épouser. Elle est exactement celle qu'elle dit être. Elle ne se prend pas pour quelqu'un d'autre.

Évidemment, je pense à Sheela. Si tentante qu'elle puisse être, je savais qu'elle n'était pas pour moi. Une relation avec elle m'aurait rendu malheureux.

Je tourne la tête sur le côté pour regarder mon mentor.

— Je suis un musulman non pratiquant sans statut de caste. Je n'ai pas la moindre idée d'où est allée ma mère après qu'elle m'a abandonné chez Omi. Et je n'ai jamais connu mon père. Omi et ses enfants étaient ce qui se rapprochait le plus pour moi d'une famille, mais son mari ne me permet pas de les voir depuis des années.

Je baisse les yeux sur mes mains.

— Nous nous ressemblons, avec Nimmi. Elle est hindoue, mais sans caste, comme moi. Elle n'est plus avec son peuple, sa tribu. Nous deux… Nous savons ce que c'est, d'être déraciné.

— Déraciné ? Mais Malik, tu fais partie de notre famille ! Jay, Radha et moi. Et maintenant, le mari de Radha, Pierre, et leurs filles…

Je pose une main sur la sienne pour la calmer.

—Nimmi et moi n'appartenons à aucun endroit. Pas vraiment. Nous n'avons pas de croyance, de tradition particulière. Mais nous pouvons créer les nôtres. Conserver celles qui nous plaisent, abandonner celles que nous n'aimons pas.

Je vois à la tension autour de ses yeux qu'elle est secouée. Elle reste la belle femme que j'ai commencé à suivre dans Jaipur quand elle avait à peu près l'âge de Nimmi. Mais désormais, ses tempes sont argentées, et des petites rides se sont formées autour de ses yeux et de sa bouche.

—Je ne veux pas dire par là que je veux me séparer de toi, du docteur Jay ou de Radha – absolument pas ! Je ne sais pas ce que je ferais sans vous. Mais je suis prêt à avoir ma propre famille, maintenant, Tatie-patronne. Je suis prêt.

Elle cligne des yeux. Scrute la nuit qui commence à tomber.

—Je sais que tu aurais préféré que je me marie avec une femme éduquée. Quelqu'un de distingué. De noble. Mais ce n'est pas qui je suis. Nimmi et moi, on va bien ensemble. On se comprend. J'aime ses enfants. Et, maintenant que tu lui as appris à lire et à écrire en hindi, qui sait jusqu'où elle ira ?

Dans le silence qui s'attarde, nous réfléchissons à tout ce que nous ne disons pas.

—Il y a autre chose dont j'aimerais te parler.

Au bout d'un moment, elle finit par me rendre mon regard. Je pivote pour lui faire face.

—Si on transformait ton jardin médicinal en centre de formation pour herboristes ? Si on créait une serre pour propager les plantes que tu as déjà fait pousser et les vendre à d'autres praticiens en Inde ? J'en sais un peu sur le commerce, je pourrais apprendre le reste au fur et à mesure. Et puis… (je m'interromps en me levant pour faire les cent pas sur la véranda) j'en ai suffisamment appris sur le bâtiment pour m'occuper de la construction d'une serre. Le mari de Radha pourrait nous aider à la concevoir. Il y a assez de terrain autour de l'hôpital pour la bâtir. Nimmi t'aiderait au jardin et dans la serre.

Je marche plus vite à présent, tâchant de garder le fil de mes pensées qui s'emballent.

— Ton nom est déjà bien connu dans le milieu de l'herboristerie. Une fois qu'on commencera à former d'autres praticiens et à vendre nos propres produits, on pourra se servir de cet argent pour aider à agrandir le dispensaire.

Lakshmi écarquille les yeux.

— C'est un défi de taille, Malik. Où trouverions-nous l'argent pour construire la serre ?

— Ça, c'est le plus facile.

Je pense à Moti-Lal. Je pense aux maharanis Indira et Latika. Je pense à Tatie Kanta. Trouver l'investissement initial ne devrait pas être bien sorcier. L'hôpital doit disposer d'un fonds d'aide qui pourrait combler le reste ; il faut que j'en parle au docteur Jay. Je sais où me procurer les meilleurs matériaux. Où trouver des ingénieurs. Et Pierre est un architecte accompli. C'est réalisable.

J'arrête d'arpenter la véranda et je me tiens devant elle, me penchant pour la regarder droit dans ses yeux bleu-vert.

— Tu te rappelles quand tu voulais créer ta propre entreprise pour vendre tes crèmes à la lavande, ton huile capillaire à la *bawchi* et l'eau rafraîchissante au vétiver à l'époque où on habitait à Jaipur ? Eh bien, c'est possible. J'aimerais te le rendre possible. Pour toi. Pour Nimmi. Et Jay pourra agrandir son dispensaire.

Le visage que je connais si bien s'illumine face à tant de possibilités. Ses yeux vifs tressaillent dans leurs orbites – à droite, à gauche, en haut, en bas – tandis qu'elle tente de se focaliser sur une pensée après l'autre. Il lui faut un moment, mais elle finit par entrouvrir ses lèvres en ce sourire qui me dit que je l'ai rendue heureuse.

— Parlons-en à Jay quand nous serons à Shimla, déclare-t-elle.

Nous louons un *tonga* pour nous rendre au palais des maharanis, comme nous le faisions autrefois pour que les gardes ne nous prennent pas pour des *ara-garra-nathukaras* infichus de se payer une carriole tirée par un cheval. Nous nous arrêtons ici, sur le chemin pour la gare de Jaipur, où nous allons prendre le train du retour. Les Agarwal tenaient à nous emmener dans leur voiture, mais Tatie-patronne et moi avons décidé que nous devions le faire seuls. Une chose est certaine : nous n'attendrons pas douze années de plus pour revoir Manu, Kanta et Niki.

Quand la carriole parvient à l'entrée du palais des maharanis, nous demandons au chauffeur de patienter avec nos bagages. J'aide Tatie-patronne à descendre du *tonga* et nous apportons notre paquet au poste de garde. Celui qui s'y trouve salue chaleureusement Tatie-patronne, qui est déjà venue plusieurs fois ces derniers jours. Mais, comme il le faisait autrefois, il me jette un regard torve – plus par habitude que parce que je ne suis pas présentable (ce qui n'est pas le cas). Je lui adresse un hochement de tête.

— Eh bien, voilà autre chose ! s'exclame la maharani douairière lorsque nous entrons dans ses appartements. J'ai le plaisir de vous voir trois jours de suite.

Elle a beau être blottie dans son lit, elle paraît alerte et prête à recevoir ses visiteurs, enveloppée dans un sari de soie vermeille et plusieurs rangées de colliers de perles.

— Nous sommes venus vous dire au revoir, Votre Altesse, déclare Tatie-patronne en se baissant vers les pieds de la reine pour tirer l'énergie vers le haut.

Je l'imite.

— Jaipur n'offre pas assez de charmes pour vous retenir un ou deux jours de plus ? Qui me fera mon henné, maintenant ?

Elle lève ses mains décorées pour que nous les admirions.

— Shimla nous attend. Nous devons retourner à notre travail.

La vieille reine me considère de son regard pénétrant.

— Que je réfléchisse. Lakshmi va s'occuper des malades et de ses plantes. Et toi, Malik, tu vas retrouver ton aimée. Elle doit t'attendre.

Je me demande comment la reine douairière l'a appris. Je jette un coup d'œil à Lakshmi, mais elle fait la grimace pour me faire comprendre qu'elle n'en a pas la moindre idée. La maharani est sans doute emprisonnée dans sa maladie, mais elle se tient informée de tout ce qui l'entoure.

— Nous avons apporté un petit souvenir à Votre Altesse.

Je tends le paquet joliment emballé à sa demoiselle de compagnie la plus proche, qui la donne à la maharani.

Un valet s'avance, sûrement pour en vérifier le contenu, mais la reine lui fait signe de s'éloigner. Elle déchire l'emballage avec enthousiasme, tendant le gardénia parfumé sur le dessus à une de ses dames.

En voyant l'élégante caisse en bois, elle pousse un cri de joie. Ses doigts arthritiques peinent à ouvrir le couvercle, aussi la dame de compagnie le fait-elle à sa place.

— Du gin Beefeater ! Mes chers, c'est merveilleux ! Même si mes médecins n'en conviendront pas.

Elle ordonne à son valet de lui apporter trois verres, du tonic et des glaçons.

— Saviez-vous qu'autrefois, ils jetaient les patients la tête la première dans des genévriers en pensant que la malaria disparaîtrait comme par magie dès que leurs corps se frotteraient aux branches ? lance la maharani Indira pendant que sa dame de compagnie prépare les cocktails. Ces Anglais ! Si excentriques ! Mieux vaut boire du gin !

J'échange un petit sourire discret avec Tatie-patronne alors que nous entrechoquons nos verres.

Son Altesse ferme les yeux pour mieux savourer sa première gorgée.

— Aah. Samir Singh – j'adore cet homme ! – est venu nous voir, moi et Latika. Je suis navrée que cette histoire n'ait pas tourné en sa faveur.

Elle boit une nouvelle gorgée.

— Et vous, ma chère, avez-vous obtenu l'issue que vous espériez pour le Royal Jewel Cinema ?

Tatie-patronne regarde sur le côté, comme pour mettre de l'ordre dans ses pensées.

— L'issue idéale est toujours la préservation de l'intégrité, répond-elle. C'est douloureux quand les conséquences sont si graves. J'ai entendu dire que le cinéma allait devoir être entièrement reconstruit. Mais cela rappellera aux milliers de personnes qui franchiront son seuil que ce qui est juste vaut la peine d'être fait.

La vieille maharani sourit, et cent rides se forment aux coins de sa bouche fardée alors que ses joues creusées se soulèvent, l'en rendant presque belle.

— Une politicienne-née ! Voilà ce que vous êtes, madame Kumar. Si vous étiez née au sein de notre famille, vous siégeriez au Parlement, ma chère !

Aujourd'hui, le rire de la reine douairière est riche et puissant. Il remplit la pièce, flotte à travers la porte jusqu'à la terrasse extérieure et vers le jardin des maharanis en contrebas, forçant les petits singes à décoller les yeux de leurs goyaves à moitié mangées et les soui-mangas à s'éparpiller dans le ciel sans nuages.

Épilogue

Lakshmi

Juillet 1969
Shimla

Debout à la fenêtre de ma cuisine, j'admire le charmant tableau sur la pelouse arrière. C'est le crépuscule. Un peu plus tôt dans la journée, Radha a aidé Jay et moi à allumer des centaines de *diyas* autour de notre jardin pour la cérémonie du mariage. Les minuscules flammes vacillent, faisant étinceler les paillettes et fils d'or sur les tenues élégantes des invités.

Ce n'est pas tous les jours qu'une hindoue et un musulman se marient ; Malik et Nimmi ont opté pour une cérémonie civile, tout comme Jay et moi il y a six ans. Le magistrat qui a officié est déjà venu et reparti, et à présent la famille et les invités attendent le banquet.

Nimmi a choisi de porter ses atours tribaux afin d'honorer son héritage. Le collier en or que Malik a acheté chez Moti-Lal pend à son cou. Hier, quand je m'apprêtais à appliquer son henné, Nimmi m'a montré qu'elle y avait ajouté l'amulette de Shiva.

— C'était celle de Dev, m'a-t-elle confié en souriant, comme si ce souvenir lui procurait à présent plus de joie que de chagrin.

J'ai alors su que je peindrais l'image du dieu bleu – à la fois créateur et destructeur – sur sa paume gauche et, sur l'autre, le mot « *om* », que Shiva porte sur la main droite.

Dès qu'elle a vu ce que j'avais peint, Nimmi a lancé :

— Je veillerai sur Malik.

Je me suis redressée et j'ai planté mon regard dans le sien. Autrefois, j'aurais douté de cette union, mais ce temps-là n'était plus. J'ai pris sa joue en coupe dans ma paume libre, et elle s'est appuyée dessus.

Deux novices du couvent sont venues pour la célébration. Nimmi leur montre le jeune santal que j'essaie de faire pousser ici, dans la fraîcheur du climat himalayen. Elle doit sûrement leur expliquer comment elle l'a déraciné du jardin médicinal pour le replanter dans mon propre jardin, qui est plus ensoleillé. Le santal s'épanouit ici ; la température légèrement plus élevée semble lui avoir insufflé une nouvelle vie. Lorsqu'il sera assez grand pour produire ses graines rouges, Nimmi et moi les broierons, les mélangerons à de l'huile de girofle et nous en servirons pour soigner les furoncles et les inflammations des patients du dispensaire.

Ces jeunes nonnes se sont entichées de Nimmi et visitent à présent le jardin médicinal une fois par semaine pour apprendre à faire pousser les mêmes plantes dans leur couvent. Ce sont les premières herboristes que nous formons dans le cadre de notre nouvelle entreprise !

Nimmi lève alors les yeux vers la fenêtre de la cuisine, comme si elle savait que je l'observais. Elle me décoche un sourire éclatant. Je le lui rends.

Malik, beau comme tout dans le costume gris charbon qu'il a fait faire sur mesure pour l'occasion, tient le petit Chullu dans ses bras et rit à quelque chose que mon beau-frère Pierre est en train de lui dire. Radha est avec eux, sous le poirier de l'Himalaya ; ils forment un beau trio. Ma sœur, qui a toujours adoré les bébés, tend les bras vers Chullu, et Malik le lui donne. Le petit tente d'attraper les primevères rouges piquées dans le chignon de la jeune femme, mais elle lui agrippe prestement la main et fait semblant de la grignoter. Chullu rit de plaisir.

Ce matin, alors que Radha et moi nous promenions avec ses filles, Asha et Shanti, j'ai sorti la dernière lettre en date de Kanta de ma poche et lui ai montré l'enveloppe. J'ai haussé les sourcils pour formuler la question silencieuse que je pose chaque fois que je vois Radha. Le pli entre ses sourcils m'a fait comprendre qu'elle n'était pas encore prête.

Je lui ai tapoté le bras avant de ranger la lettre dans ma poche. Un jour, quand le temps viendra, elle me dira qu'elle aimerait voir des photos de Nikhil – celles que Kanta m'envoie régulièrement et que je mets de côté. Il y a un certain temps, Radha a pris une décision qui était adaptée pour elle et pour Niki, la seule qu'elle pouvait prendre sur le moment. Mais, pour gérer l'immense sentiment de perte qu'elle a éprouvé en laissant son bébé, elle a dû rompre tous les ponts. Elle n'a pas revu Nikhil depuis ses quatre mois, la nuit où elle est venue me voir, le cœur brisé. Comprenant enfin que, malgré tout l'amour qu'elle lui portait, elle ne pouvait pas s'occuper de lui toute seule, elle avait décidé de laisser Kanta et Manu, qui désiraient encore un enfant, l'adopter.

Ma *saas* avait pour habitude de dire : « Si l'arbuste ne plie pas, l'arbre le fera-t-il ? » Mais je garde espoir malgré tout. Je sais que le jour viendra où Radha s'apercevra que son cœur peut désormais surmonter la douleur. Elle n'a encore que vingt-cinq ans ; il reste du temps.

Je prends un plateau rempli d'*aam panna* dans la cuisine et je sors sur la pelouse pour le disposer sur la table extérieure avec les autres plats que nous avons préparés. Du *tikka masala* au poulet.

Du *lauki ki subji*, du *palak paneer*. Du *baingan bharta*. De l'*aloo gobi subji*. Il y a du pilaf aux noix de cajou, du *puri* et de l'*aloo parantha*. Pour le dessert, nous avons du *semai ki kheer* et du *gulab jamun*.

Rekha et Shanti accourent. Rekha porte les petits clous d'oreilles dorés que Malik lui a offerts. Les filles ont toutes les deux quatre ans et sont inséparables depuis qu'elles se sont rencontrées hier, lorsque la famille de Radha est arrivée de France pour le mariage. Elles m'expliquent qu'elles essaient de convaincre Madho Singh, qui marmonne dans sa cage, de se joindre à nous pour les festivités.

— Tatie, tu peux nous aider, *s'il te plaît*? supplie Shanti, à moitié en français.

Les filles de Radha alternent aisément entre l'anglais, le français et l'hindi. Ma sœur leur parle en hindi depuis avant leur naissance.

Shanti tient ses yeux brun-jaune de Pierre, mais Radha lui a transmis son attitude rebelle. Tous les deux ou trois mois, ma sœur m'appelle pour me raconter qu'elle s'est accrochée avec Shanti. Je ne peux m'empêcher de sourire, me rappelant tous les défis que Radha m'a présentés lorsqu'elle avait treize ans. Shanti n'en a que quatre, ce qui signifie que Radha a bien des batailles qui l'attendent !

Je devrais appeler les invités à table, mais je décide de faire plaisir aux filles.

— Si tu demandais à ton père de vous prendre toutes les deux en hélicoptère ? suggéré-je à Shanti.

Les filles se regardent, surexcitées. Elles poussent des cris de joie et bondissent comme des lapins vers leur cible au fond du jardin. Shanti attaque Pierre de l'arrière, manquant de le renverser. Je regarde les filles adresser leur requête à l'intéressé. Puis il leur pose une question. À contrecœur, Shanti montre

Rekha du doigt. Pierre la prend dans ses bras et marche vers le centre de la pelouse. En la tenant par les mains, il la fait tournoyer, de plus en plus vite. Les cheveux de la fillette se soulèvent et retombent, encore et encore. Des bulles de rire s'élèvent dans l'air.

— À moi ! s'écrie Shanti en levant les bras.

Pierre repose Rekha, s'empare des mains de sa fille et la soulève dans les airs.

Je surprends Malik qui regarde Nimmi avec adoration. Comme s'il lui envoyait un signal secret, elle pivote vers lui et lui adresse un petit sourire.

Je m'approche de Jay, qui porte la benjamine de Radha, Asha. À deux ans, elle est folle de lui, et il le lui rend bien. Chaque fois qu'il la voit se dandiner vers lui sur ses jambes dodues, les plis autour de ses yeux se creusent de plaisir.

Mon mari m'embrasse sur le front. J'enroule les bras autour de lui et de la petite Asha. Elle tente de repousser mon étreinte, tenant à avoir toute l'attention de Jay pour elle toute seule. J'enfonce un doigt dans son petit bidon, ce qui, comme toujours, la fait glousser.

Je contemple le jardin, verdoyant et magique, et j'y vois tout ce que j'ai fait grandir : Malik et Radha, aussi chers à mes yeux que ma propre vie. Leurs moitiés et leurs enfants. Deux générations de possibilités, d'espoir, entourées par le soir bleu, entourées par nous.

Glossaire

Accha : d'accord, très bien
Ake, dho, theen : un, deux, trois
Akelee : seul(e)
Aloo gobi subji : curry de pommes de terre et de chou-fleur
Aloo parantha : galette fourrée à la pomme de terre
Aloo tikki : beignet à la pomme de terre
Amreeka : « America », prononcé en anglais indien
Angreji : Anglais
Anna : petite pièce, sorte de *penny*
Ara-garra-nathu-kara : un moins-que-rien
Arré : Allez ! Bon sang !
Ayah : nounou
Baat suno : Écoute !
Bahut accha : Très bien !
Baingan bharta : plat à base d'aubergines et d'oignons
Baksheesh : pot-de-vin
Basmati : genre de riz
Bâtiment-*walla* : personne qui construit
Besan laddus : friandises à base de farine de pois chiches
Beedis : cigarettes indiennes bon marché

Behenji : sœur, manière respectueuse de s'adresser à une femme plus âgée
Bevakoopf : imbécile, idiot
Bhagwan : Dieu
Bhai : frère, surnom amical pour un ami
Bheta/bheti : fils/fille
Bibi : épouse
Brahmi : plante utilisée en médecine ayurvédique
Bukwas : absurdités
Burfi : sucrerie cuite à base de lait
Chaat : terme général désignant un en-cas frit
Chaï : thé indien
Chaï-*walla* : personne qui vend du chaï
Champaca : fleur parfumée
Chapatti : pain plat au blé complet
Chappals : sandales
Chemali : fleur tropicale
Chillum : narguilé, pour fumer du tabac
Chinta mat karo : ne t'inquiète pas
Chole subji : curry de pois chiches
Chowkidar : gardien
Chunni : foulard couvrant la tête d'une femme
Dal : plat de lentilles épicé
Dhobi : homme qui gagne sa vie en faisant la lessive
Dhoti : quatre à cinq mètres de coton blanc enroulés en un pantalon lâche pour les hommes
Dibba : boîte
Doctrini : doctoresse
Ghee : beurre clarifié
Goondas : truands, gangsters
Gore : personnes à peau blanche
Gushup : commérages

Gulab jamun : dessert à base de *paneer* frit dans du sirop de sucre
Hahn-nah : Pas vrai ? C'est bien ça, non ?
Hai Ram : Mon Dieu !
Jharus : balai à longs brins
Jhumka : boucles d'oreilles en forme de clochettes
Ji : marque de respect pour les femmes et les hommes
Kachori : pain frit
Kajal : eye-liner noir
Kheer : riz cuit dans du lait/dessert crémeux
Khus-khus : éventail en vétiver
Koi baat nahee : ce n'est pas grave
Kundan : bijou fabriqué avec des gemmes non taillées
Kurta : tunique lâche à manches longues
Lakin : sauf, mis à part
Lassi : boisson fraîche à base de yaourt, souvent sucrée avec de la mangue
Lauki : type de courge
Maa : mère
Maaf kar dijiye : veuillez me pardonner
Mahoot : éleveur d'éléphants
Mandala : motif circulaire dessiné à des fins cérémoniales
Masala lauki : curry épicé à la courge et à la courgette
Meena : type de bijou émaillé
Meenakaris : artisans qui créent des bijoux émaillés
MemSahib : madame
Moong dal : type de lentille
Mummi : mère (version anglicisée)
Nag kesar : type d'arbre dans l'Himalaya
Nahee-nahee : non
Namaste : bonjour et au revoir
Nazar : mauvais œil, porte-malheur
Nimbu pani : citronnade sucrée

Om : vibration universelle, symbole de paix et d'harmonie
Paan : en-cas pour adultes à base de tabac et de masala sucré
Padha-likha : éduqué (littéralement « lit-écrit »)
Paise : pièces de monnaie
Pagal : fou
Pakoras : légumes trempés dans une pâte à base de pois chiches et frits
Palak paneer : plat à base d'épinards et de fromage
Pallu : extrémité décorée d'un sari, habituellement portée sur l'épaule
Pandit : prêtre
Panipuri : en-cas salé
Parantha : pain plat au blé complet fourré
Patal : couteau tranchant utilisé par les bergers
Peepal : type d'arbre doté de grandes feuilles plates
Pritam, priya : amant, amante
Pyjama : pantalon d'une tenue traditionnelle *kurta pyjama* pour homme
Pukkah Sahib : gentleman
Puri : pain plat au blé complet frit
Rajai : couette
Rasmalai : dessert sucré à base de lait
Rath ki rani : fleur appelée « reine de la nuit », car elle ne dégage son parfum qu'au coucher du soleil
Rickshaw-*walla* : personne qui pédale pour faire avancer le rickshaw
Rogan josh : curry d'agneau
Roti : pain plat et rond au blé complet
Saas : belle-mère
Saharienne : tee-shirt
Sahib : monsieur
Salwaar-kameez : tunique et pantalon lâche de femme

Samosa : en-cas salé frit, fourré d'un mélange épicé de pommes de terre ou de petits pois
Samaj-jao : compris ?
Sari : habit de femme, de cinq mètres de long
Semai ki kheer : dessert sucré à base de lait et de nouilles de riz
Sev puri : type d'en-cas salé et frit
Shabash : Bravo !
Sik : plat tribal que l'on sert aux femmes enceintes
Sœur-cousine ou frère-cousin : personne qui ne fait pas partie de votre famille, mais qui vous est proche
Sona : or
Suno : écoute !
Theek hai : très bien
Tickety -boo : bien, en bon ordre
Tikka : bijou porté sur le front
Tonga : carriole tirée par un cheval
Topa : couvre-chef ajusté
Tumara naam batao : dis-leur comment tu t'appelles
Waa : Ouaouh !
Yar : oui
Zaroor : absolument

L'or indien : le fonds de retraite d'une femme

On se demande souvent pourquoi l'or importe tant aux yeux des Indiens. Dans un pays où moins de dix pour cent de celui qui y est vendu y sont actuellement extraits, sa rareté le rend d'autant plus précieux. C'est sans doute aussi parce que ce métal ne peut être détruit. Certes, on peut le fondre, mais le détruire ? Jamais. Il peut donc durer éternellement. Il est facile pour les artisans de travailler ce métal mou. Et, bien sûr, un or à 22 ou 24 carats offre un beau contraste avec un teint olive.

Il est de coutume dans la culture indienne que la famille du marié offre à la jeune épouse des bijoux en or (la famille de cette dernière donne à celle du marié une dot sous forme d'espèces ou d'un terrain afin de payer pour l'entretien de la jeune femme pendant le mariage). Son or est censé n'être vendu qu'en cas de coup dur. Par exemple, si le mari meurt ou si la famille traverse de grandes difficultés financières.

Les styles de bijoux indiens sont aussi variés que les pierres précieuses qui servent à les décorer. L'influence de six siècles de règne moghol sur le peaufinage de l'art des bijoux et de la complexité des motifs ne saurait être surestimée. Le style le plus populaire pour les mariages et les occasions spéciales est le kundan. Toute tenue du quotidien comprend une chaîne en or pur et des créoles ou d'autres petites boucles d'oreilles en or.

Le style kundan

Le kundan est la technique joaillière la plus ancienne d'Inde. Contrairement aux montures en « griffe » prônées en Occident, le bijoutier indien fixe des diamants, saphirs, rubis et autres précieuses gemmes non taillées qu'il aligne dans les espaces creusés sur une monture en or massif.

Le style meenakari

Meena signifie « émail » en hindi. Le meenakari ne ressemble pas au travail d'émaillage que l'on trouve en France, en Angleterre ou en Turquie. Les artisans indiens – sous l'influence des Moghols – décoraient les bijoux en or avec des motifs émaillés détaillés dans les formes creusées dans le métal. Ma mère a reçu en cadeau toute une parure de bijoux meenakari pour son mariage, y compris des bracelets de bras, de la part de la famille de mon père. Chaque pièce porte son nom en émail.

Les perles de culture

Ce style délicat était un des préférés de ma mère. Vers la fin des années 1950 et le début des années 1960, les stars de cinéma se sont mises à porter des perles, rejetant les bijoux en or, qui leur paraissaient alors vieillots. Ma mère a choisi des parures serties de minuscules perles de culture cousues ensemble pour créer des boucles d'oreilles, colliers et bracelets délicats. Je les adore, moi aussi !

Les bijoux de Calcutta (aujourd'hui Kolkata)

Les artisans prennent un fragment d'or jaune, l'aplatissent, puis le travaillent au marteau pour fabriquer des bijoux aussi complexes que légers et délicats. Aucune pierre, aucune perle ni aucun émail n'est jamais ajouté au motif.

L'argent

Comme beaucoup de femmes de sa génération, ma mère n'aimait pas trop l'argent. Ce métal était celui des villageoises du Rajasthan, qui portaient souvent de multiples bracelets, ceintures et épaisses chaînes de cheville. Plus une femme portait d'argent, plus le statut de sa famille était élevé au village.

Ma mère a reçu une grande quantité de bijoux d'argent de sa belle-famille, qui était originaire d'un village du Rajasthan.

La gastronomie indienne : une source d'inspiration

Aloo gobi. Parantha. Dal chawal. Gulab jamun. Palak paneer. Lassi.

Il s'agit là des plats de mon enfance au Rajasthan. Longtemps après que ma famille a quitté l'Inde pour s'installer en Amérique, mes frères et moi avons continué de demander à notre mère – en boucle – qu'elle nous les prépare. Même aujourd'hui, quand ma famille se réunit, nos repas incluent *chapatti*, *subji* et *raita*. Lorsque je me suis mise à écrire *La Tatoueuse de Jaipur*, je savais déjà que l'étroite relation cultivée par le peuple indien avec sa gastronomie serait une part importante de l'histoire.

Dans les siècles qui ont précédé l'arrivée en Inde de Marco Polo et de sa quête d'épices, les Indiens récoltaient des grains de poivre noirs et verts, pressaient de l'huile des clous de girofle, et broyaient des graines de moutarde pour assaisonner les plats, titiller les sens et soigner les corps. Les saveurs de la coriandre, du curcuma, du garam masala et du cumin font partie de mon héritage, autant que de mon identité, au même titre que les yeux bleu-vert que je tiens de ma mère, Sudha.

Alors que j'écris ces lignes, je sirote une tasse de chaï où infusent des graines de cardamome, un bâton de cannelle et des grains de poivre entiers. Ce mélange de saveurs refait vivre l'Inde de mon enfance, dans toute sa gloire chaotique et fantasmagorique.

Préparer un plat indien prend du temps : de multiples ingrédients doivent être tranchés, pelés ou coupés en dés ; la préparation doit se dérouler phase après phase ; le goût n'est ajusté qu'en ajoutant des épices (jusqu'à huit) précisément au bon moment. La nourriture indienne est audacieuse, colorée, pleine d'arômes et de saveurs. Quelle meilleure façon d'enrichir une narration et de montrer l'évolution d'un personnage que d'intégrer au récit l'une des cuisines les plus audacieuses et les plus appréciées de la planète ?

Aloo gobi matar subji (Curry de pommes de terre, chou-fleur et petits pois)

Ma mère cuisinait souvent ce curry de légumes. C'est un plat facile et rapide à faire, tout en restant sain et délicieux. Les cuisiniers indiens gardent toujours un stock important de pommes de terre, d'oignons, d'ail, de piments et de coriandre car il s'agit d'ingrédients communs à un grand nombre de plats végétariens.

En Inde du Nord, l'*aloo gobi matar subji* se mange généralement avec des *chapattis*, des nans ou des *rotis*. Certains préfèrent accompagner leur plat de riz basmati. D'autres légumes au curry tels que le gombo, l'aubergine ou les pois chiches peuvent aussi servir d'accompagnement. Un bol de yaourt assaisonné de poudre de cumin et de sel n'est jamais de refus. Et, bien sûr, un chutney épicé à la mangue ou au citron est la touche finale pour ceux qui souhaitent ajouter un petit plus à leur repas.

Ingrédients :

2 pommes de terre Russet (*aloo*), pelées et coupées en dés

1 petit chou-fleur (*gobi*), fleurons séparés

1 tasse de petits pois frais ou congelés (*matar*)
1 oignon jaune ou blanc, finement haché
4 gousses d'ail (ou plus si vous le souhaitez), finement hachées
½ tasse d'huile de colza, de tournesol ou de carthame
2 cc de graines de cumin
2 cs de curcuma en poudre
2 cc de cumin en poudre
1 cs de garam masala
1 cc de gingembre, finement haché
2 cs de coriandre en poudre (à défaut, des feuilles de coriandre)
2 cc de piment rouge en poudre ou 1 piment finement haché
2-3 cc de sel (ou selon votre goût)
¼ tasse d'eau
1 tasse de feuilles de coriandre

Faire chauffer l'huile dans une poêle profonde ou une grande casserole à fond épais. Ajouter des graines de cumin jusqu'à ce qu'elles se mettent à grésiller.

Ajouter les oignons et faire sauter sur feu vif jusqu'à ce qu'ils soient translucides.

Baisser la flamme pour faire cuire sur feu moyen. Ajouter le curcuma, le cumin en poudre, le garam masala, la coriandre en poudre, le piment en poudre et le sel, puis mélanger pendant trois à quatre minutes.

Ajouter l'ail et le gingembre. Mélanger. Ajouter les petits pois et mélanger.

Ajouter les pommes de terre et le chou-fleur. Mélanger jusqu'à ce que tous les ingrédients soient bien enrobés d'épices.

Ajouter de l'eau pour déglacer les légumes. Vous pouvez en mettre un peu plus si vous souhaitez un curry plus liquide. Mon père, lui, l'aimait plutôt sec, comme la plupart des Indiens du Nord, aussi ma mère n'en ajoutait-elle que très peu à la recette.

Baisser le feu et couvrir la casserole. Laisser cuire 10 à 12 minutes de plus, en veillant à ce que le chou-fleur ne soit pas trop cuit. Les fleurons doivent rester un peu croquants.

Garnir de feuilles de coriandre.

Déguster !

Le cocktail maharani

Pendant les fêtes de fin d'année, mes frères et moi avions hâte de rentrer de nos diverses universités. Ma mère appelait mon frère aîné, Madhup, à l'avance pour lui demander quel cocktail il avait envie de préparer pour la famille – il en choisissait un différent chaque année –, de sorte qu'elle puisse rassembler les ingrédients pour notre arrivée. Elle-même ne buvait que rarement, mais elle faisait une exception quand nous étions tous ensemble, et savourait ce temps limité avec ses trois enfants. Madhup composait les cocktails, et nous veillions jusque tard en les sirotant, échangeant anecdotes, rires et taquineries.

Comme la reine douairière aime le gin-tonic, j'ai demandé à Madhup de créer un cocktail rien que pour elle. Savourez-le avec un *samosa*, un *pakora* ou tout autre en-cas salé que Lakshmi pourrait vous offrir.

Le Maharani
45 ml de gin
Une pincée de cardamome fraîchement moulue
4 brins de safran

Mélanger et laisser reposer 5 minutes jusqu'à ce que les saveurs soient infusées dans le gin. Filtrer.

Puis ajouter :
90 ml de tonic
3 gouttes de liqueur d'orange Patrón
Glaçons

Santé ! *Sláinte ! Prost ! Na zdravi ! Cin-cin ! Salud !*

Remerciements

Sans lecteurs, il n'y aurait pas d'écrivains. Après la publication de *La Tatoueuse de Jaipur*, j'ai été incroyablement touchée par les lectrices passionnées autour du monde qui m'ont écrit pour me dire comment et pourquoi ce roman avait trouvé un écho en elles, ou en quoi il les avait poussées à changer quelque chose dans leur vie. Elles sont tombées amoureuses de Lakshmi, dont le personnage s'inspirait de mon incroyable mère, Sudha Latika Joshi, et de Malik, qu'elles avaient envie de mieux connaître. Cette histoire, donc, est pour elles.

Mon agente, Margaret Sutherland Brown chez Folio Literary Management, me soutient toujours. Même pendant la pandémie, elle a trouvé le moyen de rester optimiste et d'imprégner nos discussions de lumière et d'espoir. C'est un vrai plaisir de travailler avec Kathy Sagan, mon éditrice chez MIRA Books, qui sait rendre des bons manuscrits encore meilleurs ; ses suggestions tombent toujours dans le mille ! Et où serais-je sans le soutien du reste de l'équipe de HarperCollins qui veille à ce que tout le monde tombe amoureux de mes histoires : Loriana Sacilotto, Margaret Marbury, Nicol Brebner, Heather Foy, Leo MacDonald, Amy Jones, Randy Chan, Ashley MacDonald, Linette Kim, Erin Craig, Karen Ma, Kaitlin Vincent et et Lindsey Reeder ?

J'envoie aussi un grand, grand message de gratitude à Reese Witherspoon, dont le Hello Sunshine Book Club met en avant des autrices écrivant des histoires sur des personnages féminins forts. Merci à Heather Connor, Laura Gianino, Roxanne Jones

et Cindy de l'équipe promotionnelle HarperCollins pour m'avoir aidée à créer cet incroyable lien.
Mon père, le docteur Ramesh Chandra Joshi, dont la connaissance encyclopédique de l'Inde (et de presque tout !) me sert énormément quand j'écris sur l'Inde et son peuple, a contribué aux détails d'ingénierie du Royal Jewel Cinema. Toute erreur qui subsisterait serait donc la mienne.
Toujours encourageants et d'un grand soutien, mes frères Madhup et Piyush Joshi ont lu des brouillons de cette histoire et m'ont soumis des commentaires utiles, tout comme mes amis Gratia Plante Trout, Lanny Udell, Christopher Ridenour, Ritika Kumar et David Armagnac.
Pour ce roman, j'ai effectué des recherches sur l'industrie de l'or en Inde et les nombreuses façons dont on a fait passer ce métal en contrebande. Pour le personnage de Nimmi, j'ai fait des recherches sur les diverses tribus nomades de l'Himalaya, dont certaines s'occupent de buffles, d'autres de chèvres et de moutons – mais toutes mènent des existences difficiles. Leur connaissance des soins et remèdes à base de plantes est essentielle à leur survie dans les montagnes. Un mode de vie nomade rend difficile à leurs enfants d'obtenir une éducation formelle, à moins d'aller s'installer en ville, ce que nombre d'entre eux ont été contraints de faire, car les lois locales leur permettent difficilement d'obtenir des permis de pâturage.
Je garde toujours le meilleur pour la fin. Il y a des années, mon mari, Bradley Jay Owens, a vu quelque chose en moi qui l'a laissé croire que je pourrais devenir écrivaine. Et voilà où j'en suis. Entre mon métier et l'homme de ma vie, j'ai une sacrée chance !

Achevé d'imprimer en septembre 2022
Par CPI Brodard & Taupin à La Flèche
N° d'impression : 3049374
Dépôt légal : octobre 2022
Imprimé en France
38122469-1